DIANNE DUVALL
Immortal Guardians
Düstere Zeichen

DIANNE DUVALL

IMMORTAL GUARDIANS

DÜSTERE ZEICHEN

Roman

Ins Deutsche übertragen von
Petra Knese

LYX EGMONT

Die Originalausgabe erschien 2008 unter dem Titel »Darkness Dawns«
bei Zebra Books, published by Kensington Publishing Corp.

Deutschsprachige Erstausgabe Oktober 2012 bei LYX
verlegt durch EGMONT Verlagsgesellschaften mbH,
Gertrudenstraße 30–36, 50667 Köln

Published by arrangement with Kensington Publishing Corp.,
New York, NY, USA
Dieses Werk wurde vermittelt durch die
Literarische Agentur Thomas Schlück GMBH, 30827 Garbsen.

1. Auflage
Redaktion: Die MedienAkteure, Hamburg
Satz: Greiner & Reichel, Köln
Printed in Germany (670421)
ISBN 978-3-8025-8660-6

www.egmont-lyx.de

1

Ein durchdringender Schrei zerriss die frühmorgendliche Stille.

Ihr stellten sich die Härchen im Nacken auf, und Sarah Bingham blickte sich um. Der Himmel war inzwischen dunkelgrau, kündete den beginnenden Tag an, doch das Licht durchdrang die Düsternis über den Wiesen nicht. Sie hatte so einige unheimliche Tierlaute vernommen, seit sie vor neun Monaten nach North Carolina gezogen war, doch keiner hatte sich so menschlich angehört.

Unmöglich. Schließlich lebte sie allein hier draußen, weit und breit gab es keine Nachbarn.

Sarah versuchte, das mulmige Gefühl abzuschütteln, und stach erneut mit dem Spaten in die ausgedörrte Erde. Noch einmal und noch einmal, irgendwann würde hier Gemüse wachsen. Trotz der frühen Morgenstunde hatte sich auf ihrer Haut schon ein glänzender Schweißfilm gebildet, denn es war ungewöhnlich heiß für diese Jahreszeit.

Na toll. Nach ein paar Stunden Arbeit würde sie mit Sicherheit vollkommen erschöpft ins Bett sinken. *Zum Teufel mit der Schlaflosigkeit!* Das Semester war vorbei und ihre Studenten fort. Und wenn sie bis zum Umfallen schuften musste, heute Nacht würde sie endlich schlafen.

Lautes Knurren hallte durch die Luft, begleitet von dem Geräusch knackender, berstender Zweige.

Sarah umfasste den Griff des Spatens fester und starrte mit weit aufgerissenen Augen in das dichte Unterholz.

Da vernahm sie ein unheimliches Rascheln. Ihr Herz schlug wie wild.

Verdammt. Gab es etwa Bären in North Carolina?

Das Dickicht explodierte förmlich, als eine dunkle Gestalt auf sie zuschoss. So schnell, dass sie nichts erkennen konnte.

Vor Schreck schrie sie nicht einmal, sondern ließ einfach nur den Spaten fallen und hob schützend die Hände.

Etwas Schweres stieß sie zur Seite. Sarah flog im hohen Bogen durch die Luft und landete ein paar Meter weiter hart auf dem Rücken. Steine und Zweige schürften ihr die Hände auf. Sie verspürte ein Stechen im rechten Ellenbogen, ein schmerzhaftes Pochen in den Rippen. Sarah rollte sich auf den Bauch und riss den Kopf hoch. Panisch schaute sie sich um, hinter den Bäumen sah sie gerade noch etwas verschwinden.

Stille.

Mit schmerzverzerrtem Gesicht hielt sie sich die Rippen und rappelte sich auf.

Wieder ertönte das Knurren und Knacken, diesmal noch lauter.

Sarah atmete in kurzen Stößen, ihr Puls raste. Mit zitternden Händen griff sie nach dem Spaten und hielt ihn verteidigungsbereit mit der Schaufel nach oben.

Sie hatte keine Ahnung, womit sie es zu tun hatte, aber sollte es zurückkommen, würde sie ihm einen Schlag verpassen, der sich gewaschen hatte.

»Wo sind sie hin?«, rief jemand atemlos.

Sarah fuhr zusammen und beobachtete das Gehölz.

»Da lang! Geradeaus! Nicht aus den Augen verlieren!«

Schemenhaft hoben sich zwei Gestalten von dem dichten Buschwerk ab und bewegten sich flink in die Richtung, in der das Ding verschwunden war. Dann tauchten die Männer auch schon wieder im Dickicht der Bäume unter, die beiden hatten sie offenbar nicht bemerkt. In ihrem langärmligen grünen Hemd, das sie über einem schwarzen Trägertop trug, und der schwarzen Trainingshose war sie wohl gut getarnt.

Das Knurren verstummte, ebenso das Rascheln.

Vorsichtig trat Sarah einen Schritt zurück. Dann noch einen.

»Alter!«, ertönte eine der Stimmen wieder. »Ich glaube, ich kotz gleich!«

»Komm schon, du Schlappschwanz«, erklang die zweite.

Was ging da vor sich? Waren diese Typen hinter einem Bären her?

Es musste doch wohl ein Bär sein!

»Warum erledigst du ihn nicht endlich?«, fragte der zweite Mann.

»Lasst das ruhig die Sonne besorgen«, höhnte ein weiterer Kerl mit tiefer Stimme.

»Und was sollen wir dabei tun?«, entgegnete der zweite.

»Bleibt, bis es vorbei ist, und bringt mir dann seine Überreste«, befahl der dritte, dessen Worte durch einen britischen Akzent etwas an Schärfe verloren.

Sarah trat vorsichtig den Rückzug an und versuchte dabei möglichst kein Geräusch zu verursachen, um die Aufmerksamkeit der Männer ja nicht auf sich zu ziehen.

Wen sollte man noch gleich anrufen, wenn Wildtiere gequält wurden? Die Polizei? Den Tierschutzverein?

»Ist er weg?«, fragte der erste Typ beklommen.

»Ja«, antwortete der zweite.

»Sicher?«

»Ja, Mann. Der ist weg.«

»Alter! So was hab ich noch nie gesehen. Ist ja *abgefahren.*«

»Hab ich's dir nicht gesagt?«

Wer Tiere quälte, brachte bestimmt auch Leute um.

»Hey, was machst du denn da?«, fragte der erste.

»Ich schneid ihm die Klamotten vom Leib.«

Sarah erstarrte, ihr gefror das Blut in den Adern. *Seine Klamotten?*

»Bist du schwul oder was?«

»Ich bin nicht schwul, du Loser. Ich will nur sehen, was die Sonne bei ihm anrichtet.«

»Ach so. Cool.«

»Zieh du ihm mal die Schuhe aus.«

Ein Mann? Es konnte doch unmöglich ein Mann gewesen sein, der sie umgerissen hatte. So groß und schnell war kein Mensch, zudem hatte er geknurrt.

Dennoch hörte es sich so an, als wäre das Opfer gar kein Mensch, sondern ein Tier.

Und offenbar waren sie mit ihm noch nicht fertig.

Rasch drehte sie sich um und wollte eigentlich ins Haus eilen, um von dort aus die Polizei zu rufen.

»Hey, Bobby«, sagte der zweite Kerl, »hast du schon mal jemanden erstochen?«

Sarah blieb stehen.

»Nein.«

»Zieh dir das mal rein.«

Ein dumpfer Aufprall.

Stöhnen.

»Alter!«

Verdammt! Sarah machte auf dem Absatz kehrt und schlich so schnell und lautlos wie möglich über die Wiese. Ihre Handflächen brannten, als sie den Spaten noch fester umklammerte, und Schweißperlen standen ihr auf der Stirn. Mit klopfendem Herzen tauchte sie ins Dickicht.

Das ist doch Wahnsinn, völliger Wahnsinn.

Schließlich war sie Musikprofessorin und keine Polizistin!

Aber es würde zu lange dauern, bis die Polizei käme. Von der nächstgelegenen Stadt bis hierher hatte sie einen weiten Weg vor sich …

»Willst du's mal versuchen?«

»Werden die nicht sauer, wenn wir ihn aufschneiden?«

»Nö, Hauptsache, er lebt noch, wenn ihn die Sonnenstrahlen treffen. Und wenn nicht, auch egal, wer soll das schon nachprüfen?«

Die Bäume standen nicht so dicht, wie sie angenommen hatte. Nach nur wenigen Schritten gaben sie schon den Blick auf die benachbarte Wiese frei. Mit ein wenig Glück würden die Äste Sarah noch genug Deckung bieten.

Ein widerlicher Schweißgeruch schlug ihr entgegen.

Ein Stück weit von ihr entfernt befanden sich drei Männer. Einer lag auf dem Boden, das Gesicht abgewandt, und soweit sie erkennen konnte, war er nackt. Seine Arme lagen zu den Seiten ausgebreitet, und man hatte sie mit etwas am Boden fixiert, das vom hohen Gras verdeckt wurde. Die Beine waren mit einer Art Seil zusammengebunden. Mehr konnte sie nicht erkennen, doch das Zucken der Muskeln deutete darauf hin, dass er auch an den Fußgelenken am Boden festgemacht war.

Ein blonder Typ in ausgeblichenen Jeans und gelbem T-Shirt setzte sich rittlings auf den nackten Mann. Neben ihm stand sein Freund, ein braunhaariger Kerl, und gaffte.

Obwohl Sarah die Gesichter der Angreifer nur flüchtig sah, schätzte sie die beiden auf Anfang zwanzig. Beide kehrten ihr nun den Rücken zu.

Plötzlich riss der Blonde die Hände über den Kopf und stieß dann mit einem Taschenmesser zu.

Der Mann am Boden zuckte und stöhnte vor Schmerz.

Der Braunhaarige rief begeistert: »Alter! Abgefahren!«

Vor Angst und Entsetzen zitterte Sarah am ganzen Leib, dennoch pirschte sie sich lautlos an die Männer heran und schwang den Spaten.

Der Blonde sah zu seinem Komplizen auf: »Willst du auch …«

Klonk.

Der Typ im gelben Shirt sackte zur Seite und blieb reglos am Boden liegen.

Wie betäubt starrte der Braunhaarige auf seinen leblosen Freund, dann drehte er sich zu Sarah um … Gerade hatte sie erneut ausgeholt.

Klonk.

Genau zwischen die Augen.

»Auu!«

Au weia.

Heftig fluchend taumelte der Kerl rückwärts, blinzelte dann ein paarmal irritiert und schaute sie schließlich böse an.

Klonk.

Damit war es um ihn geschehen. Er verdrehte die Augen und sank zu Boden wie eine Gummipuppe.

Als Sarah sich dem nackten Mann zuwandte, drehte sich ihr der Magen um.

Man hatte ihn richtiggehend an den Boden gepflockt. Die Füße waren mit einem groben Tau gefesselt, die Knöchel schon blutig gescheuert. Ein T-förmiger, daumendicker Pflock, der zwischen seinen Füßen in den Boden getrieben worden war, verhinderte jegliche Bewegung, zudem hinterließ er tiefe Furchen in seiner Haut. Durch seine Handflächen hatte man ebensolche Metallstücke gebohrt, sodass der Mann auch die Arme nicht bewegen konnte.

Alles erweckte den Anschein, als hätten sie ihn kreuzigen wollen, im letzten Moment aber den Mut verloren und ihn stattdessen auf den Boden genagelt.

»Verdammt«, entschlüpfte es ihr.

Als wären die Pflöcke nicht schon schlimm genug, zierten auch noch zwei Stichwunden seinen Bauch. Das ging auf das Konto des Blonden. Zudem hatte das Opfer tiefe Schnitte an Armen, Beinen und Brust, die stark bluteten.

Während Sarah noch mit der Übelkeit kämpfte, sah sie ihm ins Gesicht.

Der Mann war vielleicht Mitte dreißig, und trotz des schmerzverzerrten Gesichts sah er gut aus. Er hatte kurzes, rabenschwarzes Haar, dunkle Brauen, eine gerade Nase und durchdringende braune Augen, mit denen er sie nun fixierte.

Mit zusammengebissenen Zähnen beobachtete Roland die Frau, die nun neben ihm kniete, den Spaten in Reichweite.

Er hatte sie schon kommen gehört, war aber davon ausgegangen, dass es sich um einen weiteren Handlanger der Vampire handelte. Innerlich hatte er gerade die ihm noch verbliebenen Kräfte gesammelt, um den Jungen durch Gedankenübertragung dazu zu bringen, sich beim nächsten Mal selbst zu stechen. Doch auf einmal war der Junge umgekippt und hinter ihm war diese Frau mit der Bugs-Bunny-Cap aufgetaucht.

Sie war klein und wog bestimmt auch mit nassen Sachen nicht mehr als fünfzig Kilo. Als sie mit den Stofffetzen seines T-Shirts versuchte, seine Blutungen zu stillen, spürte er, wie sie zitterte.

Wer war diese Frau?

Und warum hatte sie ihr Leben riskiert, um ihm zu helfen?

»Danke«, presste er mühsam hervor, obgleich ihr Versuch, Erste Hilfe zu leisten, ihm nur noch mehr Schmerzen bereitete.

Sie nickte und sah ihn mit ihren großen grünbraunen Augen an. »Ich … Ich sollte den Krankenwagen rufen«, sagte sie mit bebender Stimme. »Haben Sie ein Handy dabei?«

»Nein.« Die Vampire, die hinterrücks über ihn hergefallen waren, hatten es ihm abgeknöpft, genauer gesagt, die Überlebenden unter ihnen.

Sie warf einen Blick auf die beiden Bewusstlosen. »Vielleicht hat einer von denen eins dabei. Wenn nicht, lauf ich schnell nach Hause und ruf von da aus an. Ich bin sofort wieder …«

»Dafür bleibt keine Zeit mehr«, fiel er ihr ins Wort, der Morgen brach bald an. »Ich leide unter extremer Lichtempfindlichkeit.«

Stirnrunzelnd fragte sie: »Ist das so eine Art Sonnenallergie?«

»Ja. Wenn ich bis Sonnenaufgang nicht von hier weg bin, werden sich meine Schmerzen verhundertfachen.«

Sie schaute zum Horizont, wo sich das Dunkel zu lichten begann. Bestürzung machte sich auf ihrem schönen Gesicht breit. »Sie wollen mich doch auf den Arm nehmen, oder?«

»Nein.«

Ihre Blicke trafen sich. »Sie meinen es wirklich ernst?«

»Und wie. So schwach, wie ich jetzt bin, wird mir die Sonne den Rest geben.«

»Aber … Sie sind … Was soll ich denn machen?«

»Befreien Sie mich.«

»Wie? Ihre Hände sind von Pflöcken durchbohrt.«

»Ziehen Sie sie raus.«

Sie wurde weiß wie ein Laken. »Was?«

Er verstand ihr Zögern nur zu gut. Ihn selbst begeisterte die Aussicht auf die Schmerzen auch nicht gerade, aber das war immer noch besser, als in der Sonne zu rösten. »Bitte. Ich habe es selbst schon versucht, aber allein schaffe ich es nicht.«

Entsetzt blickte sie auf seine Handflächen.

»Das ist die einzige Möglichkeit.«

Sie schluckte einmal schwer, kniete sich dann aber hin und beugte sich über seine Hand.

Roland wappnete sich innerlich für die Tortur. Die Frau versuchte, ihre Finger zwischen das T-förmige Ende des Pflocks und seine Hand zu schieben. Selbst bei dieser leichten Berührung schoss ihm der Schmerz bis in den Arm. Er hatte gehofft, sie würde es nicht bemerken, doch sie entschuldigte sich prompt.

»Es tut mir leid, wirklich.«

Er schüttelte den Kopf. Selbst das tat schon weh. »Ziehen Sie einfach.«

Tapfer nickte sie, obwohl sie ein wenig grün im Gesicht wirkte, und zog dann.

Das Metallstück bewegt sich nicht.

Mit zusammengepressten Lippen unternahm sie einen weiteren Versuch. Der Pflock ließ sich vielleicht zwei oder drei Zentimeter herausziehen, dann ging es nicht weiter.

Sie hielt inne und blickte besorgt hinauf zu den Baumwipfeln, die schon im goldenen Licht glänzten. »Er sitzt zu fest!«

»Probieren Sie es einfach weiter«, ermutigte er sie und versuchte dabei, eine Ruhe auszustrahlen, die er selbst gar nicht empfand. Wenn er gut in Form war, konnte er das sanfte Licht des Morgens ohne bleibende Schäden überstehen. Doch im Moment besaß er keine Kraft mehr, er hatte zahlreiche Verletzungen und viel Blut verloren, das in den ausgedörrten Boden gesickert war. Derartig geschwächt, wäre selbst ein wenig Sonne vielleicht schon tödlich für ihn.

Nun ging sie in die Hocke und hoffte, auf diese Weise die Kraft aus den Beinen holen zu können.

Als sich der Pflock schließlich Millimeter für Millimeter nach oben bewegte, litt Roland Höllenqualen. Dennoch half er mit, so gut er konnte, spannte die Armmuskeln an, um den Pfahl nach oben zu pressen. Dabei klemmte er ihre Finger zwischen dem Metall und seiner blutig zugerichteten Hand ein.

Endlich löste sich der Pflock aus der Erde, sodass die Frau fast das Gleichgewicht verlor.

Ungläubig starrte sie darauf. Das Teil steckte noch immer in seiner Hand, es war gut und gern einen halben Meter lang, Erde und Wurzelwerk hingen daran.

Er deutete auf seine Beine. »Ich ziehe den zweiten raus; wenn Sie sich um meine Beine kümmern könnten?«

Sie nickte und suchte fieberhaft den Boden um den blonden Kerl herum ab.

»Es liegt hier neben meinem Becken.«

Sie ließ ihren Blick zu seiner Hüfte wandern, dann zu seiner Leistengegend und wieder zurück. Ihre bleichen Wangen verfärbten sich, dann nahm sie das Messer und machte sich eilig an seinen Füßen zu schaffen.

Wären seine Schmerzen nicht so groß gewesen, hätte Roland jetzt gelächelt. Insgeheim war er froh, noch etwas zu haben, das einer Frau die Röte ins Gesicht trieb. Als der blonde Junge ihm die Kleider aufgeschnitten und mit dem Messer über ihm gehangen hatte, war seine Befürchtung gewesen, kastriert zu werden.

Während die Frau sich an seinen Knöcheln zu schaffen machte, rollte er sich auf die Seite, seiner gepfählten Hand zu. Obwohl Knochen, Muskeln und Sehnen verletzt waren, verschränkte er die Finger beider Hände und gab sich dem quälenden Versuch hin, den zweiten Pflock loszubekommen.

»Ich habe darüber schon mal was im Fernsehen gesehen«, sagte die Frau hörbar angespannt. »Über Kinder, die eine ähnliche Erkrankung hatten wie Sie. Einmal in der Woche haben sie sich abends im Dunkeln auf dem Spielplatz getroffen, damit sie auch mal draußen mit anderen toben konnten.«

Nur mit Mühe konnte Roland ihrem Redefluss folgen, denn er war mehr auf den Pflock konzentriert. So schwach hatte er sich schon seit … seit seiner Verwandlung vor neunhundert Jahren nicht mehr gefühlt.

»Auf dem Weg dorthin trugen die Kinder Schutzanzüge und Helme, denn selbst die Scheinwerfer anderer Autos waren eine Gefahr für sie. Ist Ihre Haut auch so lichtempfindlich?«

»Ja«, sagte er knurrend, und endlich löste sich der Pfahl.

Keuchend lag er einen Moment da und versuchte, den Schmerz auszublenden.

Sie rutschte mit dem Messer ab und schnitt ihm ins Fleisch. »Tut mir leid«, sagte sie sofort.

Er schüttelte den Kopf. Es war nicht ihre Schuld, die Taue waren so fest geschnürt, dass selbst er Probleme damit gehabt hätte.

Der Druck um seine Knöchel ließ nach. Die Frau warf das Messer ins Gras und zerrte so lange an dem Pflock, bis Roland seine Füße herausziehen konnte.

Sobald er sich aufgesetzt hatte, brannten die Stichwunden an seinem Bauch wie Feuer. Er rang nach Luft. Alle paar Sekunden sah seine Retterin unruhig zum Himmel hinauf.

Roland umklammerte einen der Pflöcke und wollte ihn sich aus der Hand ziehen.

Doch sie packte sein Handgelenk. »Lieber nicht. Wenn Sie den jetzt herausziehen, kommen Dreck und Bakterien in die Wunde. Außerdem verhindert er vielleicht, dass es blutet. Überlassen Sie das lieber den Sanitätern.«

Auf einmal presste sie das Gesicht an seine Brust und schlang die Arme um ihn.

Vor lauter Überraschung brauchte Roland eine Weile, bis er begriff, dass sie ihm aufhelfen wollte.

Das war natürlich ein hoffnungsloses Unterfangen, denn er wog doppelt so viel wie sie. Dennoch berührte ihn die Geste.

Als er sich mühsam aufrichtete, spürte er, wie sich ein Schmerz durch seine Knöchel (wie auch seinen restlichen Körper) zog. Sobald er stand, schlüpfte sie an seine Seite und legte sich seinen Arm um ihre schmalen Schultern. Ihre Bugs-Bunny-Kappe reichte kaum bis zu seinem Kinn.

»Können Sie laufen?«

Er nickte müde und ließ sich von ihr zu den Bäumen führen.

Die schattige Kühle war eine willkommene Abwechslung zu dem Brennen, das er bereits auf der Haut verspürt hatte. Trotz aller Eile achtete seine kleine Retterin darauf, dass ihn keine

Zweige trafen und er nicht mit den Pflöcken gegen irgendetwas stieß. Sie warnte ihn sogar vor spitzen Stöcken oder anderen Hindernissen auf dem Boden, auf die er mit seinen bloßen Füßen hätte treten können.

Als Roland die freie Wiese vor sich erblickte, fluchte er.

Die Frau biss sich auf die Unterlippe und warf ihm einen entschuldigenden Blick zu. »Ich wohne auf der anderen Seite. Sollen wir außen herum im Schatten der Bäume gehen oder den kurzen Weg über die Wiese nehmen?«

Verdammt. Er musste schleunigst aus der Sonne, bevor er noch zusammenbrach. »Die Wiese.«

Sie zögerte keine Sekunde, widersprach ihm nicht, sondern schob ihn einfach nur vorwärts, stützte ihn, wenn er ins Stolpern geriet, und trieb ihn zur Eile an, bis sie fast schon einen Dauerlauf hinlegten.

»Täusche ich mich, oder werden Sie schon langsam rosa?«

»Sie täuschen sich nicht.« Nicht mehr lange und auf seiner Haut würden sich Blasen bilden.

Endlich hatten sie die Hecke erreicht, dahinter erblickte Roland ein kleines Holzhaus mit Veranda und einem sehr schattigen Garten.

»Wir haben es fast geschafft«, sagte sie atemlos und drückte ihn aufmunternd.

Sie liefen über den Rasen, die Treppe hinauf. Auf der Veranda blieben sie kurz stehen, während die Frau die Schlüssel aus der Bluse fischte und aufschloss. Dann zwängten sie sich in eine sehr kleine Waschküche und schlossen die Tür hinter sich.

Beinahe gleichzeitig seufzten beide erleichtert auf.

»Wie heißen Sie?«, hörte er sich fragen.

»Sarah Bingham. Und Sie?«

»Roland Warbrook. Danke, dass Sie mir das Leben gerettet haben.«

2

Sarah führte ihn in eine kleine, blitzblanke Küche, noch immer stützte sie ihn. »Wer waren diese Leute? Warum haben die Ihnen das angetan?«

Der Holzboden fühlte sich angenehm kühl unter seinen wunden Füßen an. Roland entschloss sich, ihr nicht zu antworten, und warf stattdessen einen Blick in das angrenzende Wohnzimmer.

Der Raum war weder besonders groß noch besonders klein und in zwei Hälften unterteilt. In der einen standen Fitnessgeräte: ein Bauchmuskeltrainer, ein Laufband, ein Heimtrainer und eine Hantelbank. Die andere nahmen ein schwarzes Futonsofa mit roten und weißen Kissen sowie ein gläserner Tisch und eine dazu passende Schrankwand ein. Daneben ragte ein hohes schwarzes Regal voller Bücher, Videos und DVDs empor. Vor den Fenstern hingen schwarze Vorhänge, die das morgendliche Sonnenlicht nicht hindurchließen, und die weißen Wände zierte moderne Kunst, die ihm auf Anhieb gefiel. Riesige Pflanzen in schmiedeeisernen Blumenständern verliehen dem Raum Farbe und sorgten für Gemütlichkeit.

Sarah schlüpfte an ihm vorbei in ein winziges Badezimmer und kehrte mit einem Stapel Handtücher zurück.

Bis auf eines warf sie alle auf den Futon. Das letzte, ein großes weißes, entfaltete sie und trat damit auf ihn zu. Sie sah ihm in die Augen, blickte dann aber schnell wieder weg, als sie erneut rot wurde. Sie schlang ihm das Handtuch um die Hüften und machte die Enden wie bei einem Sarong fest.

»Danke.«

»Kein Problem.« Besorgt schaute sie zu ihm auf, fasste ihn sacht am Arm. »Setzen Sie sich.«

Roland ließ sich von ihr zum Sofa führen und sank in die überraschend weichen Polster. Er bekam hämmernde Kopfschmerzen.

»Ich rufe jetzt die Polizei an«, sagte sie und machte sich auf den Weg zum Telefon. »Danach versuche ich dann …«

Roland packte sie am Handgelenk, er stöhnte auf, als Schmerz seine verletzte Hand durchzuckte.

Sie fuhr zu ihm herum. »Was ist denn?«

»Das dürfen Sie nicht.«

Sie runzelte unter ihrer Kappe die Stirn. »Was darf ich nicht?«

»Die Polizei rufen.«

Argwöhnisch betrachtete sie ihn, befreite ihren Arm aus seinem Griff und trat ein paar Schritte zurück. »Warum nicht? Werden Sie etwa von der Polizei gesucht?«

»Nein.«

Verdammt. Was sollte er ihr bloß sagen? Er hatte schon so lange keinen Kontakt mehr zu Menschen gehabt, vom Kassierer im Supermarkt einmal abgesehen, dass ihm keine gute Ausrede einfiel.

Die Wahrheit konnte er ihr ja schlecht sagen. *Übrigens, ich bin ein Unsterblicher, der bei der Jagd auf einen Vampir in einen Hinterhalt geraten ist.* Sie würde ihn für verrückt halten.

Aber irgendeine Erklärung musste er ihr schließlich liefern.

Marcus hatte doch für solche Situationen immer irgendeinen Blödsinn parat.

»Ich arbeite für die CIA.« Genau, das war es. »Wenn Sie jetzt die Polizei verständigen, machen Sie vier Jahre verdeckte Ermittlungsarbeit zunichte.«

»CIA?«, wiederholte sie argwöhnisch.

Er konnte es ihr nicht verdenken. Es hörte sich vollkommen albern an. Wie hatte Marcus die Nummer nur durchgezogen? »Ja.«

»Warum sollte ein Anruf bei der Polizei ihre Deckung auffliegen lassen?«

»Der Mann, der gerade versucht hat, mich umzubringen, hält mich für einen Waffenschmuggler, der vom FBI gesucht wird. Wenn …«

»Und woher soll ich wissen, dass Sie kein vom FBI gesuchter Waffenschmuggler sind?«

Am liebsten hätte Roland jetzt entnervt aufgestöhnt. Er brauchte dringend Blut, seine Eingeweide zogen sich vor Durst schmerzhaft zusammen, und auch seine Verletzungen forderten ihren Tribut, weshalb er kaum noch klar denken konnte.

»Wenn Sie jetzt meine Dienstmarke sehen wollen, dann muss ich passen, die habe ich als verdeckter Ermittler nicht dabei.«

Sie biss sich auf ihre volle Unterlippe. »Das leuchtet mir ein.«

»Wenn es Sie beruhigt, rufe ich meinen Kontaktmann an, der kann Ihnen dann alles bestätigen.« Blieb nur zu hoffen, dass Seth, der Anführer der Unsterblichen Wächter, die Nummer sofort durchschauen und mitspielen würde. Vielleicht fiel ihm sogar noch etwas Besseres ein. Im Moment fühlte sich Roland diesem Theater nicht gewachsen. »Er wird ohnehin jemanden schicken müssen, der mich hier herausholt.« Und bestimmt würde Seth die Gelegenheit nutzen und ihm wieder Vorhaltungen machen, weil er sich nach wie vor gegen einen Sekundanten sträubte.

Sekundanten (der Begriff war wohl schon etwas veraltet) waren Menschen, die Unsterbliche wie ihn tagsüber beschützten und überhaupt halfen, wenn Not am Mann war. Die Sekundanten und das von Seth organisierte Netzwerk, in dem Menschen arbeiteten, sorgten darüber hinaus dafür, dass die Öffentlichkeit nichts von den Unsterblichen, den Vampiren und *den* Begabten mitbekam. Das Netzwerk erschuf eine Fassade der Normalität, hinter der sie sich verstecken konnten.

Bei Seth hatte jeder Unsterbliche Wächter einen Sekundanten, nur Roland nicht. Das war allerdings der einzige Streitpunkt zwischen den beiden; jeder, der auch nur ein Fünkchen Verstand besaß, legte sich nicht mit Seth an. Dieser war der Älteste von ihnen und so mächtig, dass er selbst am helllichten Tag umhergehen konnte. Bei Seths einzigartigen Fähigkeiten sträubten sich selbst Roland die Haare. Immer wieder aufs Neue.

Auch wenn er ansonsten alles tat, was sein Anführer von ihm verlangte, bei dieser einen Sache blieb er hartnäckig. Er hatte Seth viel zu verdanken und würde ohne zu zögern sein Leben für ihn aufs Spiel setzen. Doch einen Sekundanten bei sich zu Hause aufnehmen und ihm vertrauen?

Das kam nicht infrage.

Die Dutzende von armen Teufeln, die man ihm über die Jahre als Sekundanten geschickt hatte, waren alle binnen eines Tages wieder verschwunden … aus freien Stücken … Und sie hatten sich fast vor Angst in die Hosen gemacht, wenn sie ihm dann irgendwann später noch einmal über den Weg gelaufen waren. Irgendwann hatte Seth einfach aufgehört, ihm Sekundanten zu schicken.

Dennoch blieben sie in dieser Sache uneins.

Sarah nahm ein schwarzes Telefon vom Regal, zog die Schnur bis zum Futon hinter sich her und reichte es ihm.

»Haben Sie kein Handy?«, fragte er verwundert. Heutzutage besaß doch wirklich jedermann ein Handy, einschließlich jedermanns Großmutter.

Sie schenkte ihm ein ironisches Lächeln. »Nein, vielen Dank, aber ich bin nicht scharf auf einen Gehirntumor.«

»Aber den Herstellern zufolge sind die Dinger doch völlig harmlos.«

Verächtlich schnaubend sagte sie: »Sicher. Die Zigarettenkonzerne haben auch behauptet, Rauchen wäre harmlos. Ich höre lieber auf die Neurologen, die nicht an den Umsätzen beteiligt sind, und bleibe bei meinem Festnetztelefon.«

Als Unsterblicher musste er sich zum Glück keine Gedanken über solche Dinge machen.

Gerade wollte Roland nach dem Hörer greifen, da hielt sie ihn zurück. »Benutzen Sie den Lautsprecher, ich habe schon etliche Berichte im Fernsehen über Betrüger gesehen, die sich als Polizisten ausgeben. Ich möchte mit eigenen Ohren hören, dass Sie auch der sind, für den Sie sich ausgeben.«

Das würde die Sache verkomplizieren.

Roland drückte auf die Lautsprechertaste und wählte Seths Handynummer.

Sarah kniete sich neben ihm auf den Boden, nahm die Baseballkappe ab und fuhr sich achtlos durchs Haar. In glänzenden schokoladenbraunen Wellen fiel es ihr bis zur Taille und bildeten einen tollen Kontrast zu ihrer alabasterfarbenen Haut.

»Sie haben schönes Haar«, sagte er. Gerade hatte sie eines der Handtücher genommen und es auf seine Stichwunden am Bauch gepresst.

Ein Räuspern war zu hören. »Roland?«

Beim Klang der tiefen und akzentuierten Stimme seines Anführers wurde er doch nicht etwa rot? Das war ihm das letzte Mal als Knappe passiert. »Ja.«

»Was soll das mit dem Haar? Bist du betrunken?«

Aus den Augenwinkeln sah Roland, wie Sarah sich das Lachen verkniff. »Dich habe ich gar nicht gemeint.«

»Hm. Was ist passiert?«

Sarah beugte sich vor und flüsterte: »Woher weiß er, dass etwas passiert ist?«

Seth kam ihm zuvor. »Weil er mich nur anruft, wenn er verzweifelt ist. Wen hast du da noch bei dir, Roland?«

»Sarah«, antwortete sie für ihn.

»Daher auch die unbekannte Nummer.«

»Dürfte ich auch erfahren, wer Sie sind?«, fragte sie.

»Seth.«

»Und wie haben Sie mit Roland zu tun?«

Das würde voll in die Hose gehen.

»Man könnte wohl sagen, dass ich sein Boss bin«, sagte Seth bedächtig. »Warum wollen Sie das wissen?«

»Es ist etwas dazwischengekommen«, warf Roland schnell ein, bevor Sarah noch mehr Fragen stellen konnte.

»Offensichtlich«, erwiderte er trocken. »Bist du verletzt?«

Roland blickte an sich hinab. »Hm. Ja, leicht.«

Sarah klappte die Kinnlade herunter. »Leicht?«, wiederholte sie ungläubig. »Ihre Hände sind von zwei sechzig Zentimeter langen Pfählen durchbohrt!«

»Na, so lang sind sie auch nicht, eher fünfzig Zentimeter.«

»Geht es dir gut?«, fragte Seth nun doch besorgt.

»Ja.«

»Nein«, sagte Sarah bestimmt. »Er braucht ärztliche Hilfe, aber ich soll weder die Polizei noch einen Krankenwagen rufen.«

Seth, dachte Roland, *falls du mich hören kannst, ich habe ihr erzählt, ich sei ein verdeckter Ermittler der CIA, der sich als illegaler Waffenhändler ausgibt, und dass ein Anruf bei der Polizei vier Jahre meiner verdeckten Arbeit zunichte machen würde.*

Die Sekunden verstrichen, er wartete, hoffte.

Das ist ja so was von lahm.

Roland staunte nicht schlecht, dass Seth seine Gedanken aus so großer Entfernung lesen konnte, dieser Typ war einfach abgefahren. Kampflustig antwortete er: *Bei Marcus zieht das immer.*

Marcus erzählt auch nicht herum, er würde für die CIA arbeiten, er lässt die Menschen selbst diese Schlussfolgerung ziehen.

»Hast du diese Frau ins Vertrauen gezogen?«, fragte Seth jetzt laut.

»Ja. Sie hat mir das Leben gerettet.«

»Dann möchte ich Ihnen im Namen der CIA danken, Ma'am. Ich muss Sie jedoch bitten, Rolands Wünsche zu respektieren. Wenn Sie jetzt einen Krankenwagen rufen, wird unweigerlich die Polizei mit hineingezogen, und wir können vier Jahre Arbeit in die Tonne treten.«

Ungläubig sagte sie: »Haben Sie denn nicht gehört, was ich gesagt habe? Die haben ihm Metallpflöcke durch die Hände getrieben.«

»Roland, ich erwarte eine Erklärung.«

Er holte tief Luft, wobei ihm die gebrochenen Rippen höllisch wehtaten. »Ich war einem potenziellen Käufer auf der Spur« – *Vampir* – »und wurde von ihm und sechs Geschäftsfreunden in einen Hinterhalt gelockt.« *Insgesamt waren fünf Vampire und zwei Menschen beteiligt. Vier Vampire konnte ich ausschalten und zwei schwer verletzen, bevor sie mich auf den Boden genagelt haben. Die beiden Menschen sollten mich bewachen, bis die Sonne aufgeht. Hätte Sarah mich nicht rechtzeitig befreit, wäre ich jetzt geröstet.*

»Ein Hinterhalt«, murmelte Seth gedankenverloren.

»Es war ein gut geplanter Angriff.« *Hast du jemals davon gehört, dass Vampire so etwas machen?*

Nein. Ich habe sie schon zu zweit, gelegentlich auch zu dritt reisen sehen, aber eigentlich sind sie Einzelgänger, weil sie früher oder später der Wahnsinn überkommt.

»Irgendwas ist hier faul, Seth. Ich glaube nicht, dass das ein Einzelfall ist.« *Der letzte Vampir, der sich noch auf den Beinen halten konnte, hat eine Blutprobe von mir genommen. Das schien überhaupt das Ziel ihres Überfalls gewesen zu sein. Sie wussten, wer ich bin und dass ich zu den Unsterblichen gehöre, noch bevor mir der Vampir, mit dem sie mich geködert hatten, überhaupt unter die Augen gekommen war. Wie ist das nur möglich?*

Bei jedem anderen Unsterblichen hätte ich vermutet, er sei schlicht und ergreifend unvorsichtig gewesen. Doch ich weiß, wie vorsichtig du bist und wie du dein Privatleben schützt. Dass so viele Vampire gemeinsame Sache machen, einen Überfall planen und ausführen, das gab es noch nie.

»Ich würde gern kommen, um der Sache auf den Grund zu gehen«, sagte Seth grimmig. »Aber gerade erfordert ein anderes Problem meine ganze Aufmerksamkeit.«

Das überraschte Roland nicht, der Anführer der Unsterblichen Wächter hatte immer alle Hände voll zu tun. »Kein Ding, ich kümmer mich schon darum.«

»Ähm, hallo?!«, rief Sarah dazwischen. »Haben Sie beide den Verstand verloren? Roland wird sich bald um überhaupt nichts mehr kümmern können, wenn er mir vorher hier auf dem Futon verblutet.«

Wie schlimm sind die Verletzungen?

Die Blutungen habe ich gestillt, aber die Wunden schließen sich nicht. Etwas Blut wäre nicht schlecht.

Schade, dass du keinen Sekundanten hast, der dir etwas bringen könnte.

Roland presste die Zähne zusammen. »Gibst du mir Davids Nummer? Ich rufe ihn an, vielleicht schickt er mir Darnell für ein paar Stunden.«

David war ein anderer Unsterblicher, Darnell sein Sekundant. Und zufälligerweise wohnten die beiden ganz in der Nähe, nur eine Stunde von hier.

»David kann dir nicht helfen. Darnell und er sind hier bei mir in Texas.«

Daraufhin verfiel Roland erst einmal ins Grübeln. Er selbst war mehrere Jahrhunderte alt, David aber schon Jahrtausende. Als zweitältester Unsterblicher verfügte der Mann über Kräfte, die nur noch von Seths überboten wurden.

David einzuberufen kam einer atomaren Hochrüstung gleich.

»David ist bei dir?«

»Ja.«

Unter großer Anstrengung angelte sich Roland den Hörer und presste ihn sich ans Ohr.

Sarah wollte protestieren, hielt jedoch inne, als er sie mit stummer Geste um Nachsicht bat.

»Um was für ein Problem handelt es sich? Brauchst du meine Hilfe?«

»Nein, David und ich kommen schon zurecht.«

»Bist du sicher? Ich kann die Sache hier auf Eis legen und in ein paar Stunden bei euch sein.«

»Ich danke dir für das Angebot, aber mir ist lieber, du bleibst, wo du bist, und versuchst, möglichst viel herauszufinden.«

»Einverstanden.«

Sarah verzog den Mund, hob eine Braue und sah vielsagend auf den Hörer.

Roland schaltete wieder den Lautsprecher ein und legte den Hörer zurück auf die Gabel.

Sarah konnte nicht fassen, dass Roland seinem Boss, der offensichtlich auch ein guter Freund für ihn war, angeboten hatte, nach Texas zu fliegen, um ihm zu helfen, wo er doch hier blutend vor ihr saß, mit Wunden, bei deren Anblick sich jemand mit einem schwachen Magen schon längst übergeben hätte.

Das war richtige Loyalität, echter Einsatz.

Tugenden, die heutzutage leider immer seltener werden.

Neugierig musterte sie Roland. Wenn er das Telefonat mit: *Hey, Seth, sag dieser Frau doch bitte, dass ich ein CIA-Agent bin*, begonnen hätte, wäre sie misstrauisch geblieben. Doch sein Chef hatte die Geschichte von sich aus bestätigt, und so war Sarah bereit, Roland zu glauben.

Davon abgesehen wollte sie ihm gern glauben, was vielleicht albern war.

Noch immer ruhten die Finger seiner Hand auf ihrer Schulter, der Pflock zeigte von ihr weg.

Wie hielt er das nur aus? Wie konnte er diese entsetzlichen Schmerzen nur so gleichmütig ertragen? Geradezu stoisch. Und was wollte er gegen die Schmerzen tun, wenn sie doch keinen Krankenwagen rufen sollte?

»Wen könnte ich noch anrufen?«, fragte Roland. Er sprach mit britischem Akzent.

»Marcus.« Bei Seth ließ sich die Sprachfärbung nicht so leicht bestimmen.

Roland legte die blutbefleckte Stirn in Falten. »Wie soll der mir denn helfen? Marcus ist in Houston.«

»Nicht mehr. Ich habe ihn vor einem Monat nach North Carolina versetzt. Er wohnt in der Nähe von Greensboro.«

»Ach ja?«

Roland klang sichtlich erfreut.

Sarah zog das Handtuch von seinem Bauch und stellte mit Erleichterung fest, dass die Wunden nicht mehr bluteten – zumindest oberflächlich. Ob er auch innere Verletzungen hatte?

»Wer ist sein Sekundant?«

»Was ist ein Sekundant?«, flüsterte sie.

Roland senkte die Stimme. »Ein Partner, der einem während der gesamten Operation Rückendeckung gibt.«

»Ah.« Wo war Rolands Sekundant denn vorhin gewesen? Es schien nicht so, als hätte er Unterstützung gehabt. Außer von ihr, doch sie war ja eher zufällig da hineingeraten.

»Marcus hat keinen Sekundanten«, sagte Seth. »Aber bevor du das jetzt kommentierst, sag ich dir gleich, dass Marcus keinen zugewiesen bekommen hat, weil er momentan gefährlich ist. Du hast einfach abgelehnt, weil du so eigenbrötlerisch bist.«

»Ich bin nicht eigenbrötlerisch, ich habe nur gern meine Ruhe.«

Sie musste wohl laut aufgelacht haben, denn Roland schaute sie plötzlich an, woraufhin sie ein verlegenes Grinsen aufsetzte.

Ihr Herz setzte für einen Schlag aus.

Selbst mit dem ganzen Blut und Dreck im Gesicht sah er umwerfend aus.

Dann blickte er mit einem Mal finster drein. »Moment mal. Warum hältst du Marcus für gefährlich?«

»In letzter Zeit war er ein wenig unberechenbar. Ich befürchte, wenn ich ihm einen Sekundanten zuteile, macht der das nicht lange. Lisette ist aber auch in der Gegend und hat einen sehr fähigen Sekundanten. Willst du sie lieber anrufen?«

»Nein, gib mir einfach Marcus' Nummer.«

Sarah griff nach einem Block und einem Stift, die auf dem Couchtisch lagen. Sie schrieb mit, während Seth die Nummer durchgab, und fügte Marcus Namen hinzu.

Roland bedankte sich bei seinem Anführer. »Ruf mich ja an, wenn du Verstärkung brauchst.«

»Mach dir um mich keine Sorgen. Sieh mal, was du herausbekommst. Und pass auf, dass Sarah nichts geschieht.«

Ihr wurde angst und bange. Was sollte ihr denn geschehen?

Roland legte auf.

Sie schauten einander an.

In seinem dunklen, sorgenvollen Blick las sie die Wahrheit.

»Er glaubt, dass die jetzt hinter mir her sind, weil ich Ihnen geholfen habe, oder?«

Auf seinem Gesicht spiegelte sich ein Anflug von schlechtem Gewissen wider, dann wandte er sich ab, sah auf seinen Bauch und seine Hände.

Mit gedämpfter Stimme sagte er: »Würden Sie bitte die Pflöcke saubermachen, damit ich sie herausziehen kann?«

Sarah musste schwer schlucken, nickte aber und erhob sich dann.

Als Roland ebenfalls aufstand, löste sich das Handtuch und drohte herunterzurutschen. Hastig griff sie danach und schlug die Enden wieder ein.

»Danke.«

Wieder nickte sie und führte ihn daraufhin zur Spüle.

Auf eine schroffe Art und Weise war er irgendwie … höflich. Dadurch kam ihr alles noch viel unwirklicher vor.

Sie stellte das kalte Wasser an und wusch vorsichtig Dreck und Wurzelwerk von der langen, spitzen Metallstange, die aus seinem Handrücken ragte.

Das konnte doch alles nicht wahr sein.

Der heftige Kampf; ein Mann, der auf die Erde genagelt worden war.

Sie, die zwei Männer mit dem Spaten bewusstlos geschlagen hatte.

Der fieberhafte Wettlauf mit der Sonne.

Seine Weigerung, sich medizinisch versorgen zu lassen.

Und die Erkenntnis, dass die kranken Typen, die ihm das angetan hatten, nun hinter ihr her waren.

Das musste ein böser Traum sein, einer dieser richtig üblen, aus denen man nicht erwachte, obwohl einem bewusst war, dass man nur träumte.

Roland biss die Zähne zusammen, als Wasser in die Wunde lief.

»Soll ich die Wunde mit Alkohol oder Hamamelis desinfizieren?«, fragte sie zögerlich, denn sie wollte ihm nur ungern noch mehr Schmerzen zufügen.

Er schüttelte den Kopf, wobei sein Adamsapfel auf und ab hüpfte. »Wasser und Seife reichen.«

Beflissen nahm Sarah etwas Geschirrspülmittel und seifte den Pflock ein.

Anders als sie gedacht hatte, war die Oberfläche nicht glatt, sondern rau wie grobes Schleifpapier und hinterließ ein Brennen auf ihrer Haut.

Sobald sie mit dem Waschen fertig war, umfasste Roland das Ende des Stabs und spannte die Muskeln an.

»Warten Sie!«, rief sie schrill.

Er schaute sie an, seine Kiefermuskeln zuckten.

Vor Angst zog sich ihr der Magen zusammen, und sie sah ihn flehend an. »Bis zum nächsten Krankenhaus sind es nicht mal zwanzig Kilometer. Ich kann Sie …«

Da zog er. In einer grotesken Grimasse entblößte Roland die Zähne und stieß ein langes, animalisches Knurren aus, bei dem ihr kalte Schauer den Rücken hinunterliefen.

Entsetzt schlug Sarah die Hände vor den Mund, um ein Schreien zu unterdrücken.

Aus dem großen Loch in seiner Hand rann das Blut in den Ausguss.

Sie rollte mehrere Lagen Küchenpapier ab, die sie ihm um die Hand wickelte.

»Das reicht«, sagte er mit heiserer Stimme und hielt den provisorischen Verband mit dem Daumen fest. »Jetzt die andere.«

Wieder drehte sie den Kaltwasserhahn auf und säuberte auch den zweiten Pflock. Der andere lag noch getränkt von Rolands Blut in der Spüle.

Ihre Hände begannen zu zittern. Schließlich übertrug sich das Bibbern auf den Rest ihres Körpers, und sie befürchtete jeden Moment zusammenzuklappen.

Sarah stellte das Wasser ab, wickelte Papier von der Rolle und sah zu, wie er sich den zweiten Pfahl aus der Hand zog.

Die Sehnen an seinem Hals traten hervor, und Schweißperlen bildeten sich auf seiner Stirn, doch er gab keinen Laut von sich.

Sarah blinzelte die Tränen weg, während sie ihm die Hand verband.

Er hatte sie nicht aus der Fassung bringen wollen. Sie konnte nicht sagen, woher sie das wusste, aber so war es. Beim ersten Pflock hatte sie solche Panik bekommen, dass er es beim zweiten nicht noch schlimmer machen wollte und deshalb die Schmerzen stumm ertrug.

Jede Zelle seines Körpers schien in Flammen zu stehen, die Schmerzen waren beinahe unerträglich. Sarah stand mit gesenktem Kopf neben ihm, sie zwinkerte mit ihren langen Wimpern, um die Tränen zurückzuhalten.

Sie war tapfer geblieben. Stark. Mutig. Hatte alles getan, worum er sie gebeten hatte, ganz gleich, wie schwierig es gewesen war.

Ihre Tränen rührten sein kaltes Herz.

Hilflos schaute er sie an, er hatte keine Ahnung, wie er sie trösten sollte. Er konnte sich nicht erinnern, jemals mit einer weinenden Frau konfrontiert worden zu sein – zumindest nicht mit einer, die ihm wichtig gewesen war. Und schon gar nicht mit einer, die sich in große Gefahr begeben hatte, um ihm das Leben zu retten.

Schniefend starrte sie auf den Verband. Roland konnte es kaum noch ertragen; er riss Papier von der Rolle und wischte sich Blut und Dreck von der Brust. Nach kurzem Zögern zog er Sarah an sich und tätschelte ihr unbeholfen den Rücken.

»Vorsicht, Ihre Hände«, sagte sie mit zitternder Stimme, schmiegte sich dann aber an seine Brust und schlang die Arme um ihn.

Unfassbar. Selbst während er ihre Tränen feucht auf seiner Haut spürte, sorgte sie sich um ihn.

Ihn. Einen völlig Fremden.

»Ich mache mir mehr Gedanken um Sie als um meine Hände.«

»Mir geht es gut«, sagte sie. »War nur ein ziemlich nervenaufreibender Morgen.«

Roland drückte sie an sich. »Dabei ist es noch nicht mal sieben.«

Sie stöhnte. »Das darf doch nicht wahr sein.«

Mit geschlossenen Augen stützte er sein Kinn auf ihr Haar und genoss ihre Gegenwart. Sie roch nach einer angenehmen Mischung aus Frau, Babypuder und Sonnencreme. Ihr warmer Körper kam ihm so zerbrechlich vor.

Obwohl sie schlank war, hatte sie nichts mit diesen verhungerten Models gemein, die andere Männer unverständlicherweise attraktiv fanden. Derart an ihn geschmiegt, konnte er ihre vollen Brüste fühlen, was seinen Puls schneller gehen ließ. Sie hatte eine schmale Taille und wohlgeformte Hüften, ihre Beine waren schlank, aber nicht dürr.

Ihre kleinen, fast schon kindlichen Hände hielt sie reglos auf seinem Rücken, als befürchtete sie, die kleinste Bewegung könnte ihm wehtun.

Wahrscheinlich würde es auch schmerzen, denn auf dem Rücken hatte er ebenso viele Schnitte und Prellungen wie am übrigen Körper. Bislang war ihr das angesichts der Pflöcke nur noch nicht aufgefallen.

Roland war froh darum, denn sonst hätte sie ihn bestimmt nicht so zärtlich und vertrauensvoll umarmt. Wann war er eigentlich zum letzten Mal so von einer Frau gehalten worden?

Es musste schon Jahrhunderte her sein, denn dieses Gefühl kam ihm so … fremd vor.

Er war einmal zu oft hintergangen worden und hatte Beziehungen daraufhin ganz aufgegeben. Hin und wieder stillte er seine Bedürfnisse bei einer Prostituierten oder einer Frau, die nur auf einen One-Night-Stand aus war.

Doch die nahmen ihn nie so in die Arme. So zärtlich hatten ihn bislang nur zwei Frauen gehalten, und an die wollte er im Moment lieber nicht denken.

Überhaupt fiel ihm das Denken zunehmend schwer. Jeder einzelne Körperteil pochte, klopfte, brannte, schmerzte. Übelkeit überkam ihn, und vor seinen Augen verschwamm alles.

Seltsamerweise half ihm Sarahs Nähe, wieder auf die nötige Distanz zu gehen.

Allmählich hörte sie auf zu weinen, und auch das Zittern ließ nach.

Mit einem Seufzen löste sie sich von ihm.

Als Roland seine bandagierten Hände zurückzog, taumelte er leicht und stellte bestürzt fest, dass sie ihn die ganze Zeit über gestützt hatte.

Ein paar ihrer langen Haarsträhnen blieben zwischen seinen Bartstoppeln hängen.

»Tut mir leid«, sagte sie und wischte sich die Tränen weg. »Ich wollte nicht hier vor Ihnen zusammenbrechen.«

Er schüttelte den Kopf, woraufhin die Küche sich sofort vor seinen Augen zu drehen begann. »Ich sollte mich bei Ihnen entschuldigen. Es tut mir leid, Sie da mit reingezogen zu haben.«

Sie nickte, doch die Angst war ihr anzusehen.

Roland nahm ihr Gesicht in beide Hände und strich ihr mit den Daumen über die feuchten Wangen. »Ich werde nicht zulassen, dass Ihnen etwas geschieht. Das verspreche ich Ihnen.«

Mit klopfendem Herzen erwiderte Sarah seinen ernsten Blick. Seine Berührungen und seine Nähe lösten unerwartete Gefühle in ihr aus. Sein wunderschöner Körper war mit Wunden übersät, doch sie konnte nur daran denken, wie es sich wohl anfühlen würde, ihn zu küssen.

Was ist bloß mit mir los?

In seinen Augen glomm etwas Dunkles auf. Mit einem Daumen fuhr er ihr sanft über einen Mundwinkel.

Er senkte den Kopf. Voller Erwartung hielt sie den Atem an.

Ihre Lippen berührten sich schon fast, da nahm Sarah wahr, wie etwas auf dem Boden landete. Sie schaute hinunter und richtete den Blick dann schnell wieder nach oben, denn sein Handtuch war heruntergefallen.

Seufzend bedeckte er seine Scham mit den Händen. »Das ist einer von diesen Tagen«, sagte er so verdrossen, dass Sarah unweigerlich schmunzeln musste.

Als er sich nach dem Handtuch bückte, kippte er zur Seite weg und wollte sich an ihr festhalten. Doch sobald er mit der Hand ihre Schulter berührte, schrie er auf und verlor das Gleichgewicht.

Keuchend versuchte Sarah, ihn zu stützen.

Er geriet ins Wanken und sie mit ihm.

Gott, er wog bestimmt eine Tonne. Bei der Größe und den Muskeln brachte er mit Sicherheit hundert Kilo auf die Waage. Sollte er ohnmächtig werden, würde sie ihn nie und nimmer hochheben können!

Sie zog seinen Oberkörper näher an sich, trat dann zwei Schritte zurück und stemmte sich mit ihrem gesamten Körpergewicht gegen ihn.

Geschafft! Beide standen sie.

Als er diesmal die Arme um sie legte, vermied er es sorgsam, sie mit den Händen zu berühren. »Sarah«, krächzte er.

»Ja?«

Ausdruckslos starrte er vor sich hin. »Falls ich das Bewusstsein verliere und Sie mich nicht aufwecken können …«

Scheiße.

»… warten Sie bis eine Stunde vor Sonnenuntergang und rufen Sie dann Marcus an.«

»Sollten wir das nicht besser sofort tun?«

»Nein, jetzt kann er nicht …« Rolands Augen rollten zurück.

»Nein, nein, nein! Kippen Sie mir hier jetzt nicht aus den Latschen! Wir müssen es noch bis zum Sofa schaffen!«

Roland blinzelte nur träge, als sie ihn schüttelte.

Eilig versuchte sie, ihn in Richtung Futon zu bugsieren. Er machte ein, zwei, drei Schritte, doch dann gaben seine Knie nach und er drohte sie unter sich auf dem Boden zu begraben.

Sarah fluchte, duckte sich blitzschnell unter ihm weg und stieß ihn mit aller Gewalt von sich. Daraufhin landete er etwas unsanft mit dem Rücken auf dem Sofa, die Beine baumelten über einer der metallenen Armlehnen.

Puhh!

Da hatte sie mehr Glück als Verstand gehabt.

»Roland?«

Sie beugte sich über ihn und tätschelte seine kratzige Wange. »Roland?«

Nichts.

Mit dem war nichts mehr anzufangen.

Hoch über den Dächern von Houston standen zwei Gestalten auf dem Williams Tower, die Stiefelspitzen nur Millimeter vom Sims entfernt. Mit seinen vierundsechzig Stockwerken war der Turm das höchste Gebäude in Uptown Houston und ragte hoch über die geschäftige Galeria mit den Geschäften und Büros. Schon bald würde die Sonne aufgehen und sich in den unzähligen Fenstern aus Glas und Stahl spiegeln. Glitzerndes Wasser rann die mehrere Stockwerke hohe, hufeisenförmige Wand des Springbrunnens am Fuß des Turms hinab.

Hätten die beiden imposanten Männer nicht oben auf dem Dach, sondern unten auf der Straße gestanden, wären sie wohl auch an diesem frühen Sonntagmorgen ungewollt aufgefallen, obwohl wenig Betriebsamkeit herrschte. Der eine war über zwei Meter groß, besaß goldbraune Haut und schwarzes, welliges Haar, das ihm bis zur Hüfte reichte. Bei seinem klassischen Gesicht sahen die Frauen oft zweimal hin. Der zweite Mann war etwas kleiner, hatte ebenso feine Züge, doch seine Haut war dunkel wie die Nacht, und ein Meer dünner Rastazöpfe fiel ihm über den Rücken. Auch er zog viele bewundernde Blicke auf sich und ließ so manches Frauenherz höherschlagen.

Ganz in Schwarz gekleidet, trugen beide Männer lange Ledermäntel. Sie waren schon seit zwei Tagen und Nächten unterwegs und dementsprechend erschöpft.

Besorgt steckte der Größere sein Handy zurück in die Tasche und dachte noch einmal über Rolands Worte nach.

»Die Ereignisse haben eine unerwartete Wendung genommen«, bemerkte sein Freund mit einem leichten ägyptischen Akzent.

»Ja.« Wie alle Unsterblichen verfügte auch Daniel über außergewöhnliche Sinne, weshalb er nicht nur Seths Worte, sondern beide Seiten des Gesprächs mitbekommen hatte.

»Ist Roland ein Einzelfall, oder sind bei dir noch mehr Meldungen eingegangen?«

»Bislang handelt es sich um einen Einzelfall.« Doch sein Bauchgefühl sagte Seth, dass dies erst der Anfang war. »Mir gefällt die Sache nicht. Wenn sich Leute zusammenrotten, um uns zu jagen und zu töten, sind es immer Menschen, keine Vampire. Es sind *nie* Vampire.«

David nickte finster. »Es liegt was in der Luft.« Er blickte nach Westen. »Glaubst du, der Anschlag auf Roland hat irgendwas mit unserer Sache hier zu tun?«

»Nein, das hier ist etwas ganz anderes.«

In Houston lebten ungefähr fünfeinhalb Millionen Menschen. Die große Bevölkerungsdichte und die damit einhergehende hohe Verbrechensquote zogen vermehrt Vampire an. Um die Menschen vor ihnen zu schützen, war im Moment ein halbes Dutzend Unsterbliche rund um die Stadt postiert.

Vor etwa einem Monat war der erste von vielen Anrufen bei Seth eingegangen, seine Männer hatten ihm übereinstimmend berichtet, sie hätten ein eigenartiges Gefühl, könnten es aber nicht ergründen.

Zu der Zeit war Seth gerade in Afrika gewesen. Die Vampire hatten sich die gewalttätigen Unruhen und den Völkermord im Sudan zunutze machen wollen und sich in Scharen dort eingefunden. Die Unsterblichen in und um Darfur waren kaum noch gegen sie angekommen, also hatte Seth dort ausgeholfen.

Und da in Houston bis dato nicht wirklich der Notstand ausgebrochen war, hatte er Darfur nicht verlassen wollen, nicht einmal für kurze Zeit. Die Wächter in Houston waren von ihm beauftragt worden, der Sache auf den Grund zu gehen und ihn auf dem Laufenden zu halten.

Bislang hatten sie nichts herausgefunden. Weder waren die Vampire über die Maßen aktiv, noch war die Gewalt unter der Bevölkerung gestiegen. Doch das ungute Gefühl unter seinen Männern blieb. Von Seth gebeten, es genauer zu beschreiben, hatten sie alle gleich geantwortet: Es sei ein Geräusch, wie wenn jemand mit den Fingernägeln über eine Tafel kratze, nur dass die Schallwellen mit zu hoher oder zu tiefer Frequenz übertragen würden, weshalb sie zwar nicht hörbar, aber doch körperlich spürbar seien, was, so die Wächter, sie mit Unruhe und Angst erfülle. Mit jedem Tag steigere sich die Lautstärke und somit auch ihre Furcht.

Besorgt und neugierig zugleich hatte Seth einen Ersatzmann nach Darfur berufen und war dann nach Houston teleportiert, um dort nach dem Rechten zu sehen. Seth vereinte alle Gaben Unsterblicher in sich (von denen die anderen normalerweise nur eine oder zwei besaßen), obendrein verfügte er noch über Fähigkeiten, die kein anderer besaß. Deshalb hatte er bei seiner Ankunft in der Stadt auch etwas gehört, das den anderen verborgen blieb: Eine Frau schrie vor Schmerzen, flehte offenbar um Hilfe. Sie kommunizierte telepathisch, doch da keiner der Unsterblichen vor Ort über telepathische Kräfte verfügte, hatten sie die Schreie eher intuitiv gespürt.

Seth verstand die Frau nicht, was seltsam war, denn er beherrschte so ziemlich jede Sprache, ob alte oder neue. Doch all sein Wissen half ihm nicht, er konnte ihren Aufenthaltsort nicht bestimmen. Es war klar, dass sie ihn hören konnte, denn wenn er versuchte, mit ihr zu reden, wurde ihr Schreien zu einem Wimmern.

Zu zweit würde es leichter sein, die Frau ausfindig zu machen, deshalb hatte er David hergebeten.

»Bilde ich mir das ein«, fragte dieser nun mit tiefer, wohlklingender Stimme, »oder war Roland wirklich so angetan von seiner Retterin?«

»Das bildest du dir nicht ein. Mir kam es auch so vor.«

»Hoffentlich lenkt sie ihn nicht zu sehr ab.«

Seth schüttelte den Kopf. »Roland ist ein Profi.«

Davids Mundwinkel zuckten. »Und ein Eigenbrötler, wie du gesagt hast. Wahrscheinlich kann es die arme Frau gar nicht abwarten, ihn wieder los zu sein.«

Wären die Schreie der Unbekannten aus Houston nicht durch seinen Kopf gehallt, hätte Seth jetzt schallend gelacht. Er schloss die Augen und konzentrierte sich ganz auf ihre Gegenwart, während der schon jetzt heiße texanische Wind ihm um die Nase wehte.

»Du hast recht«, murmelte David neben ihm. »Es kommt von Westen.«

Seth öffnete die Augen und sah seinen Freund an. »Ich gehe in südwestliche Richtung, du in nordwestliche. Vielleicht können wir den Ort so eingrenzen.«

David nickte. »Sie wird immer schwächer. Hörst du das auch?«

»Ja. Wenn wir sie nicht bald finden, wird sie sterben.«

»Ich suche so lange, bis ich nicht mehr kann, und geb dir Bescheid, sobald ich Unterschlupf suche.« Als einer der Ältesten unter den Unsterblichen konnte David mehrere Stunden Sonnenlicht aushalten. Die meisten ertrugen nur wenige Minuten.

»Und ich werde den Rest des Tages weitersuchen.«

»Du solltest dich auch ein wenig ausruhen.«

»Erst, wenn ich sie gefunden habe.«

»Wie du meinst. Ich stehe dann möglichst bald wieder auf.«

»Ich danke dir.«

Und so traten beide einen Schritt vor und begaben sich erneut auf die Suche.

3

Sarah presste zwei Finger an Rolands Hals und stellte erleichtert fest, dass sein Puls ruhig und regelmäßig ging.

Sie richtete sich auf und betrachtete seinen schönen Körper. Diese Vollkommenheit erfüllte sie mit Ehrfurcht, gleichzeitig litt sie mit ihm, denn bei den Verletzungen musste er fürchterliche Schmerzen haben. Wie er so dalag, wirkte extrem unbequem.

Sie ging einmal um den Futon herum, griff ihm unter die Arme und zog ihn weiter auf die Matratze, bis nur noch seine Unterschenkel über die Kante ragten. Was sie für ein leichtes Unterfangen gehalten hatte, kostete sie eine geschlagene halbe Stunde und sie stand anschließend schweißgebadet und schwer atmend da.

Die vielen Filme, in denen die Heldin einen Bewusstlosen über den Boden schleifte, um ihn dann auf den Rücksitz eines Wagens oder den Sattel eines Pferdes zu hieven, waren doch sehr irreführend. Sarah machte regelmäßig Sport, stemmte sechsmal die Woche Gewichte und hatte Roland gerade mal einen halben Meter fortbewegen können.

Zudem war der Futon jedes Mal mitgerutscht, wenn sie Roland gezogen hatte. Morgen würden ihre Schienbeine in allen Farben des Regenbogens schillern. Nachdem sie ihm noch vorsichtig ein Kissen unter den Kopf geschoben hatte (sein Haar fühlte sich ganz weich an), holte sie ihr gesamtes Arsenal an Medikamenten aus dem Badezimmer.

Da kam so einiges zusammen. Als sie letzten Sommer aus Texas hergezogen war, hatte sie sich beim Auspacken ziemlich schlimm an zerbrochenem Glas geschnitten. (Dieser kleine, aber tiefe Schnitt hatten unglaublich wehgetan, deshalb konnte sie sich gut vorstellen, wie Roland leiden musste.) Damals hatte die Wunde einfach nicht aufhören wollen zu bluten, und ihr Verbandszeug war unauffindbar gewesen. Damals hatte sie noch keine Krankenversicherung gehabt (die konnte sie sich jetzt gerade so leisten) und da eine Behandlung in der Notaufnahme sie teuer zu stehen gekommen wäre, hatte sie sich einen Waschlappen mit Klebeband um die Hand gewickelt und war zehn Kilometer bis zum nächsten Walmart gefahren. Dort hatte sie sich für den Fall, dass sie sich beim Auspacken der Umzugskisten noch einmal verletzen sollte, mit Verbandsmull, sterilen Wundkompressen, Heftpflaster und Wundsalbe eingedeckt.

Die Zeit danach hatte sie aber ziemlich unbeschadet überstanden – wovon Roland jetzt profitierte.

Sarah kippte das Verbandszeug und die restlichen Utensilien auf den Tisch, dann ging sie noch Waschlappen und Hamameliswasser holen. In der Küche schnappte sie sich zudem ein paar Schüsseln.

Sie setzte sich neben Roland auf den Futon, ihre Hüfte berührte seine. Als ihr Blick auf seinen Schritt fiel, betrachtete sie ihn genüsslich. Das Handtuch lag noch immer dort, wo es heruntergefallen war, auf dem Küchenboden.

Er war gut bestückt. Ein wenig schämte sie sich dafür, dass sie in dieser Situation so etwas dachte, aber …

Sie wandte den Blick ab, goss Hamameliswasser in eine Schüssel, tunkte den Waschlappen darin ein und begann, vorsichtig den Dreck und das Blut von ihm abzuwaschen.

Sein Gesicht war noch glimpflich davongekommen. Auf der Stirn hatte er eine rote Stelle, wo morgen wahrscheinlich ein stattliches Horn prangen würde. Und unter den Bartstoppeln schimmerte eine Wange bläulich. Seine volle Unterlippe war aufgeplatzt, aber ansonsten war sein Gesicht makellos. Keine geschwollenen Lider, die Haut unter den langen schwarzen Wimpern unversehrt. Auch seine perfekt geformte, gerade Nase hatte nichts abbekommen.

Er sah wirklich gut aus. Nicht so boygroupmäßig niedlich, sondern männlich, kantig, er war eher der Ich-bin-scharf-und-mordsgefährlich-Typ.

Beim Anblick seiner Hände kamen ihr die Tränen. Schon wieder. Dabei heulte sie doch sonst nicht so leicht. Wäre sie nicht so erschöpft gewesen, hätte sie sich vorhin ganz bestimmt zusammengerissen. Aber nach zwei mehr oder minder schlaflosen Nächten war sie einfach am Ende. (Die verdammten Studenten brachten sie um den Schlaf. Zum Glück war das Semester endlich vorbei.)

Er hatte lange schlanke Finger mit kurz geschnittenen Nägeln … und mitten in jeder Hand klaffte ein münzgroßes Loch. Einfach widerlich, zu welchen Abscheulichkeiten Menschen fähig waren.

Sarah säuberte seine linke Hand gründlich mit Hamameliswasser (sie hatte es anstelle von Alkohol genommen, weil es weniger brannte), legte von beiden Seiten sterile Wundkompressen auf, legte einen Verband an und klebte ihn mit Pflaster fest. Mit der rechten Hand verfuhr sie genauso.

Auf Wundsalbe verzichtete sie lieber, denn irgendwo hatte sie mal gelesen, dass man diese besser nicht bei Stichverletzungen benutzen sollte. Dafür trug sie sie großzügig auf die zahllosen Wunden an Armen, Bauch und Beinen auf. An manchen Stellen war die Haut nur aufgeschürft, an anderen klafften tiefe Risse, die mit Pflaster zusammengehalten werden mussten.

Hamameliswasser. Wundsalbe. Pflaster bei Bedarf. Verbandsmull. Sie hatte keine Ahnung, was sie sonst noch für ihn tun könnte.

Wenigstens blutete keine seiner Wunden mehr, ein gutes Zeichen.

Aber irgendwie auch kurios.

Der Schnitt an ihrer Hand hatte damals gar nicht mehr aufgehört. Noch Stunden später, als sie das Handtuch durch einen richtigen Verband ersetzt hatte, war Blut geflossen. Es hatte Tage gedauert, bis die Wunde sich geschlossen hatte.

Doch bei Roland war nichts mehr zu sehen, nicht einmal an den Händen.

Wie konnte das angehen?

Hatte es vielleicht mit seiner Krankheit zu tun? Gerann das Blut von Menschen mit hoher Lichtempfindlichkeit schneller? In dem Fernsehbeitrag über die Kinder war nichts dergleichen erwähnt worden.

Selbst aus den tiefen Stichwunden in seinem Waschbrettbauch sickerte kein Blut mehr. Irgendwie unheimlich.

Nein, nicht nur irgendwie. Das war doch nicht normal. Würde sich sein Brustkorb nicht so gleichmäßig heben und senken, hätte man meinen können, er sei tot.

Sarah ging die Schüssel ausspülen und füllte sie erneut mit Hamameliswasser.

Unter viel Geächze, das nicht sehr damenhaft klang, drehte sie ihn auf die Seite, um sich seinen Rücken anzuschauen.

Lange, tiefe Risse und Verletzungen, die offenbar auch von einem Messer stammten, überzogen seinen Rücken. Zumeist waren sie blutverkrustet und mit Dreck und Gras verklebt. Auch hier waren die Blutungen zum Stillstand gekommen.

Sarah machte sich daran, die Wunden zu verarzten, und fing bei Rolands breiten Schultern an. Er hatte einen kräftigen und muskulösen Rücken. Eine klaffende Wunde zog sich von seiner rechten Schulter bis zur linken Achselhöhle. Es brauchte eine ganze Rolle Pflaster, um den Schnitt zusammenzuhalten. Eine weitere tiefe Wunde sah aus, als wäre der Angreifer mit einer scharfen Waffe am Rippenbogen abgeprallt. An der rechten Seite von Rolands schmalen Hüften verlief ein dritter Schnitt.

Ihr kam das seltsam vor.

Heutzutage trugen Verbrecher doch Schusswaffen. Selbst Kleinkriminelle.

Ganz gleich, welche Feinde Roland sich als Waffenhändler gemacht hatte, warum schossen sie nicht auf ihn, sondern traktierten ihn mit Messern?

Sarah dachte weiter darüber nach, während sie ihn verarztete.

Vielleicht hatten sie keine Aufmerksamkeit auf sich ziehen wollen. Immerhin wäre ein Schuss hier draußen weithin hörbar gewesen.

Andererseits gab es in dieser Gegend kaum Waffenkriminalität. Zumindest im Vergleich zu Houston, wo sie geboren und aufgewachsen war. Hier draußen dachte man bei einem Schussgeräusch an einen Jäger, Schießübungen, einen knallenden Auspuff oder Böller.

Außerdem gab es doch Schalldämpfer.

Sarah lief vor Scham rot an, als sie sich daranmachte, Blut und Dreck von Rolands Po zu waschen. Er besaß den schönsten Hintern, den sie je gesehen hatte. Alle Männer, mit denen sie je ausgegangen war, hatten keinen Arsch in der Hose gehabt, doch Rolands war rund und knackig. Und die Beine erst …

Wie sein übriger Körper waren auch sie muskulös und perfekt austrainiert (nur die Schnittwunde am Oberschenkel störte den Eindruck der Vollkommenheit).

Ihn so zu berühren, während er schlief, kam ihr sehr intim vor. Normalerweise war Sarah Männern gegenüber eher schüchtern und ließ sich nicht so leicht auf Sex ein. (Für die meisten Frauen, die sie kannte, war Sex eher so eine Art Freizeitsport, über Geschlechtskrankheiten machten die sich keinen Kopf.)

Bei ihrem ersten Freund hatte es sich um einen spindeldürren Typen gehandelt. Der zweite war zu Beginn ihrer Beziehung vergleichbar dünn gewesen, hatte jedoch gut 30 Kilo zu viel auf den

Rippen gehabt, als sie sich nach drei Jahren trennten. Und soweit sie sich erinnern konnte, hatte keiner der beiden je eine Hantel angefasst, geschweige denn gestemmt.

Roland dagegen war wie ein Olympia-Athlet gebaut und für einen Augenblick (oder zwei oder drei … vier) wünschte Sarah sich, er wäre unverletzt und sie lockerer.

Nun hatte sie den armen Kerl aber genug angeschmachtet, beschloss sie und stellte Schüssel und Handtuch beiseite. Auf dem schwarzen Bezug des Futons klebten dort, wo Roland mit dem Rücken gelegen hatte, Dreck und Pflanzenteile. Sie hatte keinen Schimmer, wie sie das wieder herausbekommen sollte, aber wichtiger war im Moment, dass nichts davon wieder in die Wunden gelangte.

Aus dem Wäscheschrank neben dem Badezimmer holte sie zwei weiße Laken. Sie breitete eins auf der noch freien Fläche des Futons aus, rollte Roland dann sanft auf den Rücken und deckte ihn mit dem anderen zu.

Nachdem sie das erledigt hatte, stand sie da und starrte ihn minutenlang an.

Er kam ihr zugleich fremd und vertraut vor. Stark, aber dennoch verletzlich.

Sarah biss sich auf die Unterlippe.

Beim Atmen hob und senkte sich sein Brustkorb kaum merklich.

Roland hatte sie gebeten, Marcus erst eine Stunde vor Sonnenuntergang anzurufen. Und auch wenn sie diesem lieber gleich Bescheid gegeben hätte, entschied sie, sich daran zu halten.

Vorerst jedenfalls.

Im Keller eines großen, abgelegenen Farmhauses schlug Bastien seine gelbbraunen Augen auf und suchte die Dunkelheit nach möglichen Eindringlingen ab.

Nachdem er sich vergewissert hatte, dass er allein war, setzte er siegesgewiss ein breites, hämisches Grinsen auf.

Rache war süß.

Endlich war sein Widersacher tot.

Der Unsterbliche Wächter, den man zurzeit unter dem Namen Roland Warbrook kannte, hatte gestern Abend vier von Bastiens Männern getötet, dafür jedoch mit dem Leben bezahlt.

Dafür und noch für so vieles mehr.

Bastien schloss die Augen und kostete seinen Triumph aus. Wie dieser Mistkerl gelitten haben musste, als die Sonne aufging und er bei lebendigem Leib gegrillt wurde!

Natürlich war er nicht wie die Vampire in Filmen in Flammen aufgegangen. Nein, zunächst dürfte er überall Blasen bekommen haben und dann langsam verkohlt sein, wie Fleisch, das man auf dem Grill vergessen hatte. Da sein Körper bereits geschwächt war, hatte keine Selbstheilung mehr einsetzen können. Zudem hatte Bastien so viel Blut von ihm getrunken, dass das parasitäre Virus, von dem sie alle befallen waren, sich gegen seinen Wirt gewandt und ihn von innen aufgefressen haben sollte.

Eine qualvolle Art zu sterben.

Eine, die Roland und seinesgleichen verdienten.

Bastien stand auf und zog schwarze Kleidung an, die ihm in der Nacht Deckung bot. Zum Schluss warf er noch seinen langen schwarzen Mantel über. Erst als er wie gewöhnlich seine Waffen angelegt hatte, entriegelte er die Tür und verließ die Kammer. Unter dem Farmhaus erstreckte sich ein unterirdischer Gewölbekomplex, den er und seine Gefolgsleute mit äußerster Sorgfalt angelegt hatten. Hier waren sie in Sicherheit, wenn sie sich ausruhen mussten. Sicher vor der Sonne. Vor den Menschen. Und den Unsterblichen Wächtern, die ihnen eine solche Anlage gar nicht zutrauten.

Er verzog den Mund zu einem gehässigen Grinsen.

Denen würde das Lachen schon noch vergehen, spätestens wenn ihnen aufginge, dass sie von den Vampiren der Reihe nach ausgeschaltet wurden. Würden die Unsterblichen auch kleinlaut um Gnade winseln wie so viele Vampire vor ihnen, wenn sie erst in der Unterzahl wären?

Bastien betrat einen gewundenen Tunnel, von dem wie bei einem Irrgarten unzählige Gänge abzweigten, die als Sackgassen endeten. Diesen Teil des Labyrinths hatte er eigenhändig gegraben und nur er kannte den Weg zu seiner Kammer. Wer je versuchen sollte, ihn hier aufzuspüren, würde sich verlaufen und nicht mehr allein herausfinden.

Von der Haupthalle, die ursprünglich einmal der Keller des Bauernhauses gewesen war, führte eine Treppe hinauf ins Gebäude. Draußen war die Sonne noch nicht untergegangen, doch das Haus lag im Dunkeln, denn alle Fenster waren sorgfältig verhängt. Die anderen würden noch eine Weile schlafen. Als ältester Vampir unter ihnen erhob sich Bastien für gewöhnlich zuerst.

Die menschliche Dienerschar war allerdings schon auf den Beinen.

Tanner, der Ranghöchste, wartete bereits oben an der Treppe auf ihn. Mit seiner schlanken Gestalt, dem kurzen blonden Haar und der Brille sah er eher aus wie ein Buchhalter als wie der ergebene Angestellte eines Vampirs, und so benahm er sich auch.

»Sie warten in Ihrem Büro auf Sie.«

Bastien nickte voller Vorfreude. Mitsamt zwei verletzten Vampiren hatte er in der Nacht zuvor schnell unter die Erde gemusst und deshalb Derek und Bobby mit Roland zurückgelassen. Sie hatten den Auftrag, nach Sonnenaufgang das, was von Roland übrig war, einzusammeln. Bestimmt waren sie deshalb gekommen.

Als er am Wohnzimmer vorbeiging, sprangen mehrere Männer von der Couch auf. Bastien grüßte sie mit einem Kopfnicken, während er sich vergnügt überlegte, wie er Rolands Überreste zur Schau stellen könnte.

Doch sobald er das Büro betreten hatte, schlug seine heitere Stimmung abrupt um.

Irgendetwas war hier faul. Offenbar fürchteten Derek und Bobby einen seiner gefährlichen Wutausbrüche. Er konnte ihre Angst förmlich riechen, sah ihre verkrampfte Haltung und dass sie die Knie nicht ruhig halten konnten. Unruhig rutschten die Männer auf den Stühlen vor seinem Schreibtisch herum.

»Ihr habt etwas für mich.«

Bei diesen Worten sprangen die beiden auf und fuhren herum, bleich im Gesicht. In der Hoffnung, dass sich der Vampir erkenntlich zeigte, würden sie alles tun, genau deshalb hatte er sie für diese Aufgabe ausgewählt.

»Wo sind die Überreste?«

Die beiden jungen Männer blickten einander erschrocken an. Bobbys Stirn zierte eine riesige Beule.

Derek, der Kühnere von beiden, nahm all seinen Mut zusammen und sagte: »Er, äh … ist entkommen.«

Zorn überkam Bastien und er sah rot. Im Nu hatte er die beiden Jungs gepackt und auf den Schreibtisch geschleudert. Mit den Händen drückte er ihnen die Kehlen zu, sodass sie kaum noch Luft bekamen.

»Als wir gegangen sind, konnte er nicht mal den kleinen Finger bewegen. Er war euch völlig ausgeliefert«, fauchte Bastien. »Was zum Teufel habt ihr gemacht?«

»Wir waren es nicht!«, krächzte Derek. Bobby wimmerte und machte sich in die Hosen. »Wir haben ihn bewacht, wie Sie's angeordnet haben, und dann wurden wir angegriffen.«

»Von wem? Er konnte doch gar keine anderen Wächter rufen.«

»Ich weiß es nicht.« Derek röchelte und würgte, bis Bastien den Griff um seinen Hals ein wenig lockerte. »Ich hab nicht gesehen, wer es war. Bobby sagt, da war so eine verrückte Schlampe mit einer Schaufel. Sie hat uns eins übergebraten und dann den Unsterblichen weggeschafft.«

»Eine Frau?«, knurrte Bastien wütend. »Ihr habt euch von einer normalsterblichen Frau mit einem einfachen Gartenwerkzeug überwältigen lassen?«

»W… Wir haben sie nicht kommen hören«, platzte Bobby heraus. »Die war … irre leise.«

Vielleicht eine Sekundantin?

Aber warum war sie dann nicht besser bewaffnet gewesen?

Bastien hob die Männer hoch und stieß sie so heftig wieder auf die hölzerne Platte des antiken Schreibtischs, dass diese zerbarst. »Zum Teufel mit euch! Wir hatten ihn schon! Ihr wollt zu uns gehören, aber gibt man euch eine Kleinigkeit – eine Winzigkeit – zu tun, *verbockt ihr es*!«

Noch jetzt spürte er die Wunde, die er in der vergangenen Nacht davongetragen hatte, und er brüllte vor Zorn so laut, dass er sämtliche Vampire weckte.

Seine Reißzähne schossen hervor.

Die jungen Männer begannen zu schreien.

Mitleidslos beugte sich Bastien über Derek und bohrte ihm die Zähne in den Hals.

Roland verspürte beim Aufwachen einen nagenden Hunger. Das Bedürfnis nach Blut war übermächtig. Hätte er doch nur eine Ration bei sich gehabt, dann wären seine Verletzungen längst im Schlaf verheilt. So aber nicht. Er hätte sich die Zeit nehmen sollen, von dem Dreckskerl zu trinken, der mit dem Messer auf ihn losgegangen war.

Doch dann hätte Sarah Angst vor ihm bekommen.

Sarah.

Er riss die Augen auf, sah sie in der Küche. Gerade klappte sie die Backofentür zu und hängte einen Topflappen zurück an den Haken an der Wand.

Statt der blutverschmierten Klamotten trug sie ein enges olivgrünes T-Shirt, das ihre schmale Taille und die üppigen Brüste betonte, dazu eine helle, tief sitzende Jeans, die ihre runden Hüften und ihren verführerischen Hintern gut zur Geltung brachte. Ihr Haar war noch feucht vom Duschen und fiel ihr in üppigen Wellen über den Rücken.

Roland kniff die Augen zusammen. Hatte sie sich am Ellenbogen verletzt? War das bei der Rettungsaktion passiert?

Über die Schulter hinweg sah sie ihn kurz an, wandte dann den Blick ab, um gleich darauf erneut herüberzuschauen. Nun strahlte sie ihn an. »Sie sind ja wach.«

»Ja.«

Mit besorgter Miene kam sie auf ihn zu. »Wie geht es Ihnen?«

»Unverändert.« Soweit es ging, wollte er ehrlich sein. »Wie lange habe ich geschlafen?«

»Fast vier Stunden.«

Erst jetzt fiel ihm auf, dass er frisch gewaschen war, dass Pflaster und Verbände seine Wunden zierten.

»Waren Sie das?«

»Ja.«

Er bewegte seine bandagierte linke Hand ein wenig. »Guter Wundverband. Sind Sie Ärztin?«

Sie lächelte gequält. »Ich habe zwar einen Doktortitel, aber nicht in Medizin, sondern in Musik. Ich unterrichte in Chapel Hill, an der University of North Carolina.«

Schön *und* klug, eine faszinierende Kombination. »Sie haben ganze Arbeit geleistet. Danke schön.«

Ihre Güte erstaunte ihn noch immer. Nicht einmal ein Sekundant hätte ihn gewaschen und zugedeckt, sondern sich höchstens über die nächtliche Störung beklagt und ihn mit Blut versorgt.

Bilder von ihr, wie sie seinen nackten Körper im Schlaf berührte, schossen ihm durch den Kopf.

Wäre er doch bloß nicht ohnmächtig geworden.

Sarah sah bedrückt aus, sie faltete nervös die Hände vor dem Körper.

Er runzelte die Stirn. »Haben Sie etwas auf dem Herzen?«

»Ich würde Sie gern etwas fragen, möchte Ihnen aber nicht zu nahe treten …«

Verdammter Mist. Waren seine Reißzähne etwa im Schlaf herausgefahren? Blitzschnell ließ er die Zunge darübergleiten, alles in Ordnung. Doch möglicherweise hatte sie sie irgendwann zuvor gesehen und war deshalb so unruhig.

»Fragen Sie mich einfach«, sagte Roland. Was sollte er nur sagen, wenn sie ihn fragte, ob er ein Vampir sei?

Sie holte tief Luft und nickte. »Sind Sie HIV-positiv?«

Erstaunt riss er die Augen auf. Damit hatte er nun überhaupt nicht gerechnet. »Nein.«

»Sind Sie da ganz sicher? Viele Menschen wissen gar nicht, dass sie infiziert sind.«

»Da bin ich hundertprozentig sicher. Kein HIV. Keine Hepatitis. Gar nichts. Ich bin kerngesund.«

Erleichtert lächelte sie ihn an. »Ein Glück.«

Er konnte ihre Sorge gut nachvollziehen, schließlich war sie mit seinem Blut in Kontakt gekommen, und wenn sie selbst auch noch offene Wunden hatte …

Abermals runzelte er die Stirn. »Haben Sie sich verletzt?«

Sie zog die Nase kraus und hielt ihre abgeschürften Handflächen hoch. Dabei sah man auch die große Schramme an ihrem rechten Ellenbogen. »Ich hatte gar nicht mehr daran gedacht. Erst, als ich mit Ihnen fertig war. Na ja … und dann habe ich mir schon ziemliche Sorgen gemacht.«

Roland richtete sich langsam auf, er biss die Zähne zusammen, denn es fühlte sich an, als würde ihm abermals in den Bauch gestochen.

»Was machen Sie denn da?«, fragte sie, als er die Beine herumschwang – wobei er sorgfältig darauf achtete, dass das Bettlaken um seine Hüfte nicht verrutschte.

Sobald der Schmerz nachließ, entspannten sich seine Züge wieder, und er deutete neben sich. »Setzen Sie sich einen Moment zu mir.« Die Aufforderung klang mehr wie eine Frage.

Schüchtern nahm sie neben ihm Platz.

Roland nahm ihre Hände und besah sich die roten Striemen. »Wie ist das passiert?«

»Irgendetwas hat mich umgerissen, kurz bevor ich Sie dann fand«, antwortete sie. »Es war so groß und schnell, dass ich es zunächst für einen Bären gehalten habe, aber ...« Sie legte den Kopf schief und sah ihm in die Augen. »Waren Sie und die anderen das?«

So musste es wohl gewesen sein. Allerdings konnte er sich nicht erinnern, sie gesehen zu haben oder in sie hineingerannt zu sein. Aber wenn man gegen drei Vampire kämpfte (vier hatte er zu dem Zeitpunkt schon erledigt) und noch dazu übernatürlich schnell rannte, konnte man schon mal das eine oder andere Detail übersehen.

»Ich weiß es nicht. Ich habe mich voll auf meine Gegner konzentriert und sonst kaum etwas wahrgenommen.«

Auf dem Sofatisch lagen die Überbleibsel ihrer Erste-Hilfe-Ausstattung. Er ließ ihre Hände los und schnappte sich eine halb leere Flasche Hamameliswasser und einen sauberen Waschlappen.

»Habe ich irgendwo etwas übersehen?«, fragte sie und suchte mit den Augen seinen Körper ab.

Roland sah flüchtig an sich hinunter. »Soweit ich sehen kann nicht.« Sobald er Blut bekäme, würden die Wunden dank Sarahs Pflege sehr schnell heilen.

Der Deckel der Flasche ließ sich ganz leicht abschrauben. Er tauchte den Waschlappen ein und stellte das Hamameliswasser zurück auf den Tisch.

»Was machen Sie denn …?«

Sie stockte, als er eine ihrer geschundenen Hände griff und vorsichtig die Wunde säuberte.

»Oh. Oh, nein. Das ist doch nicht nötig, das müssen Sie wirklich nicht.«

»Doch, muss ich«, antwortete er leise, aber bestimmt.

Diese Frau hatte zwei Männer k.o. geschlagen, die darauf aus gewesen waren, ihn zu Tode zu foltern, ihn befreit, über die Wiesen geschleppt, ihm bei sich Unterschlupf gewährt und seine Wunden verarztet.

Das war das Mindeste, was er für sie tun konnte.

Sarahs Herz schlug schneller, während er ihre Schürfwunden pflegte. Wie klein ihre Hand in seinen wirkte.

Ihr waren die Schrammen wirklich erst wieder in den Sinn gekommen, als sie sich sein Blut von den Händen gewaschen hatte. Die Stellen hatten beim Kontakt mit dem Wasser gebrannt und dann zu pochen angefangen.

Roland legte den Waschlappen weg, griff nach der Wundsalbe und kämpfte mit dem Tubendeckel. Die Anstrengung war ihm anzusehen.

Es muss ihm höllische Schmerzen bereiten, die Hand so zu bewegen. Für sie grenzte es schon an ein Wunder, dass er überhaupt dazu in der Lage war. Bei einem Loch von dieser Größe mussten doch auch Sehnen und Nerven verletzt worden sein.

Sie wollte nach der Tube greifen. »Lassen Sie mich doch …«

Warnend sah er sie an.

Daraufhin zog sie ihre Hand eilig wieder zurück. »Schon gut.«

Nachdem er es endlich geschafft hatte, drückte er einen großzügigen Klecks der durchsichtigen Salbe heraus und verteilte ihn so sanft auf ihrer Handfläche, dass sich ihr Puls beschleunigte.

Und als hätte er gespürt, dass ihr Herz auf einmal schneller schlug, sah er ihr tief in die Augen.

Sarah wollte seinem Blick ausweichen, aber irgendetwas hielt sie in Bann.

Warum reagierte sie so stark auf ihn?

Mit langsamen, kreisenden Bewegungen verstrich er die Creme. »Tue ich Ihnen weh?«, fragte er mit einer Stimme, die sie an geschmolzene Schokolade erinnerte und ebenso verführerisch war.

Sarah bekam keinen Ton heraus, schüttelte nur stumm den Kopf.

Statt des Brennens verspürte sie nun ein angenehmes Kribbeln in der Handfläche.

Vorsichtig legte Roland eine sterile Wundkompresse auf die Abschürfungen und verband sie dann.

Anschließend verarztete er ihre zweite Hand ebenso vorsichtig. Als er fertig war, hielt er ihre beiden Hände in seiner.

»Nun passen wir zusammen«, sagte sie neckisch.

Mit strahlenden Augen wies er sie darauf hin, dass eine Hand von ihr kaum seinen Handteller ausfüllte. »Nicht ganz.«

Sie lächelte.

»Sarah, ich muss Sie jetzt unbedingt etwas fragen.«

Sofort wurde sie wieder ernst und beugte sich zu ihm hin. »Was denn?«

Er rutschte noch ein klitzekleines bisschen näher, durchbohrte sie förmlich mit seinem Blick. »Riecht es hier wirklich nach Pizza? Ich bin nämlich total ausgehungert.«

Seine Mundwinkel zuckten.

Sarah musste lachen. »Ja, das ist Pizza.« Sie sah auf der Digitalanzeige des DVD-Players nach der Uhrzeit. »Und die sollte jetzt gut sein.«

Als sie aufstand, lächelte er ihr zu, eine seiner rabenschwarzen Haarsträhnen fiel ihm dabei in die lädierte Stirn und verlieh ihm jungenhaften Charme.

»Ich habe gehofft, dass Sie aufwachen würden«, sagte sie und begab sich in die Küche, »und mir überlegt, was Sie wohl ohne Besteck essen könnten. Ich dachte, wenn ich mit dem Löffel ankäme und Sie füttern wollte, würden Sie mir was husten.«

»Stimmt, das hätte ich. Pizza ist perfekt. Danke.«

Sie schnappte sich einen Topflappen und hoffte, er würde seine Meinung nicht ändern, wenn er ihr Werk erst zu Gesicht bekäme. Hitze schlug ihr entgegen, als sie die Ofentür öffnete. Sie zog das Blech heraus und stellte es zum Abkühlen auf den Herd. Aus unerfindlichen Gründen gingen die meisten Amerikaner davon aus, ein Essen ohne chemische Zusätze würde nicht schmecken. Sie rümpften die Nase, ohne es überhaupt jemals probiert zu haben.

Falls Roland auch zu dieser Sorte gehörte, hatte er Pech gehabt. Dann musste er eben hungrig bleiben.

Mit einem Seufzen schloss sie die Ofentür. Das war doch Blödsinn. Natürlich würde sie ihn nicht verhungern lassen, sondern ihm etwas anderes machen und sich insgeheim ärgern.

»Möchten Sie Wasser oder Tee zum Essen?«

»Einen Tee bitte.«

Sarah lächelte. Roland hatte in den wenigen Stunden, die sie sich kannten, häufiger Bitte und Danke gesagt, als ihr Exfreund Tom im gesamten letzten Jahr.

Sie stellte zwei Gläser und einen Krug mit Eistee auf den Tisch, dann ging sie noch einmal Teller, Servietten und das Essen holen.

Roland starrte auf die Pizza, während Sarah sie in Stücke schnitt. »Das ist Bio-Pizza.«

Und los geht's. »Ich weiß, aber probieren Sie bitte trotzdem …«

»Das muss ich nicht erst«, unterbrach er sie. »Ich weiß, wie lecker sie schmeckt. Ich esse sie dauernd.«

Sprachlos vor Staunen sah sie zu, wie er sich ein Stück mit Gemüse und Ziegenkäse in den Mund stopfte und es beinahe ohne zu kauen hinunterschlang.

Verdammt! Dieser Mann ist einfach perfekt! Er sah gut aus, war nett, tapfer, loyal, brachte die Bösen zur Strecke *und* stand auch noch auf Bio-Essen.

Wenn die Sache hier überstanden wäre, würde er sie hoffentlich mal zum Essen einladen. Ansonsten müsste sie eben mal ihre Schüchternheit überwinden und ihn einladen.

Ein zweites Stück verschwand ebenso schnell wie das erste.

»Ich habe noch eine Pizza im Gefrierschrank«, sagte sie und verkniff sich das Lachen. »Soll ich die auch noch aufbacken?«

»Ja, gerne«, sagte er so begierig wie ein kleiner Junge, dem man gerade ein großes Stück Schokoladenkuchen angeboten hat.

Bereitwillig schob Sarah noch eine zweite Pizza in den Ofen. Dann setzte sie sich neben Roland und genoss selbst ein Stück, denn sie hatte seit dem Abend zuvor nichts mehr gegessen.

Wie sie schnell herausfand, war Roland selbst beim Essen ein echter Schatz.

»Hier, nehmen Sie dieses Stück, da ist der meiste Käse drauf«, sagte er, nachdem sie mit ihrem ersten fertig war.

Er aß die Stücke mit der angebrannten Kruste und überließ ihr die besten. Sobald sie etwas getrunken hatte, schenkte er ihr Tee nach. Zudem war er ein toller Gesprächspartner. Jetzt, da sie entdeckt hatten, dass sie mehr verband, als vor wenigen Stunden gemeinsam eine lebensgefährliche Situation gemeistert zu haben, unterhielten sie sich fast wie alte Freunde.

»Haben Sie schon mal die geriffelten Ofenpommes ausprobiert?«, fragte sie.

»Was heißt ausprobiert? Ich bin süchtig danach.«

»Und Soja-Eis?«

»Davon hab ich drei Sorten in der Truhe.«

»Tofubraten?«

»Die armen Tofubraten haben so einen schlechten Ruf.«

Beide lachten sie.

Auch das gefiel ihr an ihm. Das tiefe Grollen, das aus seiner Brust aufstieg und ihn selbst zu überraschen schien, so, als würde er nur selten lachen.

Schnell waren beide Pizzen vertilgt und der Krug mit Eistee geleert. Satt und schläfrig hingen Sarah und Roland Schulter an Schulter auf dem Futonsofa.

Sarah gähnte hinter vorgehaltener Hand. Sie sah so erschöpft aus, wie Roland sich fühlte; mit vollem Bauch war sie bestimmt auch kurz davor wegzunicken.

Ihm kam alles so unwirklich vor … beinahe wie in einem Traum, der sich nach einem schweren Essen spät am Abend einstellte. Seit seiner Verwandlung war er nicht mehr solchen körperlichen Schmerzen ausgesetzt gewesen, und dennoch hatte er die letzte Stunde genossen. Es war angenehm, mit dieser schönen Frau zu essen, zu lachen und eine vertrauliche Nähe zu erleben, so, als wären sie nicht Unsterblicher und Sterbliche.

Als wäre er nicht neunhundertsiebenunddreißig, sondern nur achtundszwanzig oder dreißig Jahre alt.

Als könnte er noch jemandem Vertrauen schenken. Oder Freundschaft. Oder gar mehr.

In seinem früheren Leben hatte er Augenblicke wie diesen zu schätzen gewusst – mit seiner Frau an der Tafel im großen Saal zu sitzen, vom selben Holzteller zu essen und ihr die leckersten Bissen in den Mund zu schieben, ihren liebevollen Blick und ihr glockenhelles Lachen zu ernten.

Doch wenn ihn dieses verräterische Miststück eins gelehrt hatte, dann, dass nichts so war, wie es schien.

»Wenn Sie nichts dagegen haben, rufe ich jetzt mal bei Marcus an.«

»Klar.«

Sarah durchwühlte den kleinen Müllberg, der sich inzwischen auf dem Tisch gebildet hatte, nach dem Zettel mit der Nummer.

»Hier.« Sie reichte ihm die Notiz und das Telefon.

»Danke schön.«

Ihr Lächeln wurde breiter und ging in ein Gähnen über. »Tut mir leid, aber ich habe letzte Nacht kein Auge zugetan.«

Rolands Miene verdüsterte sich. »Warum nicht?« Hatten die Vampire, die ihn hierher gelockt hatten, sie etwa schon vorher terrorisiert?

Sie verzog das Gesicht. »Das Frühlingssemester ist gerade vorbei, und einer dieser verwöhnten Erstsemesterstudenten hat sich beim Dekan über mich beschwert. Er behauptet, ich hätte ihm eine 4,0 gegeben, weil ich ihn nicht leiden könne. Ich unterrichte hier erst seit einem Jahr, deshalb wusste ich überhaupt nicht, wie der Dekan reagieren würde.«

»Haben Sie Ärger bekommen?«

»Nein. Der Student hatte nur die Hälfte seiner Seminararbeiten abgegeben und ist dann auch noch bei den meisten Prüfungen durchgefallen. Der gesamte Fachbereich wusste, dass er nur Mist erzählt, und die Kollegen sind mir zur Seite gesprungen. Trotzdem hat es an meinen Nerven gezehrt.«

»Das kann ich mir vorstellen.«

»Aus dem Grund war ich auch schon so früh draußen zugange. Ich dachte, ein paar Stunden Umgraben würden mich so auslaugen, dass ich danach bestimmt schlafen könnte. Ich bin nämlich dabei, mir einen Gemüsegarten anzulegen.«

Roland verzog das Gesicht. »Tut mir leid, dass ich Ihre Pläne durchkreuzt habe.«

Doch sie lächelte. »Dafür brauchen Sie sich nicht zu entschuldigen.«

Roland ging davon aus, dass Sarah wieder mithören wollte (an ihrer Stelle hätte er es gewollt, aber man sagte ihm ja auch Paranoia nach), und so drückte er auf die Lautsprechertaste, bevor er Marcus' Nummer wählte.

Beim vierten Klingeln meldete sich jemand mit gereizter Stimme, offenbar hatte Marcus tief und fest geschlafen. »*Was?*«

»Marcus, ich bin's, Roland.«

»Roland?« Er klang überrascht, was nicht weiter verwunderlich war, denn sie hatten seit mindestens zehn Jahren keinen Kontakt mehr gehabt. »Hey, wie geht's dir?«

»Um ehrlich zu sein …«

»Moment mal. Du rufst doch nur an, wenn du vollkommen verzweifelt bist. Was ist passiert?«

Roland blickte vorsichtig zu Sarah.

Sie lächelte und sagte leise: »Ich glaube, ich erkenne hier ein Muster.«

»Wer zum Teufel war das?«, wollte Marcus wissen, offensichtlich schockiert darüber, dass Roland am helllichten Tag jemanden bei sich hatte, noch dazu eine Frau.

»Eine Unschuldige, die mir zu Hilfe gekommen ist.«

»Du brauchtest Hilfe?«

»Ja, das erkläre ich dir später. Ich muss dich um einen Gefallen bitten.«

»Schieß los.«

»Ich brauche *Medikamente*«, sagte er bedeutungsvoll, dann ließ er sich von Sarah die Adresse geben und nannte sie Marcus.

»Wie schlimm bist du verletzt?«

Roland wollte gerade antworten, da platzte Sarah auch schon heraus. »Schlimm.«

Sie zuckte mit den Schultern. »Tut mir leid, dass war unhöflich, aber ich hatte Angst, Sie würden wieder alles herunterspielen.«

»Wie viel Blut hast du verloren?«, hakte Marcus nach.

»Ziemlich viel«, gestand er.

Sarah entlockte ihm ein Lächeln, indem sie ihm anerkennend den Arm tätschelte und ihn anstrahlte.

»Hältst du noch bis heute Abend durch?«

»Ja.«

Sarah runzelte die Stirn.

»Also gut, dann bringe ich dir alles Nötige heute Abend vorbei.«

»Super.«

Sarah beugte sich vor und flüsterte ihm ins Ohr: »Sie brauchen auch noch ein paar Klamotten.«

»Ach ja«, sagte Roland, ihre Nähe brachte ihn aus dem Konzept. »Ich brauche auch noch was zum Anziehen.«

Daraufhin folgte ein langes Schweigen.

»Was zum Anziehen?«, wiederholte Marcus.

»Ja.«

»Darf ich fragen, warum?«

»Nein.«

»Na gut«, sagte er amüsiert. »Klamotten und Medikamente. Ich komme so bald wie möglich.«

Daraufhin legte Roland auf und stellte das Telefon zurück auf den Tisch. Sarah beobachtete ihn, mit ihren haselnussbraunen Augen blitzte sie ihn vergnügt an.

»Ich bin kein Eigenbrötler«, sagte er, obwohl er eigentlich sehr wohl einer war, denn er fand es auf einmal wichtig, dass Sarah nicht so von ihm dachte.

Nun strahlte sie ihn richtig an. »Sie wollen einfach nur Ihre Ruhe.«

»Nicht immer«, sagte er und schenkte ihr ebenfalls ein Lächeln. »Heute nicht.«

»Das behaupten Sie jetzt nur, weil Sie von mir Pizza bekommen haben«, neckte sie.

»Vielleicht«, gab er zurück, und sie lachte. »Sie haben nicht zufällig etwas in meiner Größe zum Anziehen? Wenn Marcus mich hier in ein Bettlaken gewickelt vorfindet, wird er mich ewig damit aufziehen.«

»Nein. Doch. Hm … nee. Ich dachte an das grüne Hemd, das ich heute Morgen anhatte, aber Sie sind viel breiter als mein Ex.«

»Exmann?«

»Exfreund. Und ansonsten hab ich nur Sachen in meiner Größe.«

Gedankenverloren nickte er, konnte es sich dann aber nicht verkneifen zu fragen: »Gibt es denn aktuell einen Freund, der nach Hause kommen und mich hier nackt auf dem Futon vorfinden könnte?« *Wie unauffällig.*

»Nein. Und wie steht es mit Ihnen? Gibt es in Ihrem Leben jemanden, der Ihnen die Hölle heißmachen wird, weil Sie einen ganzen Tag mit mir verbracht haben?«

»Nein, weder Frau noch Freundin«, antwortete er unwillkürlich, wobei ihn ihre Frage verwunderte.

War sie etwa an ihm interessiert?

Warum? Er war doch völlig im Eimer. Außerdem hätte sie bei der Rettungsaktion auch draufgehen können.

»In Houston hatte ich mal einen Freund, der bei der Polizei war. Er meinte, Frauen würden immer ziemlich negativ reagieren, wenn er damit rausrückte, dass er Polizist sei. Für Sie muss es ja noch schwerer sein, eine Beziehung zu führen, schließlich ist ein Großteil Ihrer Arbeit geheim.«

Wenn Sie wüsste. »Ja, das macht es nicht einfacher.«

Wieder unterdrückte sie ein Gähnen.

»Wollen Sie sich nicht ein wenig hinlegen?«, fragte er. »Sie haben mich so schön zusammengeflickt, dass es mir eigentlich ganz gut geht.«

»Von wegen«, protestierte sie mit einem ungläubigen Lachen. »Sie haben Schmerzen und fühlen sich hundeelend. Ich lass Sie jetzt auf gar keinen Fall allein. Bis Ihr Freund heute Abend kommt, werden Sie mich wohl ertragen müssen, tut mir leid.«

»Das Schicksal meint es gut mit mir«, sagte er lächelnd.

Sie erwiderte sein Lächeln und begann, die Servietten auf dem Backblech zu stapeln. »Ich räume den Tisch mal ab, wir könnten ja einen Film gucken oder Fernsehen.«

»Hört sich gut an.« Trotz der ganzen Schmerzen war ihm leicht ums Herz, als er ihr dabei zusah, wie sie das Geschirr wegtrug.

4

Bei Sonnenuntergang erwachte Roland mit unerträglichen Schmerzen. Nur mit äußerster Konzentration gelang es ihm, sie auszublenden, um seine Umgebung wahrzunehmen.

Der Fernseher lief noch, ein Nachrichtenkanal, der Ton war leise gestellt. Er lag auf dem Rücken, das rechte Bein gegen die Polster gelehnt, das linke baumelte über die Kante. Zu seiner größten Verwunderung – beinahe hätte er darüber seine Schmerzen vergessen – lag Sarah friedlich schlummernd mehr oder weniger auf ihm.

Ihr Kopf ruhte auf seiner Brust. Ihr Haar, das einen angenehmen Geruch nach Zitrone verströmte, hatte sich schon wieder in seinen Bartstoppeln verfangen und fiel ansonsten in wirren Strähnen über seine Schulter. Mit einer ihrer schmalen Hände hielt sie locker seine Schulter umklammert. Ihre Brüste ruhten warm und weich auf seinem Bauch. Und allen Verletzungen zum Trotz erregte es ihn, ihre Hüften auf seinen Leisten zu spüren.

Er gab der Versuchung nach und schlang die Arme um sie, vergrub sein Gesicht in ihrem seidigen Haar.

Sie regte sich, umklammerte seine Schulter fester und kuschelte sich an ihn, schlief aber weiter.

Seit mehr als neunhundert Jahren hatte er nicht mehr mit einer Frau geschlafen – geschlafen im wörtlichen Sinn –, war er nie bereit gewesen, solche Nähe zuzulassen. Nicht einmal bei Mary, obwohl die ihm doch die große Liebe vorgespielt hatte. Damals, als er ihr den Hof gemacht hatte, erlaubte die Etikette solche Intimitäten nicht, zudem fürchtete er ihre Reaktion. Für den Fall, dass sie sein Geheimnis herausfinden sollte, hatte er sich ihr nicht schutzlos ausliefern wollen.

Sarah wusste nicht, was er war, und er hatte auch nicht vor, es ihr zu sagen. In ihren Augen wollte er weder die gleiche Abscheu lesen wie in Beatrices, noch sollte sie ihn so angsterfüllt anschauen wie Mary damals.

Sarah hielt ihn für einen ganz gewöhnlichen Mann.

Als er daran dachte, wie schnell ihr Herz bei seiner Berührung geschlagen hatte, spürte er wieder die Erregung.

Nun ging ihr Puls langsam und ruhig, ihr Blut rief förmlich nach ihm, drängte ihn, seinen Hunger zu stillen. Mit hämmerndem Herzen lauschte Roland den ruhigen Schlägen.

Er fuhr ihr durch die seidigen Locken, legte eine Hand auf ihren samtweichen Hals, direkt über der Halsschlagader.

Wie sie wohl schmeckte? Süß, so wie auch ihr Lächeln war? Oder feurig wie es zu ihrer kühnen und unerschrockenen Art passen würde? Würde ihr Blut seinen Schmerz betäuben oder sein Verlangen entfachen?

Die Selbstheilung kostete Kraft, und das Bedürfnis nach Blut wurde überwältigend.

Rolands Reißzähne traten hervor und wurden länger.

Nur einen Schluck. Sarah schläft und sie braucht es nie zu erfahren.

Er könnte sie ein wenig zu sich heranholen und die Lippen auf die zarte Haut an ihrem Hals pressen …

Stöhnend fuhr er ihr mit der Zunge über die Halsschlagader … dann erstarrte er.

Erschrocken wich er zurück.

Wann hatte er sie zu sich gezogen?

Gerade noch hatte er sich vorgestellt, wie sie wohl schmecken mochte, und schon berührten seine Lippen ihre Haut. Verlor er langsam die Kontrolle?

Roland konzentrierte sich darauf, dass die Reißzähne zurückgingen.

»Sarah.« Er schüttelte sie sacht.

Sie rührte sich nicht.

Auf einmal bekam er es mit der Angst zu tun. Hatte er sie etwa schon gebissen? War er schon so weggetreten, dass er alles Blut aus ihr herausgesaugt hatte, ohne es zu merken?

Er strich ihr das Haar aus dem Gesicht, untersuchte ihren Hals nach Bisswunden, fand aber keine. Außerdem waren seine Verletzungen noch nicht verheilt, also konnte er nicht von ihr getrunken haben.

»Sarah«, sagte er erneut, diesmal ein wenig lauter.

»Hmmmm.«

»*Sarah*«, diesmal schrie er fast.

Sie machte die Augen auf. »Was?«

Vor Erleichterung hätte Roland beinahe losgelacht. Sie hatte einfach nur einen tiefen Schlaf.

Sarah blinzelte irritiert und lächelte ihn dann verschlafen an. »Oh. Hi.«

Er erwiderte das Lächeln. »Hallo.«

Mal sehen …

Als sie wieder ganz zu sich kam, riss sie entsetzt die Augen auf. »Oh! Ich bin eingeschlafen.«

»Wir beide.«

»Aber ich bin auf Ihrem Bauch eingeschlafen.«

»Und normalerweise würde ich mich auch nicht beschweren, aber meine gebrochenen Rippen …«

Sie errötete leicht. »Tut mir wirklich leid.«

Als Sarah versuchte, sich aufzurichten, spürte sie sein hartes Glied an ihrem Bauch. Sie hielt inne und sah ihn an.

»Äh, ja. Tut mir leid«, sagte er verlegen. »Ich kann nichts dafür.

Sie sind eine sehr schöne Frau und mein Körper reagiert dementsprechend.«

Und damit war er nicht allein. Auch sie reagierte auf ihn, ihr Mund wurde trocken. Sie verspürte ein Kribbeln im Schoß.

Er hörte auf zu lächeln.

Sarah schluckte, hielt seinem Blick stand …

Sie hielt den Atem an.

Seine Augen leuchteten – leuchteten wirklich – seltsam bernsteinfarben. Erschrocken rückte sie von ihm ab, bis sie die kalte Metalllehne des Futons im Rücken spürte.

Er richtete sich auf, ein Schatten huschte über sein Gesicht. »Was haben Sie denn?«

Vor Angst schlug ihr das Herz bis zum Hals, Sarah hüpfte regelrecht vom Sofa, um möglichst viel Abstand von ihm zu gewinnen. »Ihre Augen.«

Er sah an sich hinunter und zog das Laken um seine Hüften zurecht. »Was ist mit ihnen?«

»Sie …«

Roland blickte hoch.

Seine Augen waren wieder braun, tief dunkelbraun. Ein wachsamer Ausdruck lag darin. »Ja?«

Hatte ihr das Licht einen Streich gespielt?

Stell doch nicht immer alles infrage. Du weißt, was du gesehen hast.

»Sie haben geleuchtet«, beendete sie den Satz und erwartete, er würde alles abstreiten.

»Ach so«, sagte er, als hätte sie gerade beiläufig erwähnt, dass es morgen regnen sollte. »Das tut mir leid. Es ist so viel passiert, da habe ich ganz vergessen, Sie vorzuwarnen.«

»Wovor?«, fragte sie nervös.

Welche plausible Erklärung sollte er für das Leuchten haben? Es war wie in einem Science-Fiction-Streifen.

»Die Lichtempfindlichkeit betrifft auch meine Augen. Man hat mir gesagt, sie würden bei einem bestimmten Lichteinfall seltsam schimmern oder glänzen.«

»Oh.« Ihr Puls beruhigte sich allmählich. »Das tun sie tatsächlich.«

»Verzeihen Sie mir, ich wollte Ihnen keine Angst einjagen.«

»Das haben Sie nicht«, log sie und kam sich scheußlich vor. *Meine Güte!* Er konnte gar nichts dafür, und sie hatte so überreagiert, war in die letzte Zimmerecke geflohen, als hätte er die Pest. »Ich … Ich habe einfach nicht damit gerechnet«, sagte sie lahm.

Sie setzte sich neben ihn auf das Sofa und fragte vorsichtig: »Worunter leiden Sie eigentlich?«

»Porphyrie.«

Porphyrie, wiederholte sie stumm. Hatten die Kinder in der Reportage das auch gehabt? »Kann man daran sterben?«

»Schon, wenn die Sonne mich heute vor Ihnen gefunden hätte.«

Bei dem Gedanken wurde ihr übel. »Also solange Sie die Sonne und andere helle Lichtquellen meiden …«

»… bringt mich die Krankheit nicht um.«

Ein Glück. »Könnten Sie erblinden?«

»Nein, meine Augen sind bloß lichtempfindlich, abgesehen von dem Leuchten ansonsten aber nicht beeinträchtigt.«

Sarah legte ihm eine Hand auf den Arm. »Es tut mir leid, dass ich so überreagiert habe – und dass ich auf Ihnen eingeschlafen bin.«

»Machen Sie sich keinen Kopf, Ihre Reaktion ist doch absolut verständlich. Und das mit dem Schlafen …« Er lehnte sich ein wenig vor und lächelte schelmisch, »… habe ich sehr genossen.«

Sarah lachte auf. »Ich hätte nicht gedacht, dass jemand in Ihrem Zustand darauf noch anspringt.

Er verzog das Gesicht. »Tja, das hat mich selbst überrascht.«

Damit gab er zum ersten Mal indirekt zu, Schmerzen zu haben.

Seine Selbstbeherrschung war bewundernswert. An seiner Stelle hätte sie sich die Seele aus dem Leib geschrien und um Schmerzmittel gebettelt. So wäre es wohl auch den meisten Leuten ergangen, ganz gleich, ob Mann oder Frau.

Draußen war das Geräusch knirschender Reifen auf dem Kies zu hören, jemand fuhr in ihre Auffahrt. Dann wurde der Motor abgestellt.

Roland schlang sich das Laken um die Hüften und trat ans Fenster.

Sarah griff nach der Fernbedienung und schaltete den Fernseher aus. Eine Wagentür wurde geöffnet und gleich darauf zugeschlagen. Vorsichtig zog Roland den Vorhang beiseite, er spähte durch die Jalousie.

»Marcus.«

Unschlüssig wartete Sarah ab, ob sie nun die Tür öffnen sollte.

Roland wirkte angespannt und schaute weiter aus dem Fenster.

Befürchtete er etwa, man könnte seinem Freund gefolgt sein?

Dumpf hallten Schritte über die Veranda. Es klopfte.

Roland verließ seinen Fensterplatz und ging zur Haustür.

Sarah folgte ihm, blieb aber im Hintergrund, als er die Tür öffnete.

Inzwischen war die Nacht hereingebrochen. Sie hatten beinahe Neumond. Hier auf dem Land war es draußen stockdunkel, nur hier und da leuchteten ein paar Glühwürmchen. Auf der Veranda brannte keine Lampe, doch im Licht, das durch die Haustür hinausfiel, konnte Sarah den Mann gut erkennen.

Mit etwa einem Meter achtzig war er einen Tick kleiner als Roland. Das rabenschwarze Haar fiel ihm bis auf den Rücken. Er trug schwarze Jeans, ein schwarzes T-Shirt mit einer ebenso schwarzen Lederjacke darüber und dazu Motorradstiefel. Sein Körper wirkte schlank, aber muskulös. Das Kinn zierte ein Dreitagebart, und die Augen …

Obwohl er im gleichen Alter wie sie zu sein schien – dreißig – wirkten seine braunen Augen um einiges älter.

»Marcus.« Roland streckte ihm seine bandagierte Hand entgegen.

Der Mann kam herein und stellte den Aktenkoffer und die Tasche, die er bei sich trug, ab. »Roland«, sagte er und umarmte diesen, statt die ihm hingehaltene Hand zu ergreifen. »Schön, dich zu sehen.«

Roland verzog vor Schmerzen das Gesicht und klopfte seinem Gegenüber leicht auf den Rücken.

Offenbar spürte Marcus Sarahs neugierigen Blick, denn er sah sie seinerseits fragend an.

Sie trat neben Roland und hielt dem Besucher die Hand hin. »Sarah Bingham.«

Mit langen, schwieligen Fingern umschloss er ihre. »Marcus Grayden. Freut mich, Sie kennenzulernen.« Wie Roland sprach auch er mit einem britischen Akzent.

»Ganz meinerseits.«

Dann trat Marcus einen Schritt zurück, stemmte die Hände in die Hüften und musterte Roland von oben bis unten. »Also, wenn du nicht so elend aussehen würdest, müsste ich jetzt echt lachen. Was ist denn mit deinen Klamotten passiert?«

Roland stöhnte genervt und schob Marcus wieder zur Tür hinaus. »Ich erzähl dir gleich alles, aber erst mal musst du dich hinterm Haus umschauen. Vor allem auf den angrenzenden Wiesen.«

»Okay.« Auf der Veranda legte Marcus den Kopf schief, als lauschte er. Dann schien er zu schnüffeln, beinahe wie ein Löwe auf Beutejagd. »Weiß ich, wonach ich suche?«

»Ja, und zwar nicht nur einen.«

Marcus' Miene erhellte sich. »Mehr als einer?«

»Und wahrscheinlich noch ein paar Möchtegerne.«

»Interessant.« Damit stieg der Mann die Stufen hinunter und verschwand in der Dunkelheit.

Roland schloss die Tür wieder.

»Sollten wir ihm nicht eine Taschenlampe mitgeben? Er kann doch gar nichts sehen«, sagte Sarah verdutzt. Noch nicht einmal die Straße war beleuchtet, man hätte Marcus genauso gut mit verbundenen Augen losschicken können.

»Der meldet sich schon, falls er eine Taschenlampe braucht.«

Falls? Wie sollte er sich denn sonst zurechtfinden?

»Ist Marcus Ihr Bruder?«

»Nein, wie kommen Sie darauf?«

Sie zuckte mit den Schultern. »Sie haben die gleiche Haar- und Augenfarbe, sind fast gleich groß, gut aussehend, haben eine ähnliche Statur …«

»Sie finden also, dass er gut aussieht?«

»Ja. Nicht so gut wie Sie. Ich meine, selbst blutüberströmt und mit grässlichen Wunden haben Sie noch …« Sie brach ab. Was redete sie da überhaupt?

Verlegen räusperte sie sich und murmelte: »Ich habe einfach angenommen, Sie beide wären verwandt.«

Auf der Veranda waren wieder Schritte zu hören.

Marcus musste erkannt haben, dass es ein hoffnungsloses Unterfangen war, draußen ohne Taschenlampe herumzulaufen.

»Ich bin's«, rief er.

Roland machte ihm die Tür auf. »Und?«

»Die Luft ist rein«, antwortete Marcus und trat ins Haus.

Zunächst hielt Sarah das für einen Witz, denn wie sollte er so schnell ihren Garten und die Wiesen abgesucht haben? Selbst bei Tag wäre er in dieser kurzen Zeit höchstens bis zu ihrem künftigen Gemüsegarten gekommen, und zwar im Sprint.

Marcus' nächste Worte straften sie jedoch Lügen, und sie hörte fassungslos zu.

Mit finsterem Blick wandte er sich an Roland. »Sag mal, stammt das ganze Blut am Boden von dir?«

»Ja«, sagte Roland knapp.

Fluchend griff Marcus nach seiner Tasche, er sah zu Sarah. »Wo ist das Bad?«

Sie zeigte auf die richtige Tür. »Haben Sie die Wiese gesehen, auf der man Roland an den Boden genagelt hat?«

»Man hat dich an den Boden genagelt?«, brüllte Marcus.

»Ja, du hast nicht zufällig ein paar Leichen dort herumliegen sehen?«

»Nein.«

Sarah warf Roland einen Blick zu. »Dann sind die Typen, die ich mit dem Spaten niedergeschlagen habe, also nicht tot.«

»Offenbar nicht.« Erfreut wirkte er nicht gerade.

Sie schluckte. »Glauben Sie, die kommen wieder?«

Er nickte. »Und da Sie weit und breit die Einzige sind, die hier wohnt, werden die den Schluss ziehen, dass Sie mir geholfen haben müssen.«

Genau das hatte sie befürchtet. »Was soll ich denn jetzt machen?«

Er zögerte, als würde er mit sich ringen. »Packen Sie Ihre Sachen. Sie können bei mir wohnen, bis der Fall geklärt ist.«

Marcus fiel die Kinnlade herunter. »*Wie bitte?*«

Roland sah ihn herausfordernd an. »Bei mir ist sie in Sicherheit.«

»Du lässt doch sonst niemanden zu dir. Ich weiß noch nicht mal, wo du wohnst, und wir kennen uns schon seit Ewigkeiten!«

»Na, bei dir lass ich sie ganz bestimmt nicht wohnen. Du bist doch gemeingefährlich.«

»Sagt wer?«

»Seth.«

»Seth hat die Weisheit auch nicht mit Löffeln gefressen.«

Roland zog eine Augenbraue hoch.

»Schon gut. Seth scheint wirklich alles zu wissen. Ziemlich nervig. Aber ich würde eine Unschuldige nie absichtlich in Gefahr bringen.«

»Mit Betonung auf ›absichtlich‹.«

Sarah hob die Hand. »Interessiert es irgendwen, wohin *ich* gern möchte?«

Schuldbewusst schauten die beiden Männer sie an.

»Tut mir leid«, sagte Roland müde. »Ich wollte Ihnen nicht das Gefühl geben, dass wir über Ihren Kopf hinweg entscheiden. Ich mache mir nur Gedanken um Ihre Sicherheit.«

»Das weiß ich zu schätzen.«

Marcus starrte Roland an, als wären diesem gerade Hörner gewachsen. »Du *entschuldigst* dich? Jetzt mal im Ernst, was ist denn in dich gefahren? Wer bist du und was hast du mit Roland gemacht?«

Daraufhin verdüsterte sich Rolands Miene, als wollte er das nicht auf sich sitzen lassen.

Sarah legte ihm beruhigend eine Hand auf den Arm und funkelte Marcus böse an. »Provozieren Sie ihn doch nicht noch. Sehen Sie denn nicht, dass er Schmerzen hat? Da kann er Ihre Sticheleien nicht gebrauchen. Ich dachte, Sie wären hier, um zu helfen.«

Marcus wurde ganz kleinlaut. »Tut mir leid. Entscheiden Sie einfach, wohin Sie möchten, dann kann ich mich um seine Verletzungen kümmern.«

Roland strich ihr über den schmalen Rücken. »Möchten Sie lieber zu Ihrer Familie, bis …«

»Nein«, sagte Sarah sofort. Ein Schauder durchlief sie. Mit ihrer Familie wollte sie nichts mehr zu tun haben. »Nein, ich komme mit zu Ihnen.«

Er nickte. »Packen Sie das Nötigste für die nächsten Tage ein. Der Fall wird hoffentlich bald erledigt sein.«

Roland wartete, bis Sarah in ihrem Schlafzimmer verschwunden war, dann sackte er vor Schmerzen zusammen.

Auch Marcus gab die fröhliche Fassade auf. »Ich hoffe, ich hab dich nicht wirklich verärgert. Damit wollte ich sie nur von deinen Augen ablenken.« Er legte einen Arm um Roland und schleppte ihn ins Badezimmer, wo dieser sich auf den Badewannenrand setzte, während Marcus die Tür schloss. »Leuchten sie wieder?«

»Ja.«

»Das hat sie schon gesehen. Bitte sag, dass du was Nahrhaftes dabeihast.«

Aus seiner Reisetasche holte Marcus eine kleine Kühlbox. Darin befand sich ein halbes Dutzend der dringend benötigten Blutkonserven.

Erleichtert ließ Roland seine Reißzähne ausfahren, versenkte sie im ersten Beutel und trank ihn rasch leer. Er war so ausgedörrt, dass es ein, zwei Sekunden dauerte, bis die Wundheilung einsetzte. Mit dem nachlassenden Hunger ebbten auch die Schmerzen etwas ab.

Marcus reichte ihm geduldig einen Beutel nach dem anderen, bis Roland schließlich satt war, stellte dann die Kühlbox beiseite und packte die Kleidung aus. »Nun erzähl aber, was passiert ist.«

In tiefen, für das menschliche Ohr unhörbaren Tönen berichtete Roland alles. Dabei schlüpfte er in ein paar Armeehosen und ein langärmeliges schwarzes T-Shirt, das die wundersame Heilung verbergen würde.

»Ich habe noch nie gehört, dass Vampire in Gruppen jagen«, sagte Marcus. Roland zog sich derweil Socken und Stiefel an.

»Ich auch nicht, aber die hatten es definitiv auf mich abgesehen. Das war kein Zufall.«

»Aber was wollen die mit deinem Blut?«

»Keine Ahnung. Es hat allerdings schon Vampire gegeben, die dachten, wenn sie sich nur von unserem Blut ernährten, würden sie dem Wahnsinn entgehen.«

»Aber dann hätten sie dich doch gleich ganz mitnehmen können.«

Roland schüttelte den Kopf. »Ich weiß nicht, was sie wollten. Nur, dass Sarah mir das Leben gerettet hat und deswegen jetzt mit drinsteckt; wir sollten diese kleinen Arschlöcher also so schnell wie möglich ins Jenseits befördern.«

»Sie glaubt, du würdest unter Porphyrie leiden?«

»Ja.«

Die Dielen knarzten. »Es ist so still da drinnen«, rief Sarah besorgt. »Alles in Ordnung?«

»Ja«, entgegnete Marcus laut.

»Roland?«

Er lächelte. »Schon gut, Sarah. Wir kommen gleich raus. Marcus näht noch die letzte Wunde.«

»Gut. Tun Sie sich keinen Zwang an und schreien Sie, wenn es wehtut.«

»Dann würde sich Marcus schön über mich lustig machen.«

»Nicht, wenn ich ihm eins mit dem bewährten Spaten überbrate.«

Beide Männer lachten.

»Schön, tapfer und gewaltbereit. Die Frau gefällt mir«, bekannte Marcus.

Nun stimmte auch Sarah in das Lachen mit ein.

»Wenn wir schon von schönen und gewaltbereiten Frauen sprechen«, begann Roland zögerlich, »es hat mich total überrascht, dass du jetzt in North Carolina lebst. Ich dachte immer, dich würden keine zehn Pferde aus Texas wegkriegen.«

Auf einmal versteinerte sich Marcus' Miene. »Es gibt nichts mehr, was mich dort hält.«

»Was ist passiert?«, fragte Roland, doch er befürchtete, die Antwort bereits zu kennen.

In Marcus' dunklen Augen spiegelte sich großer Kummer wider. »Es ist vorbei. Beth ist nicht mehr da.«

Roland verspürte tiefe Traurigkeit. Dabei hatte er Bethany Bennet nur ein einziges Mal getroffen. Damals war er neugierig gewesen, für welche Frau Marcus' Herz seit achthundert Jahren schlug.

Bethany hatte ganz der Beschreibung seines Freundes entsprochen: klein, klug, tapfer, stark und schön. Sie war humorvoll gewesen und hatte andere gern auf den Arm genommen. (Wenn er sich es recht überlegte, traf die Beschreibung auch auf Sarah zu.) Er hatte Bethany auf Anhieb gemocht. Was sollte Marcus nur ohne sie anfangen?

»Wann?«, fragte Roland leise.

Sein Gegenüber schluckte schwer. »Vor sieben Jahren.«

Roland schloss die Augen. »Ich bin so ein Arsch. Ich wusste es nicht mal.« Dabei hatte Marcus ihm das Jahr genannt, in dem er sich von ihr verabschieden müssen würde, aber die Zeit war vorübergegangen, ohne dass Roland daran gedacht hatte.

»Ich wusste ja, wie es enden würde. Enden *musste*. Du hättest auch nichts tun können.«

»Ich hätte für dich da sein können.« So, wie sein Freund damals für ihn da gewesen war, als Mary ihn hintergangen hatte.

Marcus schnaubte verächtlich. »Und was hättest du dann gemacht? Zugesehen, wie ich vor die Hunde gehe?«

Eingehend musterte Roland sein Gegenüber. »Bist du denn vor die Hunde gegangen?«

Marcus wich seinem Blick aus und verstaute die Kühlbox in der Tasche.

»Marcus?«

»Was denn?«, blaffte der und zog den Reißverschluss zu. »Willst du hören, dass es mich schwer getroffen hat? Ja, das hat es. Und jetzt meint Seth, ich würde mich bei der nächsten Gelegenheit umbringen.«

Alarmiert fragte Roland: »Und, stimmt das?«

»Nein, ich bin einfach nur …« Seufzend fuhr sich Marcus mit einer Hand durchs Haar. »Müde. Und leer. Gerade du musst doch wissen, wie stumpfsinnig unser Dasein ist, wenn es nichts mehr gibt, worauf man sich freuen kann, und auch niemanden, mit dem man seine Erlebnisse teilen kann.«

»Ja.« Dabei hatte Roland gehofft, dass Marcus, der hundert Jahre jünger war als er und zudem der erste Unsterbliche, den er selbst ausgebildet hatte, von dieser Leere verschont bleiben würde.

Ihm war unbehaglich zumute. Zum zweiten Mal an diesem Tag brauchte jemand seinen Trost, und er wusste nicht, wie er sich verhalten sollte. »Möchtest du, dass ich dich in den Arm nehme?«, fragte er vorsichtig.

Er erntete einen Blick, als wäre er von allen guten Geistern verlassen. »Bleib mir bloß vom Leib.«

Erleichtert atmete Roland auf. »Na dann.«

Marcus schüttelte den Kopf und setzte ein schiefes Grinsen auf. »Ich hätte gern dein Gesicht gesehen, wenn ich Ja gesagt und mir noch ein paar Tränen rausgequetscht hätte.«

»Sähe dir ähnlich«, gab Roland sarkastisch zurück.

Als sie aus dem Badezimmer kamen, war Sarah damit beschäftigt, eine riesige Stofftasche aufs Sofa zu hieven.

Sie schaute erst nur über die Schulter zu ihnen herüber, drehte sich dann aber ganz um.

»Wow. Sie sehen …« Langsam blickte sie an Roland hinunter und wieder hinauf, was sein Blut ganz schön in Wallung brachte. »Sie sehen super aus.«

Der bewundernde Ausdruck in ihren haselnussbraunen Augen erregte ihn.

»Geht es Ihnen besser?«, fragte sie. »Hat Marcus Ihnen helfen können?«

»Ja und ja.«

Mit besorgter Miene trat sie auf ihn zu. »Aber Sie gehen doch jetzt zu einem Arzt, oder?«

»Nein, erst mal bringe ich Sie in Sicherheit.«

»Die CIA hat doch mit Sicherheit eine Notfallstation für die medizinische Versorgung ihrer Agenten. Wären wir dort nicht sicher?«

Marcus schob sich an ihnen vorbei zur Haustür. »Hast du ihr etwa erzählt, dass du bei der CIA arbeitest?«

»Ja.«

An Marcus gewandt sagte Sarah: »Ihn trifft keine Schuld. Ich weiß, dass es eigentlich Geheimsache ist, aber er musste es mir erzählen, sonst hätte ich die Polizei gerufen, und seine Tarnung wäre aufgeflogen.«

Sobald sich Sarah wieder umgedreht hatte, rollte Marcus hinter ihrem Rücken mit den Augen und formte das Wort *schwach*.

Roland schenkte ihm keine Beachtung, sondern fragte Sarah stattdessen, ob sie fertig gepackt habe.

»Fast. Ich muss noch mal kurz ins Badezimmer, dann bin ich fertig.«

Roland trat einen Schritt zur Seite, sodass sie vorbeikonnte.

»Du sollst doch nicht *sagen*, dass du bei der CIA bist«, sagte Marcus mit gedämpfter Stimme, setzte die Tasche ab und nahm sich den Aktenkoffer. »Sie sollen diesen Schluss doch selbst ziehen.«

Warnend sah Roland ihn an. »Ich habe mich schon seit Jahrhunderten nicht mehr vor einem Sterblichen rechtfertigen müssen. Sei also nicht so streng mit mir.«

Marcus stellte den Aktenkoffer auf dem Sofa ab und ließ die Verschlüsse aufschnappen.

Beim Anblick des Inhalts musste Roland lächeln. »Du hast aber auch nichts vergessen.«

»Na, ich dachte, wenn du schon deine Klamotten los bist, dann bestimmt auch deine Waffen.«

»Stimmt.« Als Sarah aus dem Badezimmer kam, um Zahnbürste, Kamm, Bürste, Haarbänder und diverse Fläschchen und Döschen in ihrer Tasche zu verstauen, war Roland noch damit beschäftigt, Saigabeln, Dolche und Wurfsterne in Hosentaschen, Stiefel und Gürtelschlaufen zu stopfen.

Misstrauisch beäugte sie die Waffen und verschränkte die Arme vor der Brust. »Würde mir mal jemand erklären, warum ein angeblicher Waffenschmuggler keine einzige Schusswaffe bei sich trägt?«

»Amateur«, murmelte Marcus kaum hörbar und sagte dann laut: »Die Messer gehören zu seiner Rolle. Angeblich gehört er zu einer brutalen Verbrechersippe aus Osteuropa. Normalerweise trägt er zwei Maschinenpistolen bei sich, aber die hat er in dem Kampf ebenfalls verloren.«

»Warum haben Sie ihm keinen Ersatz mitgebracht?«

»Ein Missverständnis.«

Da die Unsterblichen meist nur gegen einen Vampir zur gleichen Zeit kämpften und dabei möglichst wenig Aufmerksamkeit erregen wollten, verzichteten sie lieber auf Schusswaffen. Auch die Vampire hielten sich davon fern; mehr als ein unvorsichtiger Blutsauger war in einer sonnendurchfluteten Polizeizelle qualvoll ums Leben gekommen.

Mit geschürzten Lippen, die Roland total süß fand, verschwand Sarah im Schlafzimmer und kehrte mit einer Neun-Millimeter-Glock und einem zusätzlichen Magazin zurück.

»Hier«, sagte sie und hielt Roland die Waffe hin. »Sie können meine benutzen.«

Roland zog die Augenbrauen hoch.

Sie zuckte mit den Schultern. »Ich habe in Houston gewohnt. Die Verbrechensrate ist dort ziemlich hoch, und nachdem eine Frau in meinem Wohnblock von einem Einbrecher vergewaltigt worden war, habe ich beschlossen, dass ein Kerl, der bei mir einbrechen sollte, rausgetragen werden müsste.«

Verdammt. Die Frau gefiel ihm.

Gelassen beobachtete Sarah, wie er die Waffe inspizierte. Die Glock war im besten Zustand: sauber und geölt, Nut und Laufwandung schmutz- und rostfrei. Roland schien zufrieden.

»In der Kammer ist noch eine Patrone, und fünfzehn sind im Magazin«, sagte sie.

»Können Sie denn damit umgehen?«, fragte Marcus.

»Sehr gut sogar«, antwortete sie. »Es hat keinen Zweck, eine Waffe zu besitzen, wenn man nicht auch bereit ist, sie zu benutzen.«

Roland gab ihr die Pistole zurück.

»Brauchen Sie sie denn nicht?«

»Mir ist es lieber, wenn Sie sie behalten. Sollten meine Angreifer uns einholen, bevor wir bei mir zu Hause sind, werden sie auf die Schlagadern zielen.« Mit den Fingern zeigte er auf die Arterien an seinem Hals, den Armen, am Bauch und an den Oberschenkeln. »Alles klar?«

»Ja.« Alle auf dem Schießplatz hatten ihr geraten, auf die Brust zu schießen, selbst Polizisten. Als sich dann herausstellte, was für eine ausgezeichnete Schützin sie war, hatte es Brust und Kopf geheißen. Doch Roland wollte nun, dass sie auf die Adern zielte.

Seltsam.

»Zögern Sie ja nicht«, sagte er eindringlich. »Sobald einer auf Sie zukommt, drücken sie ab.«

»Mach' ich«, versprach sie.

Marcus räusperte sich. »Und bitte nicht auf uns schießen.«

Ärgerlich sah sie ihn an. »Ich habe Ihnen doch gerade gesagt, dass ich gut darin bin. Ich habe mein Ziel noch nie verfehlt.«

»Und ich bitte Sie ganz einfach, uns nicht zum Ziel zu machen«, entgegnete er und zog fragend die Brauen hoch. »Ja?«

Sarah beobachtete, wie Roland Marcus einen bösen Blick zuwarf.

Irgendetwas war hier im Busch. »Also gut, wenn es Sie beruhigt, dann verspreche ich Ihnen, dass ich nicht auf Sie schießen werde.«

Marcus nickte. »Gut. Ich werde Sie beim Wort nehmen.«

Man hätte wirklich denken können, er hielte es ernsthaft für möglich, dass sie ihre Waffe auf sie beide richtete.

Roland schnappte sich ihre Tasche. »Dann mal los.«

Marcus ging mit seinem Gepäck voran.

Sarah stopfte sich das Magazin in die Hosentasche. Auf einmal wurde sie nervös und umklammerte ängstlich die Pistole.

Roland berührte sie leicht am Arm. »Machen Sie sich keine Sorgen. Ich lasse nicht zu, dass Ihnen etwas passiert.«

Sie rang sich ein Lächeln ab.

Er verschränkte seine Finger mit ihren und drückte sacht ihre Hand.

Mit Schmetterlingen im Bauch trat sie neben ihm hinaus auf die Veranda.

Wie konnte sich unschuldiges Händchenhalten so innig und vertraut anfühlen?, fragte sie sich, als sie die Tür abschloss.

Dunkelheit umgab sie nun, Sarah konnte nicht einmal mehr die Hand vor Augen sehen.

Während Roland die ersten Treppenstufen hinunterging, blieb sie oben stehen.

»Was ist denn?«, fragte er.

»Ich kann überhaupt nichts sehen.«

Mit einem Flackern ging die Hausbeleuchtung an.

Sie blinzelte ins grelle Licht, sah dann von der verschlossenen Tür zu Roland.

Er zuckte mit den Schultern. »Wackelkontakt. Ich habe das Licht beim Gehen eingeschaltet. Kommen Sie, wir müssen uns beeilen.«

Sarah folgte ihm die Treppen hinunter und über den Rasen, dann drehte sie sich noch einmal zum Licht um.

Das Haus war wirklich alt. Und ebenso die Leitungen. Vielleicht hätte sie die schwachgelbe Glühbirne, die in der archaisch anmutenden Fassung gesteckt hatte, nicht gegen eine mit hundert Watt austauschen sollen. Doch sie war zu oft abends auf dem Rasen ins Straucheln geraten, weil die alte Leuchte nur die Veranda, nicht aber den Weg bis zur Einfahrt erhellt hatte.

Das gleißend weiße Licht des neuen Strahlers ergoss sich über die Stufen und den Rasen bis hin zu Marcus' glänzendem schwarzen Prius, der direkt hinter ihrer sechzehn Jahre alten Klapperkiste, einem weißen Geo Prizm, geparkt war.

Marcus reichte Roland den Aktenkoffer, schloss die Beifahrertür auf und ging einmal vorn um den Wagen herum.

Roland ließ Sarahs Hand los. Er wollte gerade die Beifahrertür öffnen, hielt jedoch plötzlich inne.

Marcus stutzte ebenfalls.

Die zwei Männer legten die Köpfe schief, beinahe wie Tiere, die einen für menschliche Ohren nicht hörbaren Laut wahrnahmen. Beide ließen gleichzeitig die Taschen fallen und wirbelten zu den Bäumen auf der anderen Straßenseite herum.

Dann hielten sie die Nasen schnuppernd in den Wind. Eiskalte Schauer liefen ihr den Rücken hinunter.

Die Männer waren ihr unheimlich.

»Sie sind hier«, sagte Roland.

5

Rolands dunkle Augen funkelten so bedrohlich, dass Sarah unwillkürlich einen Schritt von ihm weg machte.

Sofort fasste er sie beim Arm und zog sie hinter sich. Marcus trat neben ihn, sodass die beiden Männer ihr eine solide Deckung nach vorn hin gaben, während der Wagen ihr im Rücken Schutz bot.

»Ich komme auf acht«, flüsterte Marcus lauernd.

»Ich auch.«

Acht Männer? Wie kamen die nur auf acht Männer? In ihrem Kopf begann es wie wild zu rattern, denn außer Fröschen und dieser seltsamen Grillenart, die wie eine Zikade klang, ihr aber erst hier in North Carolina untergekommen war, vernahm sie rein gar nichts.

Ch-ch-ch … ch-ch-ch … ch-ch-ch.

»Hast du nicht vier ausgeschaltet?«, fragte Marcus.

Noch immer lauschte Sarah vergebens auf die vermeintlichen Angreifer.

»Ja.« Ausschalten im Sinne von umbringen? »Und zwei schwer verletzt.«

»Wer zum Teufel greift uns denn hier an?«

Roland schüttelte den Kopf. »Ich habe keine Ahnung, wer er ist oder was er vorhat. Aber er scheint eine halbe Armee zusammengetrommelt zu haben.«

»Der Mann, der dich angepflockt hat?«

»Ja.«

»Unfassbar.«

Dem konnte Sarah nur zustimmen. Das Ganze hier war unfassbar. Müssten Marcus und Roland jetzt nicht nervös und angespannt sein? Sollten sie nicht in den Wagen springen und das Weite suchen? Schließlich war der Angriff auf Roland letzte Nacht nicht gerade gut ausgegangen.

Doch beide Männer wirkten seltsam entspannt, unterhielten sich beinahe lässig miteinander, wobei in ihren tiefen Stimmen etwas Bedrohliches mitschwang.

Sie hingegen war ein ziemliches Nervenbündel. Sämtliche Muskeln ihres Körpers waren angespannt. Sie hatte schwitzige Hände und krampfte die Finger fest um die Glock.

Aus dem Gebüsch gegenüber traten dunkle Schatten, die, je näher sie dem Lichtkegel der Verandabeleuchtung kamen, an Kontur gewannen. Männer. Sechs, nein sieben. Allesamt jung, zwischen sechzehn und fünfundzwanzig.

Marcus und Roland standen da, die Arme locker an der Seite, die Füße schulterbreit auseinander.

Ängstlich linste Sarah hinter ihren Beschützern hervor, um ihre Gegner in Augenschein zu nehmen.

Da waren drei ungefähr zwanzigjährige Punks. Sie trugen schwarze T-Shirts mit Totenköpfen, zerrissene schwarze Jeans, schwarze Stiefel und jede Menge Ketten, Nieten, Spikes und Piercings. Sie waren mittelgroß und trugen die gleiche kurze Stachelfrisur, nur in unterschiedlichen Farben: Kirschrot, Königsblau und Weißblond.

Daneben stand ein Junge, der nicht älter als sechzehn oder siebzehn sein konnte. Er war etwas größer als die drei, hatte kupferfarbenes Haar und eine mit Sommersprossen übersäte Haut. Seine brutale Ausstrahlung schrie förmlich: *künftiger Massenmörder*. Zu seiner anderen Seite standen Zwillinge, die beinahe so hochgewachsen waren wie Roland und Marcus. Im Gegensatz zu den anderen wirkten sie nicht dünn und schlaksig, sondern breitschultrig, mit ordentlichen Muskeln, die sich unter ihren engen grauen T-Shirts und verblichenen Jeans abzeichneten. Mit ihren langen, flachsblonden Haaren hätten sie gut als Wikinger durchgehen können.

Der letzte Junge neben ihnen war kleiner und hatte fettiges, braunes Haar, das ihm bis auf die Schultern reichte. Er sah aus, als wäre er gerade einem Nirvana-Poster entstiegen, selbst ein kariertes Hemd trug er.

Als Sarah ihre Bestandsaufnahme abgeschlossen hatte, trat eine weitere Gestalt aus dem Dunkeln und stellte sich vor die anderen.

Sie schluckte schwer.

Dieser Mann sah ausgesprochen Furcht einflößend aus.

Er war groß, hatte schulterlanges schwarzes Haar. Sein sehniger, muskulöser Körper steckte in schwarzen Jeans und einem schwarzen T-Shirt; um seine breiten Schultern hing ein schwarzer Mantel. Das markante Kinn war frisch rasiert.

Wenn man davon absah, dass einem sein Anblick kalte Schauer über den Rücken jagte, sah er eigentlich gut aus.

»Es ist also wahr«, sagte er an Roland gewandt. »Sie können sich sicher meine Enttäuschung vorstellen, als man mir heute, statt Ihrer Überreste in einer Kaffeedose, die Nachricht überbrachte, dass Sie noch am Leben sind.«

Sarah erkannte den britischen Akzent wieder. Das hier war der Mann, der den jungen Männern gesagt hatte, sie sollten die Sonne den Rest erledigen lassen.

Marcus schnaubte. »Ist das der Mistkerl?«

»Ganz genau.«

Der bösartige Rothaarige wandte sich an den Anführer. »Sollen wir ihn immer noch umbringen?«

»Ja.«

»Was ist mit dem anderen?«

»Den schnappt euch lebend.«

»Nun hört mal gut zu«, sagte Marcus mit einem entschuldigenden Lächeln. »Ich weiß, dass ich hübscher bin als er, und ich fühle mich echt geschmeichelt. Aber ich muss euch leider sagen … Ich stehe nicht auf Typen.«

Offenbar bestand die Meute aus lauter Schwulenhassern, denn im Vorgarten brach ein gewaltiger Tumult los.

Sarah, die vor Schreck wie gelähmt war, beobachtete das Geschehen stumm. Der Kurt-Cobain-Verschnitt, die Wikinger und der Rotfuchs stürzten sich auf Marcus, während der Anführer und die drei Punks Roland angriffen. Noch nie hatte sie solche Angst verspürt, ihr schlug das Herz bis zum Hals und sie konnte sich nicht vom Fleck bewegen.

Das war doch nicht mehr normal.

Hier ging es nicht mit rechten Dingen zu.

Blitzschnell zog Roland zwei Saigabeln hervor, lange dolchartige Waffen, die rechts und links von der Hauptklinge noch zwei spitze Zinken aufwiesen; Marcus zückte Kurzschwerter. Meisterhaft verwickelten sie die Gegner in den Kampf, die ihrerseits mit langen Jagdmessern, Macheten und Kurzschwertern bewaffnet waren. Roland und Marcus nahmen es mit drei bis vier Gegnern gleichzeitig auf, hielten sie gekonnt auf Abstand zu Sarah. Es erinnerte sie an Neo und dessen Freunde in *Matrix*, nur schwang hier jeder tödliche Klingen, und zwar mit einer solchen Geschwindigkeit, dass alle Konturen verschwammen.

Das gibt es doch nicht, dachte sie panisch.

Kein Mensch konnte sich so schnell bewegen, nicht einmal Weltrekordhalter in olympischen Disziplinen.

Und Marcus und Roland waren die Schnellsten von allen.

In hohem Bogen spritzte das Blut des blauhaarigen Punks, und die Tropfen reflektierten das Licht von der Veranda. Der Junge wankte. Noch bevor er eine Hand an seine aufgeschlitzte Kehle legen konnte, stieß Roland ihm eine Saigabel in die Brust, fuhr dann herum und parierte einen Schwerthieb des Anführers.

Rolands Augen leuchteten jetzt wieder. Und nicht nur seine. Marcus' Augen, die des Anführers, des Wikingers – die Augen aller Beteiligten leuchteten grün, blau oder bernsteinfarben.

Nur ihre nicht.

Und erst die Zähne …

Der Typ mit der blau gefärbten Stachelfrisur sank zu Boden, grauenhafte Würgegeräusche drangen aus seinem offenen Mund, in dem Zähne zum Vorschein kamen, die man nur als *Reißzähne* beschreiben konnte.

Sarahs Herz setzte für einen Schlag aus. Der Anführer knurrte wütend mit zurückgezogenen Lippen, und auch er entblößte die Reißzähne.

Scheiße.

Die Wikinger? Reißzähne.

Der Rotfuchs? Reißzähne.

Die Jungs waren doch nicht etwa …

Sie waren keine … *Vampire* … oder?

Vampire gibt es nicht.

Warum hat der Rothaarige denn dann gerade seine Reißzähne in Marcus' Arm gebohrt?

Marcus revanchierte sich, indem er ihm die Oberschenkelschlagader durchtrennte und dabei fast das ganze Bein amputierte.

Waren Marcus und Roland Vampirjäger?

»Die Frau ist seine Achillesferse!«, brüllte der Anführer plötzlich.

Sofort ließ sich der blondierte Punk zurückfallen und versuchte, an Roland vorbeizuschleichen, die himmelblauen Augen fest auf Sarah gerichtet. Seine Kleidung war überall aufgeschlitzt und schimmerte feucht. Als er näher kam, konnte sie die offenen blutigen Wunden darunter ausmachen, die ihm Roland mit seinen Klingen zugefügt hatte.

Den Mund zu einem heimtückischen Grinsen verzogen, pirschte der Typ sich an. Beim Anblick seiner glänzenden Reißzähne wich Sarah zurück. Dann fiel ihr endlich wieder die Waffe in ihrer Hand ein.

Sie richtete die Glock auf ihn, entsicherte und schoss. Die Kugel traf ihn direkt zwischen die Augen und trat am Hinterkopf, begleitet von einer widerlichen Menge Hirnmasse, wieder aus.

Sein Kopf flog zurück. »Ahh!« Dann funkelte er sie böse an. »Hey, du Schlampe, das hat wehgetan!«

Mist. Ziel auf die Schlagadern.

Als er Anstalten machte, auf sie zuzugehen, feuerte sie dreimal kurz hintereinander. Blut schoß ihm aus Hals, Bauch und einem seiner Oberschenkel.

Mit wutverzerrtem Gesicht stürzte er auf sie zu.

Sarah verspürte einen Windhauch, als etwas an ihr vorbeiglitt und den Punk zu Boden riss. Metall blitzte auf. Im nächsten Moment stand Roland schwer atmend über den Jungen gebeugt, er blutete an Armen und Brust.

Mit seinen gespenstisch leuchtenden Augen blickte er sie an. »Sind Sie unverletzt?«

Sie nickte, zu verängstigt, um einen Ton herauszubringen.

Der Anführer nutzte den Moment der Unachtsamkeit und schlitzte Roland mit dem Schwert den Hals auf. Blut spritzte ihr ins Gesicht.

»Nein!«, schrie sie, als Roland zurücktaumelte, hellrote Rinnsale rannen ihm die Brust hinab.

Nun zielte sie auf den Anführer, schoss mehrfach, die Augen voller Tränen. Bei jedem Schuss zuckte er zusammen.

Sarah hielt inne, blinzelte die Tränen fort.

Einmal hatte sie ihn am Kopf und fünfmal in die Brust getroffen, aber der Kerl war immer noch auf den Beinen. Da grub sich ein Wurfstern in seine Schulter und lenkte seine Aufmerksamkeit auf Marcus.

Sofort wandte Sarah sich wieder Roland zu.

Mit einer Hand hielt er sich den Hals, wankte, drohte zu stürzen. Hemd und Hosen waren bereits blutdurchtränkt, sein Gesicht kreidebleich.

»Roland.«

Es war allein ihre Schuld, denn er hatte sie beschützen wollen. Wäre er nicht durch sie abgelenkt gewesen, hätte er den Schlag kommen sehen und ausweichen können.

Sarah wollte auf ihn zugehen, als sich der letzte der Punks plötzlich fauchend auf sie stürzte.

Doch Roland fing den Angreifer ab. Auf ein lautes Krachen folgte das Geschrei des Typen mit den kirschroten Haaren, aus dessen Unterarm nun ein Knochen ragte.

Blitzschnell drehte Roland ihm den anderen Arm auf den Rücken. Das Gesicht des Jungen war schmerzverzerrt, er wagte nicht mehr, sich zu bewegen.

Roland hob den Kopf und schaute sie an.

Alles Blut wich ihr aus den Wangen.

Das Leuchten in seinen Augen war noch intensiver geworden. Seiner Miene war abzulesen, dass er große Schmerzen hatte.

Und nun prangten auch in seinem Mund zwei große, scharfe Reißzähne.

Panik erfasste Sarah. Sie begann zu zittern.

»Sehen Sie nicht hin«, knurrte er.

Entsetzt schüttelte sie den Kopf, wich stolpernd bis zum Wagen zurück.

»Sehen Sie nicht hin!«

Doch sie konnte den Blick nicht abwenden.

Roland fluchte lautstark, dann beugte er sich vor und versenkte die Zähne im Hals des jungen Punks.

Er gehörte dazu. Roland war einer von ihnen! Er war ein Vampir!

Hektisch schaute Sarah sich um.

Die Wikinger und der Grunge-Typ waren ausgeschaltet. Ebenso der Rothaarige. Mit Entsetzen stellte sie fest, dass dessen Leiche bereits so verschrumpelt war wie eine Mumie.

Marcus kämpfte gegen den Anführer. Ihr Vorgarten war ein Meer aus Blut. Ein weiteres Dutzend Männer trat mit glühenden Augen zwischen den Bäumen hervor.

Sie blickte hinter sich.

Roland trank noch immer von dem Punk, beobachtete dabei aber jede ihrer Bewegungen.

Sarah drängte sich am Wagen vorbei, bemüht, möglichst weit weg von dem Mann und seinem Opfer zu kommen. Ihr Atem ging in kurzen, hektischen Stößen, eine Stimme in ihr schrie: *Verschwinde! Lauf! Nichts wie weg hier!*

Als sie die Motorhaube erreicht hatte, stieß sie mit dem Fuß gegen etwas, das metallisch klirrte. Im Schatten, kaum sichtbar, lagen Marcus' Autoschlüssel.

Sarah hob sie auf und stürmte zur Fahrertür. Sie stieg in den Wagen, verriegelte die Türen, legte die Pistole auf den Beifahrersitz und steckte den Schlüssel ins Zündschloss.

Doch sie reichte mit den Füßen nicht an die Pedale.

Nervös fummelte sie unter dem Sitz herum, bis sie endlich den richtigen Hebel fand, um den Sitz so weit wie möglich nach vorn zu stellen.

Durch das Beifahrerfenster beobachtete sie, wie Roland den leblosen Körper des Punks fallen ließ.

Sarah ließ den Wagen an, und der Motor erwachte lärmend zum Leben.

Für einen lange währenden Augenblick sah Roland sie an, Wut lag in seinem Blick und noch etwas anderes. Dann wandte er sich ab, um sich dem neuen Ansturm von Vampiren zu stellen.

Sie legte den Rückwärtsgang ein und drückte aufs Gaspedal. Als sie sich nach hinten umdrehte, sah sie gerade noch, wie sie einen Vampir mit der Stoßstange erfasste.

Sarah hatte ihn überhaupt nicht kommen sehen. Er schlug auf dem Wagen auf, prallte gegen die Heckscheibe und rutschte wieder vom Auto, während sie wendete.

Dann stellte sie den Hebel der Automatikschaltung auf D, schaltete die Scheinwerfer ein und gab Vollgas.

Mit quietschenden Reifen schoss der Wagen los, hinterließ einen Geruch von verbranntem Gummi.

Bäume flogen wie riesige dunkle Schatten an ihr vorbei. Glühwürmchen glommen in der Dunkelheit. Das Brummen des Motors, das Zirpen der eigentümlichen Käfer Marke North-Carolina und ihr eigenes Keuchen und Schnaufen waren die einzigen Geräusche weit und breit.

Im Rückspiegel wurden ihr Haus und die makabre Kampfszenerie in ihrem Vorgarten immer kleiner, bis sie schließlich hinter der nächsten Kurve ganz verschwanden.

Sarah zitterte am ganzen Leib, ihre Gedanken überschlugen sich. Ihr ganzes Handeln war nur auf ein einziges Ziel ausgerichtet: wegzukommen, und zwar schnell. So fuhr sie die kurvige Straße in viel zu hohem Tempo entlang, konnte sich aber nicht dazu durchringen abzubremsen. Sie schaltete das Fernlicht ein und hoffte, damit Wild gegebenenfalls auf der unbeleuchteten Fahrbahn noch rechtzeitig ausmachen zu können.

Vampire, dachte sie panisch.

Vampire existierten wirklich.

Und Roland war einer von ihnen.

Aus heiterem Himmel landete ein Mann auf ihrer Motorhaube.

Die Schnauze des Autos setzte auf dem Asphalt auf, Sarah schrie. Vor ihr öffnete sich der Airbag und drückte ihren Kopf nach hinten gegen die Kopfstütze. Der Wagen drehte sich um die eigene Achse, bis er schließlich mit quietschenden Reifen quer zur Fahrbahn zum Stehen kam.

Da Sarah sich nicht angeschnallt hatte, wurde sie wie eine Puppe gegen die Fahrertür geschleudert. Ein Glasregen ging über ihr nieder, schmerzhaft gruben sich die Scherben in ihre Haut.

Der Motor stotterte und erstarb schließlich.

Benommen griff sie nach der Armlehne, um sich aufzurichten, doch Scherben stachen durch den Verband in ihrer Hand. Schnell ließ sie wieder los und setzte sich mühsam auf, ohne sich abzustützen.

Der Airbag fiel in sich zusammen, was ihr die Möglichkeit gab, durch die Windschutzscheibe nach draußen zu spähen.

Die dunkle Gestalt, die auf der Motorhaube hockte, richtete sich langsam zu voller Größe auf.

Es war der Anführer mit dem langen schwarzen Mantel.

Im Licht der Scheinwerfer blitzten seine Reißzähne bedrohlich, als er sie anlächelte.

Außer sich vor Angst suchte Sarah nach ihrer Pistole, konnte sie aber nirgends finden. Weder auf dem Sitz noch darunter oder im Fußraum.

Der Vampir sprang mit einem eleganten Satz vom Wagen.

Bis auf ein dreieckiges Stück Glas fiel Sarah nichts ins Auge, was sie hätte als Waffe benutzen können. Also biss sie die Zähne zusammen und griff sich die Scherbe.

Ziel auf die Schlagadern.

Die scharfen Kanten schnitten ihr durch den Verband in die Haut, Blut quoll hervor, sickerte in die Gaze. Mit der Spätfrühlingsbrise, die Sarah leicht das Haar zerzauste, wehte der Gestank von verbranntem Gummi ins Wageninnere.

Der Vampir kam zur Fahrertür geschlendert, hielt aber eine Armlänge Abstand.

Angespannt wartete Sarah auf den richtigen Moment.

Doch plötzlich wurde die Gestalt fast zwanzig Meter weit zurückgeschleudert.

Überrascht zuckte Sarah zusammen, und die Scherbe grub sich noch tiefer in ihre Hand.

Als sie sich vorbeugte, um zu sehen, was geschehen war, erkannte sie … Roland, der nun mit seinen Saigabeln auf den anderen Vampir losging.

Beschützte er sie etwa? Oder wollte er sie nur für sich selbst, damit er – ja, was? – sie beißen konnte? Ihr Blut trinken? Sie töten?

Verdammt!

Sie drehte den Schlüssel im Zündschloss und gab dem Wagen in Gedanken den Befehl, anzuspringen. *Komm schon.*

Der Motor hustete lediglich.

Komm! Sie versuchte es wieder und wieder, aber nichts tat sich.

Mist! Ihre Hände waren so glitschig vom Blut, dass sie die verriegelte Tür nicht aufbekam. Beinahe hätte sie vor Wut aufgeschrien, doch dann endlich, nachdem sie die Hände an ihrem T-Shirt abgewischt hatte, gelang es ihr, sie zu öffnen.

Sarah taumelte aus dem Wagen und rannte auf die Bäume am Straßenrand zu. Sie standen näher zusammen als die bei ihrem Haus, noch dazu war das Unterholz dichter. Mit aller Kraft kämpfte sie sich durch das farnartige Gestrüpp vorwärts.

Schon bald drang das Scheinwerferlicht nicht mehr durch die Büsche, und Sarah stolperte in völliger Dunkelheit durch das Gehölz.

Aus Angst, gegen einen Baum zu rennen und womöglich noch das Bewusstsein zu verlieren, verlangsamte sie ihre Schritte und tappte nun mit ausgestreckten Armen umher.

Zweige schlugen ihr ins Gesicht, gegen Hals, Brust und Hände, trieben ihr die Scherben noch tiefer in die Haut und rissen an ihren Verbänden. Die Schnitte brannten. Sie hatte hämmernde Kopfschmerzen. Tränen stiegen ihr in die Augen.

Wenn sie nur irgendwie von hier wegkäme.

Weit weg.

Die Geräusche des Kampfs hinter ihr konnte sie nun nicht mehr hören, sondern nur noch das Schlagen der Äste, das Zirpen der komischen Käfer, das Quaken der Frösche und ihr eigenes wild klopfendes Herz.

Sarah hatte schon jedes Gefühl für Zeit und Raum verloren, als sie unvermittelt ins Leere trat.

Halt suchend fuchtelte sie mit den Armen umher, doch vergebens, der Boden fiel vor ihr ab und sie stürzte. Sie schlug hart auf, doch das reichte nicht, um den Schwung abzubremsen, sie rollte einen Abhang hinunter.

Gegen die noch schmalen Baumstämme zu prallen fühlte sich an wie Hiebe mit einem Baseballschläger, und die dünnen Äste der Büsche waren wie Peitschen. Kurz bevor ihre Talfahrt ein abruptes Ende nahm, verspürte sie einen heftigen Schmerz im Hinterkopf.

Stöhnend rollte Sarah sich auf den Rücken. Lichter tanzten ihr vor den Augen, die nicht von Glühwürmchen stammten. Schwindel überkam sie, als läge sie an Deck eines Schiffes in schwerer See. Bestimmt drehte sich ihre Umgebung.

Sie legte sich auf die Seite, stützte die brennenden Hände in das kühle Gras und setzte sich auf.

Das Pochen im Kopf und auch in den Rippen wurde stärker. Doch sie konnte nicht einfach hier sitzen bleiben, sie musste weiter.

Unter Schmerzen hangelte sich Sarah an dem Baum hoch, der ihren Fall schließlich abgebremst hatte.

Mit ausgestreckten Armen setzte sie sich wieder in Bewegung.

Bäume und Sträucher schienen hier nicht mehr zu wachsen, nur noch kniehohe Gräser.

In North Carolina gab es viele hügelige Wiesen und Felder. Auf einer oder einem davon musste sie gelandet sein.

Hinter ihr brach ein Zweig.

Sofort erfasste sie wieder Panik, und sie rannte los. Obwohl sie den Schatten der Bäume längst hinter sich gelassen hatte, konnte sie immer noch nichts sehen.

Blind ins Dunkel hineinzurennen war mindestens ebenso beängstigend wie der Gedanke, von einem Vampir verfolgt zu werden. Bis zu ihrem Umzug in diese Gegend hatte sie solch tiefe Dunkelheit nicht gekannt. (Wenn nicht gerade ein Wirbelsturm die Stromversorgung lahmlegte, wurde der Himmel über einer Metropole wie Houston nie vollkommen duster.)

Sarah geriet ins Stolpern und schlug hart mit Händen und Knien auf dem Boden auf. Doch sie rappelte sich gleich wieder hoch und stürmte keuchend vorwärts. Bei jedem Atemzug verspürte sie einen Stich rechts in ihrem Brustkorb. Sie stürzte erneut. Kam hoch. Lief weiter. Tränen strömten ihr inzwischen die Wangen hinunter. Sie stieß mit dem Fuß gegen etwas. Strauchelte. Trieb sich weiter an. Stolperte. Stürzte schwer.

Diesmal kam sie kaum wieder auf die Beine. Müdigkeit und Schmerz forderten ihren Tribut. Wenn sie doch nur sehen könnte, wohin sie ging …

Sie hielt sich die schmerzende rechte Seite. Für einen Spurt reichte ihre Kraft nicht mehr, also trabte sie im Dauerlauf – und rannte prompt in einen Baum hinein.

Taumelnd prallte sie zurück. Starke Hände packten sie unter den Armen, bernsteinfarbene Augen funkelten sie an.

Es war kein Baum.

Sie wehrte sich mit aller Kraft, die sie noch aufbringen konnte, schrie.

»Sarah!«, rief eine ihr bekannte Stimme. Sanft wurde sie geschüttelt.

Sie sackte leicht in sich zusammen. »Roland?«

»Ja.«

Um sie herum drehte sich erneut alles.

»B… Bitte töten Sie mich nicht«, murmelte sie und verlor daraufhin das Bewusstsein.

Roland fing sie auf. Er legte einen Arm um ihre Schultern, schob den anderen unter ihre Knie und hob sie hoch. Ihr Kopf hing schlaff herunter, kam schließlich an seiner Schulter zum Ruhen.

Ein brennender Schmerz schoss durch seinen Arm, den ihm sein neuer Erzfeind gebrochen hatte. Der Knochen war noch nicht wieder richtig zusammengewachsen, weil Roland erneut sehr viel Blut verloren hatte.

Doch Schmerz konnte ihm nichts anhaben, daran war er gewöhnt. Angst aber kannte er nicht.

Doch es war ganz eindeutig Angst gewesen, die ihn überkommen hatte, als der Anführer der Vampire Sarah gefolgt war.

Bastien, so hatte ihn einer seiner Lakaien genannt.

Einem plötzlichen Drang folgend vergrub Roland das Gesicht in Sarahs wirrem Haar. Stöcke und Blätter hatten sich darin verfangen und überlagerten den zitronigen Shampooduft.

Dank seiner übernatürlichen Sinne nahm er wahr, wie ihr Herz zwar schnell, aber kräftig schlug.

Dass er ihretwegen eine solche Erleichterung empfand, verstörte ihn.

Sie sah fürchterlich aus. Im Gegensatz zu Sarah konnte er im Stockdunkeln ausgezeichnet sehen, und sie machte einen schlimmen Eindruck.

Ihr Gesicht war blutverschmiert, aus einem Schnitt am Haaransatz quoll stetig neues Blut. An ihrer zerrissenen und dreckverkrusteten Kleidung klebten Blätter und Gras. Selbst wenn er die Schneise nicht gesehen hätte, die sie in den Hügel gepflügt hatte, wäre ihm bei diesem Anblick klar geworden, dass sie heftig gestürzt sein musste.

Der Verband, den er ihr um die Hände gewickelt hatte, war verschwunden. Sie hatte zahlreiche blutende Schnitte an den Händen, zum Teil steckten Glassplitter in den Wunden. Auch im linken Unterarm saßen noch Scherben. Der rechte war aufgeschürft, ansonsten hatte sie überall am Körper rote Flecken, die sich in den nächsten Tagen bestimmt in hässliche Blutergüsse verwandeln würden.

Sie musste furchtbare Schmerzen verspürt haben, hatte aber dennoch nicht aufgegeben.

Als er am Fuß des Hügels angekommen war, hatte Roland mit Verwunderung festgestellt, dass sie blind über die Wiese rannte.

Wohlgemerkt *rannte*, nicht ging.

Stirnrunzelnd blickte er auf sie hinunter.

War sie vor ihm oder vor Bastien geflohen?

Wie er gehofft hatte, war sie unmittelbar, nachdem er den Mistkerl in einen Kampf verwickelt hatte, abgehauen. Roland hatte ihm mehrere Rippen gebrochen, doch Sarah konnte ja nicht wissen, wie der Kampf ausgegangen war.

Als Sieger würde er sich nicht gerade bezeichnen, denn bezwungen hatte er Bastien nicht. Der Vampir hatte sich für einen strategischen Rückzug entschieden, sobald klar gewesen war, dass er nicht gewinnen würde.

Da er sich mehr um Sarah Sorgen machte, hatte Roland ihn nicht verfolgt.

Wäre Sarah wohl stehen geblieben, wenn sie gewusst hätte, dass er und kein anderer ihr folgte, oder weitergelaufen? Als sie erkannt hatte, was er war, hatte ihr blankes Entsetzen ins Gesicht geschrieben gestanden. Das gleiche Entsetzen war auch Marys Miene abzulesen gewesen, als er sie damals unvorsichtigerweise ins Vertrauen gezogen hatte.

Aber er kannte diese Sarah doch kaum, eigentlich sollte ihn ihre Reaktion nicht verletzen.

Doch sie tat es.

Ein Wutschrei hallte durch die Nacht.

Roland erstarrte. War das eine Warnung? Ein Angriffssignal?

»Was zum Teufel ist mit meinem Wagen passiert?«

Marcus.

Kopfschüttelnd machte Roland sich auf den Weg den Hügel hinauf, zurück zur Straße und seinem wütenden Freund. Dabei bemühte er sich, das kostbare Gut in seinen Armen nicht allzu sehr durchzuschütteln.

Er schnaubte verächtlich.

Kostbares Gut? Diese Frau bedeutete ihm überhaupt nichts. Würde ihm auch nie etwas bedeuten. Könnte es gar nicht.

Zwar hatte ihn schon seit Jahrhunderten keine Frau mehr so fasziniert, aber das spielte keine Rolle. Und auch, dass sie so liebevoll gewesen war, mit ihm gelacht, ihn geneckt und so süß und zart in seinen Armen geschlafen hatte, war unbedeutend.

Denn nun wusste sie, was er war, und würde ihn verachten.

Nur ein Vollidiot ließe in dieser Situation Gefühle zu.

Seufzend stapfte der selbsternannte Vollidiot den Abhang hinauf und bahnte sich einen Weg durch die Botanik.

Mit großen Schritten lief Marcus vor dem Wagen auf und ab. Sein Gang wäre mit Sicherheit wesentlich beeindruckender gewesen, wenn er nicht so gehumpelt hätte. Nachdem der Anführer Sarah hinterhergestürmt war, hatte Roland nur noch kurz seine Angreifer erledigt und war dann dem Vampir gefolgt. Die restlichen fünf oder sechs Neuankömmlinge hatte er Marcus überlassen. Nicht dass dieser etwas dagegen gehabt hätte, er war auch diesmal problemlos mit der Situation fertig geworden. Nur leider hatte ihm so ein Möchtegern-Marylin-Manson zuvor noch die Kniescheibe zertrümmert (warum standen all diese jungen Vampire eigentlich so auf den Gothic-Look?).

Besagter Vampir hatte dann unfreiwillig als Blutbank hergehalten, damit Marcus' Knie etwas heilen konnte – zumindest weit genug, um mit dem Rest der Bande fertig zu werden.

Danach war der Unsterbliche dann hierhergeeilt und hatte das hier vorgefunden.

Dafür würde dieser verdammte Vampir bezahlen!

Laut fluchend schob Marcus den Wagen von der Straße. Außer dem offensichtlichen Schaden an der Karosserie – das Auto sah aus, als wäre jemand mit einer Brechstange darauf losgegangen – konnte er nicht sagen, was daran kaputt war, aber es sprang nicht an.

Marcus schlug die Fahrertür zu und tigerte wieder die Straße auf und ab.

Wut und Schmerz tobten in ihm, schon lange hatte er sich nicht mehr so lebendig gefühlt.

Genau sieben Jahre war das jetzt her.

Und Marcus genoss dieses Gefühl.

Sehr sogar.

Genau aus diesem Grund machte sich Seth Sorgen um ihn.

Ihr Anführer musste es intuitiv ahnen, denn sie waren weder gemeinsam auf die Jagd gegangen, noch hatte es andere Gelegenheiten gegeben, bei denen er eine Veränderung in Marcus hätte bemerken können. Dennoch warf Seth ihm vor, zu risikofreudig und selbstzerstörerisch zu sein, weshalb er ihn nach North Carolina verbannt hatte, in ein kleines Nest, in dem es nur wenige Vampire gab.

Marcus lächelte grimmig.

Nun war Seths Plan leider nach hinten losgegangen.

Der Abend war super gelaufen, hatte eine Herausforderung für ihn bereitgehalten, bei der er genauso gut hätte draufgehen können. Heute Nacht fühlte er sich lebendig.

Roland trat aus den Büschen, im Arm trug er eine übel zugerichtete Sarah.

Marcus stutzte, befürchtete einen Moment lang, sie könnte tot sein, bis er ihren rasenden Puls wahrnahm. »Wie geht es ihr?«

»Wird schon.« Roland blickte zu dem weißen Geo Prizm, der ein paar Meter hinter dem Prius stand.

Marcus zuckte mit den Schultern. »Ich dachte, wir könnten den Wagen vielleicht brauchen, um sie einzuholen.«

»Das mit deinem Auto tut mir leid«, murmelte Roland und steuerte auf den Prizm zu.

Marcus folgte ihm, hielt ihm die Beifahrertür auf. »Mach dir deswegen keine Sorgen. Ich habe schon Reordon angerufen. Er und sein Aufräumkommando kümmern sich darum.«

Roland schwieg, glitt behutsam in den engen Wagen.

Neugierig betrachtete Marcus seinen Freund. Dieser benahm sich ganz und gar untypisch. Normalerweise war er jähzornig und hielt zu allem und jedem Abstand. Doch zwischen Sarah und sich wollte er offenbar nicht den geringsten Abstand halten, schließlich hatte er Marcus' Angebot, sie kurz zu halten, während er einstieg, mit knapper Geste abgelehnt und sie noch fester an sich gepresst.

Die Art und Weise, wie er sie im Schoß hielt, wirkte ziemlich besitzergreifend. Amüsiert beobachtete Marcus, dass sein Freund ihr schützend eine Hand auf den Kopf legte, ehe er ihm bedeutete, die Tür zu schließen.

Fasziniert ging Marcus um das Auto herum zur Fahrerseite. Wer war diese Frau nur, und wie hatte sie es geschafft, Roland so schnell für sich zu gewinnen?

Er quetschte sich hinter das Steuer und drehte den Zündschlüssel. Stotternd sprang der Wagen an. »Wohin?«

»Zu mir«, sagte Roland, ohne aufzuschauen. Er war damit beschäftigt, Glassplitter aus Sarahs Haaren zu fischen.

Also fuhr Marcus los und ließ sich von seinem Freund Weganweisungen geben. »Hat ihr das der Vampir angetan?«

»Zum Teil. Er ist auf die Motorhaube deines Wagens gesprungen und hat ihn so zum Stehen gebracht.«

Marcus blickte finster drein. Sarah war mit quietschenden Reifen losgeprescht, sie musste ziemlich schnell gefahren sein. »Wie hat er sie überhaupt erwischt?«

Aus den Augenwinkeln sah er, wie Roland den Kopf schüttelte. »Keine Ahnung. Mir ist noch nie ein Vampir untergekommen, der sich so schnell bewegt hat. Zum Glück war ich gerade noch rechtzeitig da, bevor er auf sie losgehen konnte. Während wir kämpften, ist sie weggelaufen.«

»Hast du den Scheißkerl umgebracht?«

»Nein, Bastien hat den Rückzug angetreten.«

Und Roland war ihm nicht gefolgt? Na, das sprach Bände. »Der Typ heißt Bastien?«

»So hat ihn jedenfalls einer seiner Männer genannt. Als ich Sarah eingeholt habe, war sie schon einen Abhang hinuntergestürzt und rannte über eine Wiese.«

Für einen kurzen Moment wandte Marcus den Blick ab von der Straße und sah zu Roland, der Sarah mit einer seiner großen Hände das Haar glattstrich. »Ist sie vor Bastien oder vor dir weggelaufen?«

Roland kniff die Lippen zusammen. »Ich glaube, vor uns beiden.«

»Was hat sie denn gesagt, als du sie erreicht hast?«

Ein Schatten legte sich über Rolands Züge. »Sie hat mich angefleht, sie nicht umzubringen.«

Stumm fluchte Marcus und richtete die Augen wieder auf die Fahrbahn.

Das konnte ja heiter werden.

Zwanzig Minuten später legte Roland Sarah behutsam auf das dunkelbraune Sofa in seinem Wohnzimmer und schob ihr noch ein Kissen unter den Kopf. Dass sie nach wie vor nicht bei Bewusstsein war, bereitete ihm Sorgen.

Als er sich neben sie kniete, bemerkte er all das Blut an seinen Händen und Armen. »Kannst du mir mal ein Handtuch holen?«

Marcus verschwand kurz in der Küche und warf ihm dann eines zu. »Was hast du vor?«

Roland wischte sich das Blut ab. »Sie hat eine üble Kopfwunde und eine Menge Schrammen und Blutergüsse. Ich werde sie heilen.«

»Oh, nein. Erst nimmst du etwas zu dir. Du hast eine Menge Blut verloren und selbst viel schlimmere Verletzungen. Du weißt genau, was dich erwartet, wenn du sie heilst, bevor du getrunken hast.«

»Ich kümmere mich zuerst um sie, dann um mich. Immerhin hat sie mir das Leben gerettet.«

»Und du hast ihres gerettet. Damit seid ihr quitt.«

»Sie wäre gar nicht erst in Lebensgefahr geraten, wenn sie mir nicht geholfen hätte.«

»Komm schon. Meinst du wirklich, wenn Ren und Stimpy deinen hübschen Hintern in der Sonne rösten gesehen hätten, wären die anschließend freundlich grüßend an ihr vorbeimarschiert? Sie ist eine bezaubernde Frau, die ganz allein in der Pampa wohnt, niemand hätte sie schreien gehört. Die beiden haben mit dem Messer auf dich eingestochen, weil sie wissen wollten, wie sich das anfühlt. Vielleicht hätten sie Sarah auch vergewaltigt und gequält, nur um herauszufinden, wie *das* so ist. Wenn du mich fragst, hat sie verdammtes Glück gehabt, dass sie dich gefunden und gerettet hat. Hör also auf, den Märtyrer zu spielen, und trink endlich.«

Ohne Marcus Beachtung zu schenken, warf Roland das Handtuch beiseite und legte eine Hand auf die Rippen, die sich Sarah beim Laufen gehalten hatte. Wie vermutet waren drei gebrochen.

Er konzentrierte sich auf seine schwindenden Kräfte, seine

Hand wurde heiß und seine eigenen Rippen schmerzten, während er ihre heilte.

Dann nahm er die Hand fort und rutschte unbehaglich hin und her.

»Da.«

Marcus hielt ihm einen Blutbeutel vors Gesicht.

»Ich habe ihn nur für den Fall geholt, dass du zu müde oder zu faul dafür bist.«

Unwirsch schob Roland den Beutel weg. »Bring das hier raus.«

»Sei doch nicht immer so stur«, sagte Marcus. »Du brauchst es, und sie ist eh ohnmächtig.«

»Aber sie könnte jeden Moment aufwachen.«

Tatsächlich war sie das schon.

6

Sarah war ganz allmählich wieder zu Bewusstsein gekommen, seit er sie auf das gemütliche Sofa gelegt hatte.

Roland war also ein Vampir. Marcus ebenfalls. Und sie fand sich mit beiden allein, außer sich vor Angst, was die zwei mit ihr anstellen könnten. Irgendwie musste sie fliehen, nur besaß sie nicht die leiseste Hoffnung, ihnen davonrennen zu können. Also verfolgte sie den einzigen Plan, der ihr mit ihren hämmernden Kopfschmerzen und stechenden Brustschmerzen einfallen wollte: sich bewusstlos zu stellen und bei der erstbesten Gelegenheit abzuhauen.

Es war ihr schwergefallen, ihren Atem trotz der aufsteigenden Panik ruhig zu halten und nicht zusammenzuzucken, als Roland ihre gebrochenen Rippen berührt hatte.

Aber am allerschlimmsten war der Moment gewesen, als Marcus Roland ermunterte hatte, etwas zu sich zu nehmen. Natürlich war sie davon ausgegangen, als Hauptgericht auf der Speisekarte zu stehen.

Je länger sie allerdings dem Gespräch lauschte, desto mehr verunsicherte es sie. Roland klang ganz und gar nicht wie das seelenlose Ungeheuer, das sich in ihrem Vorgarten auf die Halsschlagader des Punks gestürzt hatte. Vielmehr hörte er sich nach dem netten Typen an, mit dem sie den Tag über zusammen gewesen war, der, der sie trotz seiner schweren Verletzungen klaglos auf sich schlafen lassen hatte, ohne die Situation auszunutzen.

Ihr kam es vor, als wollte er sie beschützen.

»Und mir wirft Seth vor, unvernünftig zu sein«, murmelte Marcus. »Sie weiß doch, was wir sind.«

»Ja, und sie hat schon einmal mit ansehen müssen, wie ich getrunken habe. Ein zweites Mal möchte ich ihr ersparen. Sie wird ohnehin verängstigt sein, wenn sie aufwacht.«

»Nicht unbedingt.«

»Na, dann hast du aber ihr Gesicht nicht gesehen, als sie ins Auto gesprungen und davongerast ist.«

Innerlich zuckte sie zusammen. Das hörte sich verdammt feige an.

»Nein, da war ich gerade beschäftigt, wie du dich vielleicht erinnerst«, entgegnete Marcus trocken. »Außerdem war sie nur so verängstigt, weil sie dich für einen gewöhnlichen Vampir wie die anderen gehalten hat. Wenn du ihr erklärst, dass du ein Unsterblicher bist, wird sie ihre Meinung schon ändern.«

Roland war gar kein Vampir? Was zum Teufel sollte ein Unsterblicher sein?

»So wie Mary?«, fragte Roland verbittert.

Und wer war bitte schön Mary?

Marcus schnaubte verächtlich. »Mary war einfach dumm. Gefangen im Aberglauben ihrer Zeit und noch dazu leicht beeinflussbar.«

»Sie war überhaupt nicht dumm, sondern sogar sehr gebildet.«

»Sie war ein Blaustrumpf, hat für die Klassiker geschwärmt, wusste aber trotz ihrer Liebe zu Büchern kaum mehr vom Leben als ihre Standesgenossinnen. Und, wie gesagt, ließ sie sich leicht beeinflussen. Wenn sie fähig gewesen wäre, ihren eigenen Verstand zu gebrauchen, hätte sie dich vielleicht auch nicht so übel hintergangen.«

Roland knurrte.

»Außerdem spielt das überhaupt keine Rolle, denn Mary und Sarah sind vollkommen verschieden. Mary hätte nie jemanden mit dem Spaten niedergeschlagen, um dich zu retten. Sarah schon.«

Nun fühlte sie sich schon ein wenig besser.

»Und zufällig habe ich in Sarahs Bücherregal einige Fantasy-Liebesromane entdeckt, also flippt sie vielleicht gar nicht aus.«

»Was weißt du denn schon über Fantasy-Liebesromane?«, fragte Roland skeptisch.

»Bethany mochte sie. Einige der Bücher, die sie gelesen hat, habe ich auch bei Sarah gesehen.«

»Aber nur weil sie gern so etwas liest, heißt das nicht, dass es ihr in der Realität gefällt.«

Roland schob ihr das Haar aus der Stirn, das Hämmern in ihrem Kopf wurde immer unerträglicher.

»Ob es ihr gefällt oder nicht, ist mir egal. Hauptsache, sie verpfeift uns nicht.«

»Darüber mache ich mir gar keine Sorgen.«

»Echt nicht? Sonst bist du doch immer derjenige mit der Paranoia. Hast du wirklich keine Angst, dass sie unser Geheimnis ausplaudert?«

»Selbst wenn, wer würde ihr denn schon glauben? Sie wäre doch schneller im Irrenhaus, als sie *Nosferatu* sagen kann.«

»Nicht, wenn sie die Polizei herführen würde.«

»Ich werd schon dafür sorgen, dass sie das nicht kann. Sie hat doch auf dem Weg hierher nichts gesehen. Und auf dem Rückweg bekommt sie dann eine Augenbinde um oder ein Schlafmittel verpasst. Oder noch besser, ich lasse sie von Seth wegbringen.«

Über ihrem Gesicht nahm sie Bewegungen wahr, Rolands Hand verschwand.

»Was machst du denn da?«, fragte Roland überrascht.

»Ich bewahre dich vor einer Dummheit.«

»Lass meinen Arm los, Marcus.«

Bei dieser merkwürdigen Bemerkung keimte wieder Angst in Sarah auf.

»Erst trinkst du, dann heilst du sie.«

Was sollte das heißen, *sie heilen*? Heilen im Sinne von Erste Hilfe leisten? Warum war es so wichtig, dass er erst etwas trank?

Sie dachte an die angenehme Wärme, die Rolands Berührung in ihrer Brust ausgelöst hatte. Das Stechen war abrupt abgeklungen, und überhaupt hatten die Schmerzen aufgehört. Endlich konnte sie wieder richtig durchatmen.

Was hatte Roland mit ihr gemacht?

»Wenn sie die Augen aufmacht, soll sie nicht als Erstes mich mit einem Blutbeutel an den Lippen sehen«, stieß dieser hervor.

Mist, verdammter. Er ist doch ein Vampir.

»Dann beeil dich gefälligst und trink, bevor sie aufwacht.«

»Das kann jeden Moment sein, ihre Atmung hat sich verändert.«

Sarah verfluchte sich innerlich.

»Dann geh halt zum Trinken raus.«

»Damit sie hier allein aufwacht? Nein.«

Spannung lag in der Luft.

»Oh Mann«, seufzte Marcus. »Du hast sie wirklich gern.«

Unwillkürlich schlug Sarah die Augen auf und suchte Rolands Blick.

Er kniete neben ihr, das Haar feucht und zerzaust, Schweißperlen im Gesicht. Die schreckliche Wunde am Hals hatte sich geschlossen und blutete nicht mehr. Ein langer, tiefer Schnitt zog sich vom Ohrläppchen bis zum Kinn, er sah aus, als wäre jemand beim Kehleaufschlitzen verrutscht. Wenn man das Blut wegwaschen würde, könnte man bestimmt bis auf den Knochen sehen.

Sein Hemd war von der roten Flüssigkeit durchtränkt, seine Kleidung überall zerrissen. Zudem hielt er seinen linken Arm eng am Körper, sodass Sarah sich fragte, ob er ihn sich vielleicht gebrochen hatte.

Neben dem Sofa stand Marcus und sah ebenso angeschlagen aus. In der Hand hielt er einen Beutel Blut, wie man sie aus Krankenhäusern kannte.

Keiner der beiden nahm Notiz von ihr, denn sie starrten einander an.

Marcus sah besorgt aus, während Roland eher verbittert wirkte.

»Es ist doch so, oder?«, hakte Marcus nach. »Du magst sie.«

In Rolands Gesicht zuckte es. »Das wäre doch ziemlich dumm, wenn man bedenkt …«

»Wenn man was bedenkt? Dass sie hübsch ist, klug und in der Lage, mit einer Pistole umzugehen?«

»Nein«, sagte Roland, und seine Stimme war voller Bitterkeit. »Wenn man bedenkt, dass sie mit der Waffe auf uns losgegangen wäre, wenn sie dir nicht vorher hätte versprechen müssen, es nicht zu tun. Sobald sie aufwacht, wird sie schreiend das Weite suchen.«

Okay, er war also ein Vampir oder was auch immer, trotzdem hatte sie ein schlechtes Gewissen, denn schreiend aus der Tür zu rennen war ihr tatsächlich als Erstes in den Sinn gekommen. Er schien das zu wissen und wirkte gekränkt.

Grübelnd rieb Marcus sich das Kinn. »Ich glaube, da irrst du dich.«

»Warum, weil du sie so wahnsinnig gut kennst?«

»Nein, weil dir in deiner Sorge um ihre Verletzungen und ihre Gefühle etwas Entscheidendes entgangen ist.«

Immer noch hielt Roland den Blick auf Marcus gerichtet, unbewusst strich er ihr durchs Haar. »Und was soll das bitte sein?«

Marcus grinste selbstzufrieden. »Sie ist schon die ganze Zeit wach, seit du sie auf das Sofa gelegt hast, und bislang ist sie noch nicht getürmt.«

Sofort schaute Roland nach unten. Überrascht sah er sie aus seinen braunen Augen an und zog blitzschnell die Hand zurück, als fürchte er, sie könnte es ihm übel nehmen.

Die Minuten zogen sich dahin. Es herrschte betretenes Schweigen. Schließlich räusperte sich Sarah. »Ähm, hi?«

Stirnrunzelnd sah er sie an. »Warum schreien Sie nicht?«

»Vielleicht, weil mir die Kopfschmerzen den Verstand rauben?«

Gelogen war das nicht. Aber es entsprach auch nicht ganz der Wahrheit. Je länger Roland sich nicht wie ein blutrünstiger Vampir aufführte, desto ruhiger und entspannter wurde sie.

Vielleicht hatte sie eine Gehirnerschütterung.

»Darf ich mir das mal ansehen?«, fragte er vorsichtig.

Sie nickte, stöhnte aber gleich darauf angesichts der Schmerzen, die ihr schon diese kleine Bewegung bereitete.

Roland tastete ihre Stirn ab.

»Ich glaube nicht, dass die Schmerzen davon kommen«, flüsterte sie, denn sie fürchtete, wenn sie lauter spräche, würde ihr Schädel noch explodieren. »Eher vom Hinterkopf.«

Nun schaute er noch düsterer. »Entschuldigung, ich habe nicht geahnt, dass Sie am Hinterkopf auch noch eine Beule haben.« Behutsam schob er eine Hand zwischen ihren Kopf und das Kissen.

Vor Schmerz zuckte Sarah zusammen, sie hatte das Gefühl, sich jeden Augenblick übergeben zu müssen.

»Tut mir leid«, murmelte er. »Es wird Ihnen gleich besser gehen.«

»Roland«, sagte Marcus warnend.

»Gleich werden Sie ein Wärmegefühl verspüren«, sprach Roland ungerührt weiter, schenkte seinem Freund keine Beachtung.

Wovon redete er …?

Sarah blinzelte. Seine Hand wurde immer wärmer, und gleichzeitig ließ der Schmerz nach. Es fühlte sich an, als würde er ihr ein Heizkissen an den Kopf halten.

Sarah sah zu Marcus, der aus seinem Ärger keinen Hehl machte, und dann wieder zu Roland.

Hatte er eben auch schon so blass ausgesehen?

Er zog die Hand weg und legte sie nun auf den Schnitt an ihrer Schläfe.

Wieder durchflutete sie an der Stelle, wo er die Hand auflegte, ein Gefühl der Wärme.

Er schloss die Augen, seine Kiefermuskeln zuckten.

Ihre Schmerzen ebbten ab.

Sarah wollte ihm gerade danken und fragen, was genau er denn gemacht habe, konnte dann aber nur noch den Atem anhalten. An seiner Schläfe bildete sich einer roter Striemen, der einer Schürfwunde glich. Sie wurde immer dunkler, schwoll an, und ein tiefer Schnitt öffnete sich. Blut strömte über Rolands Wangen.

Fluchend riss Marcus die Hand seines Freundes von Sarah fort.

Roland öffnete die Augen. »Was?«, er klang heiser. »Was ist passiert?«

»Du *weißt*, was passiert ist«, schnauzte Marcus ihn an.

Vorsichtig tastete Roland seinen Kopf ab. An seinen Fingern klebte Blut. »Oh.« Mit einem Blick auf Sarah wischte er es schnell an seinem Hemd ab, als könne er damit vergessen machen, was gerade geschehen war.

Sarah befühlte ihre eigene Schläfe.

Kein Schnitt. Keine Schwellung. Ihre Verletzung war verschwunden.

Nur dass an Rolands Schläfe jetzt eine solche Wunde klaffte.

Die riesige Beule an ihrem Hinterkopf war ebenfalls fort. Wenn sie mutig gewesen wäre, hätte sie einmal über Rolands Hinterkopf gestrichen. Befand sich stattdessen jetzt dort ein riesiges Horn?

»Geht es Ihnen besser?«, fragte er mit schmerzverzerrter Stimme.

»Viel besser.« Ihr Kopf war in Ordnung, die Rippen taten nicht mehr weh. Was hatte er nur mit ihr gemacht?

»Bitte haben Sie keine Angst.«

»Habe ich gar nicht.« Das war ihr einfach so herausgerutscht, aber wie sie überrascht feststellte, stimmte es auch. Sie hatte keine Angst mehr.

»Entschuldigen Sie mich mal kurz.« Er stand auf und geriet ins Wanken. Wenn Marcus nicht sofort übers Sofa gehechtet wäre und ihn aufgefangen hätte, wäre Roland wohl auf den Glastisch gestürzt.

Mit klopfendem Herzen setzte Sarah sich auf. »Roland?«

Marcus schleppte seinen Freund Richtung Esszimmer, wobei er es tunlichst vermied, den gebrochenen Arm zu berühren. »Und ich sag noch, trink erst was«, brummte er wutentbrannt.

Allmählich dämmerte es ihr.

Sarah stand auf. »Kommt er wieder in Ordnung?«

Marcus nickte und bedeutete ihr sitzen zu bleiben. »Ja, ja ... bleiben Sie nur da. Wir sind gleich zurück.«

Vor ihr würde er keinesfalls trinken.

»Kann ich irgendwie helfen?«, fragte sie unsicher.

»Bleiben Sie«, flüsterte Roland, bevor sie in einem Durchgang hinter dem Esszimmer verschwanden. Wahrscheinlich lag dort die Küche, doch diese konnte sie von da, wo sie stand, nicht einsehen.

»Setz dich hin«, hörte sie Marcus kommandieren.

Die Kühlschranktür wurde geöffnet.

Sarah ließ den Blick durchs Wohnzimmer schweifen, es war minimalistisch, aber geschmackvoll mit modernen Möbeln eingerichtet.

Ihr bot sich die Gelegenheit abzuhauen. Sowohl Roland als auch Marcus waren durch ihre Verletzungen geschwächt. Roland ging es sogar noch schlechter, seit er sie geheilt hatte, denn offenbar waren ihre Wunden dabei auf ihn übergegangen. Marcus kümmerte sich um Roland, war also auch abgelenkt. Ihr Verschwinden würde erst Minuten später auffallen.

Sarah befühlte die heile Haut unter ihrer blutverkrusteten Schläfe.

Bleiben Sie. Rolands Worte hatten nicht wie eine Drohung geklungen, vielmehr wie eine Bitte, beinahe wie ein Flehen.

Sie warf noch einmal einen Blick in Richtung Küche, dann holte sie tief Luft und ließ sich wieder aufs Sofa fallen. Hoffentlich würde sie ihre Entscheidung nicht bereuen.

Roland konnte es kaum fassen. Sie war geblieben.

So schnell er nur konnte, hatte er mehrere Blutkonserven geleert und dabei angestrengt auf ein Knarzen der Dielen, das Geräusch der Haustür, die geöffnet wurde, oder gar klirrende Scheiben gelauscht. Auf alle Geräusche, die auf einen heimlichen oder gar verzweifelten Fluchtversuch schließen ließen. Er hatte sich noch die Zeit genommen, sich das Blut aus dem Gesicht zu waschen, war dann aber mit hastigen Schritten ins Wohnzimmer geeilt und ...

Da war sie noch. Sarah saß auf dem Sofa und besah sich ihre Hände.

Einen Moment lang betrachtete er sie, erleichtert und zugleich auch verwirrt.

Warum flippte sie nicht völlig aus? Täuschte sie diese Ruhe nur vor, um sein Vertrauen zu gewinnen und später mit einer Meute Männer zurückkehren zu können, die ihn töten sollten?

Sarah schaute auf und bemerkte ihn. »Geht es Ihnen besser?«

»Ja, danke.«

»Sie sehen auch wesentlich besser aus.« Ihre Miene spiegelte Unbehagen wider. »Liegt es daran, dass Sie ... dass Sie getrunken haben?«

»Ja.« Es abzustreiten hatte keinen Sinn. Auch wenn ihm das Geständnis unglaublich schwerfiel.

»Oh.«

Oh? Ist das alles? »Sie laufen ja immer noch nicht schreiend weg.«

»Ist das normalerweise die Reaktion von Menschen, die erfahren, dass Sie ähm ...«

»Ich anders bin? Ja, schon.«

Marcus trat neben ihn. »Außerdem Kreischen, Fluchen, Sich-in-die-Hosen-machen« – Sarah verzog angewidert das Gesicht – »religiöse Verse …«

»Religiöse Verse?«, fragte sie überrascht.

»Na ja: Weicht von mir, ihr …« Marcus stieß Roland an. »Wie hat der Pastor uns noch mal genannt?«

Roland verdrehte die Augen. »Welcher?« Sie waren schließlich schon unzähligen begegnet.

»Na, der in London.«

»Welches Jahrhundert?«

»Achtzehntes.«

Sarah fiel die Kinnlade herunter.

»Der mit der Albert-Einstein-Frisur?«

»Ja.«

»Satansbrut.«

»Genau.« Mit der krächzenden Stimme eines alten Mannes und wild mit der Faust fuchtelnd rief Marcus: »Weichet von mir, Satansbrut. Kehret zurück in den Höllenschlund!« Daraufhin fuhr er mit normaler Stimme fort: »Dann wurden wir von ihm noch mit Bibelsprüchen bombardiert. Und das, nachdem wir ihn vor einem ziemlich üblen Vampir gerettet hatten.« Gleichmütig zuckte er mit den Schultern. »Aber Kreischen ist eigentlich der Standard – bei Frauen und Männern.«

Jetzt wirkte sie ziemlich verblüfft. »Aha.«

Marcus klatschte in die Hände. »Aber Sarah ist ruhig und gefasst.« Er wandte sich an Roland. »Du stehst offenbar nicht mehr mit einem Fuß im Grab. Ich müsste dringend mal duschen. Also, wenn niemand etwas dagegen hat, verschwinde ich jetzt im Bad und leg mich dann hin, damit mein Knie schneller heilt.«

Roland nickte bereitwillig, froh, mit Sarah allein sein zu können, obwohl er nicht wusste, worüber er mit ihr sprechen sollte.

»Nimm das Gästezimmer. Den Flur entlang, zweite Tür rechts. Es hat ein eigenes Bad.«

»Du hast ein Gästezimmer?«

»Seth schläft ab und zu hier.«

Marcus zog eine Grimasse.

»Was? Es ist nicht so, dass ich ihn einladen würde. Er macht es nur, um mich zu ärgern, weil er weiß, wie ungern ich Leute bei mir zu Hause habe.«

Demonstrativ blickte Marcus zu Sarah.

»Sie meine ich damit nicht«, versicherte Roland ihr hastig. »Wenn ich Sie nicht hierhaben wollte, hätte ich Sie ja gar nicht erst eingeladen.«

»Und was ist mit mir? Ist meine Einladung in der Post verloren gegangen?«, fragte Marcus bissig.

Rolands mangelndes Vertrauen hatte seinem Freund schon immer zu schaffen gemacht. »Du bist doch hier, reicht dir das nicht?«

»Ja, weil ihr einen Fahrer gebraucht habt.«

Roland fragte sich, ob es Sarah wohl sehr erschrecken würde, wenn er Marcus mal kurz an die Gurgel ginge. »Wolltest du nicht duschen gehen?« Er schubste den Mann in Richtung Flur.

»Ja, ja, bin ja schon weg.«

»Ruf vorher noch Lisette an und berichte ihr alles. Offenbar steh ich bei den Vampiren ganz oben auf der Abschussliste, aber dich wollten sie lebend.«

Marcus grinste verschlagen. »Ja, das kam mir beim Kämpfen entgegen.«

»Glückspilz.«

Lachend machte sich Marcus auf den Weg zum Gästezimmer. »Hey, ist ja nett hier«, rief er noch, bevor er die Tür hinter sich zumachte.

Als Roland sich wieder zu Sarah umdrehte, starrte sie ihn düster an. Er überlegte fieberhaft, was er sagen könnte, damit sie sich entspannte und – ja, was? – ihn mögen würde?

Träum weiter.

»Ich schreie immer noch nicht«, erinnerte sie ihn sanft.

Unweigerlich musste er lächeln. »Ist mir nicht entgangen.«

Sie schaute hinunter auf ihre Handflächen. »Vielleicht werde ich das aber, wenn ich die Glassplitter herauspule. Haben Sie vielleicht eine Pinzette?«

Sofort verschwand er in der Küche und holte eine Pinzette aus dem Verbandskasten. Mitsamt einer Schüssel Wasser und einem frischen Handtuch kehrte er ins Wohnzimmer zurück.

Der Couchtisch bestand aus einer Glasplatte mit einem stabilen Holzgestell, das sein Gewicht aushielt. Breitbeinig setzte er sich vor Sarah hin, sodass seine riesigen Füße rechts und links neben ihren waren. Er stellte die Utensilien neben sich ab, bewaffnete sich mit der Pinzette, beugte sich vor und bedeutet ihr, eine Hand in seine zu legen.

Ängstlich beäugte sie die Pinzette, streckte ihm aber dennoch die rechte Hand hin.

Ihm wurde ganz warm ums Herz.

Roland inspizierte ihre Handfläche und die Finger genau. Überall in der Haut steckten kleine Glassplitter. Die Fingerspitzen wiesen tiefe Schnitte wie von einem Messer auf. Und während die anderen Schrammen und Stiche längst zu bluten aufgehört hatten, quoll aus diesen Wunden immer noch Blut.

Fragend sah er sie an.

»Nachdem der Typ plötzlich auf der Motorhaube gelandet war, konnte ich meine Glock nicht mehr finden. Mich mit einer großen Scherbe zu bewaffnen, war das Einzige, was mir eingefallen ist.«

»Das nenne ich geistesgegenwärtig«, sagte er anerkennend. Sie war eine Kämpfernatur, bewahrte einen kühlen Kopf und gab nicht so schnell auf. Ihm gefiel das.

Er setzte die Pinzette an und sagte warnend: »Das wird jetzt wehtun.«

»Ich weiß. Am besten bringen wir es schnell hinter uns.«

Dann zog Roland ihr die erste Scherbe aus der Hand.

Sie zuckte jedes Mal zusammen, als er eine nach der anderen entfernte.

Er tat ihr nur ungern weh, aber es ließ sich nicht ändern.

»Ich komme mir vor wie eine Memme«, sagte sie, »stell mich wegen ein paar winziger Splitter an, dabei hatten Sie Metallpflöcke in den Händen.«

Er zuckte mit den Schultern. »Im Gegensatz zu Ihnen bin ich an so etwas gewöhnt.«

»Im Ernst? So etwas passiert Ihnen häufiger?«

»Eigentlich nicht. Meistens habe ich es nur mit ein oder zwei Gegnern zu tun. Aber selbst dann sind Knochenbrüche, tiefe Schnittwunden und Schussverletzungen an der Tagesordnung.« Roland überprüfte ihre Handflächen noch einmal, um sicherzugehen, dass er auch keinen Splitter übersehen hatte, dann nahm er sich ihre Finger vor.

Sie fuhr zusammen. »Autsch! Tut mir leid, ist mir so rausgerutscht.«

Kopfschüttelnd sagte er: »Ich weiß, wie schmerzvoll solche Splitter sein können.«

Schließlich war er im Laufe der Jahrhunderte oft genug durch Fenster, Glastüren und gegen Spiegel geworfen worden.

Kurz darauf spürte Roland, dass ihr Herz schneller schlug, und fragte sich, warum.

»Also«, begann sie zögerlich, »sind Sie ein Vampir?«

Aha. »Nein, die Männer, die uns angegriffen haben, waren Vampire.«

Schweigen.

»Aber Sie haben auch diese Zähne. Und Ihre Augen haben

genauso geleuchtet. Außerdem haben Sie diesem Jungen das Blut ausgesaugt.«

Und dank Marcus' mangelndem Feingefühl war ihr auch nicht entgangen, dass er in der Küche getrunken hatte.

»Das ist kompliziert.«

»Ich bin nicht auf den Kopf gefallen.«

Er lächelte. »Das weiß ich doch. Ich hab nur keine Ahnung, wie ich es Ihnen erklären soll.«

Sie legte den Kopf schief. »Das machen Sie doch bestimmt nicht zum ersten Mal.«

»Nein«, räumte er ein, »aber das letzte Mal ist schon ziemlich lange her.«

»Wie lange?«

»Fast vierhundert Jahre«, sagte er und dachte dabei an Mary.

Überrascht sah Sarah ihn an.

»Wie alt sind Sie denn? Au.«

»Sorry. Neunhundertsiebenunddreißig.«

»Sie sind neunhundertsiebenunddreißig Jahre alt?«

»Ja.«

»Sie haben Reißzähne, trinken Blut und sind fast tausend Jahre alt, aber ein Vampir sind Sie nicht.«

»Ganz genau.«

»Bitte erklären Sie mir das.«

»Gleich, warten Sie kurz. Ich glaube, aus dieser Hand habe ich alle Splitter raus.«

Roland legte die Pinzette beiseite, umfasste ihre Hand mit seinen und schloss die Augen.

Wärme strömte von ihm auf sie über und heilte ihre Wunden. In der rechten Handfläche und an den Fingern verspürte er Schmerzen wie kleine Nadelstiche, die dann aber sofort wieder nachließen. Dann öffnete er die Augen und inspizierte ihre Hand von Nahem.

Auch Sarah beugte sich interessiert vor, ihre Köpfe berührten sich beinahe. »Das ist ja unglaublich.« Alle Schnitte waren verheilt.

Roland wusch ihre Hand mit dem klaren, kühlen Wasser aus der Schüssel. Unter der Kruste aus Blut und Dreck waren keinerlei Verletzungen mehr zu sehen. Dann tupfte er ihre Haut mit dem Handtuch trocken und streichelte sie sanft. Er begann mit kleinen Kreisen in der Handfläche, die allmählich größer wurden, dann fuhr er einen Finger hinunter und den nächsten hinauf.

Sich selbst redete er ein, er wolle nur ganz sichergehen, dass die Schnitte gut verheilt waren, aber im Grunde wollte er sie nur berühren.

Ihr Herz pochte wie wild, mit seinem ausgezeichneten Gehör registrierte er das sofort.

Er schaute zu ihr auf. »Tue ich Ihnen weh?«

»Nein«, sagte sie ein wenig atemlos.

Keine Schmerzen. »Haben Sie Angst vor mir?«, fragte er, ohne mit dem Streicheln aufzuhören.

»Nein.«

Keine Angst. »Ihr Puls rast.«

»Ach ja?« Sie befeuchtete ihre Lippen.

Beim Anblick ihres sinnlichen Mundes und der rosa Zunge ging auch sein Puls schneller. »Meine Sinneswahrnehmung ist außergewöhnlich. Ich kann Ihren Herzschlag hören.«

Sarah riss die Augen auf. »Aber meine Gedanken können Sie doch nicht lesen, oder?«

»Nein.«

»Ein Glück«, raunte sie und weckte damit erst recht sein Interesse.

»Warum? Was würde ich denn dann erfahren?« Hoffentlich etwas Unanständiges.

»Gar nichts.« Doch sie war rot geworden.

Sanft zog sie ihre Hand weg und presste sie gegen seine muskulöse Brust, direkt über dem Herzen.

Roland hielt die Luft an.

»Ihr Herz schlägt ja.«

Er nickte, ihre Berührung brachte ihn aus dem Konzept. »Ich bin nicht tot. Oder untot, wie es in der in den Geschichten über Vampire so schön heißt.«

Sie ließ die Hand über sein Schlüsselbein bis zum Hals gleiten.

Die zärtliche Geste weckte ein unbändiges Verlangen in ihm.

»Ihr Puls rast auch«, sagte sie leise.

Und ganz bestimmt nicht, weil er Angst vor ihr hatte.

Obwohl es auch eine verborgene Seite an ihm gab, die sehr wohl so fühlte.

Die Gefühle, die Sarah in ihm auslöste, waren beängstigend. Beängstigend stark. Er wollte über sie wachen, sie beschützen. Wollte von ihr akzeptiert werden, so, wie er war.

Und sie sollte ihn gernhaben.

Das war doch nicht mehr normal, schließlich kannte er sie kaum. Wie konnte er sich schon jetzt so zu ihr hingezogen fühlen? Damit machte er sich verwundbar.

Er konnte sich keine solche Schwäche leisten.

Da umfasste sie mit einer Zärtlichkeit, die er nicht gewohnt war, sein Kinn und strich mit dem Daumen darüber.

Am liebsten hätte er jetzt seine Lippen in ihre Hand gepresst.

»Ihre Wunden sind verheilt.« Sie blickte von seiner Kehle zu seinem Kinn und dann zu seiner Stirn. Von allen drei Verletzungen waren nur noch dünne Narben auszumachen, die am nächsten Morgen verschwunden sein würden.

»Die meisten schon, ja.« Der gebrochene Arm und ein paar tiefe Stichwunden waren allerdings noch nicht vollständig ausgeheilt, dazu würde es noch mehr Zeit und vor allem noch mehr Blut brauchen.

»Aber trotzdem sind Sie kein Vampir.«

»Nein. Marcus, ich und unseresgleichen, wir ziehen den Begriff Unsterbliche vor. Die Menschen, die uns zur Seite stehen, nennen uns die Unsterblichen Wächter.«

Sarah zog ihre Hand weg und ließ sich in die Sofakissen sinken. »Wen bewachen Sie denn?«

»Die Menschheit.«

»Vor Vampiren?«

»Ja.«

Widerstrebend zückte Roland die Pinzette und griff nach ihrer linken Hand. Er wollte ihr nicht wieder wehtun.

»Irgendwie ist mir nicht so ganz klar, wie Sie sich von den anderen Vampiren unterscheiden. Abgesehen davon, dass die anderen Mistkerle sind und Sie nicht.«

Er lachte. »Ein paar meiner Kollegen würden Ihnen da bestimmt widersprechen.«

»Dann kennen die Sie aber nicht besonders gut«, wandte sie ein, und erneut durchflutete ihn eine angenehme Wärme.

Nun zwang er sich aber wieder, seine ganze Aufmerksamkeit auf die Glassplitter zu richten, die wie Diamanten in der blutigen Hand glitzerten, und entfernte eine lange Scherbe. In der linken Hand steckten viel mehr Splitter, außerdem zogen sich die Verletzungen fast bis zum Ellenbogen hoch.

»Vampirismus und die damit verbundenen Eigenschaften werden durch ein seltenes Virus verursacht.«

»Ein Virus«, wiederholte Sarah ungläubig und zuckte, als Roland einen besonders tiefen Splitter herauszog.

»Ja.«

»Was für Eigenschaften sind denn das genau?« Blutgier? Ein Hang zum Beißen?

Er drehte ihre Hand ein wenig ins Licht. »Weder Vampire noch

Unsterbliche sind tot. Sie haben meinen Herzschlag ja gespürt und wissen, dass ich atme.«

Und sein Herzschlag hatte sich bei ihrer Berührung beschleunigt.

»Jeder von uns hat eine bessere Sinneswahrnehmung als normale Menschen.«

Sarah erinnerte sich daran, dass Roland und Marcus die Vampire lange vor ihr wahrgenommen hatten. »Deshalb kam der Angriff für Sie auch nicht so überraschend.«

Er nickte, zwischen seinen Augenbrauen war eine tiefe Falte zu sehen, so angestrengt arbeitete er an ihrer Hand. »Wir haben die Vampire schon aus mehreren Kilometern Entfernung gehört und ihre individuellen Gerüche wahrgenommen. Deshalb konnten wir auch bestimmen, wie viele es waren.«

Das überstieg ihren Verstand.

»Wow«, brachte sie hervor. »Na, vor der Erfindung des Deos muss es ja hart für euch gewesen sein.«

Er schmunzelte. »Fortschritte in der Körperhygiene haben uns das Leben tatsächlich angenehmer gemacht, die jüngste Generation scheint sich in dem Punkt allerdings wieder zurückzuentwickeln.«

»Davon kann ich auch ein Lied singen. Manche Studenten rollen aus dem Bett direkt in den Hörsaal, ohne sich wenigstens die Zähne zu putzen. Autsch!«

»Sorry.«

Auf einmal wurde Sarah bewusst, dass sie für jemanden wie ihn wohl selbst ziemlich müffeln dürfte. »Vielleicht sollte ich mich lieber bei Ihnen entschuldigen.«

Er schaute auf. »Warum?«

»Ich bin verschwitzt, blutig und dreckig. Wer weiß, was ich bei meinem Sturz außerdem so alles aufgegabelt habe. Also verströme ich wahrscheinlich nicht gerade einen Wohlgeruch.«

»Für mich riecht Blut so gut wie für Sie Schokolade.«

Unwillkürlich verzog sie das Gesicht. »Wirklich?« Das war irgendwie eklig.

Er lächelte schief. »Ja. Außerdem duften Sie nach Wald, Zitronenshampoo, Deo und ihrem ganz eigenen Geruch.« Er atmete leicht ein. »Und selbst so verschwitzt riechen Sie verlockend.«

Ihr Herz machte einen Sprung. Er hatte es gesagt, als würde es ihn anmachen. »Ja?«

Seine Augen verdunkelten sich, und dann lag wieder dieser übernatürliche Glanz darin. »Ihr Puls rast schon wieder.«

Mutig berührte sie ihn am Hals. »Und Ihrer ebenso.«

Aus den Augenwinkeln konnte sie beobachten, wie er die Finger fest um die Pinzette krampfte.

»Gibt es noch weitere besondere Eigenschaften?«, fragte sie und zog ihre Hand wieder zurück.

»Wir sehen viel besser als normale Menschen.«

»Können Sie im Dunkeln sehen?«

»Ja, wie eine Katze.«

Kein Wunder, dass Marcus ohne eine Taschenlampe ausgekommen war. »Wieso leuchten Ihre Augen?«

»Manche der physiologischen Veränderungen sind noch ungeklärt, dazu gehört das Augenleuchten. Bisher weiß man nur, dass es gelegentlich bei Schmerz auftritt und eigentlich immer, wenn extreme Gefühle im Spiel sind, zum Beispiel Wut.«

Oder Erregung?, hätte Sie am liebsten gefragt. Als sie nach seinem Puls getastet und über seinen kräftigen Hals gestrichen hatte, war wieder dieses Leuchten in seine Augen getreten.

Begehrte er sie? Hatte ihn die zärtliche Geste ebenso aus der Fassung gebracht wie sie?

»Wir sind stärker als Menschen«, fuhr er mit seiner Aufzählung fort, »wesentlich stärker, und können uns sehr schnell bewegen.«

So schnell, dass man nur noch einen Schatten sah? Das war irgendwie cool, aber auch ein wenig unheimlich. »Was noch?«

»Wie Sie ja schon mitbekommen haben, heilen unsere Verletzungen sehr schnell. Und wir reagieren empfindlich auf Sonnenlicht.«

»Ist das schon alles?«

»Nein, das waren nur die Eigenschaften, die wir mit den Vampiren gemeinsam haben. Ansonsten wirkt sich das Virus bei uns Unsterblichen anders aus. Wir sind alle als Menschen auf die Welt gekommen und wurden dann durch den Biss eines Vampirs mit dem Virus infiziert.«

»Von einem Vampir? Nicht von einem Unsterblichen?«

»Unsterbliche verwandeln nur äußerst selten einen Menschen.«

»Oh. Also war es bei Ihnen ein Vampir.«

Er presste die Lippen aufeinander. »Ja.«

»Ihrem Gesichtsausdruck nach zu urteilen ist das gegen Ihren Willen geschehen.«

»Richtig. Ich hatte aber Glück, meinem Körper ist es gelungen, mit dem Virus fertigzuwerden und es umzuwandeln.« Er verfiel in Schweigen, während er versuchte, einen besonders tief sitzenden Splitter herauszuholen, der sich partout nicht aus ihrem Daumen entfernen zu lassen schien.

Sarah biss die Zähne zusammen und ballte die andere Hand zur Faust. Verdammt, tat das weh.

Wenn schon diese winzigen Scherben so schmerzten, was musste Roland dann erst für Qualen ausgestanden haben, immerhin waren seine Hände von riesigen Pflöcken durchbohrt gewesen.

Als er den fiesen Splitter endlich zu fassen bekam, entspannte sie sich etwas.

Roland sah sie an. »Möchten Sie eine Verschnaufpause?«

»Nein.« Schließlich hatte er seine Schmerzen auch tapfer ertragen.

»Auf die Vampire hat das Virus negative Auswirkungen, von denen wir verschont bleiben. Sie ernähren sich ausschließlich von Blut und werden davon so abhängig wie Kokain- oder Methsüchtige. Unsterbliche brauchen dagegen nicht jede Nacht eine Ration.«

»Daher die Pizza.«

Ein Lächeln umspielte seine Lippen. »Wenn wir nicht gerade verletzt sind, brauchen wir Älteren nur ein- oder zweimal pro Woche Blut. Ansonsten ernähren wir uns so ähnlich wie Sie auch. Allerdings ausschließlich von natürlichen Lebensmitteln, die keine Kanzerogene oder andere schädliche Substanzen enthalten. Was bei Menschen Krebs, Herzprobleme und genetische Veränderungen auslöst, führt bei uns zu einem erhöhten Blutbedarf, denn das Virus muss dann die Schäden im Körper wieder ausgleichen, also verzichten wir ganz darauf.«

»Verstehe. Gibt es abgesehen davon noch weitere Unterschiede zu den Vampiren?«

»Sie leben nicht so lange wie wir. Das Virus führt bei ihnen dazu, dass sie allmählich geisteskrank werden. Deshalb jagen wir sie auch. Weil sie nicht mehr bei klarem Verstand und noch dazu so gierig auf Blut sind, bringen sie ihre Opfer um, indem sie sie leertrinken.«

»Menschen?«

»Ja. Junge Vampire töten schnell, denn sie wollen nur ihren Durst stillen. Aber schon nach ein paar Jahren sterben Bereiche ihres Gehirns ab, und die Krankheit nimmt ihren Lauf. Wie die Katze mit der Maus spielen sie dann mit ihren Opfern, quälen und foltern sie. So oder so können wir nicht zulassen, dass Unschuldige abgeschlachtet werden.«

»Trinken *Sie* von Menschen?« Der Gedanke, er könnte am Hals einer anderen Frau saugen, behagte Sarah gar nicht.

Was nicht heißen sollte, dass er an ihrem Hals saugen sollte. Obwohl …

Moment mal. Hatte sie denn jetzt komplett den Verstand verloren?

»Als es noch keine Blutbanken gab, blieb uns nichts anderes übrig. Aber wir haben die, von denen wir getrunken haben, nie getötet und auch nicht zu sehr geschwächt.« Nachdenklich hielt er einen Moment inne. »So ganz stimmt das auch nicht. Ich möchte Sie zwar nicht verängstigen, aber ehrlich zu Ihnen sein. Wir haben immer darauf geachtet, die Unschuldigen damit nicht zu schwächen oder zu töten. Pädophile, Vergewaltiger und Mörder wurden von uns lange nicht so vorsichtig behandelt.«

Sprich: umgebracht.

Damit hatte sie gar kein Problem. Sarahs Auffassung von Gerechtigkeit war schon immer eher alttestamentarisch gewesen. »Aber … wie genau funktioniert das denn? Erzählen die Menschen dann nicht anderen von ihnen?«

»Nein. Wenn sich unsere Reißzähne zurückbilden, gibt die darüberliegende Drüse ein Sekret frei, das in seiner Zusammensetzung Ecstasy gleicht. Davon wird die Erinnerung ausgelöscht.«

Wie praktisch! »Und trinken Sie immer noch von Menschen?«

»Nur im Notfall. Uns gehört eine Kette von Blutbanken, für die unsere Sekundanten und deren Familien regelmäßig spenden. So werden wir mit Blutkonserven versorgt.«

»Ist das Virus heilbar?«

»Nein, es gibt kein Mittel dagegen.«

Und seinem Tonfall war zu entnehmen, dass er es ansonsten genommen hätte.

»Und was ist mit Virostatika? Die Medizin hat auf diesem Gebiet doch gerade Riesenfortschritte gemacht?«

Er schüttelte den Kopf. »Das haben wir schon ausprobiert, die schlagen bei uns überhaupt nicht an. Zum einen liegt es an dem Virus, es verhält sich vollkommen einzigartig. Außerdem ist die Einnahme von Virostatika auch nicht ganz ungefährlich. Unsere

Wissenschaftler nehmen an, wenn ein Mittel tatsächlich einmal anschlagen sollte, dann wird es uns wahrscheinlich gleich mit erledigen, denn das Virus hat mehr oder minder die Aufgaben unseres Immunsystems übernommen.«

»Das ist ja ein echte Zwickmühle«, sagte Sarah. »Vom Virus befreit, aber ohne Immunsystem.«

»Ja.«

»Wie alt werden Vampire denn?«

»Selten viel älter als hundert. Entweder töten wir sie, oder sie zerstören sich in ihrem Wahn selbst. Manchmal fallen sie bei Revierstreitigkeiten auch übereinander her.«

Hundert Jahre Mord und Wahnsinn. Das war echt krank.

»Und Unsterbliche?«

»Wir altern nicht, also … ewig, solange uns niemand den Kopf abschlägt, zu Asche verbrennt oder uns in der Sonne braten lässt.«

Vor ihrem inneren Auge tauchte das Bild auf, wie er angepflockt auf der Wiese gelegen hatte. Sie erschauderte. »Heute Morgen hätten Sie wirklich sterben können.«

»Ja.« Er sah ihr in die Augen. »Und ich möchte Ihnen noch einmal dafür danken, dass Sie mir das Leben gerettet haben.«

Sie nickte. »Ich bin froh, in der Nähe gewesen zu sein.«

7

Roland war mit Sarahs linker Hand fertig und machte sich nun mit der Pinzette an ihrem Unterarm zu schaffen.

»Warum wirkt das Virus bei Ihnen anders als bei den Vampiren?«, fragte sie neugierig.

»Bis vor Kurzem haben wir nur Vermutungen darüber anstellen können. Wie andere Unsterbliche bin ich schon vor meiner Verwandlung besonders gewesen. Zu jener Zeit, wie es so schön heißt, nannte man uns die Begabten. Darunter verstand man Frauen und Männer mit besonderen Fähigkeiten, die sie aber zumeist verheimlichen mussten, um nicht als Hexen oder Zauberer ertränkt, verbrannt oder gesteinigt zu werden.«

Sarah nahm das alles ganz gut auf, was ihn freute, trotzdem blieb er skeptisch. Offenbar faszinierten sie seine Erklärungen mehr, als dass sie sie schockierten.

Noch dazu schien sie das von den Schmerzen abzulenken.

»Schon sehr früh stellte sich heraus, dass ich heilende Hände besitze.«

»Das hat also gar nichts mit dem Virus zu tun?«

Er schüttelte den Kopf. »Eine meiner frühesten Erinnerungen ist die an einen Vogel, den ich mit einem gebrochenen Flügel im Burghof gefunden hatte. Mir tat das Tier leid, also hob ich es auf und hielt es in den Händen. Bevor ich mich versah, war der Flügel geheilt, und der Vogel flog davon. Die Umstehenden haben sich daraufhin bekreuzigt. Ich wusste gar nicht, wieso.«

Seine Mutter, die dieses Wunder mit angesehen hatte, war sogleich zu ihm geeilt. »Sie hat mich nur angsterfüllt angestarrt.«

Mein Junge, du bist mit einer wunderbaren Gabe gesegnet, doch andere werden es nicht so sehen, hatte sie ihm in der Abgeschiedenheit ihrer Kammer anvertraut. *Sie werden die Gabe für einen Fluch halten, dich fürchten und dir nach dem Leben trachten. Benutze diese Gabe nie, wenn fremde Augen dir zusehen. Heile nur im stillen Kämmerlein.*

»Hat sich Ihre Mutter etwa vor Ihnen gefürchtet?«, fragte Sarah mit gerunzelter Stirn.

»Nein, sie hat sich nicht vor mir, sondern um mich gefürchtet. Und das aus gutem Grund. Viele von uns wurden getötet, weil sie anders waren.«

Im 11. Jahrhundert, in dem er geboren worden war, hatte es noch nicht wie heute Heerscharen von Anwälten gegeben und keine besonderen Gesetze gegen Verbrechen aus Hass, wie sie den sadistischen Neigungen der meisten Menschen heute Einhalt geboten. Jeder, der irgendwie anders gewesen war, hatte Misstrauen, Furcht und Hass geweckt und war dementsprechend drangsaliert worden. (So lange zu leben wie er hatte den Nachteil, dass man miterlebte, wie wenig sich die Menschheit doch im Grunde weiterentwickelte.)

Er positionierte ihren Arm anders, damit er besser an den Ellenbogen kam. Hier steckten die Scherben wegen ihres Sturzes den Abhang hinunter noch tiefer in der Haut.

»Danke, Roland.«

Bei diesen sanften Worten sah er auf. In ihren haselnussbraunen Augen lag ein beinahe zärtlicher Ausdruck.

»Danke, dass Sie meine Rippen und meinen Kopf geheilt haben.«

Als sie ihm leicht über die Schläfe strich, hielt er den Atem an.

»Warum haben Sie das getan? Warum haben Sie so große Schmerzen auf sich genommen, um mich zu heilen, bevor Sie getrunken hatten?«

Weshalb reagierte er bei ihr selbst auf die kleinste Berührung?

Er war so verwirrt, dass ihm nichts Besseres einfiel als die Wahrheit. »Ich konnte es nicht ertragen, Sie leiden zu sehen.«

»Aber Sie hätten doch vorher trinken und sich stärken können, das hätte doch höchstens ein paar Minuten gedauert?«

»Ein paar Minuten waren zu lang.«

Unerwartet legte sie eine Hand auf sein Knie. Gebannt starrte er auf die schmalen, blassen Finger. Und als sie sein Bein an ihres heranzog, lief ein Kribbeln seinen Oberschenkel hinauf bis in seine Leistengegend.

Offenbar war das eine Geste der Zuneigung, doch er wusste nicht, wie er darauf reagieren sollte. Verdammt, warum war er nur so ein Eigenbrötler?!

War er schon so weltfremd, dass er nicht einmal mehr sagen konnte, was es zu bedeuten hatte, wenn ihm eine Frau die Hand aufs Knie legte?

Sein Körper reagierte wie beim Vorspiel. Roland brannte darauf, sie zu küssen, ihre vollen roten Lippen zu spüren und endlich ihren Körper an sich zu pressen. Irgendwie machte Sarah ihn permanent heiß.

Allerdings hatte er ernsthafte Zweifel daran, dass Sarah so etwas bezwecken wollte, denn die Art, wie sie ihr Knie gegen seines drückte, entsprach eher einer freundschaftlichen Geste.

Hätte sie ihn umarmt, wenn er neben ihr gesessen hätte?

»Danke«, sagte sie wieder.

Irgendwie fiel ihm keine gescheite Erwiderung ein, also nickte er nur und begann wieder, nach Glassplittern in ihrer Haut zu suchen.

»Hat es Ihnen wehgetan, als Sie eben meine Hand geheilt haben?«, wollte sie wissen.

»Die Wunden sind nicht auf meine Hand übergegangen«, beruhigte er sie. »Das geschieht nur, wenn ich geschwächt bin und nicht getrunken habe oder wenn ich tödliche Verletzungen heile.«

»Gut, aber hat es wehgetan?«

Er wollte ihr nicht antworten. Sie hatte ein weiches Herz und …

»Roland?«

Und konnte sehr hartnäckig sein.

Er seufzte. »Ja, aber das war es mir wert.«

Ihr finsterer Blick sprach Bände. »Haben alle Unsterblichen heilende Hände?«

»Nein, wir behalten auch nach der Verwandlung die Gabe, mit der wir geboren wurden – ob Heilkraft, Hellsehen, Telepathie oder Telekinese. Und je älter wir werden, desto ausgeprägter und vielfältiger werden unsere Fähigkeiten.«

»Was kann Marcus denn?«

Beim Gedanken daran verzog Roland das Gesicht. »Marcus' Gabe hat etwas Beunruhigendes. Er kann Geister sehen.«

»Geister, also quasi Gespenster?«

»Genau. Und mit sehen meine ich richtig *sehen*. Nicht so wie diese Quacksalber im Fernsehen, die nur so tun, als würden sie mit deiner toten Tante Esther sprechen, und behaupten, sie lasse ausrichten, dass man sich um das Geld keine Sorgen machen solle.«

Sarah lachte.

»Bei Marcus ist alles echt. Er sieht wirklich Tote, und das ist weder cool noch angenehm.«

Sie biss sich auf die Unterlippe. »Tut mir leid, ich lache nicht über Marcus, sondern über Ihre Beschreibung der Gauner.«

Kurz hob er den Kopf, um sie anzulächeln. »Das weiß ich doch.«

Sie lächelte zurück.

»Aber ich sollte Sie lieber warnen, Marcus ist da empfindlich.« Überaus empfindlich. »Als Kind ist er immer von seinem Stiefvater verprügelt worden, der ihn für verrückt gehalten hat. Das ging so lange, bis er alt genug war, um abzuhauen und Knappe beim Earl of Fosterly zu werden. Danach hat er nie wieder jemanden von seiner Gabe erzählt. Erst nach seiner Verwandlung ist er damit rausgerückt, und selbst dann nur zögerlich.«

»Das kann ich gut verstehen. Haben Sie noch andere Gaben außer den Heilkräften?«

»Ich habe telekinetische Kräfte, aber die sind so schwach, dass sie mir im Kampf nicht helfen.«

»Telekinetische Kräfte? Wow.«

Roland konzentrierte sich und ließ eines der Sofakissen aufsteigen. Überrascht fuhr Sarah zusammen und starrte fasziniert darauf. Das Kissen schwebte einen Augenblick lang in der Luft und flog ihr dann direkt ins Gesicht.

Lachend fing sie es mit ihrer freien Hand auf.

»Ich konnte nicht widerstehen«, sagte er grinsend.

»Schon klar. Von wegen schwache telekinetische Kräfte.«

Er zuckte mit den Schultern. »Man muss sich konzentrieren, und während eines Kampfes fehlt mir die Ruhe dafür.« Roland legte die Pinzette beiseite. »Ich glaube, das war's.« Daraufhin nahm er ihre Hand in seine Hände.

Sarah umfasste sein Handgelenk. »Tun Sie das nicht.«

Er zog die Augenbrauen nach oben. »Was nicht?«

»Mich heilen. Ich möchte Ihnen nicht wehtun.«

Unsicher blickte er sie an. Hatte er ihr nicht gerade eine halbe Stunde lang wehgetan? Und nun sorgte sie sich, weil es ihm ein paar Sekunden Unwohlsein bereiten würde, sie zu heilen? Dabei war es seine Schuld, dass sie überhaupt verletzt war.

Mit einer Handbewegung wischte er ihre Bedenken fort. »Ich habe Ihnen doch schon gesagt, dass der Schmerz sofort wieder nachlässt.«

Energisch schob sie das Kinn vor. »Das ist mir egal, ich erlaube es nicht.«

Sie erlaubte es nicht? Diese eins fünfzig große Frau, die bestimmt nicht mehr als fünfundvierzig Kilo auf die Waage brachte, wollte ihm, einem Hünen von Mann, der schon allein das Doppelte an Muskelmasse vorzuweisen hatte, etwas nicht erlauben …

Verdammt. Er war noch nie der Typ gewesen, der anderen gewaltsam seinen Willen aufzwang. Wenn Sarah nicht geheilt werden wollte, würde er sie eben in Ruhe lassen. *Verflucht.*

Roland ließ den Blick von ihrem süßen, störrisch vorgereckten Kinn zu ihren vollen roten Lippen wandern.

Vielleicht musste er sie auch gar nicht zwingen … vielleicht gab es da eine andere Möglichkeit.

Von Anfang an hatte sie ihn mit ihren unschuldigen Berührungen fast um den Verstand gebracht. Wenn er es ihr nun mit gleicher Münze heimzahlte …

Ohne lange nachzudenken, beugte er sich zu ihr und küsste sie.

Sarah schnappte nach Luft, wich aber nicht zurück. Überrascht öffnete sie den Mund.

Mist. Das hätte er mal lieber bleiben lassen sollen.

Sie schmeckte so gut, wie sie aussah. So gut, wie sie roch. Wie ein guter Wein berauschte sie Roland. Und ein Schluck war nicht genug. Er wollte mehr und nutzte ihre geöffneten Lippen aus, um sie noch inniger zu küssen.

Als Roland mit der Zunge über ihre Unterlippe fuhr und dann forschend in ihren Mund vordrang, verspürte Sarah ein Prickeln am ganzen Körper. Ihr Herz begann wild zu pochen. Ein wohliger Schauer durchlief sie.

Sanft strich sie ihm über die Wange. Die Bartstoppeln piekten, als er sich an ihre Hand schmiegte, während er mit seiner Zunge ihren Mund erkundete, vordrang, sich wieder zurückzog, sie neckte und reizte.

Der Mann küsste, als hätte er Jahrhunderte damit verbracht, wirklich jeden Trick zu lernen. Noch nie hatte sie etwas so angemacht!

Roland beugte sich weiter vor, und sie rutschte an die Sofakante, um ihm näher zu sein.

Und während er an ihren Lippen saugte, begann er ihre Finger zu streicheln.

Zunächst führte Sarah das warme Gefühl in ihrer Hand auf seinen leidenschaftlichen Kuss zurück. Sanft strich er ihren Arm hinauf und umfasste zärtlich ihren Ellenbogen. Sie genoss seine Berührung, wollte mehr … bis ihr schließlich klar wurde, was er da gerade tat.

Er heilte sie!

Sie riss sich von seinen heißen Lippen los und warf einen Blick auf ihren Arm, den er noch immer streichelte. Und tatsächlich, die Schnitte hatten sich allesamt geschlossen.

Wütend funkelte Sarah ihn an, sie rang nach Atem, fühlte sich absurderweise verletzt. Es war nur ein Ablenkungsmanöver gewesen? »Du hast mich reingelegt.«

Er sah sie groß an, seine Augen ein einziges Leuchten.

Daraufhin fühlte sie sich ein klein wenig besser. Schließlich hatte er gesagt, seine Augen würden nur leuchten, wenn Gefühle im Spiel seien.

Manchmal allerdings auch bei Schmerzen. Vielleicht verspürte er also kein Verlangen, sondern litt nur unter ihren Schnittverletzungen.

»Du hast mich reingelegt!«, wiederholte sie noch einmal und hielt verbissen an ihrer Wut fest. »Du wusstest, dass ich nicht geheilt werden wollte, deshalb hast du mich mit dem Küssen davon abgelenkt.«

»Habe ich das?« Er besah sich ihren Arm und strich über die frisch verheilte Haut. Es kitzelte.

»Versuch bloß nicht, es abzustreiten.«

»Das tue ich ja gar nicht. Ich wundere mich nur darüber, dass es funktioniert hat.« Dann murmelte er mehr zu sich selbst. »Noch nie ist es mir so schwergefallen, mich zu konzentrieren. Ein Wunder, dass ich überhaupt noch daran gedacht habe, dich zu heilen.«

Ihr Zorn war plötzlich wie weggeblasen.

Er erstarrte … als wäre ihm gerade bewusst geworden, dass er zu viel gesagt hatte.

Zufrieden lehnte sie sich zurück. Ihn hatte der Kuss ebenso umgehauen wie sie.

Ihre Blicke trafen sich.

Ein leichtes Lächeln lag auf ihren Lippen. »In die eigene Falle getappt?«

»Das kann man wohl sagen.«

Es gefiel ihr, dass er es nicht abstritt. Und sie fühlte sich geschmeichelt, weil sie ihm offenbar gefiel.

Allerdings machte er keinen sehr glücklichen Eindruck.

»Du hast schon wieder diesen Blick«, sagte sie.

»Was für einen Blick?«

»Na, den gleichen wie vorhin. Du siehst aus, als würdest du darauf warten, dass ich losschreie oder ausflippe.«

»Wahrscheinlich tue ich das auch.«

Ihr tat es leid, wie verletzlich und resigniert er auf einmal wirkte.

Sie nahm seine Hand. »Wenn ich vorhin nicht schreiend weggerannt bin, warum sollte ich es denn jetzt tun?«

Er sah hinunter auf ihrer beider ineinander verschlungenen Hände und sagte schlicht: »Weil das die meisten Frauen tun, wenn ihnen klar wird, dass sie ein Monster geküsst haben.«

»Ein Monster?«, fragte sie amüsiert. »Mit was für Verrückten warst du denn zusammen?«

Seine Mundwinkel zuckten, als er sie ansah. »Urteile nicht zu vorschnell. Bist du nicht vorhin selbst aus Angst vor mir davongelaufen?«

Erwischt! War ja klar, dass er das nicht vergessen würde. »Ich bin nicht vor dir, sondern vor den Vampiren geflohen.«

Doch Roland wusste es besser und hob vielsagend eine Braue.

»Also gut, ich bin vor euch allen davongerannt. Aber ich habe geglaubt, du wärst wie sie. Versteh doch. Bis vor Kurzem habe ich dich noch für einen Menschen gehalten. Ich finde, in Anbetracht der Umstände habe ich mich ganz wacker geschlagen.«

»Sehr wacker«, stimmte er ihr zu. »Wahrscheinlich denke ich deshalb die ganze Zeit, dass der Hammer erst noch kommt. In der Vergangenheit habe ich ganz andere Erfahrungen gemacht.«

»Das ist blöd.«

»Ziemlich blöd.«

Sie drehte seine Hand hin und her. »Alles klar?«

Verdutzt sah Roland sie an. »Wie, alles klar?«

»Du hast meinen Arm und meine Hand geheilt. Das hat doch bestimmt wehgetan.«

»Mir geht es gut.« Dass er sich in ihrer Gegenwart in einem Zustand dauerhafter Erregung befand, machte ihm weitaus mehr zu schaffen als das Heilen ihrer kleinen Schnitte und Schürfwunden.

»Schön. In Zukunft also keine Tricks mehr?«

»Solange ich dich heilen darf, wenn ich es für notwenig halte.«

Mit gespielter Empörung sagte sie: »Bei den besonderen Eigenschaften hast du eine vergessen – Dickköpfigkeit.«

Ihm wurde ganz leicht ums Herz, und er musste grinsen. »Dickköpfig war ich auch schon als Mensch.«

»Das kann ich mir vorstellen.«

»Vielleicht, weil du das selbst ganz gut kennst?«, neckte er sie.

»Ich glaube, ich mache von meinem Recht zu schweigen Gebrauch.« Sie strich sich das Haar aus dem Gesicht und rümpfte angeekelt die Nase, als sie die blut- und dreckverkrusteten Strähnen berührte. »Du hast mir zwar versichert, dass ich nicht stinke, ich würde mir aber dennoch gern den ganzen Schmutz abwaschen.«

»Natürlich.« Sofort sah er sie nackt unter einem dampfenden Wasserstrahl vor sich.

Dieses Bild würde er nicht so schnell wieder loswerden.

Er erhob sich und half ihr auf.

Sarah verzog schmerzlich das Gesicht.

»Was ist denn?« Rasch nahm er ihren Körper in Augenschein, konnte aber keine offensichtlichen Verletzungen ausmachen. Natürlich war es möglich, dass sie noch Prellungen und Blutergüsse hatte.

Ihr Gesicht wurde ganz ausdruckslos. »Gar nichts.«

»Du hast gezuckt.«

»Habe ich nicht.«

»Ich habe es doch gesehen.«

»Vielleicht war es kein richtiges Zucken, vielleicht habe ich nur ein Niesen unterdrückt. Da draußen auf dieser Wiese sind eine Menge Pollen umhergeflogen.«

»Aber auch nicht mehr als auf der hinter deinem Haus, und da hast du den ganzen Tag kein einziges Mal geniest.«

Nachdenklich tippte sie sich ans Kinn. »Staub?«

»Denk dir was Neues aus. Ich hab einen Putzfimmel. In meinem Haus ist alles picobello.«

Sarah schaute sich in dem modernen Wohnzimmer um und warf noch einen Blick ins Esszimmer. »Du hast recht. Hier ist es wirklich blitzsauber und sehr schön eingerichtet.«

»Danke. Sagst du mir jetzt, warum du gezuckt hast?«

Sie schenkte ihm ein strahlendes Lächeln, das er nur erwidern konnte. »Nein. Wie steht es jetzt mit einer Dusche?«

Missbilligend schüttelte er den Kopf und nahm sich fest vor, später herauszufinden, welche Verletzungen sie noch plagten. »Wie Madame wünschen.«

Vielleicht, wenn sie erst im Bett lag. Sie hatte einen ziemlich festen Schlaf. Und schließlich war er auch von ihr verarztet worden, während er geschlafen hatte.

Frauen waren schon seltsame Wesen. Sie sah ihn nun wieder so an, als wäre er ein ganz normaler Mann. Und das wollte er nicht aufs Spiel setzen, auf gar keinen Fall sollte sie erneut ein Monster in ihm sehen.

Er verschränkte seine Finger mit ihren und führte sie durch den Flur in sein Schlafzimmer. Die ganze Zeit über wartete er darauf, dass sie protestieren oder sich seinem Griff entziehen würde, aber das tat sie nicht.

Wie traurig, er hatte schon so lange zu keinem Menschen mehr Kontakt gehabt, dass er schon beim Händchenhalten mit einer Frau Herzklopfen bekam.

Obwohl, es war ja nicht irgendeine Frau. *Sarahs* Hand zu halten, brachte seinen Puls zum Rasen.

Er schaltete das Licht im Raum an.

Abrupt blieb Sarah stehen.

Roland wich ihr nicht von der Seite, denn er wollte ihre warme Hand noch ein wenig länger halten; mit dem Daumen rieb er sanft über ihren Handrücken, während sie das große Zimmer in Augenschein nahm.

»Das ist wirklich schön.« Sarah ließ den Blick über die tannengrünen Wände, die edlen Holzdielen, die postmodernen Gemälde, den ebenholzfarbenen Kleiderschrank, das riesige Himmelbett und die beiden dazugehörigen Nachttische schweifen.

»Gefällt es dir?«, fragte er vorsichtig.

»Ich finde es toll. Grün ist meine absolute Lieblingsfarbe.«

Ein strahlendes Lächeln erhellte sein Gesicht, und sofort bekam sie wieder Schmetterlinge im Bauch. »Meine auch. Das Badezimmer ist geradeaus.«

Hand in Hand durchquerten sie den Raum und gingen auf die offen stehende Tür zu. Roland griff einmal um die Ecke, um das Licht anzuknipsen, und machte ihr dann Platz.

»Wow«, hauchte sie, nachdem sie hineingesehen hatte. »Das ist ja ein Traum von Badezimmer.« Weil sie ihn noch nicht loslassen wollte, zog sie ihn mit sich in die Mitte des Raums, wo sie sich langsam einmal um die eigene Achse drehte.

»Ob du es glaubst oder nicht, als ich eingezogen bin, gab es hier nicht einmal ein WC. Hinter dem Haus war ein Plumpsklo.«

»Wie lange gehört dir das Haus denn schon?«, fragte sie neugierig, denn sie konnte sich das alles nicht so recht vorstellen.

»Seit etwa hundert Jahren. Ursprünglich gab es fünf Schlafzimmer, zwei habe ich belassen, eines in dieses Bad und ein Gästebad verwandelt und aus den anderen beiden eine Bibliothek und einen Fitnessraum gemacht.

»Und das alles ganz allein?«, fragte sie ungläubig.

»Na ja, tagsüber gab es ansonsten ja nichts für mich zu tun.«

»Ich bin total beeindruckt.«

Mit seinen fein aufeinander abgestimmten Erdtönen wirkte das Bad wie aus einer Wohnzeitschrift. Die Steinfliesen unterschieden sich nur um Nuancen. In die Dusche hätte ein halbes Dutzend Leute gepasst und der Whirlpool war so riesig, dass sich Roland darin bequem ausstrecken konnte (und es bliebe daneben auch noch genügend Platz für sie – ein Gedanke, den sie besser gleich verscheuchte). Schränke und Regale waren aus dunklem Mahagoniholz, die Armaturen verchromt. Rings um die Wanne zierten Kerzenhalter und üppiger Blumenschmuck die Wände.

Sie starrte Roland an und konnte nicht anders, als ihn sich im Schaumbad vorzustellen, mit golden im Kerzenlicht schimmernder, feuchter Haut.

»Dir ist schon klar, dass du mich hier nur mit der Brechstange wieder herauskriegst, oder?«

Er lachte. »Lass dir so viel Zeit, wie du willst. Dusche oder nimm ein heißes Bad.« Unter dem Waschbecken befand sich ein Schrank, den er nun öffnete. Badezusätze mit verschiedenen Duftnoten standen darin.

Oh mein Gott, tatsächlich. Roland liebt Schaumbäder.

Wie sollte sie nur jemals die erotischen Bilder aus dem Kopf bekommen?

»Ich glaube, beim Aussteigen habe ich deine Tasche auf dem Rücksitz liegen sehen. Ich sehe mal nach, wenn ich sie finde, lege ich sie dir vor die Tür. Ansonsten kannst du dir gern etwas von mir zum Anziehen leihen. Bedien dich einfach.«

»Danke.«

Er drückte ihre Hand kurz, ließ sie dann los und ging aus dem Raum. »Ruf mich, wenn du was brauchst.«

Große, starke Hände zum Einseifen?

»Mach ich.«

Mit einem Lächeln zog Roland die Badezimmertür hinter sich zu.

Ein Schatten trat zwischen den Bäumen hervor und humpelte schwerfällig durch Sarahs blutdurchtränkten Vorgarten. Der Wind spielte mit dem Saum seines langen schwarzen Mantels. Ein angenehmer Frühlingsduft lag in der Luft, doch er wurde überlagert von dem Gestank nach Schweiß, Blut und Verwesung.

Bastien starrte auf die Überreste seiner Männer, die er in den Kampf geführt hatte. *Seinen* Kampf.

Das Vampirvirus arbeitete auf Hochtouren. Obwohl kein Blut mehr floss, kämpfe er ums Überleben, tat sich am Fleisch seines Wirts gütlich, bis von diesem nichts mehr übrig war. Nicht einmal mehr Knochen. Binnen weniger Minuten würden nur noch das blutrote Gras und zerfetzte Kleidungsstücke, die keine Körper mehr umhüllten, von der Gewalttat zeugen.

Wut packte Bastien, betäubte die Schmerzen, die ihm seine Verletzungen bereiteten. Er war davon ausgegangen, Überlebende zu finden, und konnte nicht fassen, dass alle neunzehn Männer ausgelöscht worden waren.

In der Nacht zuvor, bei seinem ersten Versuch, Roland zu töten, hatten immerhin drei von sieben überlebt. Bastiens Feind wäre längst tot, und er und seine Männer würden ihren Sieg feiern, wenn sich diese Sterbliche nicht eingemischt hätte.

Aus seiner Kehle drang ein tiefes animalisches Knurren.

Heute Nacht war er zurückgekehrt, um Roland den Garaus zu machen. Um Rache zu nehmen. Und er war in dem festen Glauben gekommen, dabei erfolgreich zu sein.

Als er dann zwei statt einen Unsterblichen angetroffen hatte, war er zwar überrascht gewesen, aber nicht sonderlich beunruhigt. Denn er hatte ja gewusst, dass sie noch von einem weiteren Dutzend Vampire im Blutrausch Verstärkung bekommen und dann zehn zu eins in der Überzahl sein würden.

Die Frau hatte keine Bedrohung dargestellt. Sie war ja nur ein Mensch, und ihrer kopflosen Flucht nach zu urteilen, handelte es sich auch nicht um Rolands Sekundantin. Eigentlich hätte es ihm und seinen Männern keine Probleme bereiten sollen, Roland zu töten und den anderen als Geisel zu nehmen.

Dennoch war nur er allein übrig. Seine Männer lösten sich vor seinen Augen auf, während der Feind einmal mehr hatte entkommen können.

Unter derben Flüchen schritt er entschlossen in die Dunkelheit.

Dieser Kampf war noch nicht vorüber. Um seine Schmerzen zu lindern, würde er sich neue Opfer suchen und dann einen neuen Plan schmieden.

So oder so waren Roland Warbrooks Tage gezählt.

Nachdem Roland Sarahs Tasche geholt hatte, nahm er ein paar Sachen aus dem Kleiderschrank (Schuhe, Socken, Boxershorts, ein T-Shirt und eine Hose, alles in Schwarz) und stahl sich ins Gästezimmer. Marcus musste wesentlich schwerer verletzt sein, als er hatte durchblicken lassen, denn in der ganzen Zeit, die

Roland brauchte, um zu duschen und sich umzuziehen, rührte er sich nicht. Bei Unsterblichen war ein solcher Tiefschlaf ein untrügliches Zeichen dafür, dass große Heilungsprozesse vonstattengingen.

Roland hatte sich gerade in die Küche begeben und warf einen Blick in den Kühlschrank, da spürte er Sarahs Anwesenheit.

»Hallo«, sagte sie leise.

Als er sich zu ihr umdrehte, war er von ihrer Schönheit wie gebannt. »Hallo.«

Ihre schlanken Beine steckten in einer tief sitzenden Jeans, dazu trug sie ein eng anliegendes graues T-Shirt. Wenn er sich nicht vorsah, würden seine Augen gleich wieder zu leuchten anfangen, so erregt war er von ihrem Anblick. Ihr hübsches Gesicht war sauber und wurde von üppigen Locken eingerahmt. Make-up trug sie keines. Zwischen den dicken Strähnen konnte man ihre Ohren sehen, die vom Haareföhnen gerötet waren.

Darüber musste er lächeln.

Sarahs winzige Füße waren nackt.

»Hast du Lust auf einen Salat?«, fragte er und war selbst überrascht, wie lässig er das herausbrachte.

»Wenn ich danach etwas von dem abbekomme, was hier so gut duftet, dann gern.«

Er nahm Salat, Möhren, Spinat und Tomaten aus dem Kühlschrank und legte alles neben die Spüle. »Das sind die überbackenen Auberginen.«

Ihre haselnussbraunen Augen, die heute Abend aber mehr grün als braun wirkten, wurden immer größer. »Überbackene Auberginen?« Sie kam auf ihn zu, als wäre er der Hüter des Heiligen Grals. »Du hast überbackene Auberginen gemacht, während ich unter der Dusche war? Veräppel mich nicht. Es ist nämlich eines meiner absoluten Lieblingsgerichte, wenn du mich also anflunkerst und dann gibt es doch keine, muss ich dir leider sehr wehtun.«

Er lächelte. »Wenn du damit aus dem Kühlschrank nehmen und in den Ofen schieben meinst, ja, dann habe ich sie gemacht, während du im Bad warst.«

»Juhu!« Wie ein Kind am Weihnachtsmorgen tänzelte sie auf ihn zu. »Ich wusste gar nicht, wie hungrig ich bin, bis mir der Geruch in die Nase gestiegen ist, und nun sterbe ich fast vor Hunger.« Sie schnappte sich zwei Möhren. »Ich sollte dich vielleicht warnen, trotz meiner Größe kann ich ziemlich viel verputzen.«

»Gegen einen gesunden Appetit ist doch nichts einzuwenden«, sagte er lachend.

Sie wusch die Möhren und sah ihn dann erwartungsvoll an.

»Wo ist dein Sparschäler?«

»In der Schublade links von dir. Was hast du vor?«

Sie öffnete die Schublade. »Dir beim Salatschneiden zu helfen.«

»Das musst du aber nicht. Du bist bei mir zu Gast«, gab er stirnrunzelnd zurück. Gäste brauchten ihre Mahlzeiten doch nicht selbst zuzubereiten.

»Ich weiß, aber ich möchte helfen«, sagte sie mit einem Schulterzucken.

Da er ihre Gesellschaft genoss, ließ er es auf sich beruhen – und war schon bald froh darüber. Seite an Seite bereiteten sie das Gemüse vor. Sarah schälte die Möhren, während er Salat und Spinat wusch.

Als sie sein riesiges Fleischermesser hervorholte, war ihm ein wenig mulmig zumute. Roland vertrug sich nicht sonderlich gut mit Menschen, die scharfe Messer in der Hand hielten. Meistens endeten solche Situationen für eine von beiden Seiten blutig. Aber er hielt den Mund und verbarg seine plötzliche Anspannung.

Jedenfalls glaubte er das.

Sarah schnitt die Möhren mit der Schnelligkeit und Geschicklichkeit eines Küchenchefs. Dabei beobachtete sie ihn aus den

Augenwinkeln. »Wenn du nicht aufhörst, mich anzustarren, als könnte ich dir das Messer jeden Moment zwischen die Schulterblätter rammen, dann bekommst du von den Auberginen leider nichts mehr ab.«

Er schüttelte den Kopf und musste erneut grinsen. »Hast du wirklich keine Angst vor mir?«

Sie ließ das Messer sinken, drehte sich zu ihm um und lehnte sich mit der Hüfte gegen den Küchentresen. »Ich hatte Angst … als ich sah, wie du diesen Punk gebissen hast. Und auch noch, während ich über die Wiese gerannt bin – da aber vor allem, weil ich totale Panik hatte und nicht wusste, wer nun hinter mir her war, du oder der Vampir.«

»Als du mich dann erkannt hast, bist du in Ohnmacht gefallen«, warf er ein. Das machte ihm schwer zu schaffen, schließlich hatte sie ihn auch noch angefleht, sie nicht umzubringen.

»Ja, das ist mir noch nie passiert«, sagte sie, als würde es sie selbst erstaunen. »Aber ich dachte, du wärst wütend darüber, dass ich mitbekommen hatte, was du bist. Und zu meiner Verteidigung: Ich war gerade mit dem Kopf gegen ein Autofenster gekracht und dann gegen einen Baum gelaufen.«

Das stimmte allerdings. »Und jetzt?«

»Nein«, sagte sie nur. »Ich habe keine Angst vor dir.«

Obwohl er innerlich jubelte, nickte er nur ernst. »Dann darfst du jetzt weiter das Messer schwingen.«

Daraufhin warf sie ein Stück Möhre nach ihm.

Lachend bereiteten sie den Salat fertig zu.

Sarah trug ihrer beider Schüsseln zum Tisch im Esszimmer und stellte sie über Eck hin. Roland folgte ihr mit zwei Tellern voll Auberginenauflauf.

»Möchtest du auch Tee?«, fragte er. »Wir trinken keinen Wein oder sonstigen Alkohol.«

»Ich auch nicht. Tee ist super«, antwortete sie.

Während er ihr einschenkte, betrachtete sie den gedeckten Tisch.

»Kommt Marcus denn nicht dazu?«

»Der schläft noch.« Zumindest hatte er das noch getan, als Roland aus dem Gästezimmer gegangen war. »Er wird nachher etwas essen, wenn es seinem Knie besser geht.«

Roland rückte ihr den Stuhl zurecht und setzte sich dann selbst. Er freute sich, dass sie nicht etwa das andere Tischende, sondern den Platz neben ihm gewählt hatte. So war es viel gemütlicher.

»Du hast mir noch nicht verraten, warum sich Unsterbliche schon als Menschen von anderen unterscheiden«, sagte sie und legte mit dem Salat los.

Selbst ihre Art zu essen gefiel ihm. Und sie konnte wirklich eine Menge verdrücken, das war kein Scherz gewesen. Doch trotz ihres Riesenappetits besaß sie einwandfreie Tischmanieren.

»Wir wissen selbst erst seit der Erforschung des Genoms etwas mehr darüber.«

»Ich stelle es mir schwierig vor, anders zu sein, ohne genau zu wissen, warum.«

»Also das Warum ist eigentlich immer noch ein Rätsel, nur inwieweit wir uns unterscheiden, wurde geklärt.«

Den Salat hatte sie schon erfolgreich vernichtet, nun schob sie sich die erste Gabel voll Auberginenauflauf in den Mund. Sie schloss die Augen, kaute und stöhnte genussvoll. »Mann, ist das lecker. Ich liebe dieses Essen, aber ich weiß nicht, wie man es zubereitet.«

Gebannt starrte Roland auf ihre Lippen, verfolgte dann die leichte Bewegung ihres Kehlkopfes beim Schlucken. »Du kannst mir beim nächsten Mal gern zur Hand gehen, wenn ich es mache.«

»Sehr gern«, antwortete sie, ohne zu merken, wie viel es ihm bedeutete.

»Also, was habt ihr rausgefunden? Wie unterscheidet ihr euch von uns?«

Er musste sich erst einmal wieder besinnen. »Jeder Mensch hat sechsundvierzig Chromosomen, die sein Erbgut ausmachen. Unsere Wissenschaftler haben herausgefunden, dass wir Begabte aber über siebentausend verfügen.«

8

Roland schob sich eine Gabel voll Auflauf in den Mund und kaute. Fassunglos starrte Sarah ihn an. »Siebentausend?«

Er nickte und trank einen Schluck Tee.

»Und wir anderen haben bloß sechsundvierzig?«

»Ja.«

»Alle?«

»Ja.«

»Und du hast siebentausend.«

Er aß weiter.

»Wie kann das angehen?«

»Das wissen wir nicht.«

Ihre Gedanken überschlugen sich fast. Doch viele Erklärungen schien es für dieses Phänomen nicht zu geben.

»Die Frage mag dir etwas bescheuert vorkommen«, sagte sie zögerlich, »aber ist es möglich, dass ihr Außerirdische seid?«

»Du meinst Marsmenschen oder so?«

»Ja.«

»Es gibt tatsächlich die Theorie, dass wir die Nachkommen von Außerirdischen sind, die es hier auf die Erde verschlagen hat.«

Wow. »Überzeugt davon klingst du aber nicht gerade.«

Er zuckte mit den Schultern. »Wenn es wirklich so wäre, wüssten wir es doch sicher. Meinst du nicht, die Außerirdischen hätten gewollt, dass ihre Kinder und Kindeskinder erfahren, warum sie anders sind und von welchem Planeten ihre Vorfahren stammen, und es ihnen gesagt? Wäre die Geschichte dann nicht von Generation zu Generation weitergegeben worden?«

»*Ich* hätte es bestimmt so gemacht.«

»Unter den Unsterblichen gibt es auch die Vermutung, dass es auf der Erde schon immer zwei verschiedene menschliche Spezies gegeben hat. Wenn man die Evolutionstheorie zugrunde legt, stellt sich die Frage, warum sich nicht auch die Menschen in unterschiedliche Arten ausdifferenziert haben sollten. Bei den Tieren war es ja auch so.«

»Und was ist mit den Christen unter euch, die an die Schöpfung glauben?«

»Nachdem Kain seinen Bruder Abel erschlagen hatte, verbannte Gott ihn nach Nod. Über die Einwohner von Nod steht nichts in der Bibel, denn bis dahin ist immer nur die Rede von Adam und Eva und deren Kindern. Aber offenbar lebten auch noch andere Menschen auf der Erde. Das könnten die Begabten gewesen sein.«

Sarah versuchte, sich an Kains Schicksal zu erinnern. »Du hast recht. Es gab tatsächlich noch andere Menschen auf der Erde.«

»Wer wir sind, bleibt Spekulation«, fuhr er fort. »Außerirdische? Eine andere menschliche Spezies? Beide Ansätze würden erklären, warum unsere Fähigkeiten mit der Zeit schwächer geworden sind, warum die jüngeren Unsterblichen weniger Gaben besitzen als die alten. Über die Jahrtausende haben wir uns immer wieder mit Menschen gepaart, und so sind manche der Fähigkeiten ganz verloren gegangen.«

»Und die Alten? Wer ist der älteste Unsterbliche?«

»Seth.«

»Weiß er denn nicht, warum ihr besonders seid?«

Er zögerte und schaute zum Gästezimmer. Ob er vielleicht etwas sagen wollte, das Marcus aber nicht hören sollte? »Er lässt sich auf keine Vermutungen ein.«

»Aber?«

Daraufhin lächelte er matt. »Aber er kennt den Grund. Das hat er einmal zugegeben, als ich … an einem absoluten Tiefpunkt war und ihn danach gefragt habe. Ich glaube, er wollte mich nicht noch mehr runterziehen.«

Sarah fragte sich, was er wohl mit diesem Tiefpunkt meinte. »Was hat er geantwortet?«

»Dass die Wahrheit unweigerlich zu Blutvergießen führen würde und er sie deshalb für sich behalte.«

Sie verzog das Gesicht. Das war nicht nur ärgerlich, sondern warf auch gleich noch ein Dutzend neuer Fragen auf.

»Ich kann mir nicht vorstellen, dass er seine Meinung nach so vielen Jahrtausenden noch einmal ändert, also werden wir den Grund wohl nie erfahren.«

Sarah legte eine Hand auf seinen muskulösen Unterarm. »Tut mir leid, Roland. Ich hoffe für dich, dass er es doch tut.«

Er umfasste ihre Hand. »Danke.« Mit dem Daumen strich er über ihre Fingerknöchel, woraufhin ihr Herz sofort schneller schlug.

Als sie sich die Lippen befeuchtete, schloss er seine Hand fester um ihre.

Er beugte sich vor.

Sie hielt den Atem an.

»Sieht so aus, als hätte ich das Abendessen verpasst«, erklang eine Stimme.

Sarah und Roland stoben auseinander.

Marcus hob fragend eine Augenbraue. Obwohl er frisch geduscht war, trug er noch immer seine verdreckten Sachen.

Verlegen räusperte sich Roland. »Ich dachte, du würdest schlafen.«

Marcus deutete auf die leeren Teller. »Habt ihr noch was von dem Zeug?«

»Im Ofen. Ist noch warm.«

»Danke.«

Marcus verschwand in der Küche.

Von seinem Stuhl aus konnte Roland sehen, wie er auf der Suche nach Teller und Besteck Schubladen und Schränke öffnete.

Sarah saß mit dem Rücken zum Durchgang, sie starrte auf die Tischplatte.

Roland dachte schon, er hätte gekleckert, doch da war kein Fleck. »Was hast du?«

Überraschend ergriff sie seine Hand und betrachtete das rosa gesprenkelte Narbengewebe an der Stelle, wo der Pflock gesteckt hatte.

Als sie sanft darüberstrich, verspürte er das Kribbeln im ganzen Arm. Von ihren Berührungen konnte er nicht genug bekommen, selbst wenn sie ganz unschuldig und beiläufig waren.

»Unfassbar, wie schnell alles bei dir verheilt.«

»So ist es bei allen Unsterblichen nach der Verwandlung. Bei mir war es allerdings auch vorher schon so. Das hängt mit meiner Gabe zusammen.«

Aus den Augenwinkeln beobachtete er, wie Marcus den Kühlschrank öffnete und einen Blutbeutel aus dem Extrafach nahm. Als der Mann ihn an die Lippen setzte und seine Reißzähne darin versenkte, gab es ein unschönes gluckerndes Geräusch.

Roland warf ihm einen finsteren Blick zu, Marcus sollte nicht vor Sarah trinken. (Schließlich war es leichter, sich mit dem Vampirismus anzufreunden, wenn einem die unschönen Seiten nicht ständig vor Augen geführt wurden.)

Doch der andere Unsterbliche zuckte nur mit den Schultern.

Sarah hielt Rolands Hand ganz fest. Sie machte große Augen, wahrscheinlich konnte sie sich denken, was Marcus in der Küche trieb, aber sie drehte sich trotzdem nicht um.

»Trinkt er Blut?«, flüsterte sie.

»Ja.«

»Aus einem Beutel?«

»Ja.« Ihr Gesichtsausdruck ließ sich nicht deuten.

»Macht es dir etwas aus?«

Selbst Marcus hielt nun neugierig inne.

»Ich weiß nicht. Schmeckt Blut so widerlich, wie ich es mir vorstelle?«

Er musste es sich verkneifen zu lachen. »Weißt du noch, was ich dir über den Geruch von Blut erzählt habe?«

Sie nickte. »Du hast gesagt, für dich rieche es so gut wie für mich Schokolade.«

»Das Gleiche gilt auch für den Geschmack. Für Unsterbliche und Vampire ist es köstlich.«

»Hmmm.«

Marcus warf den leeren Beutel in den Müll. Dann tat er sich Essen auf, kam rüber ins Esszimmer und setzte sich Sarah gegenüber.

»Sie glauben also nicht, dass wir verdammt sind, weil wir Blut trinken?«, fragte er lakonisch.

Damit waren sie über die Jahrhunderte immer wieder konfrontiert worden.

Sie schien einen Moment darüber nachzudenken. »In der Bibel wimmelt es nur so von Geboten, was man essen und trinken darf. Blut ist nur eine von vielen verbotenen Speisen. Wenn ihr beide also in die Hölle kommt, weil ihr Blut trinkt, dann müsste jeder, der jemals Hase, Schwein, nicht abgehangenes Fleisch, Schalentiere, Schwarmtiere oder Aasfresser gegessen hat, auch in der Hölle landen. Und das sind nur die Verbote, die mir gerade einfallen.«

Ihre Argumentation war ziemlich überzeugend.

»Genau genommen trinken wir das Blut gar nicht«, sagte Roland. »Wir führen es unserem Blutkreislauf und nicht unserem Verdauungssystem zu. Unsere Reißzähne sind im Prinzip wie Infusionsnadeln, durch die das Blut direkt in unsere Adern gelangt.«

Sarah schürzte die Lippen. »Aber ihr schluckt dabei doch auch etwas.«

Marcus nickte. »Ein paar Tropfen laufen immer über.«

»Und es schmeckt euch?«

»Ja«, antworteten die beiden Männer.

Wieder rümpfte sie die Nase. »Verrückt.«

Die zwei lachten.

Während Marcus sich wieder über das Essen hermachte, fragte sich Roland, wann Sarah wohl auffallen würde, dass sie immer noch seine Hand hielt. (Hoffentlich erst viel später.) »Was hat Lisette denn gesagt, als du mit ihr gesprochen hast?«

»Dass alle Vampire aus Raleigh verschwunden seien. In den vergangenen zwei Nächten habe sie nicht einen zu Gesicht bekommen.«

»Ja, weil sie alle damit beschäftigt waren, mich anzugreifen«, sagte Roland. »Oder besser gesagt, uns.«

Marcus nickte kauend. »Sie hat gesagt, falls wir sie brauchen sollten, würde sie sich zu gern an dem Spaß hier beteiligen.«

Roland ließ sich das Angebot durch den Kopf gehen. Wenn die Übergriffe noch weiter eskalierten, könnten sie Verstärkung gut brauchen. Doch die Vampire kamen nicht allein, um ihn zu töten, sie hatten noch andere Ziele. Offenbar wollten sie einen Unsterblichen in die Finger kriegen. Roland würde es sich nie verzeihen, wenn sie der französischen Unsterblichen etwas antäten.

»Lass uns noch abwarten. Ich möchte nicht riskieren, dass Lisette in die Fänge der Vampire gerät.«

»Bin ganz deiner Meinung.«

Während die beiden Männer in den höchsten Tönen von Lisette schwärmten, stieg eine leise Wut in Sarah hoch, die sie schließlich als Eifersucht identifizierte.

»Wer ist denn diese Lisette?«

»Sie ist eine Unsterbliche aus Raleigh«, sagte Roland.

»Kennt ihr euch gut?« *Ja, ja, fall doch gleich mit der Tür ins Haus.*

»Nein, wir sind uns im Laufe der Jahrhunderte nur ein paar Mal über den Weg gelaufen.«

Marcus grinste. »Er ist doch ein Einsiedler.« Unbeeindruckt von dem wütenden Blick, den er dafür von Roland erntete, schaufelte er sich die nächste Gabel voll, hielt auf halbem Weg zum Mund jedoch plötzlich inne. »Hast du einen Hund?«, wandte er sich verwundert an Roland.

Dieser stieß einen tiefen Seufzer aus. »Nein.«

Marcus ließ die Gabel sinken und blickte in die Küche.

Sarah drehte sich dorthin um, konnte aber nichts ausmachen. Warum starrte er auf die Tür?

»Was zum Teufel ist das?«, fragte Marcus unbeirrt. »Es hört sich an, als würde da draußen ein Wolf oder Kojote heulen.«

Erst da wurde Sarah bewusst, dass sie die ganze Zeit über Rolands Hand gehalten hatte, denn nun zog er sie weg und stand auf. »Das ist Nietzsche, mein Kater. Er heult immer wie ein Hund, bevor er einen Streit vom Zaun bricht.«

Marcus runzelte die Stirn. »Nietzsche? Hattest du vor vierzig Jahren nicht schon mal eine Katze, die so hieß?«

Gleichmütig zuckte Roland mit den Schultern. »Mir gefällt der Name eben.« Beim Hinausgehen legte er Sarah noch einmal kurz eine Hand auf die Schulter. »Bin gleich zurück.«

Ihr Herz schlug höher. »Okay.«

Er schenkte ihr ein strahlendes Lächeln, stapfte dann in die Küche und öffnete dort eine Tür. Dahinter kam eine Waschküche zum Vorschein, die mindestens ebenso groß war wie ihr eigenes Schlafzimmer und von der zwei Türen abgingen.

Ohne das Licht anzuschalten, ging Roland durch den Raum, vorbei an der ersten Tür, die wohl zur Garage führte, und verschwand durch die zweite nach draußen.

Im Esszimmer trat Stille ein.

Als Sarah sich umdrehte, blickte Marcus sie nachdenklich an.

Sie schenkte ihm ein vorsichtiges Lächeln.

Und als hätte er auf dieses Zeichen gewartet, legte er das Besteck beiseite und stützte sich mit den Armen auf den Tisch. »Diese Gelegenheit sollte ich wohl nutzen.«

»Hm, okay.«

»Solange Roland damit beschäftigt ist, seine Katze davon abzuhalten, sich mit einem räudigen Waschbären einzulassen, wird er uns nicht zuhören.«

»Sie fragen mich jetzt doch nicht etwa nach einem Date?«

Er lächelte. »Nein, ich sehe doch, dass Sie Interesse an Roland haben. Und er an Ihnen. Es ist schwer zu übersehen, dass ihr euch immer näherkommt.«

»Wir kennen uns doch erst seit einem Tag«, protestierte Sarah schwach. Obwohl Marcus recht hatte … zumindest, was sie betraf. Roland ließ ihr Herz höherschlagen, und mit jeder Minute gefiel er ihr besser.

Marcus zuckte mit den Schultern. »Manchmal geht es eben so schnell. Und da es bei euch der Fall zu sein scheint, finde ich, Sie sollten ein paar Dinge erfahren.«

»Gut.« Sie wusste nicht, was sie darauf sonst erwidern sollte.

»Zunächst einmal hat Roland ein echtes Problem damit, anderen zu vertrauen.«

Sie lächelte. »Das ist mir auch schon aufgefallen.« Dazu brauchte es nun wirklich kein Psychologiestudium.

»Deshalb spricht es auch Bände, dass er Sie hierher eingeladen hat.«

»Finde ich nicht. Was blieb ihm denn anderes übrig?«

»So einiges. Er hätte Sie ganz leicht mir oder Lisette aufs Auge drücken oder Sie in einer der geheimen Unterschlüpfe unserer Mitarbeiter unterbringen können.«

Hmm. Das war nicht von der Hand zu weisen.

»Ich ziehe Roland immer wegen seines Misstrauens auf«, fuhr Marcus in ernstem Ton fort, »aber eigentlich hat es einen sehr traurigen Hintergrund. Die Einzelheiten erspare ich Ihnen, aber ihm ist übel mitgespielt worden, nicht nur ein oder zwei, sondern ganze drei Mal. Und zwar von Menschen, die er über alles geliebt und denen er vertraut hat. Jedes Mal hätte es ihn fast das Leben gekostet, so verraten worden zu sein.«

Sarah fragte sich, ob ihn wohl auch diese Dumpfbacke von Mary hintergangen hatte.

»Die ersten beiden Male war ich nicht dabei, aber das dritte Mal habe ich hautnah miterlebt.« Er schüttelte bedauernd den Kopf. »Deshalb versuche ich, es ihm nicht krummzunehmen, dass er mir nach achthundert Jahren Freundschaft immer noch ungern den Rücken zudreht.«

Selbst nach achthundert Jahren traute Roland Marcus nicht?

Da hatte sie sein Problem wohl unterschätzt.

»Wie auch immer, das bringt mich zum zweiten Punkt: Sie scheinen wirklich nett zu sein. Sind intelligent, attraktiv und meistern die Situation ausgesprochen gut.«

Sie war in den Wald geflohen, weil sie sie für Monster gehalten hatte. Zählte das etwa zum Meistern dazu? »Worauf wollen Sie hinaus, Marcus?«

»Ich weiß ja nicht, was Sie vorhaben – ob Sie sich bei der nächsten Gelegenheit aus dem Staub machen oder bleiben und uns helfen werden. Ob Sie die Sache mit Roland ganz unverbindlich lassen wollen oder die Mauer, die er um sich herum errichtet hat, durchbrechen und eine ernsthafte Beziehung mit ihm führen möchten.«

Entgeistert starrte Sarah ihn an. »Wollen Sie ernsthaft von mir wissen, welche Absichten ich habe?«

Er schnaubte. »Roland würde vor Scham im Erdboden versinken, wenn ich so etwas täte. Nein, ich will Ihnen nur sagen, dass ich eigentlich ein ziemlich lockerer Typ bin, aber wenn Sie meinen Freund hintergehen, habe ich kein Problem damit, Sie zu töten.«

Besonders locker wirkte er im Moment allerdings nicht. Sarah hegte nicht den geringsten Zweifel an seinen Worten.

»Ich habe nicht vor, ihn zu hintergehen.«

Lächelnd griff er wieder nach seiner Gabel. »Dann ist ja alles gut.« Und daraufhin ließ er sich den Rest des Essens schmecken.

»Ich verstehe ja, dass Sie sich Sorgen machen«, sagte sie bedächtig, »aber wenn Sie jeder Frau, die er zum Abendessen einlädt, diese Rede halten, dann vermasseln Sie ihm eine Menge zweiter Dates, das ist Ihnen hoffentlich klar.«

Marcus schüttelte den Kopf. »Sie sind seit Jahrhunderten die erste Frau, für die er sich interessiert.«

»Wirklich?«

»Ja, und wenn er wüsste, dass ich Ihnen das erzählt habe, würde er gleich noch mal im Erdboden versinken, also …«

»Ich werde nichts sagen.«

»Danke.«

Aus der Ferne drang ein Jaulen an ihr Ohr.

Rasch ging Sarah in Gedanken noch einmal alles durch. »Gehörte auch Mary zu denen, die ihn betrogen haben?«

»Ja.« Marcus trank etwas Tee.

Sie hätte ihm gern noch mehr Fragen gestellt, doch er legte den Zeigefinger an die Lippen und warf einen vielsagenden Blick zur Hintertür.

Sarah drehte sich erwartungsvoll um.

Ein tiefes Heulen, das tatsächlich ein wenig an einen Wolf erinnerte, war zu hören, begleitet von Rolands Poltern. Die Tür wurde aufgedrückt, und der Mann kam mit einer kleinen, grau getigerten Katze im Arm herein, die noch nicht ganz ausgewachsen zu sein schien. Mit gesträubtem Fell leckte sie sich fortwährend über das Maul. Noch einmal stieß sie ein Heulen aus, dann schloss Roland die Tür und setzte das Tier vorsichtig ab.

»War da draußen ein Waschbär?«, fragte Sarah und musste lächeln, als er die Augen verdrehte.

»Das war vielleicht ein Oschi. Ich habe noch nie so einen großen Waschbären gesehen. Der war bestimmt tollwütig. Aber hat das unseren Jungen abgehalten? Nein.«

Der Kater stolzierte in die Küche, hielt aber abrupt inne, als er sie und Marcus bemerkte, sodass Roland fast über das Tier stolperte.

»Verdammt, Nietzsche.«

Sarah lachte und schnalzte dann mit der Zunge, um den Kater anzulocken. Unsicher beäugte Nietzsche sie und schlich zu seinem Herrchen.

»Er ist nicht an Fremde gewöhnt«, sagte Roland entschuldigend. »Aber der taut schon noch auf. Wenn er erst mal gefressen hat, wird er sich vor Neugier nicht mehr zurückhalten können.« Damit nahm er zwei Näpfe für den Kater vom Kühlschrank.

Sarah stapelte das schmutzige Geschirr übereinander und trug es zur Spüle. Währenddessen war Roland damit beschäftigt, die Näpfe mit Wasser und Dosenfutter zu füllen, das ziemlich streng nach Leber roch. Nachdem er die Banderole abgerissen hatte, spülte er die Dose aus und warf sie in einen Sammelbehälter.

Marcus brachte ebenfalls sein Geschirr herüber. »Ich habe vorhin vergessen zu fragen. Ist es okay, wenn ich heute Nacht hierbleibe, oder soll ich mich vom Acker machen?«

Roland stellte dem Kater die Näpfe hin. »Bleib ruhig hier. Wir fahren dich dann morgen Abend nach Hause.«

Wir.

»Danke.«

Sarah musste unweigerlich lächeln, als Nietzsche die stinkende Pampe gierig hinunterschlang.

Roland streichelte ihm übers Köpfchen und wandte sich dann Marcus zu. »Was macht dein Knie?«

»Tut sauweh. Ich glaube, ich hau mich gleich wieder aufs Ohr.«

Sarah und Roland wünschten ihm eine gute Nacht und machten sich dann an den Abwasch.

»Überlass das ruhig mir«, sagte Roland, gerade als ihr dämmerte, dass er gar keinen Geschirrspüler besaß. »Geh du schon mal ins Wohnzimmer und ruh dich aus. Es war ein langer, schwerer Tag.«

»Langer Tag« war die Untertreibung schlechthin, ihr kam es vor, als wären seit dem Morgen Wochen vergangen.

Und schwer?

Ja, mehr als einmal hatte sie heute wahnsinnige Ängste ausgestanden. Aber die ruhigen Stunden mit Roland waren wirklich angenehm gewesen … wenn sie einfach nur geredet und sich kennengelernt hatten, ohne an blutrünstige Vampire zu denken, die ihnen an den Kragen wollten.

Gegen eine Wiederholung hätte sie nichts einzuwenden, denn sie wollte gern mehr über ihn erfahren.

»Nett gemeint, aber ich bin lieber hier bei dir.«

Warum in aller Welt willst du bei mir sein, stand ihm in großen Buchstaben auf die Stirn geschrieben. Schmunzelnd griff sie sich einen grüngelben Schwamm.

Der Mann hatte echt keine Ahnung, wie er auf Frauen wirkte.

Normalerweise gehörte Abwaschen zu den Arbeiten im Haushalt, die Sarah am meisten nervten, denn in ihr kleines Häuschen passte einfach kein Geschirrspüler. Doch Seite an Seite mit Roland machte ihr das Spülen richtig Spaß. Jedes Mal, wenn er ihr einen schaumigen Teller reichte, den sie dann durchs Wasser zog und auf das Abtropfgitter stellte, berührten sich ihre Hände.

Anfangs war Roland recht schweigsam, beinahe schüchtern, sodass Sarah sich fragte, wie zurückgezogen er wohl lebte. Seth und Marcus hatten ihn damit aufgezogen. War sie wirklich der erste Gast, den er freiwillig bei sich aufgenommen hatte? Gab es denn keine Freunde, mit denen er mal einen entspannten Abend verbrachte?

Sarah befürchtete, die Antwort zu kennen. In seinem langen Leben schien er nicht viel Schönes erlebt zu haben. Wenn sie ihn zum Lachen brachte, dann klang es wie ein zögerliches Glucksen, so als wäre er aus der Übung.

»Danke, dass du mich hier aufgenommen hast.«

»Keine Ursache.« Er betrachtete sie aus den Augenwinkeln und schenkte ihr ein leises Lächeln. »Du bist mir sehr viel willkommener als Marcus.«

Sie grinste ihn an.

Als er ihr die seifigen Gabeln in die Hand drückte, berührte er leicht ihre Finger, woraufhin ein Kribbeln ihren Arm hinauflief.

»Du hast ziemlich … entschieden gewirkt, als du sagtest, dass du nicht zu deiner Familie möchtest«, begann er vorsichtig.

»Ja, mit meiner Familie habe ich es nicht so gut getroffen.«

»Inwiefern?«

Sarah verzog gequält das Gesicht. »Mit achtzehn hatte meine Mutter die nicht besonders originelle Idee, schwanger zu werden, um ihren Freund zu halten. Daraufhin hat der schleunigst das Weite gesucht. Neun Monate später kam mein Bruder Jason zur Welt. Mit zwanzig hat sie dann die gleiche Nummer noch mal mit einem Typen durchgezogen. Der ist zwar noch ein paar Monate geblieben, schließlich aber auch noch vor meiner Geburt abgehauen. Danach kamen zum Glück keine weiteren Kinder mehr, aber die Männer haben sich bei uns zu Hause die Klinke in die Hand gegeben. Manche waren nett zu Jason und mir. Manche haben sich gar nicht für uns interessiert. Und andere waren laut und gewalttätig. Deshalb habe ich für meine Mutter nicht gerade viel übrig.«

Roland blickte sie düster an. »Ich weiß, dass das jetzt eine sehr persönliche Frage ist, aber hat einer der Männer dich …?«

»Mich missbraucht?«

Er nickte.

»Nein.« Sarah nahm eine weitere Gabel von ihm entgegen. »Aber als ich dreizehn war, hat sie mal einen angeschleppt …« Bei der Erinnerung erschauderte sie. »Der hatte eine Art, mich anzusehen, bei der es mir immer eiskalt den Rücken runtergelaufen ist. Meine Mutter gab ihm aber ziemlich schnell den Laufpass.«

»Ein Glück.«

»Ja, aber sie tat es nicht, weil sie befürchtete, er könnte mir etwas antun. Sie hat Schluss gemacht, weil sie eifersüchtig war. Hat mir vorgeworfen, ich wolle ihr den Freund ausspannen.«

Roland hielt inne und starrte sie ungläubig an.

»Meine Mutter gehört zu der Sorte Frauen, die nicht erwachsen werden wollen. Als mein Bruder und ich auf die Highschool gingen, hat sie immer meine Sachen angezogen und sich wie ein Teenager aufgeführt. Wenn Jason mal ein Mädchen mit nach Hause gebracht hat, ist er von ihr bis auf die Knochen blamiert worden, und darüber hinaus hat sie noch alle meine Freunde angegraben. Nicht dass es besonders viele gewesen wären; nachdem ich es mitbekommen hatte, bin ich gar nicht mehr mit Jungs ausgegangen.«

Er schnaubte verächtlich. »Ich habe im Laufe der Jahrhunderte einige solcher Frauen kennengelernt.«

»Das war ja noch nicht mal das Schlimmste«, fuhr Sarah fort, »die Frau hat es nie länger als ein Jahr in einem Job ausgehalten. Als mein Bruder und ich dann anfingen, neben der Schule zu jobben, hat sie nur noch von uns geschnorrt und uns das Leben damit zur Hölle gemacht. Nach der Highschool bin ich sofort ins College gezogen. Ich wollte nur noch weg.«

»Das kann ich gut verstehen. Was ist mit deinem Bruder?«

Sie seufzte. »Mein Bruder trinkt und schlägt seine Frau, die ihn aber nicht verlassen will. Ich habe den Kontakt zu ihnen schon vor langer Zeit abgebrochen.«

Schweigend reichte er ihr ein Glas.

Sarah blickte ihn unsicher an. »Willst du mir jetzt nicht erzählen, was für ein schlechter Mensch ich bin, weil ich sie im Stich gelassen habe?«

»Ich glaube nicht an diesen Blödsinn, dass man sich lieben muss, nur weil man zufälligerweise verwandt ist. Dafür ist das Leben viel zu kurz. Jedenfalls für euch Menschen. Zu kurz, um es an Leute zu verschwenden, die einen schlecht behandeln und nur unglücklich machen.«

Langsam wich die Anspannung von ihr. »Mit der Meinung stehst du aber ziemlich allein da.«

»Ich glaube, da täuschst du dich.« Roland reichte ihr ein weiteres Glas und berührte dabei mit seinem Arm ihre Schulter. Sie war gut anderthalb Kopf kleiner als er. »Außerdem weiß ich, wie schlimm man es mit seiner Familie erwischen kann.«

Neugierig sah sie ihn an. »Lausige Eltern?«

»Lausiger Bruder«, sagte er und reichte ihr mit finsterer Miene das letzte Glas. »Er war derjenige, der meine Entführung und Verwandlung durch den Vampir geplant hat.«

Entsetzt blickte sie zu ihm auf. Roland war also nicht, wie sie angenommen hatte, zufällig Opfer eines blutrünstigen Vampirs geworden. Jemand aus seiner eigenen Familie hatte ihn ausgeliefert.

»Wie konnte er dir das nur antun?«, flüsterte sie.

»Das war ganz leicht. Ich habe ihm blind vertraut.«

Was für ein schrecklicher Verrat. Marcus hatte ihr ja gesagt, dass Roland dreimal übel mitgespielt worden sei.

»Bist du je dahintergekommen, warum er das getan hat?«

»Ich war der Erbe, er der zweitgeborene Sohn. Als mein Vater starb, bekam ich den Titel, die Ländereien, das gesamte Vermögen. Ich hatte alles, was Edward wollte.«

»Aber so war es damals eben. Ich meine, es kann ihn ja wohl

kaum überrascht haben. Außerdem hätte es ja wohl andere Mittel und Wege gegeben, an Geld und Besitz zu kommen.«

»Mich aus dem Weg zu räumen war eben das Einfachste. Ich bin bei Weitem nicht der erste Erbe gewesen, der dem Neid eines jüngeren Bruders zum Opfer gefallen ist.« Er schüttelte den Kopf. »Man muss schon sagen, Edward hat seine Rolle wirklich gut gespielt und sich seinen Groll nie anmerken lassen. Er war mein bester Freund. Ich habe ihm mehr vertraut als allen anderen auf der Welt und hätte jeden, der Zweifel an seiner Aufrichtigkeit angemeldet hätte, erschlagen.«

Sarah wischte sich die Hand an der Jeans ab und legte sie auf seinen Arm. »Manche Menschen sind einfach fantastische Schauspieler, sie zeigen niemandem ihr wahres Gesicht.«

»Mein Bruder war oscarverdächtig. Selbst in meiner Gefangenschaft bei dem Vampir habe ich ihn noch für unschuldig gehalten. Er war dabei, als der Angriff passierte. Auf dem Weg zum Hof wurden wir von einer Gruppe Vampirlakaien angefallen. Edward konnte nicht mit dem Schwert umgehen, also habe ich ihn voraus in den Wald geschickt, während ich möglichst viele der Männer niedermachte. Ich war so froh, dass es ihm gelungen war, zu entkommen.«

Obgleich er leise sprach, schwangen Schmerz und Ärger in seiner Stimme mit. Der Verrat seines Bruders hatte Narben auf seiner Seele hinterlassen. »Erst als ich schließlich entkam, habe ich die Wahrheit erfahren.«

Sarah runzelte die Stirn. »Wenn er deinen Tod wollte, warum hat er dich dann von einem Vampir verwandeln lassen?«

»Das wollte er ja gar nicht. Er ist davon ausgegangen, dass ich getötet werden würde. Und der Vampir hätte mich auch umgebracht, wenn ich nicht ein Begabter gewesen wäre.«

»Das verstehe ich nicht. Hat es sich der Vampir deshalb anders überlegt?«

»Nein.« Roland reichte ihr die letzte Gabel zum Spülen. »Es gibt zwei verschiedene Methoden, einen Menschen oder Begabten zu verwandeln. Die erste ist die humanere, dabei trinkt der Vampir den Menschen fast leer und flößt ihm dann sein eigenes Blut ein. Das Virus dringt in so hohen Dosen in den Körper, dass die Verwandlung sehr schnell vonstattengeht.«

Nachdem Sarah die Gabel abgespült und auf das Abtropfgitter gelegt hatte, wuschen sie und Roland sich nacheinander die Hände und trockneten sie ab.

»Und was ist mit der zweiten Methode?«

»Dabei trinkt der Vampir immer wieder von einem Menschen. So wird das Opfer nur geringen Dosen des Virus ausgesetzt. Wenn man nicht durch HIV oder andere Erkrankungen bereits ein angeschlagenes Immunsystem hat, ist ein einziger Biss kein Problem. Der Körper kann sich dagegen wehren, wird allerdings geschwächt. Da das Vampirvirus aber so untypisch ist, kann der Organismus keine Gedächtniszellen bilden, wie er es bei einer Erkältung, bei Masern und …«

»Was sind denn Gedächtniszellen?«

»Gedächtniszellen sind spezielle weiße Blutkörperchen, die es dem Körper ermöglichen, bei erneutem Kontakt mit einem Erreger innerhalb von kürzester Zeit eine Abwehrreaktion auszulösen. Wenn ein Mensch aber ein zweites Mal gebissen wird und mit dem Vampirvirus in Kontakt kommt, erkennt das Immunsystem ihn nicht wieder und muss die Infektion von Neuem bekämpfen. Dadurch wird der Körper erneut geschwächt. Nach mehrmaligem Trinken ist das Immunsystem schließlich so schwach, dass das Virus es vollkommen zerstört und dann seine Funktion übernimmt.«

»Ist … Ist die Verwandlung sehr schmerzhaft?«

»Die erste Methode ist nicht so schlimm. Ich habe mir sagen lassen, es fühle sich ein wenig wie eine Grippe an, aber nach zwei oder drei Tagen sei alles vorbei. Bei der zweiten Methode wird man sehr krank – mit hohem Fieber, Schüttelkrämpfen, Delirium, Erbrechen, Muskel- und Magenkrämpfen. Der Schmerz wird so unerträglich, dass man den Tod herbeisehnt, und je nachdem, wie häufig der Vampir von einem trinkt, kann der Zustand ein paar Wochen oder auch Monate anhalten.«

Bei diesen Worten bekam sein Gesicht einen gequälten Ausdruck, so, als würde er aus eigener Erfahrung sprechen. »Ist es bei dir so gewesen?«

Er drehte sich zu ihr um und lehnte sich mit der Hüfte gegen den Küchentresen. »Ja. Nach meiner Gefangennahme wurde ich auf eine einsame Burg gebracht, die aussah wie aus einem Schauerroman, und im Kerker an die Wand gekettet. Außer mir waren dort noch sechs andere, sowohl Männer als auch Frauen. Jeden Abend kam der Vampir zu uns, um zu trinken, für jeden Wochentag hatte er ein anderes Opfer. Wir waren gewissermaßen seine private Blutbank, man gab uns gerade so viel Wasser und Nahrung, dass wir am Leben blieben.«

Sarah konnte es kaum ertragen, ihn sich angekettet und grausamen Qualen ausgesetzt vorzustellen. »Haben sich die anderen auch verwandelt?«

»Wir haben uns letztlich alle verwandelt. Doch aufgrund der unmenschlichen Bedingungen sind meine Zellengenossen fast sofort dem Wahnsinn verfallen. Dann hat der Vampir sie einfach umgebracht und durch neue Menschen ersetzt. Aber ich war ein Begabter, und mein Körper reagierte nicht wie die der anderen. Ich wurde nicht zum Vampir, sondern zum Unsterblichen. Wobei es Tage gab, da hätte ich selbst gern im Wahnsinn Zuflucht genommen.«

»Wie lange hat es gedauert?«, fragte sie. Wie lange hatte er leiden müssen?

»So ungefähr sechs Monate, lass es eine Woche mehr oder weniger gewesen sein. Wenn er täglich von mir getrunken hätte, wäre es schneller gegangen. Aber mein Immunsystem hatte dazwischen ja immer eine Woche Zeit, sich zu erholen, und aufgrund meiner Gabe ging es mir schneller wieder besser.«

Sechs Monate.

»Die anderen wurden nach der Verwandlung immer schwächer. Sie konnten das Essen nicht mehr bei sich behalten, und Blut bekamen sie ja keins. Ich war immer noch in der Lage zu essen und habe ganz naiv geglaubt, für mich bestünde noch Hoffnung. Meine Sinne wurden schärfer, und ich hatte immer wieder Krämpfe, weil ich Blut brauchte, aber alle anderen Symptome verschwanden. Ich kam wieder zu Kräften, sodass ich irgendwann einfach die Ketten aus der Mauer riss.«

»Hast du den Vampir getötet?«

Er nickte langsam. »Den Vampir und seine Lakaien. Die Opfer, die noch zu retten waren, habe ich befreit, den Rest erlöst und die Burg dem Erdboden gleichgemacht. Dann bin nach Hause gegangen, wo ich mit dem Verrat meines Bruders konfrontiert wurde.«

Wie hatte er all das nur überlebt?

Zwar wusste sie, warum er es körperlich überstanden hatte, nämlich wegen seiner rätselhaften Wunder-DNA, aber wie hatte Roland das alles kopfmäßig verarbeitet? Gefühlsmäßig? Ein Wunder, dass er nicht durchgedreht war.

Und obendrein hatte er dann auch noch erfahren müssen, dass sein Bruder bei all dem der Drahtzieher gewesen war …

Sie stellte sich auf die Zehenspitzen und küsste ihn auf die frisch rasierte Wange.

9

In Rolands Brust breitete sich eine angenehme Wärme aus, und sein Puls raste schon wieder. Aus großen braunen Augen sah Sarah ihn mitfühlend an.

»Warum hast du mich geküsst?«, fragte er und fasste sich an den Mund, der von der Berührung ihrer Lippen immer noch prickelte.

Sie schenkte ihm ein Lächeln. »Weil ich es wollte. Und du hast ausgesehen, als könntest du es gebrauchen.«

Wirklich? Wie immer, wenn er von Edward sprach, hatte ihn die alte Wut gepackt. Doch nun war der Zorn wie weggeblasen, und Sarahs betörender Duft umgab ihn.

Er hatte diesen Kuss tatsächlich gebraucht. Brauchte noch so viel mehr. Brauchte sie …

Langsam beugte er sich zu ihr herunter und berührte sanft ihre Lippen mit seinen.

Ihr stockte der Atem. Sie schloss die Lider und öffnete einladend den Mund.

Nur allzu gern kam Roland der Aufforderung nach und ließ die Zunge hinein gleiten. Lust packte ihn, und er zog Sarah an sich. Sie war so klein. So zart. Er konnte ihre Rippen unter seinen Händen spüren, als er mit den Daumen seitlich über ihre vollen Brüste strich.

Roland küsste sie erst zärtlich und dann immer leidenschaftlicher, sodass ihr Puls zu rasen begann. Ihr wurde heiß und kalt, als er mit seinen Daumen ihren Brustwarzen immer näher kam. Abermals stellte sie sich auf die Zehenspitzen, damit er sich nicht so weit herunterbeugen musste. Sie fuhr mit der Hand über seine Brust, hinauf zu seinem Hals und vergrub dann die Finger in seinem seidigen Haar.

Er schlang die Arme um sie und drückte sie an sich, wobei er ein tiefes Knurren verlauten ließ. Sarah zuckte zusammen, als er ihr mit leichtem Druck über den Rücken strich. Dort prangte wahrscheinlich ein großer blauer Fleck vom Zusammenprall mit einem der Bäume. Sie hatte vorhin nicht so genau nachgesehen, doch danach zu urteilen, wie es wehtat, musste es wohl so sein.

Da er nun mit der anderen Hand über die gleiche Stelle fuhr, durchzuckte sie erneut ein Schmerz.

Auf einmal wurde sie einen bestimmten Verdacht nicht mehr los.

Sarah löste ihre Lippen von seinen, versuchte, ihre Gedanken zu ordnen.

Daraufhin küsste Roland erst ihr Kinn und dann ihren Hals, bis sie weiche Knie bekam.

»Moment«, protestierte sie schwach.

Er war hart und erregt, mit der Zunge fuhr er ihr über die Stelle an ihrem Hals, unter der ihr Puls sichtbar schlug. »Du riechst so gut«, raunte er.

»Das bin nicht ich, das ist dein teures Schaumbad.«

Vehement schüttelte er den Kopf. »Nein, das bist du.« Er atmete tief ein und hielt den Atem an. Ihr Duft war jetzt intensiver geworden und zeugte von ihrer wachsenden Erregung. »Ich würde dich selbst mit verbundenen Augen in einem vollen Fußballstadion erkennen. Kein Parfum der Welt kann sich mit deinem Duft messen.«

Zudem schmeckte sie auch noch gut, stellte er fest, während er mit seinen Lippen ihren Hals entlangfuhr. Und da gab es noch so viel mehr von ihr, dass er gern kosten, streicheln, erkunden wollte.

Ihn störte das T-Shirt, lieber hätte er ihre nackte Haut gespürt. Wieder strich er ihr über den Rücken, suchte ihre vollen Lippen.

»Moment mal«, sagte sie erneut und stemmte sich gegen seine Brust. »Wo hast du denn deine Hände?«

Am liebsten hätte Roland jetzt vor Frust aufgestöhnt, aber er riss sich zusammen. Stumm fluchend ließ er von ihr ab und hielt seine Hände seitlich ausgestreckt, wo sie sie sehen konnte. Dabei wünschte er sich sehnlichst, sie hätte noch ein wenig länger gebraucht, um zur Besinnung zu kommen. Schwer atmend standen sie sich gegenüber, ihre Lippen waren rot und geschwollen von seinen Küssen. Unter dem Baumwollstoff hoben und senkten sich ihre Brüste in schnellem Rhythmus, sodass er unwillkürlich die Fäuste ballte, um nicht danach zu greifen.

Wahrscheinlich sollte er sich lieber bei ihr entschuldigen. Er hatte eine harmlose freundliche Geste falsch verstanden und etwas ganz anderes hineingelegt. Davon war Sarah mit Sicherheit nicht ausgegangen.

»Warum heilst du mich schon wieder?«, fragte sie atemlos.

Verwirrt blinzelte er sie an. »Was?«

»Deine Hände lagen auf meinem Rücken. Warum versuchst du, mich wieder heimlich zu heilen?«

Er runzelte die Stirn. »Was ist denn mit deinem Rücken?«

Eine Hand hatte sie noch immer auf seiner Brust, um ihn auf Abstand zu halten. Mit der anderen winkte sie nun ab. »Beantworte einfach nur meine Frage. Als du mich das letzte Mal geküsst hast, wolltest du mich nur ablenken, um mich zu heilen.«

Das meinte sie doch nicht im Ernst, oder?

Doch ihr verletzter Blick belehrte ihn eines Besseren.

Zum Teufel noch mal.

»Das war doch bloß ein Vorwand. Ich wollte dich schon nach dem Aufwachen küssen, als du mit deinem wunderschönen Körper auf mir lagst und mir dein Duft die Sinne vernebelt hat.« Er hielt inne. »Nein, so ganz stimmt das nicht. Das erste Mal wollte ich dich schon in deiner Küche küssen, nachdem du mir mit den Pflöcken geholfen hattest.«

Sie ließ die Hände sinken und schluckte hörbar. »Wirklich?«

Er nickte und machte vorsichtig einen Schritt auf sie zu, ihre Augen spiegelten erneut Begehren wider.

Als sie sich gegen den Tresen lehnte, nutzte er die Gelegenheit und stützte die Hände rechts und links von ihr auf, hielt sie gefangen. »Ich kann dir gar nicht sagen, wie sehr ich es bereue, ohnmächtig geworden zu sein und deine Hände auf meiner nackten Haut nicht gespürt zu haben.« Er beugte sich hinunter, bis zwischen seinen Lippen und der empfindlichen Stelle hinter ihrem Ohr nur noch ein Hauch Abstand blieb. Dann sog er die Luft tief ein. »Ich bin verrückt nach deinem Geruch.« Ohne sie zu berühren, wanderte er mit dem Mund ihren Nacken entlang, ließ sie seinen warmen Atem spüren. »Deine Berührungen machen mich wahnsinnig. Sie erregen mich so sehr, dass ich mich kaum beherrschen kann.« Nun hob er langsam den Kopf und sah ihr in die Augen. »Merkst du denn nicht, wie sehr ich dich begehre?«

Sarah legte eine ihrer schmale Hände an seine Wange.

Roland bedeckte sie mit seiner, genoss die Berührung.

»Deine Augen leuchten schon wieder«, flüsterte sie.

»Sie werden immer leuchten, wenn ich dich begehre.« Er zögerte. »Macht es dir … Angst?« *Stößt es dich ab?*

Lächelnd schüttelte sie den Kopf. »Ich finde es schön.« Dann umfasste sie seinen Nacken und zog ihn zu sich herunter. Mit den Lippen wanderte sie über seinen Hals, fuhr mit der Zunge über seine Kehle.

Roland stöhnte auf, sein Puls raste. Mit beiden Händen packte er sie bei den Hüften.

Sarah ließ eine Hand über seine Brust gleiten, brannte sich

förmlich einen Weg über seine zitternden Bauchmuskeln, bis sie sie fest um seine mächtige Erektion schloss.

Von dieser kühnen Geste angestachelt, blickte er sie an, in ihren Augen spiegelte sich sein Leuchten.

»Ich will dich auch«, murmelte sie.

Roland stürzte sich auf ihre Lippen, sog gierig daran, während ihn die Lust innerlich schier aufzufressen drohte. Er streichelte ihre rechte Brust, spürte den harten Nippel unter dem dünnen T-Shirt und der Spitzenwäsche.

Mit einem Seufzer löste sie sich von seinen Lippen, rieb seinen Ständer durch die Hose. »Was machst du da mit mir?«

Leckend und küssend bahnte er sich einen Weg ihren Hals hinunter. »Wenn du das noch fragst, scheine ich irgendetwas falsch zu machen.«

Halb lachend, halb stöhnend antwortete sie ihm: »Du machst überhaupt nichts falsch, sonst wäre ich wohl kaum so darauf eingestiegen.«

Währenddessen massierte sie sein Glied unablässig und machte ihn vor Lust fast wahnsinnig.

Er kniff ihr in eine Brustwarze und legte gleich darauf die Lippen um die andere Spitze. »Wie weit steigst du denn darauf ein?«

»Sehr weit.«

Roland benetzte den Stoff, bis er ihren harten Nippel mit den Zähnen zu fassen bekam.

Ihr Stöhnen machte ihn noch heißer. Sie ließ von seiner Erektion ab. Er wollte sich gerade beschweren, da spürte er ihre Hände auch schon auf seinem Po; fest zog sie ihn an sich.

»Normalerweise bin ich gar nicht so«, keuchte sie.

Er schob eine Hand unter ihr Knie und legte ihr linkes Bein um seine Hüfte. »Mir gefällst du so aber«, murmelte er noch immer mit dem Mund an ihrer Brust. Ihr Herz schlug wie wild.

Er rieb sich an ihr, angetrieben von ihrem festen Griff.

»Du ...« Sie stöhnte, drückte sich gegen ihn. »D... Du verstehst das nicht. Ich« – wieder stöhnte sie – »ich schlaf nicht gleich mit einem Mann, den ich kaum kenne.«

Nun wanderte er mit seiner Hand von ihrem Knie aus nach oben, über ihren süßen Hintern und weiter, bis er durch den Stoff ihrer Jeans ihre feuchte, heiße Mitte streichelte. »Mit schlafen meinst du Sex?«

»Jaaaa.«

Als er den Kopf hob, lag Verlangen in ihrem Blick. »Kein Problem. Ich kann dich auch so zum Orgasmus bringen.«

Seine Augen schienen zu glühen, Sarah krallte die Hand in sein Haar und zog ihn zu sich, presste ihren Mund auf seine. Dabei wurde er nicht müde, sie durch die Jeans zu streicheln und sich rhythmisch an ihr zu reiben. Immer fester, bis sie es schließlich kaum noch aushielt.

Sie begann, seinen Körper mit den Händen zu erkunden – seinen Rücken, seine Armen, seine Brust –, konnte die harten Muskeln spüren.

Er löste seine Lippen von ihren und bahnte sich einen Weg ihren Hals hinunter, hielt kurz über der Halsschlagader inne, bevor er dann zu ihren Brüsten vordrang. Sie legte den Kopf in den Nacken.

Dann schob er eine Hand auf ihren Rücken und drückte sie an sich.

Ein jäher Schmerz durchfuhr sie. Sarah erstarrte, möglicherweise hatte sie sogar aufgeschrien.

Er fuhr auf, suchte ihren Blick.

Ihr wurde ein wenig schwarz vor Augen.

Was er in ihrem Gesicht las, konnte sie nicht sagen, doch er ließ abrupt von ihr ab.

Mit besorgter Miene ließ er ihr Bein vorsichtig herunter. »Sarah?«

Sie schüttelte den Kopf, denn sie bekam keinen Ton heraus, konnte nicht einmal Luft holen, so groß war der Schmerz. Ihr kamen die Tränen.

»Wo tut es denn weh?«

Wieder schüttelte sie nur mit dem Kopf.

Sanft nahm er ihr Gesicht in eine seiner riesigen Hände, suchte ihren Blick. »Atme«, drängte er sanft.

Und das tat sie dann auch, stockend und schmerzvoll. Erst in dem Moment fiel ihr auf, dass sie sich an seinem T-Shirt festgekrallt hatte. Das tat vielleicht weh. Bei jedem Atemzug hatte sie das Gefühl, jemand würde ihr mit einem Vorschlaghammer auf den Rücken dreschen.

Allmählich fing sie sich wieder, und Roland wischte ihr die Tränen weg, die ihr über die Wangen gekullert waren. »Wenn du mir schon nicht sagen kannst, wo es wehtut, dann zeig es mir doch wenigstens«, ermunterte er sie leise. »Ist es eher im oberen oder im unteren Rücken?«

Wären die Schmerzen immer noch unerträglich gewesen und nicht nur höllisch groß, hätte sie es ihm bestimmt verraten, denn immerhin konnte er sie lindern. Doch so schwieg sie, das Atmen fiel ihr schon etwas leichter.

Irgendwie musste er ihr angesehen haben, dass sie inzwischen wieder sprechen konnte, aber nicht wollte, denn ihm stand die Enttäuschung in sein schönes Gesicht geschrieben.

»Sei doch nicht so stur. Ich bin im Vollbesitz meiner Kräfte. Das schadet mir nicht.«

»Tut es doch.« Sarah entspannte die Hände und ließ sein T-Shirt los. Sie gab sich alle Mühe, normal zu wirken.

Rolands Züge verhärteten sich, er ließ sie los und trat einen Schritt zurück. »Ich bereue langsam, ehrlich zu dir gewesen zu sein.«

Offenbar fiel er nicht auf ihr Theater herein. »Du hast gesagt, Heilen sei schmerzhaft für dich, weil sowohl der Schmerz als auch die Verletzung auf dich übergingen.«

»Ja, aber doch nur ganz kurz«, brüllte er beinahe. »Hast du eine Ahnung, wie viel Schmerz ich über die Jahrhunderte schon weggesteckt habe?«

»Ja, und ich will nicht noch weiter dazu beitragen«, sagte sie störrisch.

Er setzte an, etwas zu erwidern, schloss den Mund dann aber ganz plötzlich. Einen Moment lang rang er sichtlich mit sich. »Ist das wirklich der Grund, warum ich dich nicht heilen soll, oder steckt da noch etwas anderes dahinter?«

Sie runzelte die Stirn. Was sollte denn sonst dahinterstecken?

Bevor sie nachfragen konnte, war er auch schon wutentbrannt aus dem Zimmer gestürmt.

Nietzsche, der neben seinem mittlerweile leeren Napf saß, warf ihr einen tadelnden Blick zu und begann sich zu putzen.

Sarah starrte noch immer gedankenverloren auf das Tier, als Marcus ein paar Minuten später den Kopf zur Tür hereinsteckte.

Er warf einen Blick auf sie und seufzte. »Hab ich es mir doch gedacht.« Damit trat er in die Küche, sein Oberkörper war nackt, und um die Hüften hatte er sich ein Tuch geschlungen. Von den tiefen Schnitten an Armen, Brust und Bauch zeugten nunmehr nur noch rosa Narben. »Die Sache ist die«, sagte er, »wenn Sie Rolands Gabe ablehnen, lehnen Sie damit auch ihn ab.«

Woher wusste Marcus das überhaupt?

Ihr schwante nichts Gutes. »Wie viel haben Sie mitbekommen?«

Er grinste. »Genug. Tut mir echt leid, aber ich konnte nichts dafür.«

Sarah wurde knallrot. An das außerordentliche Gehör der Unsterblichen hatte sie gar nicht mehr gedacht. »Ich lehne seine Gabe ja gar nicht ab«, sagte sie und versuchte, nicht daran zu denken, dass er auch das ganze Gekeuche und Gestöhne vernommen haben musste.

»Das sieht Roland aber bestimmt anders.« Marcus kam zu ihr herüber und lehnte sich gegen die Schränke. »Sie müssen das verstehen. Wenn es um unsere Gaben geht, sind wir Unsterblichen etwas … empfindlich. In der Vergangenheit wurden wir wegen unserer Fähigkeiten zumeist gefürchtet, geächtet oder sogar verfolgt. Und das sogar von der eigenen Familie. Wenn Sie Roland erlauben, Sie zu berühren, um Ihnen Lust zu verschaffen« – nun lief sie dunkelrot an – »nicht aber, um Sie zu heilen, dann muss er doch denken, dass Sie dieser Teil von ihm abstößt.«

Verzweifelt rang sie mit den Händen. »Abstößt? Aber ich will ihm doch nur nicht wehtun!« Was war daran nur so schwer zu verstehen?

Marcus schnaubte. »Sarah, der Vampir, von dem Roland verwandelt wurde, hat nicht nur von ihm getrunken, sondern ihn auch gefoltert. Monatelang.« Über dieses Detail war Roland bei seiner Schilderung mal eben hinweggegangen. »Im Vergleich dazu würde ihm das Heilen Ihrer Wunden in etwa so wehtun wie das Entfernen eines Splitters. Noch dazu wäre es nur ein ganz kurzer Schmerz, da Sie keine lebensgefährlichen Verletzungen haben und Roland im Vollbesitz seiner Kräfte ist.«

Unsicher sah sie ihn an, bestimmt untertrieb er die Sache, andererseits …

Glaubte Roland wirklich, dass sie seine Gabe abstoßend fand?

»Außerdem«, fügte Marcus hinzu, »wird er endlich zur Ruhe kommen, wenn er Sie geheilt hat. Ich konnte seine Sorge um Sie bis ins Gästezimmer spüren, dabei habe ich nicht einmal empathische Fähigkeiten.«

Sarah ließ sich seine Worte durch den Kopf gehen, ihr Rücken tat immer noch höllisch weh.

Wenn Sie Rolands Gabe ablehnen, lehnen Sie damit auch ihn ab.

Schließlich nickte sie, drückte Marcus kurz dankend den Arm und verließ die Küche.

Selbstvergessen hielt Roland ein Bund Kräuter in der Hand, während vor ihm dampfende Wassermassen in die Wanne strömten. Da Sarah sich ja nicht von ihm heilen lassen wollte, hatte er beschlossen, ihr ein linderndes Bad einzulassen. Aber das war vielleicht gar nicht mehr nötig.

Er bückte sich, um den Hahn zuzudrehen, warf die Kräuter auf die Ablage und ging ins Schlafzimmer.

Sarah stand mitten im Raum, sie blickte traurig und bedauernd drein. »Es tut mir leid. Ich wollte dich nicht … Ich möchte nicht, dass du denkst, ich …« Sie sah zu Boden, runzelte die Stirn und schaute dann wieder auf. »Würdest du bitte meinen Rücken heilen?«

»Natürlich«, antwortete Roland, und mit klopfendem Herzen trat er auf sie zu, bis er ganz nah vor ihr stand.

Um ihm in die Augen zu sehen, musste sie den Kopf in den Nacken legen. »Das hatte nichts mit Zurückweisung zu tun«, sagte sie aufrichtig. »Ich wollte dir einfach keine Schmerzen bereiten.«

»Zu wissen, dass du leidest, ist viel schlimmer für mich.«

Sie schluckte schwer. »Hilfst du mir mit dem T-Shirt?«

Als sie ansetzte, es auszuziehen, hielt er sie auf. »Warte, lass mich noch kurz die Tür schließen.« Er wollte nicht, dass Marcus womöglich noch einen Blick auf sie erhaschte.

Anschließend griff er nach dem Saum ihres Oberteils.

Sarah zuckte zusammen, biss sich auf die Unterlippe und hielt die Luft an, während er ihr das T-Shirt über den Kopf zog.

Ihr üppiger Busen wurde nur knapp von schwarzer Spitze verhüllt, doch Roland konzentrierte sich auf die Blutergüsse auf ihrem Brustkorb, die sie bislang nicht erwähnt hatte.

»Die tun kaum weh«, sagte sie seinem Blick folgend. »Die

schlimmsten Stöße habe ich mit den Armen abgefangen, und die hast du ja schon geheilt.«

Wortlos trat er hinter sie, um ihren Rücken zu inspizieren. Er fluchte lautstark. Ein handbreiter Bluterguss zog sich von Schulter zu Schulter, schon jetzt hob er sich deutlich von ihrer blassen Haut ab. Kreuz und quer über den Rücken verliefen zudem rote Striemen, dazwischen zierten ihn blaue Flecke. Sarah sah aus, als hätte man sie nacheinander verprügelt, ausgepeitscht und gesteinigt.

Roland betrachtete ihren Po und die Beine. »Tut es außer am Rücken sonst noch irgendwo weh?«, fragte er ernst.

Nach einem kurzen Moment des Zögerns sagte sie: »Eigentlich tut es außer an den Händen überall weh.«

Er legte ihr die Arme von hinten um die Taille und machte erst den Knopf, dann den Reißverschluss ihrer Hose auf.

Als er ihr die Jeans herunterzog, spürte er, wie ihr Herz begann, schneller zu schlagen. Auf seine Schulter gestützt stieg sie aus der Hose und schleuderte sie fort.

Roland verharrte einen Augenblick lang vor ihr in der Hocke und versuchte, seine Erregung unter Kontrolle zu bekommen. Ihr Körper war genau so, wie er ihn sich vorgestellt hatte: schlank, durchtrainiert, aber dennoch kurvenreich. Ihre Hüften waren rund, nicht so knabenhaft schmal wie die vieler Schauspielerinnen. Zusammen mit ihrer Oberweite ergab das eine perfekte Sanduhrfigur. Ihr Po war sehr knackig – und unter dem schwarzen Höschen sicher genauso grün und blau wie alle anderen Körperteile. Andernfalls hätte er ihr dort sonst sofort einen Knutschfleck verpasst.

Roland schob den Gedanken beiseite und konzentrierte sich auf das Heilen. Behutsam legte er die Hände um eine ihrer zierlichen Fesseln und beschwor seine Kräfte herauf. Sofort spürte er die Wärme in seinen Handflächen, die in Sarahs Haut drang, die Verletzungen kurierte und den Schmerz aufnahm. Langsam arbeitete er sich ihr Bein hinauf, von Wade und Schienbein über das Knie weiter bis zum Oberschenkel. Je weiter er mit den Händen nach oben glitt, desto schneller klopfte ihr Herz.

Kurz vor dem Höschen, das noch feucht von ihrem Liebesspiel war, hielt er inne und widmete sich dem anderen Bein. Ihre Haut war samtweich. Er konnte der Versuchung kaum widerstehen, sich mehr Zeit zu lassen und seinem wachsenden Begehren nachzugeben.

Nachdem beide Beine geheilt und keine blauen Flecken mehr zu sehen waren, machte er sich am Gummizug ihres Höschens zu schaffen und linste in den Slip. Dort war sie ebenfalls grün und blau. Als er die Hände unter den Stoff schob und um ihren festen Po legte, ließ Sarah es bereitwillig geschehen.

Er sah, wie sie schluckte und die Lider schloss.

Geballte Energie ging von ihm auf sie über, erfüllte sie mit Wärme und strömte dann mit ihren Schmerzen zu ihm zurück. Doch Marcus hatte nicht gelogen, Roland verspürte kaum etwas davon. Dann nahm er sich ihren Rücken vor, heilte erst den unteren Bereich und gelangte immer weiter nach oben, bis zu den Schulterblättern, die aussahen, als wäre Sarah mit einem Baseballschläger verprügelt worden. Dort war die Haut nicht nur zerschrammt, sondern auch geschwollen.

Schon bei der kleinsten Berührung zuckte sie zusammen und ballte die Hände zu Fäusten.

»Tut mir leid«, sagte er. »Aber ich muss dich berühren, sonst kann ich dich nicht heilen.«

Sie nickte.

Diesmal tat es auch ihm weh. Er war überrascht, dass sie die Verletzung vor ihm hatte verbergen können, und wünschte, sie hätte nicht so lange gelitten, sondern sich ihm schon früher anvertraut. Mit der Schwellung ließ auch die Verspannung in Sarahs Schultern nach. Nach ein paar Minuten verschwanden auch die oberflächlichen Hautverletzungen, und ihr schmaler Rücken war wieder makellos.

Erleichtert atmete Sarah auf. Das war es nun endlich, dachte sie. Doch als sie sich herumdrehen wollte, schmiegte sich Roland von hinten an sie. Er schob die Hände unter ihren Armen hindurch nach vorn über ihren Bauch und legte sie auf ihre linke Hüfte.

Ein mittlerweile vertrautes, angenehm warmes Kribbeln durchfuhr sie, während er sich dem frischen Bluterguss an der Stelle widmete. Er knabberte zärtlich an ihrem Ohrläppchen, während er über ihre Taille streichelte, bis hinauf zu ihrem Rippenbogen. Nachdem das schmerzhafte Gefühl auch hier verschwunden war, arbeitete er sich seitlich über ihre Brüste zu ihren Schultern vor, um dann ganz langsam mit den Händen an ihren Oberarmen herabzugleiten. Besonders links, wo sie gegen die Fahrertür geschleudert worden war, prangten etliche blassblaue Flecke.

Als dann auch die letzten Quetschungen, Blutergüsse und Blessuren kuriert waren, gab es wohl kaum einen Teil ihres Körpers, den Roland nicht berührt hatte. Es kam ihr beinahe so vor, als hätte er sie nicht nur geheilt, sondern sich wie ein Bildhauer, der später aus dem Gedächtnis eine Skulptur aus Ton oder Stein schaffen wollte, jede einzelne ihrer Kurven und Rundungen eingeprägt. Obwohl Erotik eine Rolle spielte (die Hitze, die sie verspürte, hing nicht allein mit seinen Heilkräften zusammen), war seine Behandlung vor allem zärtlich gewesen. So zärtlich.

Und intensiv.

Am Ende schlang er überraschend die Arme um sie und legte seinen Kopf auf ihren. Ein Gefühl der Ruhe und des Friedens durchströmte Sarah, als hätten sie und Roland schon oft so eng umschlungen die Nähe des anderen genossen.

Sie legte ihre Hände auf seine Arme. »Danke.«

Daraufhin nickte er und stieß einen zufriedenen Seufzer aus, bei dem ihr Pony zerzaust wurde. »Schlaf heute Nacht bei mir«, murmelte er so leise, dass sie es beinahe überhört hätte.

Roland mit seinem übernatürlichen Gehör dagegen nahm ihren rasenden Puls mit Sicherheit sehr deutlich wahr.

Sie drehte den Kopf nach hinten und sah zu ihm auf.

»Nur schlafen«, versprach er und hatte ihr damit die Frage von den Augen abgelesen, »ich möchte gern bei dir sein.«

Und ihr war klar, dass es ihm dabei nicht allein um ihre Sicherheit ging, vielmehr fühlte er sich genauso zu ihr hingezogen wie sie sich zu ihm.

»Okay.«

Er drückte ihr einen Kuss auf die Schläfe, trat dann einen Schritt zurück und zog sich das T-Shirt über den Kopf.

Sarah schluckte. Auf das Nachthemd, das sie vorsorglich eingesteckt hatte, würde sie wohl verzichten und lieber in Unterwäsche schlafen, damit sie möglichst wenig Stoff von diesen harten Muskeln trennte.

Sarah ging zuerst ins Bad. Als sie anschließend ins Bett kletterte, staunte sie über die weiche, weiße Bettwäsche und die riesige Matratze. Obendrein war das Bett auch noch sehr bequem. Sie kuschelte sich in die Kissen und fragte sich, warum es sie gar nicht nervös machte, es mit Roland zu teilen.

Als Roland zurück ins Zimmer kam, ließ er das Licht im Bad brennen und die Tür einen Spaltbreit offen stehen. »Die dunklen Vorhänge lassen keine Sonne durch, ohne Licht ist es hier also fast stockdunkel. Falls du vor mir aufstehst, möchte ich nicht, dass du über irgendetwas stolperst und dir wehtust.«

»Das ist nett.«

Er zog die Hose aus und warf sie auf einen Stuhl. Nur mit schwarzen Boxershorts bekleidet ging er zur Tür und schaltete die Deckenleuchte aus.

Sarah war froh, dass er das Badezimmerlicht angelassen hatte, denn so konnte sie das Spiel seiner Muskeln bewundern.

»Ich schlaf immer nackt, stört dich das?«

Stumm schüttelte sie den Kopf und hielt den Atem an, als seine Boxershorts auf dem Boden landeten. Er sah so unglaublich gut aus.

Die Matratze bog sich durch, als er unter die Decke kroch. Er drehte sich zu ihr, stützte sich auf einen Ellenbogen und musterte sie eingehend. Dann beugt er sich hinunter und küsste sie leicht auf den Mund. »Gute Nacht, Sarah.«

»Gute Nacht.«

Und als wäre es die natürlichste Sache der Welt, rollte er sie auf die Seite und kuschelte sich von hinten an sie. Obwohl es sie anmachte, seine Erektion an ihrem Po zu spüren, überkam sie auf einmal eine bleierne Erschöpfung.

In seine Arme gekuschelt fiel Sarah in einen tiefen Schlaf.

Ihre Suche führte Seth und David aus Houston heraus, immer weiter nach Westen. Sie überquerten Weide- und Farmland, ließen eine Kleinstadt nach der anderen hinter sich, bis sie endlich ihr Ziel erreicht hatten.

Seth stand im Schatten einiger hoher Kiefern und Eichen. Sie hatten noch nicht einmal Juni, trotzdem war der harte Lehmboden unter seinen Stiefeln schon vollkommen ausgetrocknet. Wo Gras hätte sprießen sollen, bedeckten Kiefernzapfen, Tannennadeln, alte Blätter und haufenweise Eicheln den Boden. Obwohl die feuchte heiße Luft nur so von lästigen Mücken wimmelte, blieb er von ihnen verschont.

Zehn Meter weiter stand ein Maschendrahtzaun mit Stacheldrahtkrone. Eine zweispurige Straße führte durch ein Tor auf das Gelände. Bewacht wurde es von zwei Soldaten mit Gewehren. Dahinter lagen ein Parkplatz von der Größe eines Footballfelds, auf dem nur wenige Autos standen, und ein großer dreistöckiger Bau, der kurioserweise nur im Eingangsbereich Fenster hatte.

Auf dem Dach des Hauses waren jede Menge Überwachungskameras angebracht, und weitere schwer bewaffnete Männer in Kampfanzügen patrouillierten vor dem Gebäude.

David tauchte lautlos aus der Dunkelheit auf. »Das ist es«, flüsterte er. »Da bin ich mir ganz sicher. Die Frau wird da drinnen festgehalten.«

Seth nickte. Ihre Schreie waren nun so laut, dass er sie zum Teil ausblenden musste, damit er überhaupt noch klar denken konnte.

»Ich bin einmal ums Gelände herumgegangen«, fuhr David fort. »Der Zaun hat keine Schwachstellen. Nicht, dass der uns abhalten könnte, aber rund um das Gebäude sind Wachen postiert. Bei den Kameras scheint es auch keinen toten Winkel zu geben.«

Wir sind jetzt da, sprach Seth beruhigend auf die Frau ein. *Schon bald werden wir bei dir sein, Kleines. Dann bringen wir dich ganz weit weg von hier.*

Das Geschrei verstummte, und die darauffolgende Stille war beinahe schmerzhaft.

Hatte sie ihn verstanden? Spürte sie ihre Nähe?

Halt noch durch, gleich bist du frei.

Sie gab ein oder zwei unverständliche Sätze von sich und verfiel dann wieder ins Wimmern.

David legte den Kopf schief. »Beunruhigt es dich eigentlich, dass diese Anlage hier entweder vom Militär oder von einem Söldnertrupp bewacht wird?«

»Ein wenig schon«, antwortete Seth wahrheitsgemäß. »Aber nicht wegen der Wachen, sondern eher, weil es mir Rätsel aufgibt. Was ist das hier? Es handelt sich weder um eine Militärbasis noch um ein Gefängnis, dennoch wird das Gelände von Soldaten bewacht. Warum hält man sie hier fest? Wer auch immer sie ist, man hat sie seit Monaten hier gefoltert. Warum sollten die das tun?«

»Und wer sind *die*?«, warf David ein.

»Eben. Was für Informationen kann diese Frau schon haben, die eine solche Behandlung rechtfertigen würden, und warum zum Teufel schweigt sie?«

»Du glaubst also nicht, dass sie eine Vampirin ist? Oder vielleicht eine Unsterbliche, die ohne unser Wissen entführt wurde? Sollte die Regierung nämlich jemals Wind von uns bekommen, dann hätten wir ein echtes Problem.«

»Wenn sie eine Vampirin oder eine Unsterbliche wäre, könnte ich ja verstehen, was sie sagt.«

»Ich kann mir auch keinen Reim darauf machen, dabei kenne ich fast genauso viele Sprachen wie du. Ihre kommt mir überhaupt nicht bekannt vor.«

»Bald wissen wir mehr.«

David nickte. »Das wird sehr unschön werden.«

»Wahrscheinlich«, stimmte Seth zu. »Pass auf, dass keine der Kugeln durch dich durchgeht und unsere geheimnisvolle Fremde trifft.«

»Mach ich.«

»Dann mal los.«

Und während die Wachen nichts ahnend ums Gebäude gingen, verwandelten sich Seth und David, ihre Umrisse verschwammen, und sie änderten ihre Gestalt.

Sarah schreckte aus dem Schlaf hoch, und wie so oft, wenn sie aus tiefen Träumen gerissen wurde, klopfte ihr Herz wie wild.

Wovon war sie nur wach geworden?

Sie rollte sich auf den Rücken und wandte sich zu Roland.

Der lag auf dem Bauch mit den Armen unter dem Kopfkissen

und schlief tief und fest. Wie süß und jungenhaft er aussah. Unweigerlich musste sie lächeln.

Plötzlich vernahm sie ein dumpfes Geräusch, das aus dem vorderen Teil des Hauses zu kommen schien.

Roland rührte sich nicht einmal, als sie aus dem Bett schlüpfte und eilig Jeans und T-Shirt anzog.

Wahrscheinlich war es bloß Marcus, der diesen Krach veranstaltete, oder aber Nietzsche stellte wieder irgendeinen Unsinn an, doch sie wollte auf Nummer sicher gehen.

Also schlich sie in den Flur hinaus.

Das Wohnzimmer war leer. Als Nächstes ging sie ins Esszimmer, dann in die Küche, während sie nach Nietzsche Ausschau hielt.

Wieder vernahm sie ein dumpfes Geräusch, diesmal etwas lauter. Eine Autotür.

Die Sonne war bestimmt schon vor einer Stunde aufgegangen, Vampire konnten es also nicht sein.

Sarah sprach sich Mut zu. Schließlich konnte es ja auch UPS oder Federal Express oder gar der Postbote sein.

Zwei weitere Türen schlugen zu.

Oder auch nicht, die kamen wohl kaum zu viert.

»Mach den Kofferraum auf!«, hörte sie einen Mann rufen, gefolgt vom Knirschen des Kieses vorm Haus, als ein weiterer Wagen vorfuhr.

Oh, Scheiße!

Sarah schnappte sich das Fleischermesser aus der Küche und rannte zurück ins Schlafzimmer. Nachdem abermals vier Autotüren aufgemacht und wieder zugeschlagen worden waren, konnte sie erneut Männerstimmen hören.

Rolands Feind setzte Menschen ein – sofern die beiden Lakaien, denen sie eins mit der Schaufel übergebraten hatte, überhaupt so bezeichnet werden konnten. Und nun musste er weitere geschickt haben, um Roland am Tage zu töten, wenn dieser schwach war.

»Roland!«, flüsterte sie. »Roland, wach auf!« Sie schüttelte ihn kräftig an der Schulter.

Oh, nein! Marcus hatte sie ja ganz vergessen.

Nervös schielte sie zur Tür und schrie auf, als Roland sich plötzlich aufrichtete, sie an der Kehle packte, über sich rollte und so heftig aufs Bett warf, dass ihr schwindelig wurde.

Dann schloss er die Hände um ihren Hals und drückte zu. Sarah bekam keine Luft mehr. Zähnefletschend, mit ausgefahrenen Reißzähnen und loderndem Blick beugte er sich über sie.

»Ich bin's doch nur«, krächzte sie und rang nach Atem.

Roland blinzelte irritiert, doch seine Gesichtszüge entspannten sich wieder. »Sarah?« Sofort lockerte er seinen Griff. »Tut mir so leid. Habe ich dir wehgetan?« Sanft strich er ihr über die malträtierte Kehle. »Ich hätte dir sagen sollen, dass ich während des Heilungsprozesses nach einer Verletzung immer viel fester schlafe und nicht so nett reagiere, wenn ich unsanft geweckt werde.«

Noch ehe sie antworten konnte, fiel sein Blick auf die Klinge in ihrer Hand. Rolands Gesichtsausdruck spiegelte Enttäuschung über ihren vermeintlichen Verrat wider.

Okay, er war aufgewacht, und sie hatte mit einem Messer über ihm gestanden. Das musste ja geradezu verräterisch wirken. Aber traute er ihr wirklich zu, sie könnte ihn umbringen? Nach dem vergangenen Abend machte sie das unglaublich wütend.

Sarah stieß ihn von sich. »Glaubst du etwa, dass ich hier bin, um dich umzubringen?«, fauchte sie ihn an. »Ich wollte dich warnen!«

Blitzschnell rollte er sich von der Matratze und sprang auf.

Und auch Sarah rutschte unter seinem wachsamen Blick, jedoch weitaus uneleganter als Roland, aus dem Bett. »Ich glaube, dein Feind hat dich ausfindig gemacht. Ich bin von einem Geräusch wach geworden. Und als ich nachsehen gegangen bin, habe ich zwei Wagen vorfahren hören. Den Stimmen nach zu urteilen sind es mindestens acht Männer.

»Wie haben die mich überhaupt aufgespürt?«, fragte er in einem Tonfall, der nahelegte, dass sie ihn verraten hatte.

»Das ist ja wohl die Höhe! Woher soll ich das denn wissen?! Ich weiß ja selbst nicht einmal, wo wir uns hier befinden. Als du mich hergebracht hast, war ich bewusstlos. Erinnerst du dich noch?«

Das war ihm tatsächlich entfallen. Roland streifte sich die Hose und das T-Shirt vom Abend zuvor über und ging zum Schrank. Unschlüssig, was er von der ganzen Situation halten sollte, begann er Waffen aus seinem üppigen Arsenal auszuwählen.

Sarah gesellte sich zu ihm, doch die Entrüstung war ihr deutlich anzumerken. Roland indes rang innerlich mit sich. Einerseits hatte er wegen der Beschuldigungen ein schlechtes Gewissen, anderseits hätte sie die Adresse ja auch irgendwo auf einem Brief gelesen und jemanden angerufen haben können, während er geschlafen hatte.

»Es sind Menschen«, sagte sie barsch und warf das Messer in den Schrank, um sich stattdessen eine Neun-Millimeter-Sig-Sauer und zwei volle Magazine zu greifen. »Nimm Schusswaffen!« Wutschnaubend stampfte sie zur Tür.

Roland schnappte sich eine Zehn-Millimeter-Glock. »Wohin gehst du?«

»Marcus warnen.«

»Den Teufel wirst du tun.«

Jeden Augenblick konnte die Haustür aufgebrochen werden. Und er würde nicht zulassen, dass die Eindringlinge Sarah ins Visier nahmen.

Noch bevor sie einen weiteren Schritt tun konnte, hatte er sie eingeholt und am Oberarm gepackt.

»Nimm ja die Finger von mir«, knurrte sie ihn an.

Oh ja! Sarah besaß definitiv Temperament, das durch sein ungeschicktes Verhalten nun zum Ausbruch kam.

Doch der Zeitpunkt war denkbar ungünstig.

Roland zog sie an sich. »Hör zu, das ist nicht das erste Mal, dass ich aufwache und eine mir wichtige Frau mit einem Messer über mir sehe. Ich habe die falschen Schlüsse gezogen, und das tut mir leid. Aber deine Wut musst du dir leider für später aufheben. Du verziehst dich jetzt schleunigst ins Bad, stellst dich mit dem Rücken zur Wand und erschießt außer Marcus und mir jeden, der durch diese Tür kommt.«

Unsanft stieß er sie Richtung Badezimmer, als auch schon Marcus herbeigeeilt kam, die Haare zerzaust und splitterfasernackt. »Was ist hier los?«

Sarah starrte ihn mit offenem Mund an.

Roland verzog das Gesicht zu einer Grimasse und fing wild an zu gestikulieren. »Zieh dir wenigstens etwas an, bevor ich noch blind werde.«

Marcus rollte mit den Augen. »Mann, meine Klamotten sind zerrissen und blutig. Ich hatte gehofft, etwas von dir anziehen zu können.«

Mürrisch lief Roland zum Schrank und stellte mit Unmut fest, dass Sarah anscheinend den Blick nicht von Marcus lösen konnte. »Sarah, geh jetzt endlich ins Badezimmer!«

»Ich bin doch kein Hund, der deinen Befehlen folgt«, blaffte sie zurück.

Teufel noch mal!

»Ärger im Paradies?« Marcus zog eine Augenbraue nach oben, woraufhin er eine Jeans und ein Sweatshirt ins Gesicht gepfeffert bekam.

»Halt die Klappe!«

Während er sich schließlich anzog, baute sich Roland demonstrativ vor der zierlichen und vor Wut schier kochenden Schönheit auf, die es ihm so angetan hatte, und versperrte ihr die Sicht.

»Ich versuche doch nur, dich zu schützen.«

Der wütende Gesichtsausdruck verschwand aus ihrem Gesicht, sodass ihre Angst zum Vorschein kam. »Das weiß ich doch, aber ich werde mich bestimmt nicht im Badezimmer verschanzen und euch zwei alles machen lassen, wenn ich helfen kann. Wie ich bereits sagte, ich bin eine ausgezeichnete Schützin.«

»Wie viele sind es denn?«, erkundigte sich Marcus und zog den Reißverschluss der Jeans hoch.

»Mindestens acht«, antwortete Roland.

Sarah machte einen Schritt auf ihn zu, sodass sich ihre Körper fast berührten, und legte den Kopf in den Nacken, um zu ihm aufschauen zu können. »Lass mich euch helfen, bitte.«

Nun konnte er sich nicht länger zusammenreißen, er musste sie anfassen.

Er schlang einen Arm um sie und zog sie an sich. Dann beugte er sich zu ihr hinunter und gab ihr einen langen, innigen Kuss, der Erinnerungen an die vergangene Nacht wachrief.

Als er sie wieder freigab, hatte sie ein ganz rotes Gesicht, und ihre Pupillen waren geweitet.

»Bleib in Deckung«, wies er sie an. »Und denk daran, dass Kugeln auch durch Wände gehen können. Du musst nicht unbedingt in ihrem Sichtfeld stehen, um erschossen zu werden.«

»Gleiches gilt natürlich auch umgekehrt«, fügte Marcus hinzu und zog sich den Pullover über den Kopf. Dann fuhr er sich durchs Haar. »Mist, riechst du das?«

Roland hatte den beißenden Geruch auch bereits wahrgenommen. Wut packte ihn. »Ja.«

Sarah holte tief Luft. »Was ist es denn? Ich rieche nichts.«

»Benzin«, antworteten beide mit düsterer Miene.

Roland schob Sarah hinüber zum Türrahmen. »Denk an das, was ich dir gesagt habe. Halt dich im Hintergrund und erschieß so viele wie möglich. Und sollten die Typen Feuer legen, haust du durchs Fenster ab und versteckst dich im Wald.«

»Und was ist mit euch? Es ist Morgen, die Sonne scheint.«

»Wir sind beide bei Kräften. Ein wenig Sonne werden wir schon vertragen.«

Marcus füllte sich die Taschen mit Messern und Wurfsternen, schnappte sich noch eine Pistole und verließ das Zimmer.

Roland wandte sich ebenfalls wieder dem Schrank zu, stopfte sich mehrere Dolche in die Hosentaschen und nahm noch ein paar zusätzliche Magazine für die Glock mit.

Ängstlich schaute sie ihm dabei zu. An der Tür blieb er noch einmal stehen, küsste sie und lehnte seine Stirn gegen ihre. »Pass auf dich auf.«

»Du auch auf dich.«

Roland vernahm das gedämpfte Gemurmel der Männer, die rund um sein Haus Benzin ausschütteten. Offensichtlich glaubten sie, dass Unsterbliche bei Sonnenaufgang in den gleichen komatösen Schlaf verfielen wie Vampire.

»Leg noch kein Feuer, Alter«, sagte nun einer von ihnen. »Erinnerst du dich? Wir sollen vorher noch reingehen und die Schlampe von dem Wächter rausholen.«

»Warum das denn?«

»Woher zum Teufel soll ich das wissen? Aber ich werde das Ganze bestimmt nicht so vermasseln wie Derek und Bobby.«

Roland ging ins Wohnzimmer und nahm Blickkontakt zu Marcus auf. Mehr und mehr klang alles nach einem persönlichen Rachefeldzug.

Bislang hatte er angenommen, dass Bastien die Unsterblichen schlichtweg hasste, und er einfach mal einen kaltmachen wollte. Aber dieser Vampir versuchte nun schon seit zwei Nächten, ihn umzubringen, war ihm hartnäckig auf den Fersen geblieben und hatte seine Lakaien geschickt, um die Sache zu beenden. Und nun wollte er auch noch Sarah, weil er glaubte, dass diese seine Frau sei?

»Was machst du denn da?«, fragte ein weiterer Mann.

»Knack das Schloss.«

»Warum treten wir nicht einfach die Tür ein?«

»Nee, die Kerle sind tagsüber zwar so gut wie tot, aber ich will lieber kein Risiko eingehen. Wir schleichen uns leise ins Haus.«

Roland formte mit der linken Hand eine acht und deutete auf die Haustür. Dann hielt er zwei Finger hoch und zeigte auf die Ostseite des Hauses.

Marcus nickte, hielt ebenfalls zwei Finger hoch und deutete auf die Westseite.

Sie zogen sich in den Schutz der Dunkelheit zurück und warteten.

10

Mit klopfendem Herzen und schweißnassen Händen vernahm Sarah, wie die Haustür knarrend geöffnet wurde. Dann hörte sie zwei Männer gleichzeitig aufschreien. Waren sie wohl Messern oder Wurfsternen zum Opfer gefallen?

Als plötzlich auch noch laute Schüsse fielen, machte sie vor Schreck einen Satz nach hinten (am Schießstand trug sie schließlich immer Ohrenschützer). Beide Hände fest um die Sig Sauer gelegt, hockte sie sich hin und spähte durch den Türspalt.

Im Wohnzimmer herrschte ein einziges Chaos.

Kein Wunder, hatten Roland und Marcus doch eher verärgert als ängstlich darauf reagiert, dass man sie töten wollte. Die beiden Unsterblichen bewegten sich derartig schnell, dass den Männern nicht der Hauch einer Chance blieb. Noch während sie zu zielen versuchten, waren Roland und Marcus bereits quer durchs Zimmer gelaufen, mit dem Effekt, dass die Eindringlinge entweder ins Leere oder auf ihre eigenen Kameraden schossen.

Ein großer hagerer Mann kam in Sicht. Sarah hob die Waffe, fixierte ihre Zielperson … zögerte jedoch abzudrücken, da im nächsten Moment bereits wieder Roland und Marcus vorbeigeschossen kamen und sie befürchten musste, aus Versehen einen von beiden zu treffen.

Besagte Zielperson hatte sie mittlerweile entdeckt und brüllte über die Gewehrsalven hinweg: »Sie ist hier hinten!« Dann machte er einen Schritt auf sie zu, erstarrte jedoch im nächsten Augenblick wieder – aus seiner Kehle ragte die Spitze eines Dolchs.

Ein zweiter Mann kam durch den Flur auf sie zugestürmt. Sarah feuerte dreimal ihre Waffe ab, ehe der Angreifer zusammenbrach. Es folgten zwei weitere Eindringlinge, der erste von beiden hielt eine 45er in der Hand.

Sarah duckte sich. Über ihr splitterte das Holz des Türrahmens.

Schnell zog sie sich ins Schlafzimmer zurück und feuerte durch die Wand in Richtung der Männer. Ein Schrei ertönte, gefolgt von einem dumpfen Aufprall. Der zweite Kerl kam wild schießend in den Raum gestürmt. Hätte sie gestanden, wäre sie mit großer Wahrscheinlichkeit getroffen worden.

Stattdessen erledigte sie ihn mit einem Kopfschuss.

»*Sarah!*«, brüllte Roland aus dem Wohnzimmer herüber.

»Alles okay!«, schrie sie zurück, konnte ihren Blick jedoch nicht von den leeren Augen des Toten wenden.

Inmitten der Schießerei entstanden immer wieder kurze Gefechtspausen, in denen die Männer ihre Pistolen nachladen mussten. Die dadurch entstandene Stille wurde zumeist von Schmerzensschreien durchbrochen, denn Roland und Marcus nutzten diese Augenblicke zum Angriff.

Und trotz der vielen Kugeln, die hin und wieder durch die Rigipswand ins Schlafzimmer drangen und sie in weißen Staub hüllten, wurde Sarah immer zuversichtlicher, heil aus der Sache herauszukommen.

Bis ihr plötzlich beißender Rauch in die Nase stieg und sie es erneut mit der Angst zu tun bekam.

Das Haus stand in Flammen.

Roland fluchte laut, als zwei weitere Kugeln ihn an Arm und Schulter erwischten. Vor der Erfindung von automatischen und halbautomatischen Handfeuerwaffen war es so viel einfacher gewesen, Menschen in Schach zu halten.

Doch nachdem die Mistkerle mitbekommen hatten, dass die

beiden Unsterblichen nicht nur wach, sondern tagsüber auch noch ebenso schnell, stark und mächtig waren wie nachts, bauten sie sich in ihrer Not mit dem Rücken zur offenen Haustür auf und hüllten das Wohnzimmer in einen Kugelhagel.

Eine Methode, die sich als äußerst wirkungsvoll erwies. Selbst mit seiner übernatürlichen Geschwindigkeit konnte Roland sich den Angreifern nicht nähern, wollte er nicht riskieren, getroffen zu werden. Hoffentlich blieb wenigstens Sarah hinten im Schlafzimmer.

Roland riss einem der Männer die Pistole aus der Hand und erschoss ihn mit mehreren Schüssen, wobei er aus den Augenwinkeln heraus beobachtete, wie sich ein anderer der Kerle nach draußen stahl.

Die Sonne war bereits vor über einer Stunde aufgegangen. Das Letzte, was Roland nun in seinem Zustand tun sollte, immerhin verlor er viel Blut, und sein Körper kämpfte damit, acht oder neun Schusswunden zu heilen, war, sich dem Sonnenlicht auszusetzen. Aber er hatte keine Wahl.

Im Nu stand er vor der Tür, blinzelte ins helle Licht und biss die Zähne zusammen, da seine Haut sofort rot wurde und brannte. Der Mann, dem er gefolgt war, starrte ihn mit offenem Mund an. Flammen züngelten vom Feuerzeug hoch, das der Eindringling gerade hatte fallen lassen, und breiteten sich durch das Benzin rasch um das ganze Haus aus.

»Aber es ist doch Tag«, stammelte der Typ etwas dümmlich vor sich hin.

»Überraschung, Arschloch!«

Der Hilfeschrei des Idioten erstarb, als Roland ihm das Genick brach.

Danach rannte der Unsterbliche ins Haus zurück und schlug schnell die Tür hinter sich zu. Die plötzliche Dunkelheit versetzte die dort verbliebenen Männer kurzzeitig in Panik und brachte sie durcheinander. Doch leider blieb es nicht so, denn schon bald loderten die Flammen von draußen durch die zerbrochenen Fenster und steckten die Vorhänge in Brand. Aufgrund des dicken Stoffs breitete sich das Feuer nun rasend schnell im Inneren des Hauses aus, das Wohnzimmer brannte lichterloh, und noch immer waren zwei der Männer übrig. Aber Roland und Marcus blieb keine Zeit mehr, sich mit Blut zu stärken.

Der Rauch bildete bereits eine dichte, schier undurchdringliche Wolke, die fast bis an die Decke reichte, als endlich auch der letzte Mann fiel. Roland und Marcus hatten bestimmt jeweils ein gutes Dutzend Schussverletzungen davongetragen. Zwar waren keine größeren Blutgefäße verletzt worden, allerdings hatten manche Kugeln lebenswichtige Organe getroffen, und das forderte nun seinen Tribut.

Marcus rang nach Luft. Es hatte ihn an der Brust erwischt. Hustend und keuchend schleppten sich beide Männer zum Schlafzimmer.

»Sarah«, rief Roland bereits von Weitem, damit diese nicht auf ihn und Marcus schoss, während sie über zwei Leichen stiegen und sich der Tür näherten.

»Hier bin ich.«

Beinahe wäre er über einen dritten Toten gestolpert, als er das ansonsten menschenleere Schlafzimmer betrat.

Sarah kam aus dem Badezimmer gelaufen, wobei sie sich wegen des Rauchs ein nasses Handtuch vor Mund und Nase presste, blieb jedoch abrupt stehen, als sie ihn erblickte. Entsetzt betrachtete sie die Löcher in seiner blutdurchtränkten Kleidung und sein rotbraun verbranntes Gesicht.

»Wir müssen hier raus«, krächzte er. »Sofort.«

Mit einem Kloß im Hals beobachtete sie, wie Roland auf wackligen Beinen zum Fenster ging und es öffnete. Er sah fürchterlich aus. Und Marcus erst. Der Unsterbliche hatte sich gegen die Wand gelehnt, atmete schwer und spuckte Blut. Schnell reichte sie ihm ihr feuchtes Handtuch.

Er nickte dankbar – wahrscheinlich konnte er bereits nicht mehr sprechen.

»Sarah.«

Roland war gerade dabei, das Fliegengitter aus dem Rahmen zu schlagen. Sie eilte zu ihm.

Er winkte ab, als sie ihm ebenfalls ein Handtuch reichen wollte, und ergriff stattdessen ihre Hand, um ihr aus dem Fenster zu helfen. Dann nahm er sein Handy vom Nachttisch und gab es ihr. »Versteck dich im Wald.«

»Und was ist mit euch?«

»Wir kommen gleich nach.«

»Ich werde nicht allein gehen.«

Er fluchte.

Die Flammen umschlossen das Haus entlang der Benzinspur und kamen immer näher.

»Das Feuer breitet sich aus«, sagte er mit erstickter Stimme und gab ihr einen solchen Schubs, dass sie beinahe lang hingeschlagen wäre. »Wir sind unsterblich. Du nicht. Geh jetzt endlich.«

Widerstrebend trat sie ein paar Schritte vom Fenster zurück und wartete unruhig, während Roland wieder im Inneren des Hauses verschwand. Es dauerte eine ganze Minute, bis er mit Marcus im Arm auftauchte und ihm hinaushalf.

Sarah blickte zu dem schwelenden Dach hoch, der Vorsprung würde den beiden Männern nicht genügend Schutz vor der Sonne bieten. Roland stöhnte vor Schmerzen auf, als er aus dem Fenster kletterte.

Marcus' wurde sofort rot, und Rolands zerschundene Haut warf sogar Blasen.

Roland legte sich Marcus' Arm um die Schulter, um seinen

Freund zu stützen, und schleifte ihn Richtung Wald. Jeder einzelne Schritt wurde zur Qual.

Sarah ignorierte den finsteren Blick des Unsterblichen und eilte den beiden Männern zur Hilfe, legte sich Marcus' anderen Arm um die Schulter und stützte ihn, so gut sie konnte.

Zahllose Steinchen und kleinere Stöcke stachen ihr in die nackten Füße, doch sie konzentrierte sich so sehr auf die Bäume vor sich, dass sie es kaum wahrnahm. Endlich am Waldrand angekommen, spürte sie, wie es im Schatten der Bäume kühler wurde, und Sarah stellte erleichtert fest, dass die Blätterkrone dicht genug war, um den Großteil der schädlichen Sonnenstrahlen abzufangen.

Nach einigen Metern sackten Roland und Marcus schließlich die Beine weg, und die beiden Männer rissen sie mit sich zu Boden.

»Sorry«, keuchte Marcus und ließ sie los.

Sarah kniete sich vor Roland. »Wie kann ich euch helfen?«

Doch der schüttelte nur schwer atmend den Kopf und ließ sich auf den Rücken zurücksinken.

Marcus legte sich neben ihn.

Hilflos starrte Sarah beide Männer an. Panik stieg in ihr auf.

Sie rückte näher an Roland heran. »Brauchst du … brauchst du Blut?« Und da sie nicht wusste, wie sie ihm sonst helfen sollte, hielt sie ihm ihr Handgelenk hin.

Roland streckte eine Hand nach ihr aus und verschränkte sanft seine langen blutigen Finger mit ihren. Doch anstatt Sarah zu beißen, führte er ihr Handgelenk bloß an seine Lippen und küsste es. »Das würde nicht reichen.«

Sie legte die Stirn in Falten. »Ich habe nicht genug Blut, um dir zu helfen?«

Dankbar drückte er ihre Hand und schloss die Augen.

Plötzlich bewegte sich etwas unter seinem T-Shirt. Sarah erschrak. (In der ganzen Hektik, Roland in Sicherheit zu bringen, hatte sie die Beule an seiner Brust wohl übersehen.) Dann war ein klägliches Maunzen zu hören. Unwillkürlich schossen Sarah die Tränen in die Augen. Roland musste Nietzsche irgendwo aufgegabelt haben, als er Marcus holen gegangen war, und hatte ihn sich unters Shirt gestopft.

Roland atmete nun relativ flach.

Und Marcus' Atmung war sogar kaum noch wahrzunehmen.

Lagen die beiden etwa im Sterben? Sarah biss sich auf die Unterlippe und blickte sich zitternd um. Reichte ihr Blut nicht einmal, um sie zu stabilisieren, bis …

Rolands Handy, lag noch immer dort, wo sie es hatte fallen lassen. Einer Eingebung folgend, griff sie danach. Im Telefon war nur eine einzige Nummer gespeichert. Noch während sie wählte, betete Sarah, dass es die richtige sein mochte, wobei sie Roland nicht aus den Augen ließ.

Im Schein der aufgehenden Sonne reckten sich die Flammen wie goldene Finger in den Himmel empor. Rauchschwaden stiegen auf und ließen die langsam verblassenden Sterne hinter dunkelgrauen Wolken verschwinden, als plötzlich Schreie die morgendliche Stille durchbrachen.

Sirenen ertönten. Männer in Tarnfleck rannten hektisch umher und versuchten, Löschfahrzeugen und vereinzelt herumirrenden Zivilisten, die heil davongekommen waren, auszuweichen. Feuerwehrmänner in beige-gelber Montur kämpften mit mächtigen Wasserfontänen gegen die heftige Feuersbrunst an, wo einst einmal ein dreistöckiges Gebäude gestanden hatte.

Und inmitten dieses ganzen Chaos' waren zwei blutbesudelte Gestalten auszumachen, die lange schwarze Ledermäntel voller Einschusslöcher trugen. Doch die Kugeln hatten ihnen nichts anhaben können. Noch im Laufen traten kleine Metallstücke aus ihrer Haut aus und fielen zu Boden. Binnen weniger Sekunden hatten sich die Wunden schließlich vollends geschlossen. Über Davids Schulter hing eine Tasche, die bis zum Rand mit Laptops, externen Festplatten, CDs, DVDs und USB-Sticks gefüllt war, Kram, den sie später noch durchsuchen würden.

Seth indes trug jene Frau in den Armen, deretwegen sie an diesen Ort gekommen waren. Ihr nackter, ausgemergelter Körper wurde lediglich durch einen blutigen Laborkittel verhüllt, und Seth schätzte, dass sie gerade einmal vierzig Kilo wiegen mochte.

Im Wald umfing sie Dunkelheit. Vorsichtig bettete Seth die bewusstlose Frau so um, dass ihr Kopf an seiner Schulter lehnte.

Sie atmete unregelmäßig und stöhnte immer wieder, ihre Lippen waren trocken und aufgeplatzt.

Wütend presste Seth die Lippen aufeinander.

»Wir hätten sie alle töten sollen«, knurrte David neben ihm.

»Die, die wir verschont haben, wussten nichts von der Sache.«

Sie wurden von einer blechernen Version des Songs »Down with the Sickness« von Disturbed unterbrochen.

Seth blieb stehen, das war sein Handy. Dann drehte er David den Rücken zu. »Hintere rechte Hosentasche. Sieh nach, wer es ist.«

David zog das Telefon hervor. Als er die Nummer des Anrufers sah, warf er Seth einen vielsagenden Blick zu. »Es ist Roland.«

Sarah ließ Roland nicht aus den Augen und betete, dass er nicht zu atmen aufhören würde, während sie sich dass Handy ans Ohr hielt und die Freizeichentöne zählte.

Eins. Zwei. Drei. Vier.

Bitte geh ran!

»Hallo«, sagte ein Mann mit leichtem Akzent und tiefer sonorer Stimme.

»Seth?« Fast hätte sie vor Erleichterung geweint.

»Ja. Wer ist denn da?«

»Sarah. Sarah Bingham. Roland braucht Ihre Hilfe. Ich glaube, er stirbt.«

Wie aus dem Nichts tauchte plötzlich ein riesiger Mann vor ihr auf.

Mit einem Aufschrei ließ sie das Telefon fallen.

»Was ist passiert?«, fragte der Fremde.

Doch sie starrte ihn nur mit offenem Mund an und brachte keinen Ton heraus … Was letztendlich auch gar nicht notwendig war, da der Mann nun die am Boden liegenden Unsterblichen entdeckte und heftig zu fluchen begann.

Seine zwei Meter Körpergröße machten Seth zu einer imposanten Erscheinung. Zudem besaß er recht breite Schultern und war, trotz seiner schlanken Gestalt, relativ muskulös und athletisch gebaut. Das Gesicht wirkte geradezu vollkommen und weder zu kantig noch zu weich. Er hatte ein markantes Kinn, eine schmale, gerade Nase. Und es gab nicht die geringsten Anzeichen von Falten oder welker Haut, wie man es bei jemandem, der als ältester Unsterblicher galt, hätte vermuten können.

Umso mehr überraschte es sie, dass Seths Kleidung blutverschmiert und von noch mehr Kugeln durchlöchert war als Rolands.

Was zum Teufel war bloß geschehen?

Als er sich zwischen Roland und Marcus kniete, die mehr tot als lebendig aussahen, legte sich sein Mantel wie eine Schleppe über den Boden, und sein langes schwarzes Haar reichte bis zur Erde.

»Sie sind doch Seth, oder?«, fragte sie, nachdem sie endlich ihre Sprache wiedergefunden hatte.

»Ja.« Er spähte durch die Bäume. Die Flammen hatten Rolands Haus mittlerweile fast ganz verschlungen. »Erklären Sie mir bitte in Kurzfassung, was geschehen ist.«

»Der Vampir, von dem Roland an den Boden gepflockt worden war, hat uns gestern Abend noch einmal angegriffen. Und nachdem auch das wieder misslang, war heute Morgen ein Dutzend seiner Männer hier – Menschen. Einer der Typen hat schließlich den Brand gelegt, Roland ist ihm daraufhin nach draußen gefolgt und hat ihn wahrscheinlich erledigt. Die anderen Männer liegen noch tot im Haus.«

»Und Sie, sind Sie verletzt?«

»Nein.«

Seth legte Marcus eine seiner großen Hände auf die Brust, die andere streckte er ihr entgegen. »Nehmen Sie meine Hand.«

Da Roland diesem Mann zu vertrauen schien, entschied auch Sarah sich dafür, es zu tun.

Auf allen vieren krabbelte sie zu ihm und nahm seine Hand.

»Und nun berühren Sie Roland.«

Sie hatte zwar keinen blassen Schimmer, ob das nun eine Art Heilungsritual darstellen sollte, machte jedoch, was ihr aufgetragen worden war, und legte folgsam die freie Hand auf Rolands Brust.

Aus unergründlich dunklen Augen sah Seth sie an und suchte ihren Blick. »Womöglich werden Sie ein wenig die Orientierung verlieren.«

Warum sollte sie die Orientierung verlieren?

Mit einem Mal überkam sie ein Gefühl der Schwerelosigkeit, wie sie es manchmal im Fahrstuhl verspürte. Sarah krallte die Finger in Rolands T-Shirt, dann wurde alles um sie herum dunkel.

Lichter blitzten auf, und zu Sarahs Erstaunen fanden sie sich auf einmal in einem großen, geräumigen Wohnzimmer wieder, das auf unerklärliche Weise an die Stelle des Waldes getreten war.

Der weiche, cremefarbene Teppich bot Roland und Marcus ein wesentlich komfortableres Lager als der harte Waldboden. Und statt nach Rauch roch es hier nach Vanille.

Seth ließ ihre Hand los und zog ein Handy aus seiner Hosentasche. Während er eine Nummer tippte und sich das Telefon ans Ohr hielt, riskierte Sarah es, einen Blick auf Roland zu werfen.

Sein Gesicht war vor lauter Blut und Blasen kaum noch zu erkennen.

Sie nahm eine Hand des Unsterblichen und streichelte ihm übers schweißnasse Haar, als sich abermals die Beule unter seinem Shirt zu bewegen begann und in Richtung seines Halsausschnitts kroch. Kurz darauf tauchte Nietzsches zerzaustes Köpfchen unter Rolands Kinn auf.

»Na, du«, flüsterte Sarah und kämpfte mit den Tränen. »Alles klar, Nietzsche?«

Der kleine Kater sah sich kurz um, bevor er sich schließlich ganz unter dem T-Shirt hervorzwängte und mit einem Satz unter dem erstbesten Stuhl verschwand.

Sarah musterte Roland. Das Heben und Senken seiner Brust war mittlerweile kaum mehr auszumachen, und zwischen dem Luftholen verstrich so viel Zeit, dass Sarah jedes Mal glaubte, der aktuelle Atemzug wäre gleichzeitig auch Rolands letzter gewesen.

»Chris?«, sagte Seth unvermittelt. »Seth hier, ich brauche deine Hilfe beim Aufräumen … Rolands Haus brennt, im Inneren befinden sich ungefähr elf Menschen, ein Mann liegt noch draußen, alle sind tot. Die Gegend ist ziemlich abgelegen, deshalb weiß ich nicht, wie lange es dauern wird, bis jemand den Brand bemerkt und die Feuerwehr ruft. Sie könnte allerdings auch schon unterwegs sein.«

Er rasselte die Adresse herunter. »Das bezweifle ich. So, wie ich Roland kenne, lässt sich bestimmt nicht rekonstruieren, dass es sein Haus ist. Aber mach ruhig, einfach nur um auf Nummer sicher zu gehen … Danke.«

Seth verstaute das Handy wieder in seiner Hosentasche und musterte Sarah eindringlich. »Roland hat Ihnen von sich erzählt?«

»Ja, ich weiß, dass er ein Unsterblicher ist.«

»Und haben Sie damit ein Problem?«

»Nein, ich bin sogar froh darüber, ansonsten wäre er ja jetzt schon längst tot.«

Seth nickte nachdenklich, beugte sich vor und legte eine Hand auf Rolands Brust.

Zunächst glaubte Sarah, er würde den Herzschlag suchen.

Dann aber leuchtete die Hand des Ältesten auf einmal und verströmte Hitze.

Vor ihren Augen schrumpften die Blasen auf Rolands Gesicht, Hals, Armen und Händen in sich zusammen, ehe sie schließlich ganz verschwanden und seine Haut wieder eine normale Farbe annahm. Auch die heftigen Einschusslöcher an den Armen, die sie durch den zerfetzten Stoff hindurch hatte sehen können, schlossen sich, ebenso heilten die zahlreichen Wunden am Oberkörper zu, nachdem die Metallsplitter der Geschosse ausgetreten waren.

Als Seth seine Hand schließlich wieder von Rolands Brust nahm, war dieser zwar eine wenig blass um die Nasenspitze, sah ansonsten aber ganz gesund aus.

Dann machte Seth das Gleiche bei Marcus.

»Roland hat mir erzählt, dass es für die Heiler unter Ihnen unglaublich kräftezehrend ist, solch schwere Verletzungen zu versorgen. Vor allem, weil die entsprechenden Wunden an ihren eigenen Körpern aufbrechen.« Selbst wenn die Heiler in Bestform waren, verhielt es sich so. Und dieser Seth schien mehr Kugeln abbekommen zu haben als Roland und Marcus zusammen. Dennoch hatte sich bei ihm nicht ein Kratzer geöffnet.

»Bei anderen Heilern ist das auch so«, antwortete Seth. »Nur nicht bei mir.«

Wieder leuchtete seine Hand. Kugeln schoben sich aus Marcus' Körper, und seine Verbrennungen verblassten.

Sarah runzelte die Stirn. War Seth stärker oder einfach nur älter als die anderen. Oder unterschied er sich ganz von ihnen? »Sind Sie denn auch ein Unsterblicher?«

Seth sah einfach umwerfend aus, als er nun lächelte. Und wenn Roland ihr nicht schon den Kopf verdreht hätte, wäre sie in diesem Moment mit großer Sicherheit schwach geworden. »Unsterblicher, als ich es bin, geht schon gar nicht mehr.«

Hmm … Sarah war unschlüssig, ob er ihre Frage damit beantwortet hatte. Schließlich verglomm das ätherische Leuchten, und Marcus war wieder so gut wie neu.

»Wird Ihnen schlecht, wenn Sie Blut sehen?«

Sarah ließ ihren Blick über Rolands blutverschmierten Körper schweifen, schaute sich die Flecken auf ihrer eigenen Kleidung an und lächelte spöttisch. »Dann wäre ich ja echt arm dran.«

Seth musste lachen.

Mit einer kurzen Kopfbewegung deutete sie auf Roland. Noch immer hielt sie seine Hand und strich ihm übers Haar. »Wird er wieder gesund werden?«

»Ja, aber er braucht Blut.«

»Ich hatte ihm bereits meins angeboten, aber er wollte es nicht.«

Fragend blickte Seth sie an. »Haben Sie es ihm wirklich angeboten?«

Sie nickte. »Er hat gemeint, es würde nicht reichen.«

»Wahrscheinlich hatte er einfach nur Angst, er könnte sich in seinem Zustand vergessen und zu viel trinken. Aber im Kühlschrank sollten sich noch reichlich Vorräte finden. Könnten Sie vielleicht etwas Blut holen gehen, während ich es den beiden ein wenig gemütlicher mache?«

»Wenn Sie mir sagen, wo ich hin muss.«

»Geradeaus durch.«

Sarah stand auf und eilte Richtung Küche. Überrascht stellte sie fest, dass ihre Beine zitterten. Im Raum war es dunkel, und sie tastete an der Wand nach dem Lichtschalter.

Wow. Sie wusste zwar nicht, wem dieses Haus gehörte, aber es war riesig! Die Gebäude, in denen sie bislang gewohnt hatte, hätten spielend allein in diese Küche gepasst.

Der Kühlschrank aus Edelstahl sah teuer aus, war so gut wie leer und makellos sauber. Vielleicht hatte sie es hier nicht nur mit Unsterblichen, sondern gleichzeitig auch mit Putzteufeln zu tun.

Irgendwie war es komisch, sich die Männer bei der Hausarbeit vorzustellen. Nachts machten sie Vampire kalt und tagsüber zu Hause den Kühlschrank sauber oder wischten Böden und schrubbten das Klo.

Sie ließ die zahlreichen Limonaden, Biosäfte und Salatsaucen links liegen und öffnete eine Schublade, die wohl ursprünglich für Fleisch gedacht war und in der sich Blutbeutel stapelten. Im Gemüsefach lagen noch weitere.

Da Seth nicht gesagt hatte, wie viele sie mitbringen sollte, nahm sie einfach alle mit. Fröstelnd lud sie sich die Arme voll, drückte die Schubladen mit dem Ellenbogen zu und ließ die Kühlschranktür zufallen. Es war nicht wirklich einfach, die Beutel zu tragen, denn sie verrutschten ständig und drohten ihr aus den Händen zu gleiten.

Als sie ins Wohnzimmer kam, saßen Roland und Marcus bereits wach auf einem der drei Sofas. Seth hatte es sich in dem Sessel gegenüber bequem gemacht, unter dem sich Nietzsche versteckt hielt.

Bei ihrem Anblick staunte Roland nicht schlecht.

»Das ist alles«, sagte Sarah und lud ihre Fracht auf dem Couchtisch ab. Geschickt fing Seth einen Beutel auf, der vom Tisch gerutscht war. »Ist das genug?«

»Mehr als genug«, entgegnete Marcus, griff sich einen Beutel und biss hinein.

»Oh, habe ich etwa zu viel geholt?«

Roland beugte sich vor und nahm sich auch eine Ration. »Hätte uns Seth nicht schon die ganze Arbeit abgenommen, bräuchten wir bestimmt noch mehr, um unsere Verletzungen zu heilen und wieder zu Kräften zu kommen. Jetzt müssen wir allerdings nur noch den Blutverlust ersetzen.«

Sarah nickte und versteckte verschämt ihre zitternden Hände hinter dem Rücken. Jetzt, da sie die Gefahr überstanden hatten, hätte sie heulen können.

Sie war so froh, dass es Roland wieder besser ging. So erleichtert, dass sie ihm am liebsten um den Hals gefallen wäre.

Doch stattdessen verschränkte sie hinter dem Rücken die Finger, bemüht, sich keine Blöße zu geben.

Roland zögerte, vor ihr zu trinken.

In der Hoffnung, ihn zu beruhigen, lächelte sie ihm zu. »Ich flippe nicht aus, versprochen. Ob du jetzt Blut trinkst oder jemand anderes in einen dieser fetttriefenden Riesenburger beißt, macht für mich keinen Unterschied.«

Roland schien zwar nicht wirklich überzeugt zu sein, hob aber dennoch den Beutel an den Mund, biss hinein und sog kräftig das Blut durch die Reißzähne, wobei er sie besorgt beobachtete. Sarah zuckte nicht einmal mit der Wimper und hielt seinem Blick stand.

Es war, als hätte sie ihm gerade ein Trinkpäckchen gegeben.

Genau diesen Augenblick suchte sich Nietzsche aus, um unter dem Sessel hervorgekrochen zu kommen und sich an Seths Waden zu reiben. Die weißen Pfötchen und das getigerte Fell waren mit Rolands Blut verklebt, sodass ihm die Haare wie dunkle Stacheln vom Körper abstanden.

»Na, wen haben wir denn hier?« Seth nahm den Kater hoch und untersuchte ihn kurz, bevor er ihn sich auf den Schoß setzte. »Hallo, Nietzsche. Ich wusste gar nicht, dass es dich auch noch gibt.«

Oh, oh!

Seth warf Roland einen unergründlichen Blick zu. Aus den Augenwinkeln heraus nahm dieser wahr, wie Marcus das Gesicht verzog.

»Moment mal«, rief Marcus und legte den leeren Blutbeutel beiseite. »Das ist doch nicht etwa der Original-Nietzsche? Der wäre ja inzwischen über vierzig Jahre alt!«

»Dreiundvierzig«, stellte Seth richtig.

Roland hielt sich lieber bedeckt und beobachtete, wie Sarah reagierte.

Die machte große Augen. »Eine unsterbliche Katze?«, fragte sie ungläubig. »Es gibt *unsterbliche Katzen?*«

»*Eine* unsterbliche Katze«, berichtigte Seth und streichelte Nietzsche durch das zerzauste Fell.

Der Kater schloss genüsslich die Augen und begann schnurrend Seths Oberschenkel mit seinen kleinen Pfoten zu bearbeiten.

Man konnte dem Ältesten sein Missfallen deutlich anmerken, auch wenn er es nicht laut aussprach. Selbst Sarah spürte es und rückte näher an Roland heran.

Was geschehen ist, ist geschehen.

»Es war ein Unfall«, setzte Roland an und legte seine leeren Beutel auf den Tisch. »Ich habe einen Vampir überrascht, der gerade eine Frau leer trank. Als ich ihn angriff, ist sie ausgerastet und hat mir Pfefferspray ins Gesicht gesprüht.«

»Warum denn das?«, wollte Sarah wissen. »Du hast ihr doch nur geholfen.«

»Nun ja, Sie war nicht gerade die Hellste und hat tatsächlich geglaubt, dass er ihr bloß einen Knutschfleck machen wollte. Noch bevor ich wieder etwas sehen konnte, hat der Vampir dann einen Glückstreffer gelandet und mich an der Halsschlagader erwischt. Zwar fing die Wunde an zu heilen, aber während ich außer Gefecht gesetzt war, hat sich der Vampir um die Frau gekümmert und ist abgehauen. Ich hatte bereits so viel Blut verloren, dass ich ohnmächtig geworden bin, noch bevor ich etwas nachtrinken konnte. Irgendwann später habe ich dann Nietzsches raue Zunge an meinem Hals gespürt und bin wieder zu mir gekommen.« Er zuckte mit den Schultern. »Ich weiß nicht, wie viel er getrunken hat, aber seitdem ist er keinen Tag mehr gealtert.«

Neugierig beäugte Marcus das Tier. »Und, ist er irgendwie gewalttätiger geworden? Hat er sich deshalb gestern auf den Waschbären gestürzt?«

»Nein, da hat Nietzsche einfach nur sein Revier verteidigt. Das hat der verrückte Kater schon immer getan.«

Seth stöhnte. »Das bleibt aber unter uns, okay? Ich habe schon alle Hände voll mit euch Wächtern zu tun, da will ich mich nicht auch noch um irgendwelche unsterblichen Haustiere kümmern müssen.«

Roland und Marcus murmelten ihre Zustimmung und schnappten sich jeder noch einen Beutel Blut.

Sarah setze sich neben Roland auf die Sofalehne.

Seth wartete, bis die beiden ausgetrunken hatten, bevor er das Gespräch fortsetzte. »Was wisst ihr eigentlich über den Typen, der euch umbringen wollte?«

»Nicht viel mehr als bei unserem letzten Telefonat«, antwortete Roland und fuhr sich ärgerlich durchs Haar. »Er heißt Bastien, kommt aus England und hat eine kleine Armee, bestehend aus Vampiren und menschlichen Lakaien, auf die Beine gestellt.«

Seths Miene verdüsterte sich.

»Gestern Abend hat er uns erneut angegriffen. Marcus war gerade gekommen, und wir wollten gleich danach zu mir fahren. Er hatte sieben Vampire im Schlepptau, zwölf weitere stießen später noch hinzu.«

»Alle haben Bastiens Befehlen gehorcht, offensichtlich ist er so etwas wie ihr Anführer«, warf Marcus ein.

Roland nickte. »Ziel war es, mich zu töten und Marcus lebendig gefangen zu nehmen.« Kurz fasste er den Ablauf des Kampfes zusammen, schilderte, wie Bastien anschließend Sarah verfolgt hatte und am Ende geflohen war.

»Und du bist ihm nicht gefolgt?« In Seths Frage lag keine Kritik.

»Nein, ich habe mir Sorgen um Sarah gemacht und wollte sichergehen, dass es ihr gut geht.«

Seth schaute ihn lange an, dann wandte er sich Sarah zu. »Waren Sie verletzt?«

»Nein«, entgegnete sie, während Roland gleichzeitig Ja sagte.

Sie errötete leicht und rutschte vor Unbehagen auf der Lehne hin und her.

Gerade wollte Roland sie neben sich ziehen, da sprang Sarah auf und raffte die vollen Blutkonserven auf dem Tisch zusammen.

»Wenn ihr fertig seid, dann bringe ich die mal lieber wieder zurück. Die müssen bestimmt gekühlt werden.«

Nur allzu gerne wäre Roland ihr in die Küche gefolgt.

»Die Männer heute gehörten auch zu Bastien«, fuhr Marcus fort.

Seth kraulte Nietzsche unterm Kinn. »Wie haben sie euch ausfindig gemacht?«

Roland plagte das schlechte Gewissen, immerhin hatte er Sarah vorgeworfen, den Männern geholfen zu haben. »Bastien muss in der Nähe geblieben und uns gefolgt sein.«

Marcus schüttelte den Kopf. »Dann hätte er das zu Fuß tun müssen. Und ein Auto oder Motorrad hätte ich gehört oder gesehen. Selbst mit ausgeschalteten Scheinwerfern.«

»Außerdem war er verletzt«, ergänzte Roland. »Da hätte er schon ziemlich entschlossen sein müssen. Für mich sieht das wie ein persönlicher Rachefeldzug aus.«

»Persönlicher Rachefeldzug hin oder her, wir müssen seinem Treiben ein Ende setzen«, verfügte Seth. »Je mehr Vampire er erschafft und je mehr Menschen er in die Sache hineinzieht, desto größer ist die Gefahr, dass man uns entdeckt. Die Menschen besitzen heutzutage alle Handys, mit denen sie filmen können. Und bei einer Armee dieser Größe, die sich in einer Gegend ernährt, ist es nur eine Frage der Zeit, bis irgendjemand es auf Band hat.«

»Wir bleiben am Ball.« Mehr fiel Roland dazu im Moment leider auch nicht ein. »Wo sind wir überhaupt? Und wessen Haus ist das?«

»Davids. Er lässt euch schön grüßen, ihr könnt so lange bleiben, wie ihr wollt.«

»Sehr großzügig von ihm. Bitte, bedank dich in meinem Namen.«

»Mach' ich.«

Roland und Marcus tauschten Blicke aus.

Dann widmete Marcus seine Aufmerksamkeit wieder Seth. »Also gut. Da Roland nicht fragen will, tu ich es. Ist das Blut auf deinen Klamotten unseres oder dein eigenes?«

Seth blickte an sich hinunter, als wäre es ihm gerade erst aufgefallen. »Meins.«

Das war alles, es folgten keine weiteren Erklärungen.

Marcus seufzte und verlieh damit seiner wachsenden Ungeduld Ausdruck. »Stammen die von Schusswaffen?«, drängte er und deutete auf die zahllosen Löcher in Seths Kleidung.

»Ja.«

Marcus drehte sich zu Roland um. »Weißt du, bis eben ist mir gar nicht klar gewesen, wie ähnlich ihr beiden euch eigentlich seid.«

Roland und Seth verzogen grimmig die Gesichter. Seth, weil ihm der Vergleich nicht schmeckte, und Roland, weil er es leid war, allen immer nur ein Dorn im Auge zu sein.

Ging er wirklich allen dermaßen auf den Sack?

»Ja«, beantwortete Seth diese unausgesprochene Frage und grinste, als Roland mit ausgestrecktem Mittelfinger eine seiner Augenbrauen glatt strich.

»Ich frage ja auch bloß, da das mindestens drei Dutzend Einschüsse sind. Wie fühlst du dich?«, fragte Marcus.

»Mir geht es gut. Als Sarah anrief, musste ich mich nur noch um etwas kümmern und hatte dann keine Zeit mehr, mich umzuziehen.«

»Brauchst du Blut?«

Er schüttelte den Kopf. »Meine Verletzungen sind bereits verheilt.«

»Was zum Teufel ist in Texas los? Könnte es eine Verbindung zwischen den Ereignissen hier und dort geben?«, fragte Roland.

»Nein«, entgegnete Seth entschieden. »Wir sind nicht …« Er hielt inne, legte den Kopf schief und starrte in die Ferne, als würde er lauschen. Dann kramte er sein Handy aus der Tasche und wählte eine Nummer. »Was ist passiert?«

Roland blickte Marcus fragend an. Mit wem mochte Seth wohl telefonieren?

»Wo ist sie jetzt?«, fragte dieser.

Marcus hob eine Augenbraue.

»Bin gleich da.«

Nietzsche gab ein protestierendes Maunzen von sich, als Seth nun aufstand und ihn auf den Boden setzte.

»Ich muss los.«

Marcus erhob sich ebenfalls. »Sag mal, besitzt David einen Computer?«

»Einen Laptop, aber den hat er mitgenommen.«

»Kannst du mich dann kurz bei mir zu Hause absetzen? Ich möchte ein wenig im Netz recherchieren. Vielleicht finde ich ja etwas heraus.«

Statt zu antworten, legte Seth nur eine Hand auf Marcus' Schulter. »Halt mich auf dem Laufenden, Roland.«

Und damit verschwanden die beiden.

11

Als Seth in seinem Haus in Houston eintraf, war alles ganz ruhig.

Nun ja, nicht ganz.

Aus einem der oberen Gästezimmer, das er für Besucher, vornehmlich Unsterbliche und ihre Sekundanten, bereithielt, war schneller, keuchender Atem zu hören.

Unten im Flur wartete Davids Sekundant Darnell und runzelte die Stirn, während David selbst im Türrahmen des Gästezimmers stand und als Geste der Friedfertigkeit beide Hände erhoben hatte. Doch offenbar machten seine große muskulöse Gestalt und die blutverschmierte Kleidung nicht gerade einen vertrauenerweckenden Eindruck.

Seth eilte an beiden Männern vorbei in den Raum. Zweifellos wirkte auch er gerade recht bedrohlich, obgleich er es ausnahmsweise mal nicht sein wollte.

In einer Zimmerecke, zwischen Wand und Kommode, kauerte die Frau am Boden, die sie gerettet hatten.

»Was ist passiert?«, fragte er David, wobei er die Frau nicht aus den Augen ließ.

»Kurz nachdem ich angefangen hatte, sie zu heilen, ist sie aufgewacht und total in Panik geraten«, murmelte David. »Mit diesen Verletzungen sollte sie sich ruhig verhalten, doch ich hab es nicht über mich gebracht, sie gewaltsam festzuhalten. Ich wollte ihr nicht noch mehr Angst einjagen.« Hilflos zuckte er mit den Schultern. »Ich habe zwar versucht, mit ihr zu reden, aber sie reagiert nicht darauf. Schließlich war es nicht meine Stimme, die sie gehört hat.«

Seth nickte und machte einen Schritt auf sie zu.

Die Frau zuckte zusammen und drückte sich noch weiter in die Ecke, die Knie dicht bis an ihr Kinn herangezogen. Ihr rotes Haar war achtlos gestutzt worden und fiel in kurzen Strähnen um ihr bleiches Gesicht. Ihre grünen Augen lagen in tiefen dunklen Höhlen, die Wangen waren eingefallen. Angsterfüllt blickte sie ihn an. Sie war so klein und zart und bis auf die Knochen abgemagert. Anscheinend hatte man ihr kaum etwas zu essen gegeben. Doch damit nicht genug.

Arme und Beine waren mit Dutzenden, wenn nicht gar Hunderten von Schnitten, Brandmalen und Einstichlöchern übersät. Ihre Peiniger hatte ihr den kleinen Finger sowie den Ringfinger der rechten Hand über dem ersten Gelenk abgetrennt. Man konnte noch das offene Fleisch sehen. Und auch wenn ihre Füße unter dem Saum ihres Morgenrocks verborgen waren, so wusste Seth, dass ihr ebenfalls zwei Zehen fehlten.

Doch die schlimmsten Verletzungen hatte ihr Oberkörper davongetragen. Als Seth und Marcus in den Raum gestürmt waren, in dem man sie gefangen gehalten hatte, lag sie nackt auf einen Tisch gefesselt, mit offenem Brustkorb, während zwei Männer in OP-Kitteln ihrem Herzen mithilfe kleiner metallener Defibrillatoren Elektroschocks verpassten. Hätte er ihre Schreie nicht in seinem Kopf vernommen, wäre Seth bestimmt davon ausgegangen, ihr Herz hätte während der OP aufgehört zu schlagen, und die Männer versuchten nun, sie wiederzubeleben. Aber die Frau war nicht tot gewesen. Und da man ihr keine Narkosemittel gegeben hatte, musste sie jeden Handgriff gespürt haben.

»Hast du ihren Brustkorb geheilt?«, fragte er leise.

»Nicht vollständig. Ich war fast fertig, da ist sie plötzlich aufgewacht.«

Behutsam machte Seth einen weiteren Schritt auf die Frau zu, wobei er sich etwas duckte, um nicht allzu bedrohlich zu wirken.

»Ganz ruhig«, murmelte er, als sie erneut vor ihm zurückschreckte. »Ruhig, wir tun dir nichts. Wir wollen dir nur helfen.«

Erinnerst du dich an mich?, fragte er telepathisch. Möglicherweise klang seine Stimme anders, wenn er laut sprach. Oder vielleicht hatten ihre Kidnapper auch ihr Gehör zerstört. Momentan ließ sich das Ausmaß ihrer Verletzungen noch nicht abschätzen.

Sie starrte ihn weiter an.

Ich bin deinem Hilferuf gefolgt.

Tränen schossen ihr in die Augen und kullerten die eingefallenen Wangen hinunter.

Ich bin Seth. Er machte einen weiteren Schritt auf sie zu. Dann noch einen.

Sie warf David einen ängstlichen Blick zu.

David tut dir nichts. Er wollte dich nur heilen. Aber du bist aufgewacht und hast es mit der Angst zu tun bekommen.

Seth ging in die Hocke, damit er mit ihr auf Augenhöhe war, wobei er sich immer weiter näherte und ihr die rechte Hand entgegenhielt.

Du bist in Sicherheit. Die Männer werden dich hier nicht finden. Lass uns dir helfen.

Ihr Blick fiel auf seine blutverschmierte Kleidung, sie schien etwas fragen zu wollen.

Seth lächelte. *Die wollten dich nicht gehen lassen. Aber wir hatten deine Hilferufe gehört und konnten doch nicht ohne dich gehen. David und ich sind beide verletzt worden, aber wir haben uns schon wieder erholt.*

Nun war er ihr schon so nah, dass er sie beinahe hätte berühren können.

Komm! Ich spüre deine Schmerzen. Wir können dir helfen. Wir können dich heilen, wie wir es bei uns selbst getan haben.

Zögerlich streckte sie die Hand nach ihm aus und legte sie in seine, die er ihr noch immer entgegenhielt.

Seth lächelte sie an. Dann fuhr er vorsichtig mit der anderen Hand ihren Arm entlang bis hinauf zum Ellenbogen. Unter seiner Berührung verschwanden alle Schnitte, Brandmale und Quetschungen.

Ihr stockte der Atem.

Siehst du? Wir wollen dir nur helfen.

Behutsam half er ihr auf.

Sie war vollkommen geschwächt und hätte Seth sie nicht festgehalten, wäre sie bestimmt gestürzt. Aufmunternd lächelte er sie an. Um sicherzugehen, dass er ihr mit seinen schweren Stiefeln nicht auf die Füße trat, sah er hinunter und erstarrte.

»David, hast du ihren Fuß geheilt?«, fragte er möglichst unbekümmert.

»Nein, weiter als zur Brust bin ich nicht gekommen. Warum?«

Er sah in das besorgte Gesicht seines Freundes. »Weil ihre Zehen nachgewachsen sind.«

»Was?!« David kam einen Schritt näher, um besser sehen zu können. »Wie ist das möglich? Sie ist doch ein Mensch.«

Und erneut spiegelte der Gesichtsausdruck der Frau Angst wider.

Sarah ärgerte sich über sich selbst, dass sie sich so feige verhalten hatte. Als sie zurück ins Wohnzimmer kam, war nur noch Roland da.

»Wo sind sie denn alle hin?«

»Weg«, sagte er knapp und ging um den Tisch herum auf sie zu. »Seth musste sich um einen Notfall kümmern, und Marcus wollte gern nach Hause.«

»Ich habe sie gar nicht gehen hören.«

Seine Mundwinkel begannen zu zucken. »Sie sind ja auch nicht durch die Tür gegangen.«

»Oh.« Seth hatte wohl wieder teleportiert.

Verrückt.

Sarah knetete die Hände, damit das Zittern nicht auffiel.

Roland beobachtete sie aus einigen Metern Entfernung, seine blutverschmierte Stirn in Falten gezogen. »Geht es dir nicht gut?«

Sarah schüttelte den Kopf und wandte schnell den Blick ab, als sich ihre Augen mit Tränen füllten. Sie hatte einen dicken Kloß im Hals, und inzwischen war das Zittern der Hände auf ihren ganzen Körper übergegangen.

»Sarah?«, fragte er in besorgtem Tonfall.

Doch abermals schüttelte sie nur den Kopf, es ging ihr überhaupt nicht gut. Sie machte ein paar Schritte auf ihn zu, bis sie ihren Kopf gegen seine Brust lehnen konnte.

Er schloss seine starken Arme um sie, was sich sehr beruhigend anfühlte.

Sarah umschlang seine Hüften und drückte sich an ihn. Tränen rannen ihr die Wangen hinunter.

»Schh«, flüsterte er. »Ist ja gut.« Er streichelte ihr beschwichtigend über den Rücken. »Alles wird gut.«

Sarah nickte. Sie schämte sich zwar, dass sie so heulte, wusste jedoch nicht, wie sie die Tränenflut stoppen sollte.

Er legte das Kinn auf ihren Kopf und hielt sie weiterhin fest gedrückt. »Mir tut das alles so furchtbar leid.«

Sarah schluchzte. »Es ist ja nicht deine Schuld, dass dich irgend so'n Idiot umbringen will.«

Roland musste lachen und drückte sie noch fester an sich. »Na ja, aber ich hätte dich da nicht mit hineinziehen dürfen.«

»Hast du ja auch nicht, ich habe mich da selbst hineinmanövriert.«

»Und darüber bin ich sehr froh, auch wenn das jetzt vielleicht egoistisch klingen mag.«

Seine verständnisvolle, sanfte Art tröstete sie. Sarah hob den

Kopf und trat einen Schritt zurück. Ein wenig enttäuscht stellte sie fest, dass er daraufhin die Arme wegnahm.

»Tut mir leid, dass ich ständig heulen muss.« Sie wischte sich die Tränen aus dem Gesicht. »Du musst mich für komplett verrückt halten.« Noch immer zitterte sie am ganzen Körper. Roland indes machte einen völlig entspannten Eindruck, als hätten sie gerade eine nette Stadtführung hinter sich.

Zärtlich strich er ihr eine Haarsträhne hinters Ohr. »Wenn du wüsstest, was ich von dir halte, würdest du gar nicht mehr aufhören, rot zu werden.«

Etwas perplex schaute sie ihn an. »Im Ernst?«

Bedächtig wiegte er den Kopf hin und her. »Du warst einfach toll heute. Obwohl uns ein Dutzend Männer mit Schusswaffen angegriffen haben, bist du nicht in Panik ausgebrochen und hast mit deiner Neun-Millimeter ganz cool drei Männer ausgeschaltet, und mir ganz nebenbei auch noch das Leben gerettet. Mal wieder. Und Marcus auch.«

In seiner Version der Dinge schnitt sie deutlich besser ab als in ihrer eigenen. »Ich hab mir fast in die Hosen gemacht«, widersprach sie ihm. Von wegen toll und cool. *Verängstigt* war die richtige Umschreibung. »Ich dachte, du würdest sterben. Als ich dich mit deinen Verletzungen so habe daliegen sehen, die Haut komplett von der Sonne verbrannt, da … da bin ich wirklich davon ausgegangen, dass du jeden Moment sterben könntest, Roland.« Und allein der Gedanke daran trieb ihr erneut die Tränen in die Augen.

Wie hypnotisiert starrte Roland sie an. »Blutverlust bringt mich nicht um. Es mag fürchterlich schmerzhaft sein, aber tödlich ist es nicht. Ich kann meinen Herzschlag und meinen Stoffwechsel so weit herunterfahren, dass ich überlebe, bis sich ein potenzieller Spender nähert. Aber die Sonne … die Sonne röstet mich, wenn ich dermaßen schwer verletzt bin. Und ich weiß nicht, ob ich es geschafft hätte, wenn du uns nicht in den Wald geschleppt und die Kavallerie gerufen hättest. Weinst du etwa meinetwegen?«

Beinahe hätte sie die Frage überhört, die sich so nahtlos an seine Ausführungen angeschlossen hatte. »Ja«, gestand sie. »Irgendwie bist du mir ans Herz gewachsen.«

Seine dunklen Augen begannen zu leuchten. »Du mir auch.« Er strich ihr über die Wange.

Sarah wusste nicht so recht, was sie entgegnen sollte. »Irgendwie kann ich nicht mehr aufhören zu zittern.«

Roland nahm ihre Hände und drückte sie. »Dagegen lässt sich was tun.« Dann marschierte er aus dem Raum und zog sie mit sich.

Im Flur gab es mehrere verschlossene Türen.

»Ist zwar schon ein paar Jahrzehnte her, seit Marcus mich das letzte Mal besucht hat«, sagte er und öffnete eine Tür zu seiner Rechten, hinter der sich offenbar eine Bibliothek befand. »Aber er hat damals bei David gewohnt, und …« Er probierte die gegenüberliegende Tür, und Sarah konnte dahinter eine Treppe ausmachen, die nach unten in der Dunkelheit verschwand. »… einen Keller erwähnt«, beendete Roland seinen Satz mit einem Lächeln. »Ausgezeichnet.«

Zwar konnte Sarah sich nicht so recht vorstellen, wie ihr ein feuchter, kalter Keller helfen sollte, aber trotzdem stieg sie hinter ihm die Stufen hinunter. Nach dem, was an diesem Tag in der Sonne passiert war, beruhigte ihn das vielleicht. An seiner Stelle würde es ihr wahrscheinlich ähnlich ergehen.

Die Holzstufen fühlten sich unter ihren nackten Sohlen angenehm kühl an.

Die Treppe endete in einem breiten, mit Teppich ausgelegten Gang. Roland lief nach rechts und öffnete gleich die nächste Tür.

Als er das Deckenlicht einschaltete, sah Sarah, dass es sich bei dem Raum um ein schönes Schlafzimmer handelte, das ganz und gar nicht feucht oder kalt wirkte. »Das wird es wohl tun«, sagte er etwas abfällig.

Sie schaute zu ihm auf. »Deins gefällt mir auch besser.«

Über die Schulter hinweg schenkte er ihr ein Lächeln, bei dem ihr fast das Herz stehen blieb. Dann schob er sie sanft durch das Zimmer ins angrenzende Bad, das beinahe noch einmal genauso groß war.

Ach, du meine Güte! Diese Unsterblichen hatten ein echtes Faible für luxuriöse Bäder.

Noch während sie das opulente Ambiente auf sich wirken ließ, fasste Roland sie bei den Schultern und führte sie von den Doppelwaschbecken fort. »Sieh bloß nicht in den Spiegel.«

Aber natürlich schaute sie nach dieser Aussage erst recht hinein. Entsetzt riss sie die Augen auf. Von der Stirn bis zum Kinn war die komplette rechte Seite ihres Gesichts mit Blut verschmiert. Sie sah aus wie Stephen Kings Carrie auf einer Promo-Tour.

Im Spiegel neben sich konnte sie beobachten, wie Roland das Gesicht verzog. »Tut mir leid. Das ist von meinem Oberteil.«

»Schon gut.« Dass sie beim Anblick ihres totenbleichen und üppig mit Blut beschmierten Gesichts fast in Ohnmacht gefallen wäre, behielt sie lieber für sich.

Roland schob die Glastür der Dusche auf und beugte sich hinein. Der Hahn quietschte ein wenig, als er das heiße Wasser anstellte. Sofort stieg Dampf auf. Mithilfe der Kaltwasserhahns regulierte er die Temperatur.

»Und jetzt«, sagte er und pirschte sich an sie heran, »ziehen wir uns aus.«

Ihr Puls raste wie wild. »Wie bitte?«

»Eine heiße Dusche ist das Beste, was man gegen dein Zittern tun kann. Wenn dir erst einmal warm ist und du quasi den Tag von dir waschen kannst, wird es dir gleich besser gehen.«

Doch seine Worte kamen gar nicht bei Sarah an. Wenn er sie

mit seinen strahlenden Augen auf diese Weise ansah, konnte sie sich einfach nicht konzentrieren. Vor allem nicht, wenn er dabei auch noch sein zerfetztes T-Shirt auszog und darunter seine Muskeln zum Vorschein kamen, die verführerisch hervortraten und sich anspannten, als er den Stofffetzen zur Seite warf. Von seinen Verletzungen war rein gar nichts mehr zu sehen. Sie hatte einen perfekten und makellosen Körper vor sich.

»Was sollte ich gleich noch mal machen?«, fragte sie geistesabwesend.

»Dich ausziehen und die heiße Dusche genießen.«

»Und was machst du so lange?«

Lächelnd griff er den Saum ihres Oberteils. »Ich werde die Dusche mit dir genießen.«

Sarah ließ sich das T-Shirt über den Kopf ziehen, war jedoch außerstande, etwas zu erwidern.

»Seth hätte uns niemals hierhergebracht, wenn wir hier nicht sicher wären«, fuhr er fort. »Aber bis ich die Sicherheitsvorkehrungen nicht selbst noch einmal überprüft habe, werde ich dich nicht aus den Augen lassen.«

Sie nickte. Ihr sollte es recht sein.

»Keine Angst.« Sein Gesicht bekam einen sanften Ausdruck, nur das Leuchten in den Augen verriet ihn. »Ich respektiere deine Kein-Sex-mit-Fremden-Regel und behalte die Hosen an. Aber …«, verschmitzt blickte er sie an, »tu dir keinen Zwang an und zieh so viel aus, wie du möchtest.«

Selbst blutverschmiert sah er noch sexy aus.

Sie hatte ihm erzählt, dass sie nicht mit fremden Männern … doch wenn sie es sich nun recht überlegte, waren die Dinge, die sie nicht über ihn wusste, eigentlich auch nicht so wichtig. Sie kannte weder seine Lieblingsfarbe noch seine Lieblingssorte Eis. Halt, stopp. Natürlich kannte sie beides. Seine Lieblingsfarbe war Grau, und er liebte Bananeneis mit Nüssen, was auch eine ihrer

Lieblingssorten war. Welche Musik er gern hörte, welche Serien er sich im Fernsehen ansah und welche Filme er mochte, wusste sie allerdings nicht.

Aber sie hatte eine Ahnung davon bekommen, wie ehrbar er war. Immerhin hatte er die Nächte der vergangenen tausend Jahre damit zugebracht, Menschen wie sie zu schützen und zu verteidigen, und dabei immer wieder schwere Verletzungen in Kauf genommen. Und sie wusste, dass er ihre Sicherheit stets über seine stellte und für sie jederzeit und ohne zu zögern sein Leben aufs Spiel setzen würde. Um ihr Leid zu lindern, hatte er ihre Schmerzen und Verletzungen auf sich genommen und würde es wieder tun.

Vom ersten Augenblick an war er ausgesprochen nett zu ihr gewesen und hatte sogar Geduld mit dem verrückten Katzenvieh bewiesen. Und auch seinen Freunden gegenüber verhielt er sich absolut loyal. Er schien sehr an ihnen zu hängen, auch wenn er es nicht so offen zeigte.

Sarah wusste um seine schwierige Vergangenheit, jedenfalls teilweise, und bestimmt war er genauso wenig wie sie gewillt, sich einem anderen Menschen vollkommen hinzugeben. Und dennoch steckten so viel Leidenschaft und Zärtlichkeit in ihm, wie sie in der vergangenen Nacht am eigenen Leib erfahren hatte. Allein beim Gedanken daran begann es an ihrem ganzen Körper zu prickeln.

Und selbst die kleine innere Stimme der Vernunft, die sie in solchen Situationen gemeinhin zu bremsen pflegte, meldete sich dieses Mal nicht. Denn da er unsterblich war, musste sie sich nicht einmal um Geschlechtskrankheiten Sorgen machen. Zudem war es eine ungefährliche Phase in ihrem Zyklus, also brauchte sie auch nicht befürchten, schwanger zu werden

Worauf wartete sie also noch?

Lächelnd knöpfte sie sich die Jeans auf.

Roland kam ihr so vertraut vor, fast wie ein langjähriger Freund.

Mit einem Unterschied: Sie hatte sich noch nie zuvor in ihrem Leben dermaßen von einem Mann angezogen gefühlt.

Er schaute auf ihre Hände.

Sie wusste, dass er sie nie gegen ihren Willen anfassen würde, auch wenn die Beule in seiner Hose deutlich seine Erregung verriet.

Mit gierigem Blick verfolgte er jede ihrer Bewegungen und sah zu, wie sie langsam den Reißverschluss öffnete, sich aus der Jeans schälte und sie die Beine hinuntergleiten ließ.

Dabei *wollte* sie doch unbedingt von ihm angefasst werden. Verzehrte sich geradezu nach seinen Berührungen. Brauchte sie.

»Roland«, flüsterte sie und löste den Verschluss ihres BHs.

»Hmm?« Als der schwarze Spitzen-BH zu Boden fiel, ballte er die Hände zu Fäusten.

»Für mich bist du aber kein Fremder.«

Fassungslos starrte er sie an, sein Herz raste. Er war also kein Fremder. »Willst du damit etwa sagen …?«

»Ich will dir damit zu verstehen geben, dass du die Hose ausziehen sollst. Je schneller wir das Blut abwaschen, desto eher kannst du mit mir all die Dinge tun, die dir ganz offensichtlich gerade durch den Kopf gehen.«

Heilige Scheiße!

Rolands Hose lag auf dem Boden, noch bevor Sarah den nächsten Atemzug tun konnte.

Sie fuhr aufgrund seines Tempos kurz erschrocken zusammen, musste dann jedoch darüber lachen.

Er grinste nur verlegen und zuckte mit den Schultern. Dann fühlte er sich aber doch verpflichtet, sie zu warnen. »Das hier könnte bloß eine Reaktion auf die ganze Gewalt sein, die du erlebt hast, und darauf, dass du beinahe getötet worden wärst, Sarah.« Vor seiner Verwandlung war es ihm ein- oder zweimal selbst so ergangen. Damals hatte er das starke Bedürfnis verspürt, das Leben mittels Sex zu zelebrieren, nachdem er dem Tod knapp von der Schippe gesprungen war.

»Ich glaube nicht. Aber selbst wenn ich mich täuschen sollte, spielt es keine Rolle. Ich möchte dich gerade einfach nur spüren. Überall. Und das so schnell wie möglich.«

»Das ließe sich einrichten«, murmelte er und machte einen Schritt auf sie zu.

Mit funkelnden Augen blickte sie ihn an und legte den Kopf in den Nacken, um ihn zu küssen. »Das weiß ich wohl, aber willst du es denn auch?«

Er legte die Hände auf ihre Hüften und küsste sie zärtlich. »Die Antwort kennst du bereits.«

Mit der Spitze seiner Zunge fuhr er ihr neckisch über die Unterlippe, um sie danach in ihren leicht geöffneten Mund gleiten zu lassen, sich zurückzuziehen und abermals vorzustoßen. Sie schmeckte so gut.

Seufzend stellte sie sich auf die Zehenspitzen, schlang die Arme um seinen Hals und presste sich an ihn, sodass er ihre üppigen, weichen Brüste spüren konnte. Sein steifes Glied, das nun nicht länger von der Hose in Schach gehalten wurde, drückte gegen ihren flachen Bauch.

Es war die reinste Folter für ihn, wundervolle, herrliche Folter. Nur zu gern wäre er nun ganz tief in sie eingedrungen, konnte es jedoch nicht. Noch nicht zumindest.

Er löste seine Lippen von ihren, ging in die Hocke und schob beide Daumen unter das Bündchen ihres schwarzen Höschens, um ihr den kleinen Stofffetzen herunterzuziehen. Zunächst protestierte Sarah, weil er den Kuss unterbrochen hatte, doch dann hielt sie sich an seinen Schultern fest und kickte das Höschen zur Seite.

Als er wieder aufsah, befand er sich genau auf Augenhöhe mit ihrem dunklen, lockigen Dreieck, das er die Nacht zuvor bereits durch ihre Hose hindurch erkundet hatte. Am liebsten hätte er sie jetzt dort geküsst. Geleckt. Gestreichelt. Er spürte, wie sie ihn anblickte. Es war, als würde sie jeden seiner Gedanken erraten.

»Vielleicht können wir das Duschen ja überspringen«, flüsterte sie, streichelte ihm über den Kopf, griff mit den Fingern in seine Haare und zog leicht daran.

Er erschauderte.

Oh ja, das würde gut werden. Verdammt gut.

Doch als er aufstand, um sie auf alle nur erdenklichen Arten zu verwöhnen, erhaschte er einen Blick auf sein Spiegelbild. Im Gegensatz zu Sarah, die nur etwas Blut an den Händen, im Gesicht und auf der Brust hatte, war er über und über damit beschmiert. Immerhin war er von mindestens zwölf Kugeln erwischt worden und hatte große Wunden davongetragen. Darüber hinaus klebte auch noch das Blut seiner Gegner an ihm. Kaum eine Stelle seines Körpers war sauber geblieben, nicht einmal sein Haar.

So wollte er ihr nicht näherkommen.

Sarah blickte über seine Schulter, musterte kurz sein Spiegelbild und blickte ihn fragend an.

»Tut mir leid«, erklärte er. »Ich habe gerade irgendwie nicht nachgedacht.«

»Ich doch auch nicht.« Sie deutete mit dem Kopf auf die dampfende Dusche. »Wer zuerst drin ist?«

Er grinste. »Ich wasche dich, wenn du mich abrubbelst.«

»Einverstanden.«

Lachend traten sie zusammen in die Kabine und schoben die Tür hinter sich zu. Beinahe schon gespenstisch umgab sie der Dampf. Sarah schloss die Augen und hielt das Gesicht unter den Strahl, bevor sie sich mit dem Rücken darunterstellte.

Roland hielt den Atem an, als sie den Kopf in den Nacken legte, sich durchs Haar fuhr. Wasser rann über ihre Schultern, ihre Brüste und perlte von ihren harten rosa Nippeln ab. Ihr langes Haar schmiegte sich wie eine schwarz glänzende Stoffbahn um ihren Leib. Eine der Strähnen hatte sich verselbstständigt, fiel neckisch auf ihre Brust, glitt weiter hinab und streifte ihren Bauch.

Als er den Blick wieder hob, sah sie ihn an. »Du bist so schön«, sagte er.

Sie lächelte. Wassertropfen hatten sich in ihren dunklen Wimpern verfangen. »Du siehst aber auch gut aus.«

»Ich habe noch nie mit einer Frau geduscht«, gestand er.

»Wirklich? Und wie gefällt es dir bislang?«

Er grinste breit. »Sehr gut.«

Lachend machte sie ihm unter der Dusche Platz.

Roland stellte sich unter den Strahl. Nur widerwillig wendete er den Blick von ihr ab und begann, sich Haare, Gesicht und Brust zu waschen. Das Wasser verfärbte sich sofort rot, als das Blut von Oberkörper, Armen, Bauch und den Beinen gespült wurde. Während es im Ausguss strudelförmig abfloss, hatte es schließlich die Farbe von Preiselbeersaft angenommen.

Nachdem seine Brust einigermaßen sauber war, drehte Roland den Rücken in den Strahl.

Sarah, die sich gerade mit einem Waschlappen einseifte, starrte ihm ungeniert auf den Hintern. Als sich Roland zu ihr umdrehte, senkte sie schnell verschämt den Blick.

Er grinste. »Erwischt.«

Sie errötete, musste aber dennoch lachen. »Was dem einen recht ist … «

»Ist dem anderen billig.« Nun griff er sich ebenfalls einen Waschlappen und griff sich aufs Geratewohl eines der Duschgels. »Dreh dich um.«

Unter seinen großen Händen wirkte ihr zierlicher Rücken geradezu zerbrechlich. Zärtlich seifte er ihre Schultern ein, die schmale Taille, den glatten, festen Apfelpo und die durchtrainierten Beine. Er kannte jede einzelne ihrer Kurven, jede Stelle ihres Körpers bis hin zu den winzigen Füßen. In der vergangenen Nacht hatte er alles erkundet und es sich eingeprägt. Ja, sogar davon geträumt.

Er ließ den Waschlappen die Rückseite ihres Beines hinunterwandern, strich um ihren Knöchel herum und glitt an der Vorderseite wieder hinauf. Als er ihre Hüfte erreichte, wurde ihr Atem schneller. Langsam wiederholte er die Prozedur, startete an der Außenseite ihres Beines, wechselte am Knöchel angekommen die Richtung und wanderte an der Innenseite nach oben, wobei er mit seinen eingeseiften Fingerknöchel sacht ihren Schambereich streifte. Dann hielt er kurz inne, bevor er das andere Bein mit dem Schwamm hinunterfuhr, an der Vorderseite wieder hochglitt, an der Außenseite hinunter und langsam, langsam innen wieder hinauf, bis er sie ein weiteres Mal sanft an ihrer empfindlichsten Stelle berührte.

»Dreh dich um«, forderte er sie heiser auf. Lange würde er sich nicht mehr zusammenreißen können, sein Schwanz war schon mehr als hart.

Ihr Gesicht war leicht gerötet, als sie sich zu ihm umwandte. »Jetzt bin ich dran.«

Er wollte protestieren, doch sie bedeutete ihm mit dem Zeigefinger, ruhig zu sein.

Roland fügte sich und drehte ihr den Rücken zu.

Sie fing bei den Schultern an und strich mit langsamen, festen Bewegungen über seinen Rücken, bis sie seine Hüften erreicht hatte.

Das heiße Wasser der Dusche prasselte auf seine Brust, strömte über sein empfindliches Glied und steigerte die Lust, die sie ihm mit ihren Händen bereitete, nur noch mehr.

Als sie über seinen Hintern streichelte und auf einmal kräftig zupackte, warf er stöhnend den Kopf in den Nacken.

Sarah drückte sich von hinten an ihn und hielt den Waschlappen unter den Strahl, bis er sauber war.

Dann schäumte sie den Waschlappen erneut ein und strich ihm übers Bein, genau wie er es bei ihr getan hatte, glitt langsam an der Rückseite hinunter und vorne wieder hinauf, außen hinab und innen hinauf, bis sie ihn sachte mit ihren Fingerknöcheln streifte.

Roland keuchte.

Sarah wandte sich nun seinem anderen Bein zu, und wieder konzentrierte er sich auf den Weg des Lappens, der hinab und wieder hinauf strich, hinab, langsam hinauf, weiter und weiter. Mit angehaltenem Atem wartete er auf den entscheidenden Augenblick – aber er kam nicht. Enttäuscht seufzte er, als sie die Hand mit dem Lappen absetzte. Doch schon im nächsten Moment spürte er, wie sich ihre Hand zwischen seine Beine schob, wie sie seine Hoden umfasste, ein wenig damit spielte und sie zart drückte. Er drohte schier zu bersten, zitterte, so stark war das Verlangen, endlich in sie einzudringen.

»Sarah«, stöhnte er.

Sie ließ von ihm ab. »Dreh dich um.«

Sarah keuchte vor Verlangen. Und auch Rolands Atem ging nun schneller. Seine Augen glühten förmlich. Sein erigiertes Glied reckte sich ihr entgegen.

»Beeil dich«, war alles, was sie herausbrachte.

Er ließ den Waschlappen fallen und griff mit seinen seifigen Händen nach ihren Brüsten, während er sie leidenschaftlich küsste. Mit den Fingern umkreiste er ihre harten Nippel, zupfte vorsichtig daran, kniff sacht hinein. Sarah hörte sich selbst lustvoll aufschreien, was noch nie zuvor passiert war.

Seinem Beispiel folgend ließ nun auch sie ihren Lappen fallen und strich mit seifigen Händen über seine Brust.

Unvermittelt streichelte Roland über ihren Bauch und schob

seine Hand in ihren lockigen Schoß. Fast hätten ihre Beine nachgegeben, als er erst mit dem Daumen über ihren Kitzler rieb, und dann mit zwei Fingern in sie eindrang.

Stöhnend griff sie nach seinem steifen Glied, das sie nicht ganz umschließen konnte, da es zu mächtig war, und bearbeitete es ausgiebig mit den Händen.

Roland trieb sie keuchend mit den Hüften an. »Verdammt«, murmelte er. »Ich glaube, wir sind nun sauber genug.«

Er zog sie mit sich unter den dampfenden Wasserstrahl, wo sie sich schnell den verbleibenden Schaum abwuschen und sich gegenseitig kitzelten. Nachdem Roland das Wasser abgedreht hatte, hob er sie auf den Arm.

»Schling deine Beine um meine Hüften«, forderte er sie auf.

Und Sarah kam dieser Aufforderung nur zu gern nach, als sie seine stattliche, harte Erektion gegen ihren Bauch drücken spürte.

Sie vergeudeten erst gar keine Zeit mit Abtrocknen. Roland trug sie direkt ins Schlafzimmer, wo sie sich gemeinsam aufs Bett fallen ließen.

»Lass uns gleich zur Sache kommen«, bettelte sie, und Roland legte sich mit abgestütztem Oberkörper auf sie, die Hüften zwischen ihren Schenkeln. »Ich möchte dich in mir spüren.«

Stöhnend strich er mit der Spitze seines Glieds über ihre empfindlichste Stelle. »Beim nächsten Mal darf ich dich aber zuerst noch probieren«, verkündete er, bevor er tief in sie eindrang.

Sarah warf den Kopf zurück, genoss, wie er sie ausfüllte. »Jaaa.«

Er zog ihn bis zur Spitze hinaus, um im nächsten Moment erneut in sie einzudringen.

»Mehr«, stöhnte sie.

Mit einem tiefen, männlichen Lachen tat er ihr den Gefallen.

Wieder und wieder drang er in sie ein, rieb sich an ihr, ließ sie vor Lust fast wahnsinnig werden. Die kurzen nassen Haarsträhnen fielen ihm in die Stirn und mit jedem Stoß tropfte etwas Wasser auf sie nieder. Seine bernsteinfarbenen Augen schienen nun heller denn je zu strahlen, hinter seinen vollen Lippen blitzten seine Reißzähne hervor, und seine Muskeln zeichneten sich deutlich unter seiner weichen Haut ab, auf der zahlreiche Schweißperlen glitzerten.

Mit beiden Händen packte sie seinen Hintern und trieb ihn zu einem schnelleren Rhythmus an, immer und immer wieder stemmte sie sich ihm entgegen, und ihre Erregung nahm zu, wuchs und wuchs und wuchs. Er fühlte sich so gut in ihr an, so kraftvoll. Berührte sie an den richtigen Stellen.

Als sie schließlich kam, rief sie seinen Namen, und auch er stöhnte ihren, als er kurz darauf seinen Höhepunkt erreichte.

Sie war vollkommen außer Atem. Langsam ebbte die Lust wieder ab und machte träger Zufriedenheit Platz. Roland legte sich ihr Bein um die Hüften und rollte mit ihr auf die Seite. Noch immer waren sie eng umschlungen und miteinander vereint.

Sarah überkam eine bleierne Müdigkeit, was an den Aufregungen und dem Schlafentzug der letzten Tage lag. Sie sank in tiefe Träume, umfangen von Rolands Wärme und Zärtlichkeit.

12

»Du hast gesagt, ich sei nicht die einzige wichtige Frau in deinem Leben gewesen, die du mit dem Messer über dir vorgefunden hättest«, versuchte Sarah das Thema vorsichtig anzuschneiden. Kurz zuvor war sie wach geworden, da Roland sie mit seinen wundervollen Händen und Lippen am ganzen Körper liebkost hatte.

Sie waren daraufhin nicht gleich zur Sache gekommen, sondern hatten sich beim zweiten Mal richtig viel Zeit genommen herauszufinden, wo der andere gerne berührt und gestreichelt werden wollte und was ihm besondere Lust bescherte. Bis sie beide schließlich einen langen und heftigen Orgasmus erlebten.

Roland seufzte. Er lag auf dem Rücken, sie kuschelte sich an ihn.

»Wer war sie?«

Er nahm ihre Hand, die auf seiner Brust lag, und spielte mit ihren Fingern. »Eigentlich gab es zwei.« Seine Miene verfinsterte sich. »Eine von ihnen war meine Frau.«

Sie spürte einen Stich im Herzen. Schon allein der Gedanke daran, dass er mit einer anderen zusammen gewesen war, erschien ihr unerträglich, doch dass diese Frau ihn auch noch hintergangen hatte, machte sie unsagbar wütend. Sie konnte es kaum glauben.

Warum sollte eine Frau, die bei Verstand war, Roland etwas antun wollen?

Sarah stützte ihr Kinn auf seine Brust, damit sie ihn ansehen konnte, doch er wich ihrem Blick aus und widmete sich stattdessen ihrem Haar, durch welches er mit den Fingern fuhr.

»Als ich endlich den Fängen des Vampirs entkommen war, hatte ich nur einen Gedanken. Ich wollte nach Hause zu Beatrice. Obwohl unsere Ehe arrangiert war, liebte ich sie und dachte, sie hätte dieselben Gefühle für mich. Wir kannten uns, seit mich ihr Vater als Kind in seine Obhut genommen hatte, und waren stets enge Freunde gewesen. Wir führten eine glückliche Ehe, und vor meiner Gefangennahme hatte sie mir zwei wundervolle Kinder geschenkt.«

Sie mussten wirklich wunderschön gewesen sein, wenn sie auch nur im Entferntesten Ähnlichkeit mit ihm gehabt hatten.

Er lächelte verbittert. »Alle waren so überrascht, als ich nach dermaßen langer Zeit wieder in die große Halle marschierte. Immerhin war ich monatelang verschwunden gewesen, und man glaubte, ich wäre ebenso wie meine Männer an jenem Tag umgekommen. An den Tischen wurde es totenstill. Und Beatrice, die am Ende der Tafel saß, flüsterte meinen Namen und fiel in Ohnmacht. Ich rechnete damit, mein Bruder würde auch jeden Moment die Besinnung verlieren, so bleich war er. Damals wusste ich aber noch nicht, dass er hinter allem steckte.«

Roland wickelte eine ihrer Locken um seinen Finger. »Edward schloss mich in die Arme und versicherte mir, er habe wieder und wieder nach mir suchen lassen. Als meine Frau dann wieder zu sich kam, stürzte sie zu mir und bedeckte mein Gesicht mit Küssen. Freudentränen standen ihr in den Augen. Ich war so ein Narr, dass auch ich beinahe geweint hätte.«

Sarah streichelte seine Brust, wünschte, sie könnte ihm irgendwie helfen, und bedauerte mittlerweile aufrichtig, diese bösen Erinnerungen geweckt zu haben.

»Beatrice ging mit mir nach oben in unsere Gemächer, badete mich, gab mir zu essen und liebte mich zärtlich« – diese Passage der Geschichte hörte Sarah nicht so gerne – »und brachte mich dann zu Bett. Eine Stunde später erwachte ich, als sie mir einen Dolch in die Brust rammte.«

Sarah war erschüttert. Seine eigene Frau hatte versucht, ihn zu erstechen!

Roland blickte sie an, in seinen braunen Augen lag Spott. »Sie hatte keine Ahnung, was ich geworden war und dass ich selbst eine eigentlich tödliche Verletzung überleben würde – deshalb erzählte sie mir schließlich alles. Als mein Bruder kurz nach unserer Hochzeit nach Hause gekommen war, hatte sie sich in ihn verliebt.«

Sarah zog sich der Magen zusammen.

»Edward fühlte ebenfalls viel für sie, sodass mir die beiden von diesem Tag an etwas vorgemacht haben. Und zu guter Letzt gestand sie mir dann auch noch, dass meine über alles geliebten Kinder, mein Sohn und meine Tochter, nicht von mir seien, sondern von meinem Bruder.«

»Oh, Roland.«

»Und sie war es auch gewesen, die Gerüchte über Vampire aufgeschnappt und meinen Bruder daraufhin dazu überredet hatte, meine Entführung und Ermordung zu planen, damit er nicht nur sie, sondern auch meinen Titel bekäme. Doch ich habe ihnen einen gehörigen Strich durch die Rechnung gemacht, indem ich gesund und munter zurückgekehrt bin.«

»Also hat sie dich erstochen?« Sarah konnte es nicht glauben.

»Das ist dann aber auch nicht so ganz nach Plan verlaufen.«

»Das will ich doch hoffen!« Sarah war nun richtig in Rage, setzte sich im Bett auf und sah ihn an. »Ich kann es einfach nicht fassen, dass sie so etwas getan hat! Dass sie dich erst betrogen und dann sogar versucht hat, dich umzubringen! Dein Bruder war ganz offensichtlich ein Mistkerl! Und selbst wenn nicht, warum soll sie ihn gewollt haben, wenn sie doch dich hat haben können? War sie noch ganz bei Sinnen?«

Er zog die Augenbrauen hoch.

»Und, wie hast du reagiert?«

Auf einmal schien er wieder sehr wachsam zu sein. »Ich habe beide getötet.«

»Oh.« Damit nahm er ihr den Wind aus den Segeln. »Na, dann ist ja gut.«

»Hältst du mich denn jetzt gar nicht für ein Monster?«

»Nein, ich bin eher eine Verfechterin der Auge-um-Auge-Gerechtigkeit. Immerhin haben sie versucht, dich umzubringen … und das gleich zweimal … und wenn du nicht unsterblich gewesen wärst, hätte es ja auch geklappt. Und wenn sie von dir verschont worden wären, hätten sie bestimmt auch noch einen dritten Anlauf genommen. Für mich fällt das unter Selbstverteidigung.«

Er legte eine Hand auf ihr Bein. »Ehrlich gesagt war es eher ein Unfall. Die Verwandlung war noch ganz frisch, und ich hatte mich noch nicht an meine Körperkraft und an meinen Hunger gewöhnt. Anfangs ist das Verlangen nach Blut schier übermächtig, und durch die Wunde in meiner Brust hatte ich zudem viel davon verloren. In meiner Wut und meinem Schmerz hatte ich Beatrice bereits leer getrunken, noch bevor ich überhaupt wusste, was ich da tat.«

Danach musste er sich noch schlechter gefühlt haben. »Und was war mit deinem Bruder?«

»Nachdem sie mich ja vermeintlich getötet hatte, kam mein Bruder, um meine Leiche zu holen. Ich habe ihn zu heftig geschlagen und ihm dabei den Schädel zertrümmert. Ich hätte ihn zwar heilen können … Aber ich war durch die Brustverletzung noch so geschwächt, dass ich mich ihm ausgeliefert hätte … Also habe ich lieber gar nichts getan, habe ihn einfach sterben lassen.« Trotz allem, was sein Bruder ihm angetan hatte, war deutlich zu spüren, wie schuldig sich Roland fühlte.

Wie eine Decke legte sich Sarah schützend auf ihn. »Das tut mir wirklich leid.«

Er umarmte sie fest. »Das alles ist schon sehr lange her.«

»Ja, aber es scheint immer noch wehzutun.«

»Stimmt«, räumte er zögerlich ein.

»Vielleicht hat sie in Bezug auf die Kinder ja gelogen.« Das hatte ihm wahrscheinlich am meisten zu schaffen gemacht.

»Hat sie auch. Da bin ich mir ganz sicher.«

Sarah schaute ihn an. »Wie kannst du dir da so sicher sein?«

Er lächelte. »Ich hatte dir doch erzählt, dass ich mit einer besonderen Gabe auf die Welt gekommen bin.«

»Ja.«

»Sie stammt von meiner Mutter, die ähnliche Fähigkeiten besessen hat. Mein Vater hingegen war recht untalentiert. Nach dem Tod meiner Mutter hat er wieder geheiratet, und meine Stiefmutter gebar ihm einen Sohn und drei Töchter. Weder Edward noch meine Schwestern besaßen die Gabe.« Mit einem liebevollen Lächeln fuhr er fort. »Mein Sohn allerdings wurde als Heiler geboren, und meine Tochter hatte eine telekinetische Begabung. Edward kann also unmöglich ihr Vater gewesen sein.«

Zweifelsohne musste Roland seine Kinder sehr geliebt haben. Sarah stellte sich eine kleinere Version von ihm vor, die dem stolzen Vater nacheiferte, und ein hübsches Mädchen, das Daddy um den kleinen Finger zu wickeln verstand. Sarah lächelte. »Wie hießen die beiden denn?«

»Thomas und Emma.«

»Und was ist danach geschehen? Bist du geblieben?«

»Ich wusste ja nicht, wohin. Also habe ich die Körper von Beatrice und Edward heimlich vergraben und das Gerücht gestreut, sie wären gemeinsam durchgebrannt. Was für eine schwierige Zeit. Ich hatte immer noch mit den körperlichen Veränderungen zu kämpfen und fürchtete vor allem, mein Geheimnis könnte entdeckt werden. Meine plötzliche Lichtempfindlichkeit habe ich mit einer fremdartigen Krankheit erklärt, die ich mir angeblich im Heiligen Land zugezogen hatte, wohin ich vorgab, verschleppt worden zu sein.

Sarah schürzte die Lippen. »Hat es funktioniert?«

»Manche Leute haben es einfach so hingenommen, andere wiederum fürchteten mich. Zu jener Zeit war der Aberglaube unter den Menschen noch sehr verbreitet.«

»Mmh.«

»Manchmal habe ich mich sogar vor mir selbst gefürchtet. Nach dem, was mit Beatrice geschehen war, hatte ich Angst, aus Versehen auch den Kindern etwas anzutun. Doch dann kam Seth und half mir, alles besser zu verstehen.«

»Woher wusste er überhaupt von dir? Und woher wusste er, dass du Hilfe brauchtest?«

»Keine Ahnung. Seth ist so viel älter als ich, seine Kräfte sind unvorstellbar groß. Anscheinend spürt er, wenn ein Begabter verwandelt wurde. Dann kommt er und hilft, weiht denjenigen in alles ein, lehrt ihn, wie er sich am besten schützt und wie man Vampire jagt. Und wenn er selbst keine Zeit hat, betraut er einen anderen Unsterblichen damit.«

Sarah runzelte die Stirn. »Warum ist er denn nicht gekommen, als dich der Vampir gekidnappt hat? Warum hat er dich nicht befreit? Du wurdest doch ganze drei Monate lang dort in diesem Verließ gefangen gehalten.«

»Begabte sind für ihn viel schwerer auszumachen als Unsterbliche, und ich habe mich erst in der Nacht vor meiner Flucht vollständig verwandelt. Da hat er es dann auch gespürt und angefangen, nach mir zu suchen. Aber du solltest auch bedenken, dass es damals noch nicht sehr viele von uns gegeben hat. Wenn Seth also in eine Gegend kam, in der es Probleme mit Vampiren gab, musste er sich zunächst um diese Angelegenheit kümmern, bevor er seine Suche fortsetzen konnte.«

»Oh.« Sie schlang die Arme um ihn und drückte ihn an sich. »Ich finde es schrecklich, wie sehr du leiden musstest. Das ist so ungerecht.«

Roland gab ihr einen Kuss auf den Scheitel und rollte mit ihr auf die Seite. Er fühlte sich … eigenartig. Irgendwie erleichtert. Als ob ihm dadurch, dass er Wut und Schmerz mit Sarah geteilt hatte, eine riesige Last von den Schultern genommen worden wäre.

War es etwa ein Gefühl der Zufriedenheit, das er in diesem Moment verspürte, als er seine Beine zwischen ihre schob. Es war schon so lange her, dass er sich kaum mehr daran erinnerte, wie sich dieser Zustand anfühlte.

Er hatte seinen inneren Frieden gefunden und stellte fest, dass er nun endlich an seine Kinder denken konnte, ohne dass die Erinnerung an sie vom Verrat seiner Frau und seines Bruders überschattet wurde.

»Über ein Jahrzehnt habe ich nach der ganzen Sache meine Besitztümer verwaltet, doch dann fiel den ersten Leuten auf, dass ich nicht alterte.« Er schmunzelte. »Emma ist zu einer schönen jungen Frau herangereift, gutherzig und großzügig. Und Thomas hatte beinahe meine Körpergröße und sah dermaßen gut aus, dass sich die Mädels regelrecht um ihn gerissen haben. Außerdem waren beide überdurchschnittlich intelligent. Ich hätte stolzer nicht sein können. Mein Sohn wurde schließlich ein mächtiger Ritter, der sich seine Sporen schon früh verdient hatte«, prahlte Roland weiter. »Er besaß so viel Ehrgefühl, genau wie sein Großvater.«

»Nein«, widersprach Sarah leise. »Genau wie du.«

Er hob den Kopf und sah, dass sie lächelte.

Sanft strich sie mit den Fingern über sein Kinn, was etwas kitzelte. »Gut aussehend, klug und ehrenhaft? Das hört sich doch ganz nach Papas Ebenbild an.«

Roland hatte einen Kloß im Hals, und zu seinem Entsetzen schossen ihm auch noch die Tränen in die Augen. Beschämt vergrub er das Gesicht in ihrem Haar.

»Hast du deinen Kindern die Wahrheit über dich erzählt?«, fragte sie und streichelte ihm über den Rücken.

Er musste kräftig schlucken, bevor er ihr antworten konnte. »Nein, aber ich bin so lange wie möglich geblieben. Zumindest lange genug, um Emmas Hochzeit mit einem Earl mitzuerleben, der sie wirklich angebetet hat. Und lange genug, um sicherzustellen, dass Thomas reif genug war, in meine Fußstapfen zu treten und den Titel zu übernehmen. Danach habe ich mich von allen verabschiedet, bin abgereist und habe einige Zeit später einen Unsterblichen gebeten, die Nachricht von meinem Tod zu überbringen.«

Sarah drückte ihm einen Kuss auf den Hals. »Hast du sie jemals wiedergesehen?«

»Aus der Ferne, ja. Ich habe über sie gewacht, bis sie gestorben sind, dann über meine Enkel, und, nachdem diese ebenfalls tot waren, auch über deren Kinder.«

»Manchmal muss es schwer sein, unsterblich zu sein.«

»Ja, manchmal schon. Ich bin nicht der einzige Wächter, der sich zurückgezogen hat. Sich an Menschen zu binden und sie dann altern und sterben zu sehen, und das über Generationen hinweg, kann im Laufe der Jahrhunderte einfach unerträglich werden.«

Mit Sarah würde es ihm nicht anders ergehen. Wenn sie bereits alt wäre, mit schlohweißem Haar und den entsprechenden Knitterfältchen, würde er immer noch genauso aussehen wie in diesem Moment, denn die Zeit konnte ihm nichts anhaben.

Er versuchte diesen unangenehmen Gedanken schnell wieder zu verdrängen, wollte sich sein kleines Glück nicht schon zu Beginn kaputtmachen.

»Ich frage wirklich nicht gern«, riss Sarah ihn aus seinen Gedanken, »aber du hattest vorhin von zwei Frauen gesprochen, die versucht hätten, dich umzubringen. Wer war die zweite?«

»Meine Verlobte.«

Sie murmelte irgendetwas vor sich hin, das er nicht verstehen konnte. »Hieß sie zufällig Mary?«

Seine Miene verfinsterte sich. »Ja. Was weißt du über sie?«

»Nur das, was du zu Marcus gesagt hast, als er dich davon abbringen wollte, mich zu heilen.«

Oh. »Nun, die Geschichte ist schnell erzählt. Im siebzehnten Jahrhundert hatte ich mich Hals über Kopf in sie verliebt und sie gebeten, meine Frau zu werden. Als sie Ja sagte, habe ich ihr offenbart, was ich bin, woraufhin sie vollkommen durchgedreht ist. Letztendlich ist es mir gelungen, sie zu beruhigen. Dachte ich zumindest. Sie sagte, sie brauche Zeit zum Nachdenken, welche ich ihr auch gegeben habe. Am nächsten Tag ist sie dann mit einer Meute, die bis an die Zähne mit Messern, Pfählen und Fackeln bewaffnet war, in mein Haus eingefallen und hat versucht, mich umzubringen.«

Doch mit Sarahs weichem Körper an seiner Seite verlor auch diese Erinnerung an Bitterkeit. Marcus hatte ja so recht. Mary war ziemlich einfältig gewesen. Nachdem er mit ihr alles besprochen hatte, schien sie ihn akzeptiert zu haben. Wahrscheinlich war sie hinterher damit zu ihrer Schwester gegangen und von ihr beeinflusst worden.

Sarah umschloss mit ihren kleinen Händen sein Gesicht und schaute ihm eindringlich in die Augen. »Roland?«

»Ja?« Mit ihrem zerzaustem Haar und den vom Küssen geschwollenen Lippen sah sie einfach bezaubernd aus.

»Ich verspreche dir, dass ich dich niemals betrügen oder versuchen werde, dich umzubringen.«

Und damit stürzte eine weitere Mauer, die er um sein Herz herum errichtet hatte, ein.

Sanft berührte er ihre Lippen mit seinen. »Ich glaube dir.« Und das stimmte auch, er tat es wirklich. »Und ich muss dir sagen, dass mir … das eine Höllenangst macht.«

»Das kann ich gut nachvollziehen. An deiner Stelle ginge es mir genauso. Aber ich würde dir niemals mit Absicht wehtun.« Plötzlich meinte er leichten Spott in ihren Augen erkennen zu können, die heute sowieso mehr braun denn grün wirkten. »Man beachte die Formulierung *mit Absicht*. Manchmal gibt es so Tage, an denen alles schiefläuft. Die enden dann meistens mit blauen Flecken, Schnitten oder Verbrennungen. Solltest du lange genug mit mir zusammenbleiben, könntest du also selbst unfreiwillig Opfer der einen oder anderen Verletzung werden.«

Solltest du lange genug mit mir zusammenbleiben.

War das eine indirekte Anspielung?

Hieß das, dass sie mit ihm Kontakt halten wollte, auch wenn das alles hier vorbei war? Konnte sie sich eventuell sogar eine Beziehung mit ihm vorstellen?

Und wollte *er* das überhaupt?

Und ob er das wollte!

Er drehte sie auf den Rücken und küsste sie leidenschaftlich. »Ich riskier's«, flüsterte er.

Das Klingeln seines Handys riss Roland aus dem Tiefschlaf. Er ärgerte sich, dass er es oben im Haus hatte liegen lassen. Vorsichtig löste er sich aus Sarahs Umarmung – verdammt, er hatte keine Lust zu gehen – und eilte in atemberaubender Geschwindigkeit die Treppen hoch ins Wohnzimmer.

»Was gibt's?«, knurrte er nach dem zweiten Klingeln ins Telefon.

»Sie müssen Roland sein«, war eine fröhliche Männerstimme zu hören.

»Wer zum Teufel sind Sie und woher haben Sie meine Handynummer?«

Der Mann am anderen Ende der Leitung lachte auf. »Sie sind wirklich Roland. Hier spricht Chris Reordon. Ich bin in dieser

Region für den Aufräumdienst zuständig. Ihre Nummer habe ich von Seth.«

Reordon. Roland hatte schon von ihm gehört. Er hatte den Ruf, einer der Besten zu sein, auch wenn er selbst noch nie darauf angewiesen gewesen war, seine Dienste in Anspruch nehmen zu müssen.

Die Existenz von Vampiren und Unsterblichen geheim zu halten, war an sich schon ein Full-Time-Job, der permanente Wachsamkeit erforderte. Doch es gehörten auch gute Verbindungen zu Rechtsvertretern und Gesetzeshütern dazu, und aufgrund ihrer Lichtempfindlichkeit und der zeitaufwendigen Jagd nach Vampiren konnten die Unsterblichen diese Kontakte nicht so recht pflegen. Darüber hinaus erschwerten Videokameras, Handys und Computer im Allgemeinen sowie das Internet im Besonderen die Geheimhaltung zunehmend.

Zum Glück hatte sich Seth schon vor langer Zeit ein Netzwerk von vertrauenswürdigen Menschen aufgebaut, die den Unsterblichen zur Seite standen. Sie halfen bei der Vermehrung von Geld und Vermögen, der Waffenbeschaffung, der Erforschung von Viren, bei den Beschattungen am Tage, dabei, neue Identitäten zu beschaffen (alle paar Jahrzehnte), und griffen zudem ein, wenn andere Menschen Verdacht schöpften und zu neugierig wurden. Dieses Netzwerk hatte nun schon seit Jahrzehnten Bestand und wuchs stetig weiter.

Viele der Menschen, die derzeit für die Unsterblichen arbeiteten, waren Kinder ehemaliger Mitglieder, die den Stab an Sohn oder Tochter weitergegeben hatten. Bedingungslose Loyalität war dabei Grundvoraussetzung, und auf die Einhaltung der Gesetze und Regeln wurde streng geachtet. Wer das Vertrauen des Netzwerks missbrauchte – was nur sehr wenige Menschen bislang gewagt hatten –, der wurde schnellstmöglich aufgespürt und bestraft.

Die Funktion des Aufräumkommandos verstand sich von selbst: Es beseitigte das Chaos, welches die Unsterblichen manchmal zurückließen.

»Wie ist es gelaufen?«, fragte Roland und versuchte sich seinen Ärger nicht anmerken zu lassen.

»Prima«, antwortete der Mann in einem sachlicheren Tonfall. »Vom Haus ist zwar leider nicht mehr viel übrig, aber wir waren die Ersten vor Ort. Manchmal kommt uns die Gleichgültigkeit unserer lieben Mitmenschen ja zugute. Offenbar haben die meisten gedacht, jemand anderes hätte bereits die Feuerwehr gerufen. Jedenfalls hatten wir massig Zeit, alles wie geplant zu inszenieren.«

»Wie haben Sie es denn inszeniert?«

»Wir haben es so aussehen lassen, als wäre ein Drogendeal in einem Crystal-Labor schiefgelaufen. Ich bin übrigens extrem beeindruckt, wie Sie Ihre Spuren verwischt haben. Nicht einmal ich habe Sie mit dem Haus in Verbindung bringen können. Und auch nicht mit dem Wagen in der Garage, der übrigens leider auch hinüber ist.«

»Was ist mit dem Geo Prizm?«

»Den konnten wir noch rechtzeitig verschwinden lassen.«

»Und für wen hat Sie die Polizei gehalten?«

»Für Drogenfahnder, die ihren verdeckten Ermittler nicht mehr rechtzeitig rausholen konnten.«

Wieso gelang es allen anderen immer so mühelos, sich als Gesetzeshüter auszugeben?

»Sollen wir Ihnen einen neuen Wagen vorbeibringen? Bei Sonnenuntergang wäre er da.«

»Was ist mit dem Prizm?«

»Gar nichts. Ich dachte nur, der wäre gestohlen.«

»Ist er nicht.«

»Oh. Dann hätten Sie diese Schrottmühle aber schon längst mal entsorgen können.«

»Das ist nicht mein Wagen. Er gehört einer Frau, die in die Angelegenheit mit hineingezogen worden ist.« Bestimmt hätte Sarah sich längst ein anderes Auto gekauft, wenn sie es sich leisten könnte. »Sie ist hier bei mir und würde ihren Wagen sicher gern wiederhaben.«

»Ist sie ein Mensch?«, fragte Chris ernst.

Roland erstarrte. Bislang hatte er noch nie etwas mit dem Aufräumdienst zu tun gehabt, von daher wusste er nicht, wie sie mit Menschen verfuhren, welche die Wahrheit erfahren hatten. »Ja.«

»In einer Stunde bin ich da und hole sie ab.«

»Den Teufel werden Sie!«

»Sie kennen doch die Regeln. Ein Mensch, der ...«

»Zur Hölle mit den Regeln.«

»Ihr Wissen kann uns alle in Gefahr bringen«, ermahnte ihn Chris. »Ich muss mich wenigstens mit ihr zusammensetzen und sie eine Erklärung unterschreiben lassen, dass sie nichts verraten wird. Und dann habe ich sie darüber aufzuklären, was passiert, sollte sie diese Schweigepflicht jemals brechen.«

Die Drohung war eindeutig.

Roland spürte Wut in sich aufsteigen. Nach allem, was Sarah für ihn durchgemacht hatte, würde er bestimmt nicht zulassen, dass dieser Chris sie einschüchterte.

»Sie können mich mal«, fauchte Roland. »Sie lassen sie gefälligst in Ruhe.«

»Es geht hier nicht nur um Sie«, antwortete Chris, der nun seinerseits langsam ungehalten wurde. »Sie haben ja keine Vorstellung davon, wie viele Gesetze mein Team und ich heute brechen mussten, nur um Ihren Mist aufzuräumen. Das ist das übliche Prozedere, um uns alle zu schützen. Wenn die Tante plötzlich einen Rappel kriegt und alles ausplaudert ...«

»Sie wird aber keinen Rappel kriegen, und mein Leben ist auch nicht in Gefahr, sie hat mich sogar gerettet. Und wenn Ihnen Ihres lieb ist, dann halten Sie sich gefälligst von ihr fern!«

Es folgte eisiges Schweigen.

Roland seufzte tief und knetete mit Daumen und Zeigefinger erschöpft seine Nasenwurzel. Nach allem, was Reordon an diesem Tag für ihn getan hatte, war es wirklich nicht angebracht, diesen Mann so vor den Kopf zu stoßen.

»Hören Sie zu, Reordon. Ich will Ihnen das Leben nicht unnötig schwer machen. Ich bin müde. Gereizt. Und ohne Sarah gäbe es mich nicht mehr. Sie hat mir das Leben gerettet, und das gleich zweimal hintereinander, und ist dafür durch die Hölle gegangen. Ich werde mich bestimmt nicht bei ihr bedanken, indem ich sie von Ihnen unter Druck setzen lasse. Sie hat momentan wahrlich genug am Hals. Jetzt, da sie selbst zur Zielscheibe geworden ist.«

»Zur Zielscheibe?«, wiederholte Chris, und sein Ärger schien wie weggeblasen zu sein. »Warum weihen Sie mich nicht ein? Ich weiß, dass Sie normalerweise allein arbeiten, aber wenn Sie gerade so massiv unter Beschuss stehen, kann ich Ihnen vielleicht helfen. Waren die Brandstifter Lakaien oder Unabhängige?«

»Lakaien.« Obwohl es ihm gar nicht behagte, einem Fremden solche Informationen zu geben, schilderte er Chris die Lage.

»Wie heißt dieser Vampir?«

»Ich kenne nur seinen Vornamen. Bastien.«

»Geburtsland?«

»England.«

»Wie sieht er aus?«

Roland beschrieb ihn, so gut es ging.

»Vampire verfügen nicht über unsere finanziellen Mittel, also lässt sich meistens zurückverfolgen, woher sie ihr Geld haben. Wenn der hier so helle ist, dass er eine ganze Armee auf die Beine stellen kann, ist er wahrscheinlich noch nicht besonders alt. Außerdem muss er hier irgendwo in der Gegend leben. Wir haben auch schon jemanden, der sich um die Nummernschilder und Fahrzeugnummern der Geländewagen kümmert, die die Brandstifter gefahren haben. Und es ist uns gelungen, die Fahrzeuge gegen ein paar Rostmühlen auszutauschen, bevor die Feuerwehr eintraf. Wir werden die Autos auch auf Fingerabdrücke und andere Rückstände hin untersuchen. Ich teile Ihnen dann mit, wenn wir etwas finden sollten.«

»Danke.«

»Kein Ding. Rufen Sie mich an, wenn es was Neues gibt.«

»Mach' ich.«

»Soll ich ein paar Männer vorbeischicken, die Sie und Sarah beim Schlafen bewachen?«

»Das ist nicht nötig, danke.« Roland wollte sein ohnehin schon angeschlagenes Vertrauen in Fremde nicht unnötig auf die Probe stellen.

Zumindest noch nicht.

»Okay. Rufen Sie mich sonst einfach an.«

»Alles klar.«

Als er aufgelegt hatte, speicherte Roland Reordons Nummer unter der Kurzwahltaste.

»Roland?«

Eine wohlige Wärme durchflutete ihn, als er Sarah sah.

Ihr langes Haar war vom Liebesspiel noch ganz zerzaust und hing ihr in wirren Locken um das Gesicht. Zudem hatte sie einen Schlafzimmerblick und vom Küssen geschwollene Lippen.

Sie trug nichts außer seinem schwarzen T-Shirt, das ihm noch nie so gut gefallen hatte wie in diesem Moment, da es ihre Oberschenkel gerade einmal zur Hälfte bedeckte. Ihm waren die Ärmel etwas zu kurz, doch bei ihr gingen sie bis über die Ellenbogen.

Dieser Anblick erregte ihn mehr als jede teure Spitzenunterwäsche. Er verspürte große Zärtlichkeit und Zuneigung. Ja, sogar einen gewissen Grad an Besitzgier.

Meine Frau.

Am liebsten hätte er es in die Welt hinausposaunt, wollte er ein Zeichen setzen, damit jeder sah, dass sie zu ihm gehörte.

Verdammt.

Wenn er sich nicht vorsah, verliebte er sich womöglich noch.

Und was das mit sich brachte, war klar: Herzschmerz und Verderben.

Wenn sich ein Unsterblicher in einen Menschen verliebte, nahm das nie ein gutes Ende.

Nur die Begabten konnten erfolgreich verwandelt werden. Nur sie hatten extra Chromosomen, die ihnen nicht nur besondere Talente verliehen, sondern auch dafür sorgten, dass sie sich in Unsterbliche und nicht in Vampire verwandelten. In der Vergangenheit waren so viele Begabte dem Aberglauben oder auch Neid zum Opfer gefallen, bevor sie ihre Gene hatten weitergeben können, dass es heute kaum noch welche von ihnen gab. Die Wahrscheinlichkeit, dass sich zwei Unsterbliche ineinander verliebten, strebte also gegen Null. Roland konnte die Paare, bei denen es so war, an einer Hand abzählen (so etwas sprach sich eben rasch herum), und selbst diese Liebesbeziehungen endeten oft unschön, wenn der oder die Begabte nicht unsterblich werden wollte.

Gefahrlos verwandelt werden zu können, hieß eben nicht gleich, es auch zu wollen.

Er selbst gab sich keiner falschen Hoffnung hin. Sarah besaß keine außergewöhnlichen Fähigkeiten, die darauf hindeuteten, dass sie besonders war. Ebenso hatte sie weder schwarzes Haar noch dunkle Augen, wie es typisch für Begabte war. Eine Beziehung mit ihr konnte also nur auf zwei Arten enden.

Im besten Fall verbrachten sie fünfzig oder sechzig glückliche Jahre miteinander, bis sie schließlich in seinen Armen starb. Eventuell würde er ihren Tod aufgrund seiner heilerischen Fähigkeiten noch einmal zehn Jahre hinauszögern können.

Schlimmstenfalls aber hätten sie nur noch an die zwanzig glückliche Jahre miteinander … bis sich bei ihr eben die Spuren des Alters nicht mehr verleugnen lassen würden. Spätestens wenn sie das erste Mal für seine Mutter statt für seine Frau gehalten würde, bräche es ihr das Herz. Sie würde anfangen, sich für ihren Körper zu schämen und nur noch im Dunkeln und unter der Decke mit ihm schlafen wollen.

Und mit den zunehmenden Falten und der schlaffer werdenden Haut würde sie auch seine Liebe zu ihr mehr und mehr infrage stellen. Alle Beteuerungen, dass sich an seinen Gefühlen nichts geändert habe, würden ungehört verhallen. Und wenn er abends dann auf die Jagd ginge, verdächtigte sie ihn wahrscheinlich, sich mit einer Jüngeren zu treffen. Mit der Zeit wäre sie vollkommen verbittert, und er selbst hätte ihre Verdächtigungen und permanenten Anschuldigungen irgendwann satt.

Es war immer das Gleiche.

Als er Mary den Hof gemacht hatte, war er noch jung und naiv. Damals hatten die Unsterblichen kaum Kontakt zueinander, zudem war er schon immer eher ein Einzelgänger gewesen. Er hatte sich eingeredet, dass ihm Marys körperliche Veränderungen nichts ausmachen würden, solange er sie nur genug liebte.

Erst durch das Internet konnten sich die Unsterblichen aus aller Welt miteinander austauschen, und in Chatrooms und Foren hatte er erfahren, wie es wirklich war

Doch nun, da Sarah mit diesem schläfrigen Lächeln auf ihn zugeschlurft kam, wünschte er sich, dass es nur dieses eine Mal anders sein möchte.

»Als ich aufgewacht bin, warst du weg.«

Sie kuschelte sich in seine Arme und lehnte den Kopf an seine Brust. Er spürte ihre kalten Hände auf dem Rücken, ihre Füße waren sogar eisig. Doch das kümmerte ihn nicht. In seiner Betrübtheit schmiegte er seine Wange an ihren Kopf und genoss ihre tröstliche Nähe.

»Ist alles in Ordnung?«, fragte sie und strich ihm über den Rücken.

»Ja, das war nur Seths Aufräumkommando. Sie wollten mir sagen, dass alles erledigt ist. Die Polizei wird uns nicht mit dem Feuer oder den Toten in Verbindung bringen.«

»Gut.«

Er konnte sich der Tatsache nicht erwehren, mit einer gewissen Befriedigung festzustellen, dass sie am ganzen Körper nach ihm roch. Daneben nahm er Sarahs eigenen Körpergeruch wahr, den er wie immer als äußerst reizvoll empfand.

Für einen kurzen Moment drückte sie ihn einmal ganz fest. »Tut mir ja so leid, dass du dein Haus verloren hast.«

Er schüttelte den Kopf. »Du, Marcus und Nietzsche waren das einzig Unersetzbare darin, und ihr seid alle in Sicherheit.«

»Du bist echt süß«, sagte sie lächelnd.

Beinahe hätte er laut losgelacht. *Süß* hatte ihn, seit er aus den Windeln war, wirklich niemand mehr genannt.

»Weißt du, was?«, fragte sie schelmisch.

»Was denn?«, entgegnete er grinsend.

Sarah stellte sich auf die Zehenspitzen, um ihm etwas ins Ohr zu flüstern. »Du trägst gerade mein Lieblingsoutfit.«

Lachend sah er an sich herunter. »Aber ich bin doch vollkommen nackt.«

»Eben, und das steht dir total gut.«

Im Nu waren seine Lebensgeister wieder erwacht, und er beugte sich zu ihr hinunter.

Als sich ihre Lippen berührten, gab Sarah ein genießerisches Brummeln von sich.

Sie hatte einen kurzen Schreck bekommen, als sie allein im Bett aufgewacht war, aus der Ferne dann jedoch seine gedämpfte Stimme vernommen. Das Bett war ihr so kalt und leer vorgekommen, sodass sie ohne seinen warmen, weichen Körper nicht wieder hatte einschlafen können. Nachdem sie seinem Gemurmel schließlich für einige Zeit gelauscht, aber niemand ihm geantwortet hatte, war ihr klar geworden, dass er telefonieren musste. Also hatte sie sich schnell sein T-Shirt übergezogen und war ihn suchen gegangen, um ihn schließlich in nackter Pracht im Wohnzimmer zu finden.

Für einen kurzen Augenblick hatte er so verloren gewirkt, dass sie den Wunsch verspürte, ihn in den Arm zu nehmen und zu trösten.

Doch als er nun seine Zunge in ihren Mund gleiten ließ, begann ihr Puls zu rasen, und sie konnte nur noch daran denken, wie er sie ausgefüllt und mit kräftigen, tiefen Stößen von einem Orgasmus zum nächsten katapultiert hatte.

Sie fuhr mit den Händen über jede Kontur seiner durchtrainierten Brust, strich ihm über die Schultern und schließlich durch sein seidiges kurzes Haar.

Als sie sich mit ihren Fingern darin festkrallte, stöhnte er auf und küsste sie noch stürmischer, wobei er etwas in die Knie ging, damit sie sich nicht so recken musste. Zusätzlich stützte er mit einer Hand ihren Nacken, während er mit der anderen ihren Rücken entlangstreichelte.

Sarah erschauderte vor Lust, als er am Saum des T-Shirts haltmachte und seine Finger langsam wieder nach oben wandern ließ. Kalte Luft strich über ihre warme Haut. Dann packte er mit beiden Händen ihren Po und presste sie gegen sich, sodass sie seine beachtliche Erektion an ihrem Bauch spüren konnte, um schließlich einen seiner muskulösen Oberschenkel zwischen ihre Beine zu schieben und sachte Druck auf ihren Schoß auszuüben.

Sarah rang nach Atem. Schon jetzt war sie total feucht. Stöhnend rieb sie sich an seinem Bein.

Rolands Verlangen wuchs. Er ließ von ihrem verführerischen Hintern ab und streichelte ihren Rücken. Bebend vor Lust hatte er nur noch den Wunsch, in sie einzudringen.

Rasch zog er ihr das Shirt über den Kopf. Wie wunderschön sie war. Er streichelte ihre Brüste, kniff ihr in die harten Nippel, was ein Zucken in ihrem Körper auslöste.

Grinsend neigte er daraufhin den Kopf und liebkoste eine ihrer rosafarbenen Knospen, umspielte sie mit der Zunge, bevor er ganz vorsichtig hineinbiss. Als Sarah lustvoll aufstöhnte, blickte er zu ihr auf. Sie hatte vor Erregung gerötete Wangen. Immer fordernder presste sie ihre Hüften gegen seinen Schritt. Sie war so feucht, so bereit. Er wollte sie kosten. Jetzt.

Also kniete er sich hin, schob ihre Beine auseinander und genoss den Anblick, der sich ihm bot. Ihre dunklen Locken waren feucht, und der Geruch ihrer Erregung berauschte ihn wie Champagner. Sie schrie auf, als er mit seiner Zungenspitze über ihren Kitzler fuhr, und griff ihm ins Haar, damit er nicht wegkonnte, nicht aufhörte, was auch seine Lust nur noch mehr steigerte. Wieder und wieder umkreiste er ihr Knöpfchen, leckte und saugte daran, und drang schließlich erst mit einem, dann mit noch einem Finger in sie ein. Im selben Rhythmus, wie er seine Zunge benutzte, massierte er sie, bis sie ihn keuchend anflehte, er möge sie erlösen.

Der erste Orgasmus schien regelrecht über sie hereinzubrechen und ließ sie seinen Namen schreien. Doch Roland gab nicht nach, machte weiter, bis ihre kleinen spitzen Schreie langsam versiegten und ihre Beine nachgaben.

Behände fing er Sarah auf, erhob sich mit ihr und schlang ihre Beine um seine Hüften. Er zitterte nun vor Erregung. Noch immer hatte er ihren Geschmack auf der Zunge. Sarah bedeckte seinen Hals mit leidenschaftlichen Küssen und biss sanft hinein, was ihn nur noch mehr anzustacheln schien.

Fordernd drückte er sie gegen die Wand. Und auch Sarah verschränkte die Beine hinter seinem Rücken und suchte gierig seinen Mund.

»Sei vorsichtig«, warnte er sie. »Meine Reißzähne sind ziemlich scharf.«

Doch Sarah nickte nur stumm und schockte ihn kurz, indem sie mit der Zunge darüberfuhr. Er erschauderte vor Lust, als ihm bewusst wurde, dass dies ein Zeichen dafür war, dass sie ihn voll und ganz akzeptierte.

Während er mit einer Hand ihr Gewicht abstützte, nutzte er die andere, um eine ihrer Brüste zu kneten. Zeitgleich sorgte mit Mund und Zähnen dafür, dass auch die zweite nicht zu kurz kam.

Lange würde er es nicht mehr aushalten.

Und als hätte sie seine Gedanken erraten, griff Sarah nun nach seinem Schwanz. Roland stöhnte laut auf, als sie ihn in die Hand nahm, ihn liebkoste, massierte und ihren Daumen über die empfindliche, feuchte Eichel kreisen ließ.

»Ich möchte dich in mir spüren«, hauchte sie, und er konnte ihren warmen Atem an seinem Ohr spüren.

Er hob den Kopf und erwiderte ihren lüsternen Blick. »Hol's dir!«, forderte er sie auf.

Ohne den Blick von Roland zu wenden, dirigierte sie ihn zum Ziel nahm sein Glied in sich auf.

Der Unsterbliche stöhnte. Wie warm und eng sie war!

Sarah sog scharf die Luft ein, als er bis zum Anschlag in sie eindrang.

Langsam begann er sich in ihr zu bewegen. Seine leuchtend bernsteinfarbenen Augen bildeten einen starken Kontrast zu seiner Haut und den dunklen Brauen. Seine Reißzähne waren ausgefahren. Vorsichtig, um sie nicht zu verletzen, knabberte er zärtlich an einer ihrer Brustwarzen und verwöhnte sie mit der Zunge.

»Roland«, stöhnte sie und vergrub die Hände in seinem Haar. »Du fühlst dich so gut an.«

Er packte sie fester, seine Stöße wurden schneller und härter.

»Jaaa«, stöhnte sie und stemmte sich gegen ihn, den Kopf an die Wand gelehnt.

Mit dem Mund wanderte er von ihrer Brust über ihr Schlüsselbein bis zu ihrem Hals und verharrte genau an der Stelle, wo ihr Puls schlug.

Wollte er sie etwa beißen?

Doch es war weniger Angst als Erregung, die sie bei diesem Gedanken verspürte.

Zärtlich fuhr er mit der Zunge über ihre Haut, knabberte leicht mit den Zähnen daran, während er mit einer Hand abtauchte und an ihrem Kitzler spielte.

Das war zu viel für Sarah. Sie explodierte förmlich in seinen Armen, schrie die Lust heraus und erlebte einen Orgasmus, der noch viel intensiver war als beim ersten Mal. Vom Zucken ihres Körpers zum Äußersten getrieben, kam auch Roland kurz darauf mit einem lauten Stöhnen.

Als die letzte Welle der Lust abgeklungen war, lehnte er mit der Stirn gegen die Wand, seine feuchte Wange an ihre gepresst. Noch sichtlich außer Atem, schlang er die Arme um Sarah und hielt sie einfach nur fest.

»Das war … unglaublich«, keuchte sie und legte die Hände in seinen Nacken. Sie fühlte sich herrlich schwer und matt.

Roland hob den Kopf, um ihr in die Augen zu blicken.

Sie lächelte und streichelte ihm über die Wange. »Diese Augen«, murmelte sie fasziniert.

Er schmiegte sich mit der Wange in ihre Handfläche und bedeckte sie mit Küssen.

»Du bist so schön«, sagte sie. Es kümmerte sie nicht, dass man mit diesem Wort gemeinhin Frauen beschrieb. Er war einfach schön. Mit Augen, die leuchteten wie der Mond. Und all seinen Bedenken zum Trotz gefiel ihr auch das, was ihn ausmachte. Er war derart leidenschaftlich gewesen, dass er sein wahres Wesen nicht vor ihr hatte verstecken können.

Finster starrte er vor sich hin. »Ich hätte dich fast gebissen.«

»Ich weiß.« Mit einem ihrer Daumen strich sie sanft über seinen verführerischen (und äußerst begnadeten) Mund. Noch nie zuvor hatte sie weichere Lippen geküsst.

»Tut mir leid.«

Um ihn zu beruhigen, gab sie ihm einen Kuss. »Schon okay. Ich hatte keine Angst vor dir.« Sie wurde rot. »Um ehrlich zu sein«, sie senkte die Stimme und rückte ganz nah an ihn heran, »hat es mich angemacht.«

»Echt?«

Sie legte ihren Kopf in den Nacken, um seinen Gesichtsausdruck sehen zu können.

Ein jungenhaftes Lächeln erhellte sein Gesicht, sodass Sarah froh war, es ihm gesagt zu haben.

»Echt.«

Beschwingt küsste er sie, woraufhin sie unweigerlich lachen musste.

Zu ihrem großen Bedauern stellte sie fest, dass die Reißzähne verschwunden waren, als er sich wieder von ihr löste und sie herunterließ.

Stützend gab er ihr Halt, bis das Gummigefühl in ihren Beinen nachließ. »Der Wunsch, dich zu beißen, war beinahe übermächtig«, gestand er, »doch ich muss dem widerstehen. Schon dein Geruch macht mich süchtig. Und ich fürchte, wenn ich erst dein

Blut versuchen würde, könnte ich gar nicht mehr genug von dir bekommen.« Er strich ihr das Haar aus der Stirn und hob zärtlich ihr Kinn an. »Ich will nicht riskieren, dass du dich infizierst. Ich werde es nicht riskieren. Dafür bedeutest du mir einfach viel zu viel.«

Sarah umfasste seine Hände. Einerseits war sie etwas enttäuscht, andererseits aber auch gerührt darüber, dass er sich das Vergnügen versagte, sie zu beißen, um sie nicht zu gefährden.

Mit gesenkten Lidern schaute sie ihn schelmisch an. »Dann musst du wohl weiterhin an anderen Stellen knabbern.«

Er schüttelte den Kopf und grinste breit. »Du bist einfach unglaublich.«

Mit gespielt düsterem Blick nickte sie. »Ich weiß.«

Lachend schloss er sie in die Arme. »Dann lass uns jetzt doch mal den Whirlpool ausprobieren.«

13

Als Bastien erwachte, war es totenstill. Ein Blick auf die Uhr verriet ihm, dass es später Nachmittag war. Um diese Zeit schliefen die anderen Vampire noch, und vor Sonnenuntergang würden sie sich nicht erheben. Wahrscheinlich lag es an seinem Alter, dass es sich bei ihm anders verhielt. Je länger man infiziert war, desto geringer fielen die Nebenwirkungen aus; man brauchte weniger Schlaf und konnte sich auch für kurze Zeit der Sonne aussetzen.

Während er sich anzog, musste er an Roland und diese Frau denken.

Sarah Bingham.

Nachdem der Anschlag am Morgen fehlgeschlagen war, was ihn weitere zwölf Männer gekostet hatte, war Tanner von ihm darauf angesetzt worden, mehr über diese Frau herauszufinden. Vor allem aber sollte er in Erfahrung bringen, welche Rolle sie in der ganzen Sache spielte.

Anscheinend gehörte diese Sarah weder zum Netzwerk noch konnte es sich bei ihr um Rolands Sekundantin handeln. Sie war eine dreißigjährige Musikprofessorin, die den Unsterblichen zum ersten Mal an jenem Morgen auf der Wiese getroffen hatte.

Und sie war ein Störfaktor, mit dem er nicht gerechnet hatte. Doch vielleicht konnte ihm diese Frau noch von Nutzen sein. Die oberste Priorität lag auf Rolands Tod, koste es, was es wolle.

Bastien durchquerte den Keller und stieg die Treppe hinauf.

Das Wohnzimmer des Bauernhauses lag verlassen da. Zurzeit arbeiteten aber ohnehin nur vier Menschen für ihn. Und drei von ihnen durchsuchten gerade die Küche nach etwas Essbarem.

Als Bastien das Arbeitszimmer betrat, war der vierte Mann, Tanner, gerade dabei, einen Stapel Papier aus dem summenden Drucker zu ziehen.

»Ist das die Liste für heute Abend?«

Tanner fuhr zusammen und drehte sich um. In seinem Blick lag eine Mischung aus Erleichterung und Sorge. »Endlich bist du wach.«

Das konnte nichts Gutes heißen.

»Was ist los?«

Tanner verdrehte die Augen und legte den Stapel auf den sauber aufgeräumten Schreibtisch. »Keegan. Er ruft alle fünf Minuten an und will sich unbedingt mit dir treffen.«

»Hat er gesagt, warum?«

»Nein, er beschimpft mich nur ständig, weil ich dich nicht wecken wollte. Und dann hat er mich auch noch verflucht, weil ich ihm nicht verraten habe, wo du wohnst, damit er herkommen und dich selbst wecken kann.«

»Danke dir.« Bastien tat sich nach wie vor recht schwer damit, Keegan, dem Biochemiker, zu vertrauen, und wollte sich ihm keinesfalls schutzlos ausliefern.

»Kein Ding. Aber vielleicht sollten wir ihn zurückrufen, bevor er noch einen Herzinfarkt bekommt.« Er senkte die Stimme. »Oder bevor ich ihn erwürge.«

Bastien schmunzelte. »Ich werde ihm einen Besuch abstatten, sobald es dunkel ist.«

»Brauchst du Verstärkung?«

»Nein, mit dem werde ich schon allein fertig.«

Tanner lachte. »Das bezweifle ich nicht.«

Erneut klingelte das Telefon.

Tanner warf einen Blick aufs Display, nahm ab und ließ den Hörer dann wieder auf die Gabel fallen. »Wie geht es mit der Jagd voran?«

»Langsamer, als ich dachte.«

»Kann ich sonst noch etwas tun?«

»Du tust ja schon genug.«

Tanner nickte, nahm die Papiere vom Schreibtisch und reichte sie Bastien. »Das sind die Adressen für heute Abend.«

Auf jeder der Seiten war oben ein Name samt Adresse vermerkt, darunter befand sich eine Karte mit Wegbeschreibung.

»Der Nachschub scheint nicht zu versiegen, nicht wahr?«

Tanner presste die Lippen aufeinander. »Ja.«

Dr. Montrose Keegan fiel in die Rubrik *arrogantes Arschloch,* und Bastien konnte ihn nicht ausstehen, was ihn jedoch nicht davon abhielt, ihn für seine Zwecke auszunutzen.

Montroses dreiundzwanzigjähriger Bruder Casey hatte sich vor vier Jahren mit dem Virus angesteckt. (Betrunkene College-Studenten stellten immer eine leichte Beute für Vampire dar, weshalb ein Großteil von Bastiens Männern auch unter fünfundzwanzig war.) Doch wie so häufig hatte der Vampir, von dem Casey verwandelt worden war, sein Opfer bald schon wieder im Stich gelassen.

Kurz darauf hatte Bastien die beiden Brüder kennengelernt, den jungen Vampir unter seine Fittiche genommen und ihm Unterschlupf und Hilfe angeboten. Im Gegenzug sollte ihm Montrose bei der Suche nach einem Gegenmittel helfen. Casey musste sich einverstanden erklären, das Versteck selbst vor seinem Bruder geheim zu halten.

Bislang hatte diese Vereinbarung auch ganz gut funktioniert. Ab und an musste Montrose allerdings leider daran erinnert werden, wer das Sagen hatte.

Geräuschlos schlich sich Bastien in das Haus des alleinstehenden Mannes und stieg, den Flüchen und dem Krach folgend, die Treppe hinunter ins Kellerlabor.

Montrose stand neben einem zugemüllten Schreibtisch und

telefonierte. Dann knallte er mit einem lauten Fluchen den Hörer auf die Gabel.

Bastien fuhr die Reißzähne zur vollen Länge aus, sorgte dafür, dass sich seine Verärgerung auch in seinem Blick niederschlug, und setzte dann seine übernatürliche Geschwindigkeit ein, um wie aus dem Nichts vor dem guten Doktor aufzutauchen.

Montrose erschrak dermaßen, dass er beinahe den Halt verlor und strauchelte. »Bastien! Wo … Wie sind Sie hier hereingekommen?«

Der Vampir ließ seine weißen Reißzähne aufblitzen. »Tanner Long ist nicht nur ein Angestellter, sondern auch mein Freund. Könnten Sie mir bitte erklären, warum Sie ihn beleidigt und dazu gedrängt haben, meine Ruhe zu stören?«

Auf Montroses Stirn standen Schweißperlen. Nervös wich der fast kahle Arzt einen Schritt zurück. »Es … Es war ein Notfall.«

Bastien beugte sich bedrohlich über ihn. »Caseys pulverisierten Überreste zu finden, nachdem ein Unsterblicher ihn in die Finger gekriegt hat, *das* wäre ein Notfall.«

Montrose erbleichte.

»Aber der liebe Casey erwacht gerade aus seinem wohlverdienten Schlaf, den Sie mir verwehren wollten. Also gibt es keinen Notfall. Haben Sie den Anzug fertig?«

»N… Nein. Aber morgen.«

»Warum ist er jetzt noch nicht fertig?«

Nachdem er mehrmals erfolglos angesetzt hatte, platzte es schließlich aus Montrose heraus. »Ich musste noch … Wo haben Sie die Blutprobe her? Nicht Caseys, die andere.«

Bastien runzelte die Stirn. »Das wissen Sie doch.«

»Von Ihrem Feind, dem Unsterblichen Wächter?«

»Ja.«

»Wo finde ich ihn?«

»In ein paar Tagen wird nichts mehr von ihm übrig sein.«

Montrose schüttelte hektisch den Kopf. »Sie dürfen ihn nicht töten, er ist kein Mensch.«

Bastien lachte. »Das ist ihr Bruder auch nicht.«

»Ja, aber er war es«, antwortete Montrose ernst.

Bastien musterte den Arzt mit finsterer Miene, der nun geradezu fanatisch auf ihn wirkte. Er musste irgendetwas in Rolands Blut gefunden haben.

»Was wollen Sie mir damit sagen, Keegan?«

Montrose lief zu einem Tisch mit Computern, Zentrifugen und sonstigen medizinischen Apparaturen hinüber und griff sich eine der beschrifteten Phiolen mit Blut. »Ich will damit sagen, dass Casey jetzt zwar ein Vampir ist, jedoch als Mensch geboren wurde. Bei diesem Mann«, er hielt die Phiole hoch, »ist es jedoch anders. Er war nie ein Mensch.«

Bastien starrte ihn fassungslos an.

Was zum Teufel hatte das zu bedeuten?

Sarah wusste, dass Roland gern gejagt hätte und nur ihretwegen dablieb. Sie badeten Nietzsche, aßen gemeinsam zu Abend, wobei es für sie eigentlich eher ein Brunch war, wuschen ab, ließen den Kater hinaus und holten ihn nach einem Streit mit einem Opossum wieder herein. Schließlich zogen sie sich ins Wohnzimmer zurück.

Um sich wieder auf den neuesten Stand der Dinge zu bringen, schaltete Sarah zwischen verschiedenen Nachrichtensendern hin und her, während Roland unruhig im Zimmer umherlief. Auf und ab. Hin und her. Irgendwann konnte sie es nicht mehr ertragen und schaltete den Fernseher aus.

»Roland.«

»Ja«, antwortete er geistesabwesend.

»Warum bist du denn immer noch hier?«

»Wie meinst du das?«

»Solltest du nicht eigentlich jagen?«

Sein Gesicht verfinsterte sich. »Ich lasse dich nicht allein und ohne Schutz zurück.«

»Aber ich bin hier doch sicher.«

»So sicher wie bei mir zu Hause?«

»Du hast doch selbst gesagt, dass sie uns wahrscheinlich nach dem Überfall bei mir verfolgt haben. Nun, hierher können sie uns jedenfalls nicht gefolgt sein. Seth hat uns gezappt, gebeamt, teleportiert oder wie auch immer man es nennen mag. Jedenfalls hat seine Methode keinerlei Spuren hinterlassen.«

Abermals begann er im Raum herumzutigern. »Ja, aber wenn sie mich jetzt draußen beobachten, dann können sie uns auch aufspüren.«

»Als wenn das wahrscheinlich wäre. Aber da du jetzt dafür sensibilisiert bist, würdest du Derartiges mit Sicherheit mitbekommen.«

»Da hast du mehr Vertrauen in mich als ich selbst.«

»Ich vertraue dir vollkommen«, gestand sie ihm aufrichtig.

Roland blieb stehen und blickte sie verdutzt an. »Wie kannst du das, wo ich dich doch zweimal enttäuscht habe?«

Nun wunderte sie sich. »Was?! Wann soll das denn gewesen sein?«

»Als du vor diesem Mistkerl Bastien … und mir geflohen bist, hast du dich verletzt.« Bislang war das Thema noch nie so deutlich von ihm angesprochen worden, doch natürlich wusste sie, dass ihre Angst ihn gekränkt hatte. »Und beim zweiten Mal bist du beinahe erschossen und bei lebendigem Leib verbrannt worden. Und das, während du unter meinem Schutz standest.«

»Ich bin doch aber noch am Leben«, gab sie zurück und sprang auf. »Gesund und munter, in einem Stück.«

»Ich lasse dich nicht allein.«

»Und was ist mit Bastien? Er hat dich beide Male fast umgebracht. Willst du ihn nicht ausfindig machen?«

Oh doch!, verrieten seine Augen, auch wenn er tapfer den Kopf schüttelte. »Deine Sicherheit geht vor.«

»Dann ruf diesen Chris Reordon an. Er soll ein paar Männer schicken, die mich so lange bewachen.«

»Ich vertraue dein Leben doch nicht irgendwelchen wildfremden Männern an.«

»Und was ist mit Bastien? Der rennt jetzt einfach so frei herum?«

»Marcus und Lisette suchen nach ihm.«

Sarah baute sich vor ihm auf. »Das reicht nicht, und das weißt du auch.« Sie strich ihm über sein Gesicht, das wie versteinert wirkte. »Du willst mit den beiden dort draußen sein, diesen Kerl jagen und ihn ausschalten.«

Er beugte sich zu ihr herunter und lehnte seine Stirn gegen ihre. »Ich weiß grad keinen Ausweg, Sarah. Ich kann nicht zulassen, dass dir etwas geschieht.« Er seufzte tief.

In seiner Stimme lag so viel Leidenschaft, dass ihr das Herz aufging.

So, wie er sich ausgedrückt hatte, fühlte er sich nicht etwa verpflichtet, sie zu beschützen, sondern ertrug den Gedanken nicht, dass ihr etwas zustoßen könnte.

Sarah drückte ihm einen Kuss auf die Lippen, nahm seine Hand und führte ihn hinaus auf den Flur, durch die Kellertür, die gewundene Treppe hinunter.

Unten angekommen bog sie jedoch statt nach rechts nach links ab.

»Wohin führst du mich?«

Sarah sagte nichts, bis sie das Licht im Fitnessraum angemacht hatte. »Ich möchte, dass du mir zeigst, wie man Vampire vermöbelt.«

»Was?!«

»Wenn du weißt, dass ich mich wehren kann, bist du vielleicht etwas entspannter und damit bin ich es zwangsläufig auch. Also …« Sie deutete auf die herumliegenden Waffen und Trainingsgeräte. Der Raum war so groß wie eine kleine Turnhalle. »Bring es mir bei.«

Er stemmte die Hände in die Hüften. »Du wirst nicht auf Vampirjagd gehen.«

»Das will ich ja auch gar nicht. Auch wenn mich dieses Machogehabe Ich-bin-der-Mann-und-sag-dir-jetzt-mal-wie-das-hier-läuft glatt dazu anstiften könnte.«

»So meine ich das doch –«

»Ich weiß. Du machst dir Sorgen und möchtest mich nur beschützen. Aber du kannst nicht rund um die Uhr bei mir sein.«

Als er den Mund aufmachte, um ihr zu widersprechen, legte sie ihm schnell den Zeigefinger auf die Lippen. »Lass mich bitte ausreden … Du kannst nicht ständig bei mir sein. Früher oder später wird die Situation kommen, dass ich einem Vampir ausgeliefert bin, und dabei muss es sich nicht unbedingt um Bastien handeln. Willst du, dass ich mich dann nicht verteidigen kann?«

Roland nahm ihre Finger fort und küsste sie. »Doch.«

»Super. Ich bin ganz gut in Form.« Sie machte sechsmal die Woche Kraft- und Ausdauertraining. »Zeig mir, wie ich jemanden ausschalte, der schneller ist, als ich gucken kann.«

Drei Tage später beendete Roland ihre letzte abendliche Trainingseinheit. Vollkommen außer Atem nahm Sarah das Handtuch entgegen, das er ihr anreichte, wischte sich den Schweiß aus dem Gesicht und ließ sich erschöpft auf eine der umstehenden Polsterliegen sinken.

Roland versuchte es zwar, konnte jedoch nicht aufhören zu grinsen, sodass ihm allmählich bereits die Wangen wehtaten. So viel Spaß hatte er bestimmt seit Jahrhunderten nicht mehr gehabt.

Sarah war ein Naturtalent. Körperlich ohnehin in Topform,

hatte sie aufmerksam seinen Anweisungen gelauscht und die Bewegungsabläufe so gut es ging verinnerlicht. Im Laufe der Trainingseinheiten, in denen er sie immer wieder triezte und an ihre Grenzen führte, war sie schließlich zunehmend professioneller geworden.

Dabei kamen ihr besonders die Kampfsportkurse während ihrer Collegezeit zugute. Sarah reagierte schnell und bewegte sich sehr anmutig. Abgesehen davon war er gerne mit ihr zusammen. Ganz unerwartet trat ihr verschrobener Humor zutage. War sie in einem Moment noch todernst und vollkommen auf das Training konzentriert, sagte sie im nächsten Augenblick auch schon etwas derartig Lustiges, dass er vor Lachen unterm Tisch lag.

»Na, das kann ja heiter werden«, sagte sie und trocknete sich den Nacken ab.

Ihm gefror das Lächeln auf den Lippen. »Warum sagst du das?« Er setzte sich dicht neben sie auf die Liege, sodass sich ihre Schultern berührten.

Sie war wie eine professionelle Vampirjägerin gekleidet. Die schwarze Cargohose mit ihren unzähligen Schlaufen und Taschen für Waffen und Munition erinnerte an Armeehosen, saß tief und hatte weite Beine. Das dazu passende ärmellose Top klebte feucht an ihrer schmalen Taille und den üppigen Brüsten. Komplettiert wurde das Outfit von neuen dunklen Lederstiefeln. Und obwohl diese bequem zu sein schienen, fürchtete Roland, sie könnte beim Eintragen Blasen bekommen.

Da die Tasche mit Sarahs Sachen im Feuer zerstört worden war, musste sie nun mit dem vorlieb nehmen, was sie auf *Davids Anwesen*, wie sie es nannte, fand.

Der hatte es sich angewöhnt, immer einen Bestand an Frauen- und Männerkleidung im Haus zu haben, um für den überraschenden Besuch von Unsterblichen oder Netzwerkmitarbeitern gewappnet zu sein. Und weil die Klamotten nach einem

Zusammenstoß mit Vampiren in der Regel zerrissen und mit Blut besudelt waren und man die entsprechenden Flecken auf schwarzem Stoff schlechter ausmachen konnte, sodass er oft einfach nur nass aussah, hatte David in seinem Nimm-dir-was-du-brauchst-Schrank nur schwarze und kampftaugliche Sachen. Abgesehen von der eingeschweißten Unterwäsche. Die war blütenweiß.

Sarah konnte Schwarz gut tragen. Ihre blasse Haut strahlte im Kontrast zu dieser Farbe regelrecht.

»Ich bin total schlecht«, jammerte sie.

Überrascht sah er sie an. »Bist du überhaupt nicht. Gerade eben habe ich gedacht, dass du ein Naturtalent bist.«

Argwöhnisch beäugte sie ihn.

Roland strich ihr eine feuchte Strähne hinters Ohr. »Ich habe schon etliche Unsterbliche unterrichtet, die nicht halb so schnell gelernt haben wie du.«

»Ich wusste ja gar nicht, dass du auch ausbildest. Ich dachte immer, du würdest ganz zurückgezogen leben.«

»Seth überlässt mir nicht immer die Entscheidung darüber. Manchmal taucht er unvermittelt auf, lädt irgendeinen armen Kerl bei mir ab, und bevor ich Einspruch erheben kann, ist er auch schon wieder mit den Worten ›Bild ihn aus‹ verschwunden.«

Sarah lächelte ihn schief an. »Und jetzt sitzt du hier mit mir.«

Er strich über ihre verschwitzte, warme Wange. »Das Training mit dir ist die reinste Freude. Ich wiederhole mich gern: Du bist ein Naturtalent. So viel Spaß wie eben hatte ich schon lange nicht mehr.« Und mit einem verschlagenen Grinsen fügte er hinzu: »Zumindest nicht vollständig bekleidet.«

Sie lachte.

»Und warum meinst du, dass du so schlecht warst?«

»Du hast dich bei deinen Angriffen immer total zurückgehalten.«

»Du sollst dich erst einmal an die Schritte und Techniken

gewöhnen, bevor ich dich ernsthaft angreife und meine übernatürliche Schnelligkeit und Kraft einsetze.«

»Aber du wirst mich demnächst doch noch mal richtig angreifen, oder?«

»Ja, aber nur, wenn ich danach deine blauen Flecke und sonstigen Blessuren heilen darf.«

»Ro-land.«

»Sarah, bitte!«, sagte er betrübt und nahm ihre Hand. »Wenn ich sage, dass ich es nicht ertragen kann, dich leiden zu sehen, dann ist das nicht bloß leeres Gerede. Du bedeutest mir etwas. Es wird für mich … sehr schwer werden, beim Training ernst zu machen und damit zu riskieren, dich möglicherweise zu verletzen. Vor allem, wenn mein Instinkt mir sagt, dass ich dich eigentlich beschützen müsste. Also mache ich es nur unter einer Bedingung: Du musst mir versprechen, dass ich deine Verletzungen heilen darf, sollte etwas passieren.«

Sie kaute auf ihrer Unterlippe herum und schaute ihn an, doch er konnte ihren Blick nicht deuten.

»Na gut, du darfst mich heilen.«

Die Anspannung in seinen Schultern löste sich. »Danke.«

Mit den Fingerspitzen zeichnete sie die Konturen seines Gesichts nach, und sein Herz begann schneller zu schlagen.

»Weißt du, wie leicht ich mich in dich verlieben könnte?«, flüsterte sie.

Roland schloss die Augen. In diesem Moment war er glücklich und unglücklich zugleich. »Das wäre äußerst unklug von dir«, entgegnete er leise.

»Weil du nicht dasselbe für mich empfindest?«

Er öffnete die Augen und drückte ihr hastig einen Kuss auf die Hand, wobei er heftig den Kopf schüttelte. »Nein, Süße. Du hast mir mein Herz bereits am ersten Tag unseres Zusammenseins gestohlen.«

»Aber dann ist doch alles gut, oder? Ich meine, wenn wir beide so empfinden …«

»Wäre ich ein Mensch, gäbe es keine Probleme. Wir könnten uns verlieben, heiraten, Kinder bekommen, Enkelkinder, gemeinsam altern und glücklich bis ans Ende unserer Tage leben. Aber ich bin kein Mensch, Sarah, ich bin unsterblich. Ich altere nicht. Und wenn du eines Tages grau geworden bist, werde ich immer noch so aussehen wie jetzt. Du würdest frustriert sein und meine Gefühle infrage stellen.«

Sarah starrte auf ihre Hände, die sie ineinander verschränkt hatte. »Vielleicht ja auch nicht.«

Traurig lächelte er sie an. »Dann wärst du die Erste, bei der es anders läuft. Schon vor uns haben sich Unsterbliche und Menschen ineinander verliebt.«

Sie zog seine Hand auf ihren Schoß und spielte mit seinen Fingern. »Ich würde auf jeden Fall alt werden und sterben.«

Er schwieg, damit sie in Ruhe darüber nachdenken konnte.

»Irgendwann käme ich mir wahrscheinlich wie ein Klotz am Bein vor. Was will ein schöner junger Mann, zumindest körperlich, schon mit einer sterbenden alten Frau.«

»Du verstehst also, was ich meine«, murmelte er bedrückt. »Außerdem könnte ich dir keine Kinder schenken.«

»Bist du durch die Verwandlung etwa unfruchtbar geworden?«

»Davon sind wir bisher zumindest immer ausgegangen, denn auch jene Unsterblichen, die mit ihren sterblichen Partnern Kinder haben wollten, konnten keine bekommen. Doch mittlerweile sind unsere Wissenschaftler –«

»Ihr habt Wissenschaftler?«

»Ja, sowohl Menschen als auch Unsterbliche. Sie versuchen alles über das Virus herauszufinden, erforschen, wie es wirkt. Ihr Ziel ist es, ein Heilmittel zu finden. Doch bis dahin suchen sie auch nach Möglichkeiten, das Virus bei Vampiren so zu modifizieren, dass diese von Wahnsinn und Blutrausch verschont bleiben.«

»Und, konnten schon Erfolge erzielt werden?«

»Bislang nicht.«

»Und was ist mit der Zeugungsunfähigkeit?«

»Wir sind eigentlich gar nicht unfruchtbar, aber es kommt auf dasselbe hinaus. Die Überlebensdauer der Spermien ist drastisch eingeschränkt.« Verunsichert hielt er inne. »Willst du das wirklich wissen?«

»Ja, ich möchte alles darüber erfahren.«

Na dann. »Normalerweise überleben Spermien im Körper einer Frau bis zu fünf Tage. Unsere sterben jedoch bereits unmittelbar nach dem Erguss. Immerhin verhält es sich mit dem Virus genauso, weshalb ich auch kein Kondom benutzt habe.«

»Wie sieht es bei den Frauen aus? Können die schwanger werden?«

»Nein, auch die Eizellen unsterblicher Frauen tragen das Virus, das die menschlichen Samenzellen sofort abtötet.«

»Und wenn sie mit einem Unsterblichen schläft?«

»Dann könnte sie unter Umständen schwanger werden.« Er seufzte, unschlüssig, ob er weiterreden sollte. Aber Sarah wollte ja unbedingt alles wissen. »In Wahrheit wissen wir nicht, welche Auswirkungen das Virus auf den Fötus haben könnte. Oder eben auf das Baby, wenn es denn voll ausgetragen würde. Niemand weiß, ob das Kind zweier Unsterblicher altern oder ewig Baby bleiben würde. Um die Zeit ihres Eisprungs schlafen unsterbliche Frauen aus Angst vor den möglichen Folgen deshalb nicht mit ihren Männern.«

Sie zog die Stirn kraus. »Also keine Kinder.«

»Keine Kinder.«

Dabei wünschte er sich nichts sehnlicher, als ihr ein Kind zu schenken und ihren prallen Babybauch wachsen zu sehen. Er stellte sich vor, wie eine quirlige Mini-Sarah das Haus unsicher machte.

Sarah hob den Kopf und suchte seinen Blick. »Wenn ich im Tausch dafür dich haben kann, dann brauche ich keine Kinder, um glücklich zu sein.«

Sein Herz setzte einen Schlag lang aus. »Was redest du da?«

»Was, wenn du mich verwandeln würdest?«

Roland hielt vor Schreck den Atem an. »Du würdest dich von mir verwandeln lassen?«

Sie öffnete den Mund, um etwas zu sagen, seufzte stattdessen jedoch nur. »Ich weiß nicht so genau. Das geht alles sehr schnell. Eigentlich möchte ich Ja sagen, aber eine so folgenschwere Entscheidung sollte ich lieber noch einmal überdenken.«

»Allein die Tatsache, dass du es überhaupt in Erwägung ziehst, bedeutet mir sehr viel.«

»Du würdest es also tun? Würdest mich verwandeln?«

Er schwankte zwischen Freude und Schmerz. »Nein.«

Vor Überraschung blieb ihr der Mund offen stehen. »Warum nicht?«

»Ich habe dir ja erklärt, was für Folgen das Virus hat. Wenn du keine Begabte bist, verwandelst du dich in einen Vampir statt in eine Unsterbliche.« Roland spielte mit einer seidigen braunen Haarlocke, die aus dem Pferdeschwanz gerutscht war. »Wir haben alle schwarzes Haar und dunkelbraune Augen.«

Er sah die Enttäuschung in ihrem Gesicht. »Du meinst also, ich würde mich in einen Vampir verwandeln, weil ich nicht die richtige DNA habe?«

»Verfügst du über eine besondere Gabe?«, fragte er, ohne wirklich Hoffnung zu haben. »Telepathie? Telekinese? Gestaltwandlung? Teleportation? Kannst du in die Zukunft sehen? Die Geschichte eines Gegenstands mittels Berührung erfassen? Mit den Händen heilen? Die Toten sehen?«

Doch Sarah schüttelte die ganze Zeit über nur den Kopf.

»Nichts. Ich besitze keine besonderen Fähigkeiten.«

»Dann werde ich dich nicht verwandeln, das Risiko ist mir zu groß.«

Sarah starrte Roland an, fühlte sich jedoch so deprimiert, dass es ihr an Worten fehlte. Ihre Beziehung war also zum Scheitern verurteilt, ganz gleich, wofür sie sich auch entschieden. Entweder gingen sie fortan getrennte Wege, blieben ein Paar aus Mensch und Unsterblichem, oder er verwandelte sie in eine durchgeknallte, blutrünstige Vampirin.

»So ein Mist!«

»Ja«, entgegnete er entmutigt.

»Gibt es nicht so etwas wie einen Bluttest, mit dem man zuverlässig feststellen kann, ob ich die richtige DNA besitze?«

»Klar, solltest du dich für eine Verwandlung entscheiden, können wir in einem unserer Labors einen Test machen lassen.«

Aber an seinem Tonfall konnte sie erkennen, dass er nicht die geringste Hoffnung hatte, sie könnte jemals eine Unsterbliche werden.

Hmm … Allein ohne Roland. Verbittert mit Roland. Oder bekloppt und mordlustig.

Die Optionen klangen alle nicht sehr vielversprechend.

»Jemand zu Hause?«, rief ein Mann von oben zu ihnen herunter.

Sofort begannen Rolands Augen zu funkeln, und er fuhr die Reißzähne aus.

Und einen Augenaufschlag später war der Unsterbliche auch schon verschwunden, als hätte er sich in Luft aufgelöst.

Sarah rannte ihm hinterher, den Flur entlang und die Wendeltreppe hinauf.

»Ich-bin's-Marcus-bitte-lass-mich-am-Leben!«, ertönte es.

Gefolgt von unverständlichem Gemurmel zwischen den beiden

Männern, das jedoch immer deutlicher wurde, je mehr sie sich dem Wohnzimmer näherte.

»David hat mir den Code für das Tor und einen Haustürschlüssel gegeben«, erklärte Marcus gerade. Wahrscheinlich hatte Roland wissen wollen, wie sein Kamerad hineingelangt war, ohne den Alarm auszulösen.

»Wann?«

»Na, als ich nach North Carolina gezogen bin. Jeder Unsterbliche im Bundesstaat hat einen.«

»Ich nicht.«

»Weil du so Eigenbrötler bist, darum«, sagte Marcus, als würde er einem Kind etwas erklären.

Sarah schob trotzig die Unterlippe vor. Langsam kam es ihr so vor, als wollten die anderen Roland nur ärgern, indem sie immer wieder auf dieser Zuschreibung herumritten.

»Wenn du seiner Einladung damals gefolgt wärst«, fuhr Marcus fort, »dann hätte er dir auch einen Schlüssel gegeben. Hallo, Sarah.«

»Hi, Marcus!« Sie trat zu ihnen, um den Unsterblichen zu begrüßen, als sie plötzlich einen weiteren Mann bemerkte.

Roland schaute Marcus mit finsterer Miene an. »Ist euch auch wirklich niemand gefolgt?«

»Ich habe zumindest niemanden gehört, gesehen, gerochen.«

»Und ich habe auch niemanden gesehen«, pflichtete nun der Fremde bei. Er hatte dunkelblondes Haar, blaue Augen und war sehr muskulös. Dann machte er einen Schritt auf Roland zu und streckte ihm die Hand entgegen. »Chris Reordon.«

Roland begrüßte ihn. »Ich erkenne Ihre Stimme wieder.«

Danach hielt Chris auch Sarah die Hand hin.

Sie lächelte. »Sarah Bingham.«

»Freut mich, Sie kennenzulernen, Sarah.«

Als Chris ihr seinerseits freundlich zulächelte, war Roland sogleich zur Stelle und legte den Arm um sie.

War er etwa eifersüchtig?

Der warnende Blick, mit dem er den Blonden bedachte, bestätigte ihren Verdacht.

Sarah und Roland setzten sich nebeneinander aufs Sofa. Marcus wählte einen bequemen Sessel neben Sarah, und Chris nahm gegenüber auf einem Stuhl Platz, wobei er eine Aktenmappe auf den Tisch fallen ließ.

»Die Vampire halten sich gut versteckt«, begann Marcus und machte einen sehr erschöpften Eindruck. »Lisette und ich haben die letzten drei Nächte zwar intensiv nach ihnen gesucht, aber rein gar nichts gefunden. Wenn sie trinken, müssen sie das also außerhalb unseres Territoriums tun. Doch bislang haben wir sie auch noch nicht beim Überqueren der Grenzen erwischt.«

»Gibt es irgendeinen Anhaltspunkt im Hinblick auf Bastiens Versteck?«

»Nein. Vom ihm gibt es auch nicht die geringste Spur, alle Vampire sind wie vom Erdboden verschluckt.«

Rolands Miene verfinsterte sich, und Sarah überlegte, ob er und Marcus nicht vielleicht bereits sämtliche Vampire umgebracht hatten.

Gesetzt den Fall, Bastiens Handlanger und die Vampire wären wirklich allesamt tot, würde der Anführer dann fliehen oder eine neue Truppe aufbauen?

»Wie steht es mit Vermissten?«, fragte Roland und wandte sich an Chris. »Ist es möglich, dass er sich neue Leute holt?«

Chris schüttelte den Kopf. »Seit dem Brand gibt es keine neuen Vermissten. Und meine Kontaktpersonen im staatlichen Leichenschauhaus haben mir versichert, dass sich auch unter den Toten keine vertuschten Vampiropfer finden lassen. Wie Marcus schon gesagt hat, die ernähren sich irgendwo anders.«

Vielleicht gab es auch keine Vampire mehr, dachte Sarah hoffnungsvoll.

Chris schien etwas Ähnliches durch den Kopf gegangen zu sein, denn er beugte sich vor, stützte die Ellenbogen auf die Knie und fragte: »Ist es nicht möglich, dass ihr sie alle umgebracht habt und Bastien nun auf der Flucht ist?«

»Nein«, antwortete Roland sofort. »Der Typ hat es auf mich abgesehen. Nach drei Versuchen gibt der nicht so einfach auf.«

Sarah schüttelte innerlich den Kopf. Drei Angriffe in zwei Tagen. Drei Tage Training. Ihr kam es so vor, als wären bereits Monate vergangen.

Marcus nickte. »Da muss ich dir recht geben. Irgendwie scheint dieser Bastien ein persönliches Ding am Laufen zu haben. Der gibt nicht so ohne Weiteres auf.«

»Ah, ja«, Chris schlug den Ordner auf, »ich habe versucht herauszufinden, wer dieser Typ überhaupt ist. Ihr habt ja gesagt, dass er wie dreißig aussehe und noch so klar im Kopf sei, dass er eine kleine Armee befehligen könne. Folglich muss er innerhalb der letzten zehn Jahre verwandelt worden sein. Leider lässt sich jeder, der mit Erst- oder Zweitnamen Bastien oder Sebastien heißt und der in den letzten fünfzig Jahren in England geboren worden ist, ausschließen. Also habe ich daraufhin die Suche auf Schottland, Irland und Wales erweitert, bin aber auch nicht fündig geworden. Das heißt, der Kerl hat den Namen nur angenommen. Es wird sehr schwierig werden, ihn ausfindig zu machen.«

In der Regel war es kein Problem, Vampire aufzustöbern, denn sie behielten ihre Geburtsnamen für gewöhnlich bei. Natürlich benannten sie sich im Laufe der Zeit ein- oder zweimal um, damit niemand Verdacht schöpfte, aber spätestens wenn sie dem Wahnsinn anheimfielen, griffen sie wieder auf ihren Geburtsnamen zurück, da es in diesem Stadium ihre geistigen Kapazitäten überstieg, sich mit Pseudonymen herumzuschlagen.

Roland wirkte verärgert. »Sie haben also gar nichts herausgefunden?«

»Das nun auch wieder nicht«, antwortete Chris, der sich nicht davon beeindrucken zu lassen schien, dass die beiden Unsterblichen immer ungehaltener wurden. »Ähnlich wie Sie auch nutzen Vampire häufig Namen aus der eigenen Familie als Decknamen. Ich habe mal unsere Experten für Ahnenforschung auf die Angelegenheit angesetzt, und die sind hierauf gestoßen.«

Chris blätterte die Papiere durch, zog drei Seiten hervor und schob sie Roland über den Tisch zu.

Sarah, Roland und Marcus beugten sich interessiert darüber.

Die Seiten sahen so aus, als wären sie aus dem Internet ausgedruckt worden. Auf einer von ihnen stand etwas über das *House of Lords*, eine andere enthielt die Passagierliste eines Schiffes. Und auf dem dritten Ausdruck war die Schrift dermaßen klein, dass Sarah sie nicht lesen konnte. Was auffiel, war jedoch eine alte Karikatur am oberen Rand des Blatts, die einen Mann darstellte, der Bastien sehr ähnelte.

»Das ist der einzige Sebastien, mit dem wir Sie in Verbindung bringen konnten«, erklärte Chris und deutete auf die Zeichnung. »Sebastien Newcombe, Earl of Marston, geboren 1783.« Derselbe Bastien konnte es jedoch schlecht sein, da Vampire kaum ein Jahrhundert alt wurden. »Sie und Marston haben beide Anfang des 19. Jahrhunderts in London gelebt. 1815 ist der Earl dann unter mysteriösen Umständen ums Leben gekommen. Seinen Leichnam hat man nie gefunden, so etwas ist immer ein Warnsignal.«

»Das kann unmöglich ein und dieselbe Person sein. Vampire werden nicht zweihundert Jahre alt.«

»Das stimmt. Trotzdem frage ich mich, ob es vielleicht sein kann, dass Sie Marston damals umgebracht haben und dieser Rachefeldzug gegen Sie nun von Generation zu Generation bis zum heutigen Bastien weitergegeben worden ist. Einige wichtige Dokumente der Familie wurden bei einer Überschwemmung vernichtet, die Genealogie der Marstons für das 20. Jahrhundert weist also große Lücken auf.«

»Marston war also ein Vampir, den ich gejagt habe?«

»Entweder das oder aber ein Mensch.«

Roland bekam einen frostigen Tonfall. »Unsterbliche töten beim Trinken keine Unschuldigen.«

»Das weiß ich sehr wohl«, entgegnete Chris ruhig. »Aber Sie töten Lakaien, und die pflanzen sich durchaus fort.«

Marcus runzelte die Stirn. »Sie gehen also davon aus, dass Marston ein Lakai war und Bastien nun sein Nachfahre ist?«

Chris zuckte mit den Schultern. »Marston wäre nicht der erste Adlige, der in schlechte Gesellschaft geraten ist. Und Bastien wäre auch nicht der erste Mensch, der zunächst rekrutiert und später von einem Familienmitglied verwandelt wurde. Das Virus hat sich schon durch so manchen Stammbaum fortgesetzt. Erinnern Sie sich noch an den Vampir in Virginia, der vor ein paar Jahren seine beiden Enkel verwandelt hat?«

Sarah kaute auf ihrer Unterlippe herum, während Roland noch einmal die Karikatur zur Hand nahm und sie eingehend studierte.

»Ich weiß nicht«, sagte er gedehnt. »Ich kann mich nicht daran erinnern, ihm in London begegnet zu sein.« Er reichte die Zeichnung an Marcus weiter. »Du etwa?«

»Nein, und normalerweise kann ich mich an die Lakaien besser erinnern, weil wir hinterher immer noch ihre Leichen wegschaffen müssen.«

Unsicher, ob ihre Meinung erwünscht war, hob Sarah zögerlich die Hand.

Roland blickte zu ihr herüber, und seine Gesichtszüge entspannten sich sogleich. »Wir sind hier doch nicht in der Schule. Wenn du was sagen willst, sag es einfach, du brauchst dich nicht zu melden.«

Die anderen beiden grinsten.

Schulterzuckend erwiderte Sarah das Lächeln. »Na ja … ich habe nur gedacht, vielleicht überseht ihr etwas …«

Chris runzelte die Stirn.

»Vielleicht täusche ich mich auch. Aber irgendwie scheint das zu offensichtlich …« Sie verstummte.

»Was denn?«, fragte Roland und nahm ihre Hand.

Sarah sah ihm direkt ins Gesicht. »Bastien ist womöglich gar kein Vampir, sondern ein Unsterblicher. Und vielleicht hat Chris nur deshalb nichts über ihn herausbekommen, weil er gar kein Nachfahre des Earl of Marston ist. Bastien ist der Earl of Marston.«

Fassungslos starrten die drei Männer sie an.

»Das ist unmöglich«, hörte sie Marcus sagen.

Noch immer hielt sie Rolands Blick stand. »Vor einer knappen halben Stunde hast du mir selbst erzählt, dass alle Unsterblichen ähnliche körperliche Merkmale haben. Als er auf Marcus' Motorhaube gelandet ist …«

»Ach, deshalb sieht der Wagen so aus«, murmelte Chris.

»… habe ich ihn mir ganz genau anschauen können, Roland. Er hat schwarzes Haar, dunkelbraune Augen und ist ungefähr so groß wie du. Wenn er neben dir und Marcus stünde, könntet ihr drei glatt als Brüder durchgehen.«

Chris schüttelte den Kopf. »Er kann kein Unsterblicher sein. Unsterbliche verbünden sich nicht mit Vampiren, sie töten sie. Und mit Sicherheit versuchen sie nicht, andere Unsterbliche umzubringen.«

Roland und Marcus sahen einander an.

Sie schwiegen.

»Ist es schon mal vorgekommen, dass ein Unsterblicher zu einem späteren Zeitpunkt noch zum Vampir mutiert ist?«, fragte Sarah unsicher.

»Nein, noch nie«, antwortete Chris bestimmt. »Nachdem ihr Körper das Virus erfolgreich umgewandelt hat, sind sie für immer davor gefeit. Auch unter den Unsterblichen mag es den einen oder anderen Mistkerl geben, aber bösartig sind sie nie. Die Unsterblichen sind die Guten und würden für keinen Preis der Welt zu Verrätern werden.

»Oh.« Enttäuscht wandte sich Sarah wieder Roland zu, der noch immer Marcus ansah.

»Könnte Seth einen übersehen haben?«, murmelte er mit düsterer Miene.

Marcus war blass geworden. »Das ist ihm noch nie passiert.«

»Jedenfalls nicht, dass wir wüssten. Oder er selbst es mitbekommen hätte.«

»Verdammt.«

Chris riss die Augen auf. »Das ist doch nicht Ihr Ernst, oder?«

»Im Moment ist es die einzige sinnvolle Erklärung«, entgegnete Roland.

»Aber er hat versucht, Sie umzubringen. Gleich dreimal!«

Roland verschränkte seine Finger mit Sarahs. »Wenn er nach seiner Verwandlung weder von Seth noch von irgendeinem anderen Unsterblichen gefunden worden ist, dann hat er alles, was er kann, von einem Vampir gelernt.«

Marcus rieb sich mit der Hand übers Gesicht. »Wahrscheinlich weiß er überhaupt nicht, dass er ein Unsterblicher ist, und hält sich für einen Vampir. Kein Wunder, dass er so schnell und stark ist.«

Roland wirkte ernstlich bekümmert, und so rückte Sarah näher an ihn heran.

Dankbar drückte er ihre Hand. »Das ändert alles.«

Marcus nickte. »Wir dürfen ihn auf keinen Fall töten.«

»Ähm, ich will hier jetzt nicht einen auf gesprungene Schallplatte machen«, sagte Chris, »aber er – hat – versucht – Sie – zu – töten. Und wenn er wirklich schon so lange als Vampir lebt, dann hat er in den letzten zweihundert Jahren bestimmt viele Menschen getötet oder etliche verwandelt.«

Marcus schnaubte verächtlich. »Ach was, Sherlock.«

Noch bevor Chris mit einem bissigen Kommentar kontern konnte, mischte sich Sarah ein. »Das wissen wir nicht. Sollte er ein Unsterblicher sein, dann ist er seinen Blutgelüsten nicht so ausgeliefert, oder? Also ernährt er sich vielleicht so, wie es die Unsterblichen vor der Einführung von Blutbanken getan haben. Er trinkt, ohne sein Opfer zu töten. Mich hätte er während des Angriffs im Vorgarten ohne Weiteres kaltmachen können, er hat es aber nicht getan.«

»Auf dich hat er seine Männer angesetzt«, erinnerte sie Marcus.

»Nein, er hat nur gesagt, dass ich Rolands schwacher Punkt sei.«

»Als du geflohen bist, ist er dir aber gefolgt«, gab nun auch Roland zu bedenken.

Sarah kaute auf ihrer Unterlippe herum. »Wenn Bastien glaubt, ich sei dir wichtig, dann wollte er mich vielleicht als Köder benutzen.«

Roland fluchte und warf den Kopf in den Nacken.

»Was?«, fragte Marcus.

»Als die Lakaien das Benzin ums Haus herum ausgeschüttet haben, konnte ich hören, wie sie sagten, Bastien habe angeordnet, erst die Frau herauszuholen, bevor sie Feuer legten. Ich bin allerdings davon ausgegangen, dass er … Ich weiß auch nicht … dass er sie bestrafen … oder dass er sie im Fall unserer Flucht als Geisel benutzen wollte. Aber die Lakaien haben explizit davon gesprochen, sie mit sich zurückzunehmen.«

Chris schüttelte den Kopf. »Sie wollen damit doch nicht etwa behaupten, dass Bastien Sarah beschützen wollte?«

Marcus hob eine Braue. »Wenn er keine Menschen umbringt …«

Der arme Chris sah so aus, als würde ihm gleich die Sicherung durchbrennen.

»Der befehligt eine Truppe von Vampiren! Halten Sie die etwa auch für gutartig?«

»Wir dürfen ihn nicht töten«, wiederholte Roland. »Wir müssen erst ganz sicher sein.«

»Und dann? Werden Sie dann zu ihm gehen, ihm die Hand schütteln und sagen: *Nichts für ungut*?«

»Nein.« Roland bemerkte Marcus' Seitenblick. »Wir fangen ihn ein und bringen ihn zu Seth.«

Marcus nickte nachdenklich. »Willst du Seth davon in Kenntnis setzen oder soll ich es tun?«

Rolands Hand schloss sich fester um Sarahs Finger. »Das mache ich schon.«

14

Mit laut hallenden, akzentuierten Schritten eilte Seth durch die schier endlosen Korridore seines Schlosses. Flurauf und flurab.

Sein Gang war zackig, die Schultern hatte er zurückgenommen. Mit wehendem Ledermantel bog er um die Ecken. Obwohl an den Wänden weder Fackeln noch Lampen brannten, bewegte er sich sicher.

In der rechten Hand hielt er sein Handy so fest, dass es zu bersten drohte. Rolands Worte wollten ihm einfach nicht aus dem Kopf gehen, wie Aasgeier umkreisten sie gierig sein Hirn.

Das durfte nicht wahr sein!

Niemals war es möglich, dass Rolands Feind ein Unsterblicher war. Er konnte keinen übersehen haben.

Oder etwa doch?

Endlich hatte er sein Ziel erreicht und betrat einen großen Saal, in dem man Tanzevents hätte ausrichten können. Achtlos ließ er hinter sich die Flügeltüren offenstehen. Unsterblichen und Menschen war es gleichermaßen verboten, über diese Schwelle zu treten oder auch nur einen Blick in den Saal zu werfen. Die Türen hatten zwar kein Schloss, doch selbst unter größter Gewaltanwendung und unter Einsatz sämtlichen Werkzeugs würde es während Seths Abwesenheit nie jemandem gelingen, sie zu öffnen.

Seth nahm seine Verpflichtungen sehr ernst, und normalerweise standen seine zahlreichen Häuser den Unsterblichen jederzeit offen – ebenso wie jenen Menschen, die ihnen so treu und tapfer dienten. Stets war er bestrebt, die Wünsche und Bedürfnisse anderer zu erfüllen. Doch dieser Saal …

… war allein sein Reich.

Er besaß keine Fenster. Nicht ein Mondstrahl erleuchtete Seths Weg.

Ohne die Lampen an der Decke, die auf seinen stummen Befehl hin aufleuchteten, hätte der Älteste in absoluter Dunkelheit gestanden. Zudem gab es keine Möbel. Die einzig dekorativen Elemente waren kunstvolle Verzierungen, die sich über den gesamten Boden und drei der blassgrauen Marmorwände zogen. Allein das Mauerwerk an der Türseite sah kahl und schmucklos aus.

Mit zitternden Händen durchquerte Seth die Halle. Seine Schritte hallten in dem leeren Gewölbe wider, sein Herz hämmerte laut in seiner Brust. Vor Furcht krampfte sich ihm der Magen zusammen. Ein Gefühl, als habe er Säure getrunken.

In den Schatten und Vertiefungen der Gravuren verbargen sich Namen, Daten und kleine Anmerkungen, in einer Sprache, die wohl jeden mit Ausnahme des Verfassers vor ein unlösbares Rätsel gestellt hätte.

Auf der Stirnseite, im äußersten Winkel des Saals, fand Seth schließlich, wonach er suchte.

Einen Namen. Eine einzige Anmerkung. Ein Datum.

SEBASTIEN NEWCOMBE, EARL OF MARSTON
EMPATH
1783

Scheppernd fiel das Handy zu Boden.

Es entsprach doch der Wahrheit.

Sebastien oder Bastien, wie er nun hieß, war ein Begabter gewesen und hatte sich, nachdem er mit dem Virus infiziert worden war, nicht in einen Vampir, sondern einen Unsterblichen verwandelt.

Und Seth hatte sich nicht um ihn gekümmert.

Von Schuldgefühlen übermannt ließ er sich gegen die Wand sinken.

Wie hatte er so etwas nur übersehen können?

Um Fragen zu vermeiden, die er nicht beantworten konnte oder wollte, hatte er den Unsterblichen gegenüber nie erwähnt, dass er drei Dinge intuitiv spürte, auch wenn sie sich in noch so großer Entfernung ereigneten: die Geburt eines Begabten, den Tod eines Begabten oder Unsterblichen sowie die Verwandlung eines Begabten in einen Unsterblichen. Bei einer Geburt verspürte er eine Art Kribbeln in der Brust, das ihm den Atem raubte, beim Tod wurde er von einer grenzenlosen Leere ergriffen, und die Verwandlung schließlich erfüllte ihn mit Grauen, ähnlich jenem Gefühl, das er in diesem Augenblick empfand. Ließ er sich auf diese Emotion ein, dienten ihm Angst und Schmerz des Verwandelten als Signal, dem er folgen konnte, wie er es bei den telepathischen Schreien der geheimnisvollen Frau getan hatte.

Bislang war dieses Gespür immer da gewesen, sodass er die Betroffenen bei der schwierigen Verwandlung unterstützen und sie schließlich in die Geheimnisse ihres neuen Daseins hatte einweihen können. Er fungierte dabei als Freund und Ratgeber und gab seinen Schützlingen eine Aufgabe, indem er sie entweder selbst ausbildete oder ihnen einen anderen Unsterblichen als Mentor zur Seite stellte.

Aber wer hatte Sebastien zur Seite gestanden? An wen hatte er sich in seiner Not gewandt? Wie viele Menschen hatte er bereits aus Unwissenheit verletzt oder getötet? Oder gar aus Wut oder Verbitterung?

Sollte er von einem Vampir unter die Fittiche genommen worden sein, hatte man ihn unter Garantie mit Lügen über die Unsterblichen Wächter gefüttert.

Ob Bastien überhaupt wusste, dass er anders war als die Vampire um ihn herum? Wusste er, dass er ein Unsterblicher war?

Hatte er je versucht, sich einem der Wächter anzuschließen und war dann aufgrund seines vampirischen Verhaltens angegriffen worden?

War das womöglich bei Roland passiert und sann er deshalb auf Rache?

Seth ließ sich mit dem Rücken an der Wand auf den kalten Steinboden hinuntergleiten.

Wie hatte er ihn nur übersehen können?

Wenn Bastien mit Mitte dreißig verwandelt worden war, musste dies zwischen 1813 und 1823 geschehen sein. Das waren damals harte Zeiten gewesen, grausam und blutig. Und nicht nur wegen Napoleon. Es hatte einen Vampir gegeben, welcher der irren Idee verfallen war, die Welt beherrschen zu können, wenn er nur genügend Untertanen erschaffen würde.

Etwa alle tausend Jahre kam so etwas vor. Dann verwandelte ein Vampir haufenweise Menschen, die wiederum weitere beißen sollten. Doch bis besagter Vampir schließlich eine ausreichende Anzahl an Gefolgsleuten zusammengesucht hatte, war sein Gehirn bereits halb vom Virus zerfressen gewesen. Kurzum, er war viel zu verrückt geworden, um seine Leute auch wirklich anzuführen.

Ähnliches hatte sich auch Anfang des 19. Jahrhunderts zugetragen. Halb dem Wahnsinn verfallen, war dieser Vampir zwar nicht mehr in der Lage gewesen, seinen Plan zu verfolgen, hatte aber immer noch die meisten seiner Opfer verwandelt und nicht getötet, um sie dann ihrem Schicksal zu überlassen. Roland, Marcus und die anderen Unsterblichen waren daraufhin jahrelang damit beschäftigt gewesen, den Vampir und seine reichliche Nachkommenschaft auszurotten.

Und zu guter Letzt hatte Seth mit ungewöhnlich vielen Unsterblichen dagesessen, die der Unterstützung und Ausbildung bedurften.

Am schwersten hatte er es dabei mit Lisette gehabt. Sie war

1815 verwandelt worden und hatte, noch bevor Seth sie ausfindig machen konnte, versehentlich ebenfalls ihre beiden Brüder mit dem Virus infiziert. Bei dem Versuch, den Zustand ihrer Schwester zu verheimlichen, hatten die Brüder ihr den Hals dargeboten, ohne zu wissen, dass wiederholtes Trinken sie ebenfalls verwandeln würde.

Mit dem Ergebnis, dass er damals schließlich von drei Stimmen gleichzeitig gerufen worden war.

Hatte es zeitgleich vielleicht noch eine vierte gegeben, die von den anderen einfach übertönt worden war?

Verzweifelt stützte Seth die Ellenbogen auf die Knie und ließ den Kopf hängen.

Wie hatte ihm das nur passieren können?

Und gab es außer Sebastien noch andere dort draußen?

Bislang war er sich so sicher gewesen, stets alle gefunden zu haben, doch jetzt …

Obwohl er tief in Schuldzuschreibungen und Selbstzweifeln versunken war, nahm er das Geräusch nackter Füße auf dem Steinboden und das leise Rascheln von Stoff wahr.

Jemand trat durch die offene Tür. Betrat den Raum. Seinen Raum. Den Verbotenen Raum.

Kam auf ihn zu. Langsam. Zögerlich.

Aus den Augenwinkeln heraus konnte er kleine blasse Zehen unter der Rüschenbordüre eines weißen Nachthemds hervorlugen sehen.

Es war die geheimnisvolle Frau.

Überrascht darüber, dass sie seine Nähe suchte, hob er den Kopf und blickte sie an.

Sie hatte die Hand nach ihm ausgestreckt, als wollte sie ihm über den Kopf streichen, schreckte nun jedoch jäh zurück.

Seit drei Tagen lebte sie nun schon bei ihnen und war noch immer vollkommen verängstigt. Und obwohl sie ihre Verletzungen gleich am ersten Morgen geheilt hatten, war sie dermaßen traumatisiert, dass sie bisher weder gesprochen noch geschlafen hatte, wie Seth wusste. Immerhin hatten David, Darnell und er selbst abwechselnd über sie gewacht und versucht, ihr Vertrauen zu gewinnen.

Es war ihm ein Rätsel, wie sie sich nach zweiundsiebzig Stunden ohne Schlaf immer noch auf den Beinen halten konnte. Doch da stand sie vor ihm, mit zerzausten Haaren, die Hände vor sich zu Fäusten geballt und die grünen Augen fest auf ihn gerichtet.

Seth rang sich ein Lächeln ab, um sie zu beruhigen.

Sie war wohl die einzige Person auf dieser Welt, die ungestraft in sein Reich eindringen durfte.

»Hallo, meine Liebe«, begrüßte er sie leise. Da sie nicht sprach, kannte er ihren Namen nicht.

Nachdem er Roland und Marcus geheilt hatte, war Seth nach Texas zurückgekehrt, hatte seine kleine Mannschaft zusammengetrommelt und war mit ihr auf sein Schloss in England teleportiert.

Den ersten Tag hatte sich die Frau nur in ihrem Zimmer versteckt gehalten, wahrscheinlich aus Angst, dass man sie weiter foltern würde. Und das, obwohl David und Seth eine Vielzahl ihrer Wunden geheilt hatten. Doch ihr Misstrauen war nicht weniger geworden, das Verhalten der Männer schien sie eher noch zusätzlich verwirrt zu haben.

Am zweiten Tag dann hatte sie sich aus dem Zimmer getraut, vorsichtig die weitläufigen Räumlichkeiten des Schlosses erkundet und ihn und die anderen aus der Ferne beobachtet. Sie waren nur zu viert, da Seth vor ihrer Ankunft vorsorglich das Personal nach Hause geschickt hatte. Wurde die Frau angesprochen, schaute sie ihr Gegenüber zwar aufmerksam an, gab jedoch kein Wort von sich. Und obwohl sie vollkommen ausgezehrt und entkräftet wirkte, aß oder trank sie nichts, das nicht vor ihren Augen zubereitet oder vorher von den anderen gekostet worden war. In der Regel beides. Und immer hielt sie Abstand.

Dies war das erste Mal, dass sie aus freien Stücken zu ihm kam.

»Geht es dir gut?«, fragte er. Seth fand, dass sie trotz der heftigen Schatten unter den Augen ein wenig besser aussah. Sie hatte wieder eine gesunde Gesichtsfarbe und zudem bereits ein paar Pfunde zugenommen. Hätte sie erst einmal wieder ihr Normalgewicht erreicht, würde sie wahrscheinlich eine echte Schönheit sein.

Sie nickte, legte den Kopf schief, deutete dann auf ihn und hob eine Braue.

»Mir?« Fragend blickte er sie an. »Du möchtest wissen, ob es mir gut geht?«

Wieder nickte sie.

Da dämmerte es ihm. Sie hatte seinen Kummer gespürt und war gekommen, um nach ihm zu sehen. Er hatte es also nicht nur mit einer Telepathin, sondern auch mit einer Empathin zu tun.

Doch wer war diese Frau?

Ihr Körper schien außerordentlich regenerationsfähig zu sein.

Sowohl die beiden Finger als auch die zwei Zehen, die man ihr abgenommen hatte, waren wieder nachgewachsen. Eine Leistung, zu der selbst Unsterbliche normalerweise (höchstens mit Seths oder Davids Hilfe) nicht in der Lage gewesen wären. Diese Frau musste also über große Kräfte verfügen.

Sie hätte sich wahrscheinlich nicht mit ihm messen können, aber eventuell mit David, der im Gegensatz zu den meisten Unsterblichen immerhin noch auf eine lange Ahnenreihe von Begabten zurückblickte. Sie war jedenfalls mächtig genug, um seine Anwesenheit zu spüren, wenn er in ihre Gedanken eindrang.

Und dennoch gehörte sie weder zu den Begabten noch zu den Unsterblichen.

Sie gab ihm Rätsel auf. Er wünschte sich, dass ihnen die Gehirne der vielen Dutzend Wachen, in welche David und er während ihrer Rettung hatten eindringen müssen, nun mehr von Nutzen gewesen wären. Sicher hätte man mittels Folter etwas über die Frau aus den Männern mit den weißen Kitteln herauszupressen können, doch in ihrer Wut hatten sie keinen von ihnen am Leben gelassen.

Die Frau forderte ihn mit einem erneuten Kopfnicken dazu auf, ihr zu antworten.

»Ob es mir gut geht?«, wiederholte Seth und wich ihrem Blick aus, indem er die gegenüberliegende Wand anstarrte. Das automatisierte »Mir geht es gut« wollte ihm nicht über die Lippen kommen. »Nein, eigentlich nicht.«

Und dabei beließ er es. Wenn er ihr von Sebastien erzählt hätte – dem Mann, der ebenso auf seine Hilfe angewiesen gewesen wäre wie sie nun –, hätte das ihr Vertrauen in ihn bestimmt nicht gerade gestärkt.

Seufzend lehnte er sich zurück.

Wie hatte ihm nur solch ein Fehler unterlaufen können? Wie konnten Sebastiens Schreie nur ungehört verhallt sein?

Die geheimnisvolle Frau raffte den Saum ihres Nachthemds nach oben und setzte sich mit einer Armlänge Abstand neben ihn auf den Boden, lehnte sich ebenfalls an die Wand, bedeckte ihre Füße wieder mit dem weißen Stoff und schlang die Arme um die Beine.

So verharrte sie reglos.

Stille erfüllte den Raum.

Sie spendete ihm stummen Trost, während sich die Gedanken in seinem Kopf noch immer überschlugen.

Roland flegelte sich auf den Treppen des Whirlpools und sah Sarah beim Haareföhnen zu. Das Bad, das zu ihrem Gästezimmer gehörte, war ebenso luxuriös ausgestattet wie das in seinem ehemaligen Haus.

Gerade hatten sie sich leidenschaftlich im Whirlpool geliebt. Sarah war so schön, so sinnlich und dazu auch noch witzig. Noch nie hatte er beim Sex mit einer Frau so lachen müssen. Sarah konnte ihn in einem Moment vor Lust halb wahnsinnig machen und kurz darauf zum Lachen bringen, wenn sie zwischen ihrem Gestöhne mal wieder irgendeine vollkommen unangebrachte oder scherzhafte Bemerkung fallen ließ.

Doch noch viel lieber mochte er es, wenn sie über seine Scherze lachte, kostete jeden ihrer Gluckser aus.

Roland lächelte flüchtig.

Er hatte sie am Morgen zuvor mit dem Rücken aufs Bett geworfen, Sarah dazu aufgefordert, sich am Kopfende festzuhalten und dann so getan, als bekäme er ihre Jeans nicht heruntergezogen. Nachdem die Stiefel abgestreift waren, hatte er sich schließlich ihre Hosenbeine geschnappt – wohlwissend, dass der Gürtel sehr fest saß – und heftig daran gezogen. Durch den kräftigen Ruck war sie von der Matratze abgehoben und hatte vor Vergnügen laut aufgequiekt.

Doch die schwarze Jeans war nicht einen Millimeter nach unten gerutscht.

Also hatte Roland mit gespieltem Ärger weiter an den Hosenbeinen gerissen und gezerrt, wobei sie heftig von einer Seite zur anderen geschleudert worden war. Die ganze Zeit über hatte sie sich am Bett festgehalten und so sehr gelacht, dass ihm jetzt noch ganz warm ums Herz wurde.

Verdammt, er hatte sich in sie verliebt.

Liebte einfach alles an ihr.

Die Angst, sie zu verlieren und sein Dasein wieder allein fristen zu müssen, raubte ihm schier den Verstand.

Durch die warme Luft des Föhns wurde der leichte Erdbeerduft ihrer dicken braunen Locken im ganzen Bad verteilt. Sie hatte sich ein weißes Handtuch um den Körper geschlungen, das ihr von den Brüsten bis knapp über den Po reichte. Als sie ihr Gewicht von einem Fuß auf den anderen verlagerte, rutschte es ihr ein wenig herunter und offenbarte mehr von ihrem Dekolleté.

Vor ihr hingen zwei Waschbecken an der Wand, darüber zwei ovale Spiegel. Sie hatten alles, was sie brauchten, in den Badezimmerschränken gefunden, sodass Rolands Zahnbürste, sein Kamm, Deo und Rasierer nun am Rand des linken Beckens und Sarahs Zahnbürste, ihr Deo, ihre Bürste, Gel, Haargummis sowie Zahncreme und Rasierschaum, die sie beide benutzten, am Rand des rechten lagen.

Ihm gefiel es, zu sehen, dass ihre Sachen zusammengewürfelt beieinander standen, wie bei einem Ehepaar.

Zudem sah er ihr gerne zu, wenn sie ganz alltägliche Dinge tat wie Haare föhnen oder flechten. Das war auch der Grund dafür, weshalb er nun darauf verzichtet hatte, sein Haar zu trocknen, nur schnell mit dem Kamm darübergefahren war und schnell seine Jeans übergestreift hatte, um sie beobachten zu können.

Es war schnell zu seinem liebsten Zeitvertreib geworden. In diesen Momenten empfand er tiefen Frieden. Ähnlich dem Gefühl, das er empfand, wenn er sie im Schlaf hielt.

Das Geräusch des Föhns verstummte. Sarah konnte im Spiegel sehen, wie er sie anschaute, zog den Stecker und legte das Gerät beiseite. »Du lächelst ja«, sagte sie, und auch sie musste grinsen.

Roland nickte, verblüfft darüber, wie schnell Lächeln und Lachen normal für ihn geworden waren.

Sie kämmte sich noch einmal durchs Haar und legte dann die Bürste auf den Waschtisch.

Roland richtete sich auf, als sie nun auf ihn zukam. Ihre Wangen waren gerötet, und ihre Haut fühlte sich wunderbar warm und zart an.

»Ich mag es, wenn du lächelst«, sagte sie zärtlich und fuhr ihm durchs feuchte Haar.

Glücklich seufzend schlang er die Arme um sie und schmiegte seine Wange an ihren Bauch.

»Du bringst mich einfach dazu«, murmelte er. Längst hatte er aufgegeben, gegen seine Gefühle anzukämpfen. Irgendwann würde es vorbei sein, doch momentan hatte er nicht die Kraft, der Verlockung des Glücks zu widerstehen, ganz gleich, wie kurz es auch sein mochte.

Er legte den Kopf in den Nacken, das Kinn gegen ihren Bauch gepresst, und schaute zu ihr auf. »Mein Leben war so leer, bevor ich dir begegnet bin. Ich konnte nichts mehr fühlen. Wollte nichts mehr fühlen.« Er zeichnete die Konturen ihres Gesichts nach. »Und auf einmal bist du dagewesen und hast mich mit deinem Mut, deinem Witz und deiner Leidenschaft einfach mitgerissen.«

Mit dem Daumen strich sie ihm sanft über die Wange.

»Und nun drohen mich meine Gefühle manchmal regelrecht zu überwältigen«, gestand er ihr. »Ich lache. Ich habe Wünsche. Ich lebe, Sarah. Alles nur deinetwegen.«

Sarah bekam feuchte Augen. »Ich liebe dich, Roland.«

Eine Träne kullerte ihr über die Wange, als sie ihn nun anlächelte. »Ich bin so froh, dass ich an jenem Morgen meinen Garten umgegraben habe.«

Grinsend stibitzte er sich einen Kuss von ihr. »Ich auch.«

Sie biss sich auf die Unterlippe. »Selbst wenn ich alt werde.«

Mit diesem Gedanken wollte er sich in diesem Augenblick nicht gerne befassen. »Wir wissen nicht, was die Zukunft für uns bereithält. Aber ich verspreche dir, dass ich dich, ob du nun jung oder alt bist, jeden Tag lieben werde, sogar bis über den Tod hinaus. Ich kann mir auch nicht erklären, wie ich mich so schnell verlieben konnte, aber so ist es. Ich …« Er stockte, war verunsichert.

»Was ist denn?«

»Ich habe ja kaum Erfahrung damit.« Seit Jahrhunderten hatte er um keine Frau mehr geworben. »Deshalb weiß ich nicht, ob man so etwas sagt oder nicht.«

Sie drückte ihn schnell. »Du kannst mir ruhig alles sagen.«

Er atmete tief durch und vertraute sich ihr an. »Ich bin zum ersten Mal in meinem Leben richtig verliebt.«

Sie reagierte überrascht. »Aber ich dachte ...«

»Beatrice und ich hatten nie dieses enge Verhältnis. Wir waren eher Freunde. Und mit Mary hat mich sogar noch weniger verbunden.«

Schweigend betrachtete sie ihn.

Ihm wurde mulmig zumute. Hatte er etwas Falsches gesagt? »Sarah? Du guckst so komisch, Schatz. Was denkst du gerade?«

Ihr Magen knurrte. »Wenn ich mich gestärkt habe, bist du fällig und wirst vernascht.«

Erleichtert lachte er auf und drückte sie an sich, als plötzlich sein Handy klingelte. Fluchend suchte er es. »Wahrscheinlich Chris oder Marcus.«

Auf dem Nachttisch im Schlafzimmer fand er es schließlich. »Ja.«

»Ich bin's, Chris. Ich habe hier etwas, das Sie sich unbedingt anschauen müssen. Sie alle.«

»Wann und wo?«

»In einer Stunde bei David. Ich wollte mir nur erst Ihr Okay holen, bevor ich ein Treffen anberaume.«

Rolands Miene verfinsterte sich. »Wer soll denn noch alles kommen?«

»Marcus, Lisette, Étienne und Seth.«

»Étienne ist auch in der Gegend?« Er war einer von Lisettes Brüdern.

Chris räusperte sich entrüstet. »Der wohnt schon seit dreißig Jahren in Windston-Salem!«

Winston-Salem lag nicht mal hundert Kilometer von Davids Haus entfernt.

Sarah gesellte sich zu Roland, und ihre bloße Nähe besänftigte ihn sofort wieder.

»Wenn wir uns hier treffen, könnte einer von euch aus Versehen Bastien herführen und damit Sarah in Gefahr bringen.«

»Da Sie sie wahrscheinlich nicht allein lassen wollen, würde das für jeden Treffpunkt gleichermaßen gelten. Davids Haus ist am sichersten. Die Alarmanlage ist ausgezeichnet, außerdem gibt es mehrere geheime Fluchtwege.«

»Was denn für Fluchtwege?«

Sarah riss die Augen auf.

Am anderen Ende der Leitung war ein entnervter Seufzer zu hören. Roland konnte sich gut vorstellen, was Chris in diesem Augenblick dachte: Wenn er David nicht immer gemieden hätte, wüsste er längst über die Fluchtwege Bescheid. »Das erkläre ich Ihnen nachher. Ich muss jetzt noch die anderen anrufen.«

»Gut«, brummelte Roland und legte auf. »Chris hat irgendetwas herausgefunden und ein Treffen angesetzt.«

»Hier?«

»Ja, sie kommen in einer Stunde.«

Sarah holte sich etwas zum Anziehen aus dem Schlafzimmerschrank. »Wer? Er und Marcus?«

»Ja, plus Seth, Lisette und Étienne.«

Obwohl sie sich erst vor einer Stunde geliebt hatten, wurde Rolands kleiner Freund schon wieder hart, als sie das Handtuch fallen ließ und in ein weißes Höschen schlüpfte.

»Wer ist denn Étienne?« Sie griff sich eine schwarze Cargohose, doch Roland hatte nur Augen für ihre wippenden, üppigen Brüste, deren Nippel noch vom Liebesspiel gerötet waren.

»Kann mich nicht mehr dran erinnern. Mein ganzes Blut ist aus meinem Kopf in andere Regionen gesackt.«

Sarah bemerkte seine Erektion, die sich deutlich unter dem schwarzen Stoff abzeichnete, und ließ ihre Hose fallen. Mit verschmitztem Grinsen und halb geschlossenen Lidern musterte sie ihn. Sie sah ihn an, als würde sie sich vorstellen, wie er nackt in sie eindrang. Langsam begann sie im Badezimmer umherzulaufen.

»Du willst mich?«, hauchte sie in verführerischem Tonfall.

Gebannt verfolgte er, wie sie ihren Zeigefinger in den Mund schob und daran zu saugen begann. Sofort kehrten die Erinnerungen an das Gefühl ihrer vollen Lippen auf seiner Haut zurück. Sie hatte ihn mit der Zunge schier zum Wahnsinn getrieben. »Ja«, stieß er mit kehliger Stimme hervor.

»Willst du in mir sein?«

Nun zog sie den Finger langsam wieder aus dem Mund und fuhr sich damit über die Brüste. Roland bekam weiche Knie.

Ja, verdammt.

»Dann musst du mich erst einmal kriegen.«

Bis er begriffen hatte, was sie meinte, war Sarah bereits aus der Tür.

Mit einem überraschten Lächeln nahm er die Verfolgung auf, verzichtete jedoch darauf, seine übernatürliche Schnelligkeit einzusetzen, da er neugierig war, wohin sie ihn führen würde.

Sarah rannte den Flur hinunter und verschwand im Fitnessstudio.

Langsam folgte er ihr und blieb im Türrahmen stehen. Eigentlich hätte er es nicht für möglich gehalten, dass sein Glied noch härter werden könnte, doch dann erkannte er, was sie vorhatte.

Sie zeigte auf eine Ecke mit Matten und drehte sich zu ihm um.

»Hier«, sagte sie, wich spielerisch ein paar Schritte zurück, verschlang ihn gleichzeitig jedoch geradezu mit ihren Augen. »Ich will, dass du mich hier nimmst.«

Hinter ihr erstreckte sich eine Wand, die von oben bis unten verspiegelt worden war.

Mit einem großen Satz kam er zu ihr. Sarahs Herz hämmerte wie wild, als er sich ihr anmutig wie eine Raubkatze näherte. Seine Augen schienen förmlich zu glühen, und die Reißzähnen blitzten zwischen den leicht geöffneten Lippen hervor.

Durch den Stoff seiner tief sitzenden Jeans hindurch war seine mächtige Erektion kaum zu übersehen. Er passte sich nun genau ihren Schritten an und ließ die Brust- und Bauchmuskeln spielen. Barfuß, wie er war, lief er fast lautlos hinter ihr her.

Zwei Schritte vor der Spiegelwand blieb sie stehen, und auch Roland hielt inne. Er war ihr nun so nah, dass sie seine Wärme fühlen und seinen verführerischen Körpergeruch wahrnehmen konnte. Dann senkte er den Kopf, und plötzlich spürte sie seinen warmen Atem im Nacken.

Sarah zitterte erwartungsvoll, war feucht, bereit.

Er sog tief ihren Duft ein und rieb den Kopf an ihr wie ein verschmuster Kater, wobei er einen Arm um ihre Taille legte. »Dreh dich um«, flüsterte er.

Ihr Herz setzte einen Schlag lang aus.

Langsam drehte Sarah sich um und schaute in den Spiegel. Genau deshalb war sie hergekommen, sie wollte sich und ihn gemeinsam sehen. So verschieden sie auch waren, passten sie doch perfekt zusammen.

Er liebkoste ihren Nacken, während sie sich gegen ihn lehnte, und presste sie fest an sich, damit sie seine Erregung spürte. Mit der anderen Hand bearbeitete er ihre Brüste, knetete sie und kniff mit Daumen und Zeigefinger in die harten Brustwarzen, sodass Sarah vor Lust laut aufstöhnte und den Kopf in den Nacken legte.

»Gefällt dir das?«, murmelte er.

Sie nickte, ihrer Begierde hilflos ausgeliefert.

Als er sich unvermittelt zurückzog, geriet sie ins Wanken und brummte protestierend.

Im Spiegel konnte sie jedoch beobachten, wie er sich seiner Jeans entledigte.

Darunter war er nackt.

Dann schob er seine Daumen in das Bündchen ihres Slips, zog ihn bis zu ihren Knöcheln hinunter und gab ihr Halt, damit sie ihn wegkicken konnte.

Abermals stellte er sich hinter sie, legte die Hände auf ihre Schultern und strich an ihren Armen hinab. Dann verschränkte er seine Finger mit ihren und streckte ihre Arme zur Seite aus.

»Schau mal.« Er verschlang sie förmlich mit seinem glutvollen Blick. »Ich habe noch nie etwas so Schönes gesehen.«

»Berühr mich«, flehte sie ihn an und sehnte sich mit jeder Faser ihres Körpers danach.

Verschlagen grinste er sie an. »Auf die Knie.«

Mit klopfendem Herzen hockte sie sich hin.

Dann kniete er sich hinter sie, beugte sich ein Stück vor und biss ihr ins Ohrläppchen, sehr vorsichtig, um sie nicht mit den Reißzähnen zu verletzen. »Mach die Beine breit.«

Sie gehorchte, während er wieder nach ihrer Brust griff.

»Weiter.«

Mit stockendem Atem schob sie die Knie breit auseinander, und Roland drängte sich mit seinem kräftigen, muskulösen Körper von hinten gegen sie, um ihr erst das Haar aus dem Nacken zu streichen und sie hinter ihrem rechten Ohr zu küssen. »Du bist für mich die Einzige, Sarah.« Die noch freie Hand ließ er nun von vorne in ihren Schoß wandern.

Sarah rang nach Atem, als sie im Spiegel beobachtete, wie seine langen Finger in ihrer heißen, feuchten Spalte verschwanden. Erst einer, dann noch einer, während er ihren Kitzler mit dem Daumen massierte.

»Nur du machst mich so heiß.«

Sarah war außerstande zu antworten. Unbändige Lust überkam sie und steigerte sich mit jedem Stoß seiner Finger.

Roland stöhnte. Sie war so feucht und leidenschaftlich. Die Muskeln ihres Unterleibs schlossen sich fest um seine Finger, während er sie rieb und ihr Verlangen anheizte, bis er es schließlich selbst nicht mehr aushielt. Er musste in sie eindringen.

Zunächst protestierte sie, als er seine Finger zurückzog, schrie jedoch auf, als er sie mit harten Stößen von hinten nahm.

Die Lust, die sich in ihrem Gesicht abzeichnete, wäre ihm fast zum Verhängnis geworden. Beinahe wäre er gekommen.

Er zitterte am ganzen Körper, als er ihn wieder herauszog, nur um kurz darauf von Neuem in sie einzudringen. Sie rief seinen Namen, krallte sich in seinen Haaren fest und zog seinen Kopf zu sich herunter, während Roland mit seiner Hand wieder zu ihrem Kitzler glitt und sie dort im Rhythmus seiner Stöße streichelte. Der Geruch ihrer Erregung schien ihm fast die Sinne zu rauben und steigerte seine Lust nur noch mehr.

Keuchend und mit schweren Lidern starrte Sarah in den Spiegel, beobachtete, wie Roland sie streichelte und liebkoste.

Seine Stöße wurden nun schneller und schneller, immer tiefer drang er in sie ein. Bald würden sie kommen, beide standen kurz davor. Ihre Erregung war so groß, dass sie es kaum noch aushalten konnten.

»Ich liebe dich, Sarah«, raunte er und suchte ihren Blick im Spiegel.

Noch nie in ihrem Leben war sie so heftig gekommen, ihr ganzer Körper zitterte, sie schrie und klammerte sich an Roland fest, der sie mit seinen Stößen bereits einem neuen Höhepunkt entgegentrieb.

Gerade als sie glaubte, es wäre zu Ende, setzte er seine Finger ein, bis sie ein weiteres Mal kam.

Erschöpft, aber glücklich sanken sie zu Boden.

Sarah legte sich auf die Seite, und Roland kuschelte sich noch immer ganz außer Atem von hinten an sie.

Dann schlang er die Arme um sie und zog sie fest an sich, als fürchte er, diese Umarmung sei das Einzige auf der Welt, was sie bei ihm hielt.

Sie drehte den Kopf nach hinten und drückte ihm einen Kuss auf die Wange. »Ich liebe dich auch.«

15

Je mehr Unsterbliche Sarah kennenlernte, desto besser verstand sie, warum Roland nicht glaubte, dass auch sie zu den Begabten zählte.

Als Erstes traf Marcus ein. Er trug schwarze Jeans, ein langärmeliges schwarzes Shirt und dazu passende Stiefel. Im Lichtkegel der Deckenlampe glänzten die Klingen der Messer und anderen gefährlichen Waffen, mit denen er sich ausstaffiert hatte.

Der Nächste war Chris, ebenfalls in dunkler Kampfmontur und mit großem Waffenhalfter unter jedem Arm. In der Hand hielt er eine dicke Aktenmappe.

Bald darauf erschien auch Lisette, und mit ihrer Ankunft wurde Sarahs Hoffnung zerschlagen, dass sich die weiblichen Unsterblichen in ihrem äußeren Erscheinungsbild zumindest ein wenig von den Männern unterschieden. Doch Lisettes welliges Haar war ebenso schwarz wie Rolands, und ihre Augen wirkten höchstens einen Tick heller.

Ihr wurde das Herz ganz schwer. Man hätte doch wirklich meinen können, dass Teint und Haarfarbe der Begabten im Laufe der Jahrhunderte durch die Durchmischung mit gewöhnlichen Menschen ein wenig verwässert worden wären. Nicht dramatisch, aber ein Paar haselnussbraune Augen hier, ein paar braune Strähnen dort. *Zumindest irgendetwas*.

Es war ja nicht so, dass Roland nicht versucht hätte, es ihr schonend beizubringen. Er hatte ihr die Enttäuschung ersparen wollen, die ihr jetzt, da Lisette sie alle lächelnd begrüßte, die Tränen in die Augen trieb.

Lediglich in Größe und Statur unterschied sich die Französin von den Männern. Sie war vielleicht knapp einen Meter siebzig groß und ähnlich wie Sarah sehr schlank und athletisch gebaut, aber immer noch wohlproportioniert. Ihre langen Beine steckten in hautengen schwarzen Hosen, die auf Hüfte geschnitten waren, und ihr gleichfarbiges Trägertop schmiegte sich eng an ihre üppigen Brüste und die schmale Taille. Darüber trug sie, ähnlich wie die Männer, einen langen, dunklen Mantel.

Marcus trat lächelnd hinter sie, half ihr hinaus und nahm ihn ihr ab. »Lisette.«

Im Innenfutter des Mantels kamen Wurfmesser und verschiedenartige Klingen zum Vorschein, welche die Unsterbliche ordentlich in dafür vorgesehene Schlaufen verstaut hatte.

»Marcus.« Ihre Stimme klang warm und tief, sie sprach mit leicht französischem Akzent.

Lisettes schöne Porzellanhaut und ihre perfekten Gesichtszüge lösten bei Sarah einen leichten Anflug von Eifersucht aus.

»Lisette«, polterte Roland.

»Roland, *mon coeur*.« Sie hielt ihm die rechte Hand hin, und er führte sie formvollendet an die Lippen. »Ich habe gehört, dass du deinen Unterschlupf verlassen hast. Kaum zu glauben!«

»Ich hatte die Wahl: entweder das oder verbrennen.«

Selbst Lisettes Lachen war hübsch anzusehen.

Sarah knirschte mit den Zähnen.

Vielleicht hatte Roland sich noch nie zuvor in eine Frau verliebt, aber enthaltsam war er ganz gewiss nicht gewesen. Ob er seine Bedürfnisse wohl mit gewöhnlichen Frauen oder eher mit Unsterblichen befriedigt hatte?

»Ist das deine Retterin?«, wollte Lisette wissen.

Roland legte Sarah seine große warme Hand ins Kreuz.

»Ja. Darf ich vorstellen. Sarah, das ist Lisette d'Alencon. Lisette, Sarah Bingham.«

»Es ist mir eine Ehre, Sie kennenzulernen«, sagte Lisette und streckte ihr lächelnd die Hand entgegen. »Wir stehen alle tief in Ihrer Schuld.«

Sarah begrüßte die Unsterbliche und wollte gerade anfangen zu erklären, dass sie doch gar nichts getan habe, als sich Lisette zu ihr vorbeugte.

»Er ist gar nicht mein Herz«, flüsterte sie schmunzelnd. »Ich ärgere ihn nur gern, weil er so schüchtern ist.«

Aus einer anderen Ecke des Zimmers war Marcus' verächtliches Schnauben zu hören. »Der ist nicht schüchtern, sondern eigenbrötlerisch.«

Roland funkelte ihn böse an.

Nun wandte sich Lisette an Chris. »Chris, du Filou, was hast du denn Geheimnisvolles herausgefunden?«

Chris grinste. »Ich wiederhole mich nur ungern, *chérie*, aber ich würde gern warten, bis wir vollzählig sind.«

Ein weiterer Unsterblicher betrat das Zimmer – eins achtzig groß, kurzes, rabenschwarzes Haar und dunkelbraune Augen mit auffällig dichten Wimpern.

Das musste Lisettes Bruder sein.

Als er seinen Mantel abgelegt hatte, war durch den Stoff seiner enganliegenden schwarzen Hose deutlich zu erkennen, was für kräftige Oberschenkel er besaß, obwohl seine Hüften ansonsten eher schmal wirkten. Und auch das dunkle kurzärmelige T-Shirt, das er anhatte, betonte seine gut trainierte Brust, die breiten Schultern und den prallen Bizeps. Wie die anderen war er bis an die Zähne mit Messern und einer Glock Kaliber .45 bewaffnet.

»Étienne«, rief Lisette, während er seinen Mantel aufhängte, »du musst unbedingt Rolands tapfere Freundin kennenlernen. Sie und ich werden bestimmt dicke Freundinnen werden.«

Sarah schaute zu Roland auf, der ihr zuzwinkerte und ihr verstohlen über den Rücken strich.

Étienne begrüßte seine Schwester mit zwei Küsschen auf die Wangen und streckte dann Sarah die Hand entgegen.

»Sie müssen Sarah sein. Wirklich schön, Sie kennenzulernen.« Er hatte eine tiefe Stimme und sprach ebenfalls mit leicht französischem Akzent.

Als Sarah ihm die Hand schütteln wollte, hob er diese an die Lippen und küsste sie, so, wie Roland es bei Lisette getan hatte.

»Ganz meinerseits.«

»Im Netz wimmelte es nur so von Geschichten Ihrer Heldentaten.«

»Welche Heldentaten?«, fragte sie verwirrt. Wollte er sie etwa veräppeln?

»Na, Erzählungen, wie Sie Rolands Leben gerettet haben natürlich. Die reden auf der Website der Unsterblichen Wächter von nichts anderem mehr.«

Die hatten eine Website?

Étienne ließ sie los und streckte Roland lächelnd die Hand entgegen. »Schön, dich zu sehen.«

Roland schüttelte sie und nickte nur kurz.

Seltsam, dass er sich vor den anderen so mürrisch und verschlossen gab. Wenn sie allein waren, hatte sie ihn nur als offene und äußerst warmherzige Person kennengelernt.

Danach begrüßte Étienne Chris und Marcus mit Handschlag. »Chris. Marcus.«

In Gegenwart von Marcus wurde Étienne plötzlich ganz ernst. »Das mit Lady Bethany tut mir schrecklich leid. Wenn ich irgendetwas für dich tun kann, lass es mich wissen.«

Marcus presste die Lippen aufeinander. »Ich danke dir.« In seinem Blick lag unsägliche Traurigkeit.

Wer war Lady Bethany?

Gehörte Marcus zu jenen Unsterblichen, die sich in einen Menschen verliebt hatten? War die Lady kürzlich verstorben?

Sarah nahm sich vor, Roland zu einem späteren Zeitpunkt darauf anzusprechen. Doch dann bedeutete Chris ihnen auch schon, in das geräumige Esszimmer hinüberzugehen.

Lisette und Étienne setzten sich nebeneinander ans Kopfende eines großen Tisches, um den bequem zwanzig Stühle gepasst hätten.

Roland geleitete Sarah zur gegenüberliegenden Seite und ließ sich neben ihr auf den Stuhl fallen. Geschäftsmäßig stützte er die Ellenbogen auf den Holztisch, rutschte aber so, dass sich ihre Beine berührten.

»Hat Lisette dich schon über Roland und Bastien aufgeklärt?«, fragte Chris an Étienne gerichtet und nahm am Tischende neben Roland und Sarah Platz. Die Aktenmappe legte er vor sich hin.

Der Franzose runzelte die Stirn. »Lisette hat erzählt, dass du ihn für einen Unsterblichen hältst, aber …«

Sarah schreckte zusammen, als unvermittelt Seth vor ihnen auftauchte.

Und auch die anderen griffen zu den Waffen, entspannten sich aber sofort wieder, als sie ihn erkannten. Was folgte, war wüstes Gefluche.

»Verdammt«, murmelte Marcus, »kannst du uns nicht vorher warnen?«

Der hünenhafte Anführer hob eine Braue und nahm am anderen Ende des Tisches Platz, bevor er sich an Chris wandte. »Hast du Beweise, dass Sebastien ein Unsterblicher ist?«

»Ja.«

Alle warfen Seth nervöse Blicke zu, doch dessen Gesichtsausdruck verriet nichts.

Obgleich Sarah ihn kaum kannte, wusste sie, dass Seth die ganze Angelegenheit allein als sein persönliches Versagen betrachtete. Auch den anderen musste das klar sein, doch schien niemand von ihnen so recht einschätzen zu können, wie sie sich verhalten sollten. Ihr kam es so vor, als würde sie einen Haufen Kinder beobachten, die zum ersten Mal feststellten, dass ihre Eltern nicht unfehlbar waren.

Als ob Seth niemals zuvor einen Fehler begangen hätte.

In diesem Moment stahl sich Nietzsche ins Zimmer, machte um alle einen weiten Bogen und sprang auf den Schoß des Ältesten.

Chris schlug den Ordner auf und blätterte ein paar Seiten durch. »Sarah hatte recht, Rolands Gegner ist eindeutig ein Unsterblicher. Er wurde als Sebastien Newcombe geboren und erbte nach dem Tod seines Vaters 1807 dessen Titel Earl of Marston. Nachdem er 1815 seinen eigenen Tod vorgetäuscht hatte – angeblich soll er Straßenräubern zum Opfer gefallen sein, obgleich die Leiche natürlich nie gefunden wurde –, hat er den Namen Julien Marston angenommen. Julien wegen seines Vaters und Marston des Titels wegen. Da er nicht über unsere Mittel verfügte, hat er hin und wieder Spuren hinterlassen. Alle zwanzig bis dreißig Jahre ist er umgezogen, manchmal hat er dabei seinen Namen leicht verändert, ist aber immer dabei geblieben, Familienbezüge herzustellen. Unsere Kollegen aus Europa haben unglaubliche Arbeit geleistet und alle Dokumente mit seiner Handschrift ausfindig gemacht. Dadurch wissen wir nun ziemlich genau, wann er sich wo aufgehalten hat.«

Er verteilte an jeden, auch an Sarah, einen Stapel Ausdrucke.

»Was auch immer die Gründe für seinen Hass auf Roland sein mögen«, fuhr Chris mit Blick auf Roland fort, »es hat mit London zu tun, denn seitdem verfolgt er ihn.«

Sarah starrte auf das Blatt Papier vor sich. Auf der linken Seite waren in chronologischer Reihenfolge die verschiedenen Städte aufgeführt, in denen Roland seit seinem Aufenthalt in London gelebt hatte, rechts daneben standen jene Orte, an denen sich Sebastien alias Julien Marston, Julien Newcombe, Sebastien Marston oder Marston Newcombe aufgehalten hatte.

Wohin Roland auch gegangen war, Sebastien hatte ihn verfolgt. Manchmal waren Jahre vergangen, bis er Roland aufgespürt hatte, doch war dieser jedes Mal von ihm gefunden worden, in vielen Fällen sogar kurz bevor er wieder seine Sachen gepackt und erneut ein Land verlassen hatte.

»Was zum Teufel hat das zu bedeuten?«, murmelte Roland.

»Sie haben Schwein gehabt, als Sie in die USA gezogen sind«, entgegnete Chris und lenkte die Aufmerksamkeit der Beteiligten auf die letzten Seiten. »Da hat er die Fährte verloren und siebzig Jahre damit zugebracht, um die Welt zu reisen, wahrscheinlich auf der Suche nach Ihnen.«

Roland warf die Ausdrucke auf den Tisch. »Ich schwöre euch, ich habe diesen Typen noch nie zuvor gesehen. Das erste Mal, als er mich der Sonne ausliefern wollte.«

Marcus schüttelte den Kopf. »Mir kommt er auch nicht bekannt vor.«

»Na, dafür scheint er aber ganz genau zu wissen, wer du bist«, meinte Étienne und blickte Roland an. »Vielleicht hast du den Vampir umgebracht, der ihn verwandelt hat. Immerhin ist er ein Unsterblicher und somit demjenigen, der ihn erschaffen hat, treu ergeben.«

Roland winkte ab. »Über so lange Zeit?«

Seth räusperte sich. »Er hatte sonst niemanden. Mir leuchtet das ein.«

Betretenes Schweigen.

Chris ordnete raschelnd seine Papiere. »Jedenfalls ist Ihre selbst gewählte Einsamkeit von Vorteil gewesen. Seit Sie in den Staaten leben, haben Sie sowohl auf Bedienstete als auch auf einen Sekundanten verzichtet. Sie hatten kaum Kontakt zu anderen Unsterblichen, also fehlten ihm Anhaltspunkte für die Suche. Als Bastien Sie vor zwanzig Jahren dann endlich ausfindig gemacht hat, war das wahrscheinlich pures Glück.«

Rolands Miene verfinsterte sich. »Und warum hat er mich damals dann nicht gleich umgebracht? Warum warten?«

»Deshalb.« Chris zog ein mehrfach gefaltetes Blatt aus seinen Unterlagen und breitete es auf dem Tisch aus. »Ich habe seine Spur bis zu einem alten Bauernhaus in der Nähe von Mebane verfolgt. Mieter ist ein gewisser Julien Marston, hier sind ein paar Satellitenaufnahmen.«

Auf dem Ausdruck war ein großer Bauernhof samt Scheune zu erkennen, vor dem sich eine große Lichtung befand. Ringsherum gab es nichts als dichten Wald.

Sarah ließ den Blick über die Aufnahme schweifen. »Sie verfügen über eigene Satelliten?«

Chris schüttelte den Kopf. »Sie ins All zu schießen, würde nur ungewollt Aufmerksamkeit erregen. Ich habe einfach Freunde in neuralgischen Positionen sitzen.«

»Oh.«

»Deshalb ist er ja auch der Beste seines Fachs«, bemerkte Marcus und deutete auf den Ausdruck. »Das ist also sein Unterschlupf?«

»Ja, und damit kämen wir auch schon zum nächsten und noch viel unglaublicheren Punkt.« Chris zog eine zweite Aufnahme hervor und breitete sie über der anderen aus.

Interessiert beugten sich alle darüber.

»Ich wollte herausfinden, ob noch welche von seinen Vampir-Vasallen leben, also habe ich einen Freund gebeten, Infrarotbilder zu machen. Die gelben Punkte sind Menschen, die lilafarbenen im Untergrund schlafende Vampire.«

»Scheiße!«

»Was zum Teufel …?«

Sarah starrte auf die Satellitenaufnahme, auf der neben vier gelben Klecksen auch Dutzende von lilafarbenen zu sehen waren.

Fragend blickte sie Roland an. »Ich dachte, Vampire wären nie in größeren Gruppen unterwegs.«

Nervös spannte der Unsterbliche seine Unterkiefermuskeln an. »Das sind sie normalerweise auch nicht.«

Lisettes Augen waren weit aufgerissen. »Das müssen mindestens fünfzig sein!«

»Siebenundfünfzig«, korrigierte Chris sie.

Étienne erhob sich und legte die Hände auf die Aufnahme. »Das sprengt die Kapazität des Bauernhauses bei Weitem.«

Chris nickte. »Im Grundriss ist zwar ein Keller eingezeichnet, aber den muss er auf jeden Fall ausgebaut haben.«

Marcus runzelte die Stirn. »Oberirdisch würde er die ganze Lichtung ausmachen. Hast du noch einen genaueren Plan?«

»Nein, meine Leute haben alle Bauunternehmer in North Carolina überprüft, Fehlanzeige. Bastien muss es selbst gemacht haben.«

Roland zeigte mit dem Zeigefinger auf eine grüne Gestalt, die sich fernab aller anderen befand. Der Farbe nach zu urteilen, war sie zu kalt für einen Menschen, aber zu warm für einen Vampir. »Das ist er. Er schläft in einiger Entfernung von den anderen.«

»Wahrscheinlich traut er den verdammten Vampiren nicht«, grummelte Marcus.

»Meint ihr, er weiß es?«, fragte Lisette. »Also, dass er ein Unsterblicher ist, meine ich.«

Ihr Bruder schüttelte den Kopf und setzte sich wieder auf seinen Stuhl. »Vampire bringen ihre Opfer um. Kein Unsterblicher könnte unter ihnen leben und ertragen, dass Unschuldige getötet werden.«

»Also, das ist auch noch so eine Sache«, entgegnete Chris und kramte noch mehr Ausdrucke hervor. »Meine Computerspezialisten haben sich übers Internet in seinen Rechner gehackt und haben das hier gefunden.«

Sarah las sich die Seiten aufmerksam durch. Es waren Listen mit Namen und Adressen von Leuten, die überall verstreut in North Carolina wohnten; einige Personen stammten auch aus Virginia und South Carolina.

»Uns war anfangs nicht ganz klar, was es mit diesen Listen auf sich hat, aber dann haben wir die Leute darauf genauer unter die Lupe genommen und zudem Bastiens Aktivitäten im Netz verfolgt. Oder besser gesagt, die Aktivitäten seiner menschlichen Lakaien, denn die meisten Interaktionen fanden tagsüber statt.«

»Und was ist dabei herausgekommen?«, fragte Roland missmutig.

»Es ist eine Liste ihrer Opfer.«

»Er legt ein Verzeichnis seiner Opfer an?«, fragte Sarah.

»Nein, aber er wählt sie gezielt aus. Jede Person auf der Liste steht in Verbindung mit Kinderpornografie, entweder als Kunde, Verkäufer oder Produzent und wird vermisst oder ist tot. Sebastien schreibt seinen Vampiren vor, von wem sie trinken dürfen, und sorgt dafür, dass die Tode nicht mit ihnen in Verbindung gebracht werden können.«

Ungläubig schüttelte Étienne den Kopf. »Wie zum Teufel schafft er es nur, sie zu kontrollieren?«

Sarah räusperte sich. »Würde es einem Gerichtsmediziner oder Arzt denn nicht auffallen, wenn den Toten große Mengen Blut fehlte?«

»Schon«, antwortete Marcus. »Aber Tod durch Vampirbiss ist eben nicht das Erste, was einem Ermittler bei Mord, Selbstmord oder Unfall in den Sinn kommt.«

Roland nickte zustimmend. »Meistens glauben sie, die Opfer wären woanders getötet worden, was dann auch das fehlende Blut am Tatort erklärt. Oder so was in der Richtung.«

»Es sei denn, er verwandelt sie«, brummte Roland. »Er könnte sie alle erst vor Kurzem gebissen haben.«

Nun nahm auch Chris wieder Platz. »Oder auch nicht. Unsere Nachforschungen haben nämlich noch eine weitere interessante Entdeckung ergeben. Ich bin mir ziemlich sicher, dass er sie zwingt, normale Lebensmittel zu essen.«

Alle Anwesenden sahen ihn an, als hätte er den Verstand verloren.

Nur Seth nicht.

Der Älteste legte die Stirn in Falten und streichelte unverwandt den Kater, der mittlerweile wie eine Harley Davidson schnurrte.

»Heute Nachmittag habe ich verdeckte Ermittler zum Bauernhof geschickt ...«

Rolands Miene verfinsterte sich. »Dann weiß er, dass wir ihm auf den Fersen sind. Wahrscheinlich hat er schon ein neues Schlupfloch.«

Chris schüttelte den Kopf. »Sie waren ganz leise und haben sich verdeckt gehalten. Das hat er gar nicht mitbekommen.«

»Er ist ein Unsterblicher. Hast du unseren ausgeprägten Spürsinn vergessen?«

»Wir sind keine Anfänger, Roland«, hielt Chris dagegen. »Die Männer haben ihren Geruch übertüncht.«

»Womit?«

Sarah war ganz auf Rolands Seite. Unsterbliche hatten Nasen wir Polarbären, wie sollten die Männer da unentdeckt geblieben sein?

»Sie haben ohne jegliche Zusätze, Shampoos oder Parfüms gebadet, Klamotten getragen, die mit geruchsneutralem Waschmittel gewaschen wurden, und dann ihren eigenen Körpergeruch noch mit anderen Aromen wie Tierurin überlagert.«

Angeekelt zog Sarah die Nase kraus. Lisette tat es ihr gleich.

»Tierurin?«, wiederholte Marcus.

»Ja. Jäger machen das ständig. Vertrauen Sie mir, niemand hat etwas mitbekommen.«

Igitt!

»Und was haben Ihre Männer entdeckt?«, fragte Marcus.

»Einen Lieferwagen, der eine riesige Ladung Lebensmittel gebracht hat, vor allem frisches Obst und Gemüse. Meine Hacker haben sich daraufhin sofort wieder an die Arbeit gemacht und herausgefunden, dass Julien Marston regelmäßig beliefert wird. Jeden zweiten Tag bekommt er Essen für eine ganze Armee. Was dagegen Lohnzahlungen angeht, so habt ihr Sebastiens menschliche Helfer offenbar von ehemals dreizehn auf nunmehr vier reduziert. Und trotzdem lässt er weiter Essen liefern. Selbst für dreizehn Menschen wäre die Menge nicht zu schaffen gewesen. Folglich ist die Verpflegung nicht nur für sie.«

Aber Vampire nahmen doch keine feste Nahrung zu sich. Roland hatte ihr erklärt, dass die Blutgier sie dermaßen schnell überwältigte, dass sie jegliches Interesse an fester Nahrung rasch verloren.

»Er versucht, sie zu retten«, erklärte Lisette traurig.

»Kann das funktionieren?«, fragte Sarah an alle gewandt. »Könnte normales Essen sie vor dem Wahnsinn bewahren?«

Alle Augenpaare richteten sich auf Seth.

»Nein. Das haben wir auch schon versucht. Mehrfach sogar. Vampire, die bereits dem Wahnsinn verfallen waren, haben normale Nahrung nur unter Zwang zu sich genommen. Und auch wenn man ihnen das Blut direkt vom Spender versagt und es ihnen stattdessen im Glas oder Beutel anbietet, ändert das nichts. Wenn der Wahnsinn erst einmal eingesetzt hat, kommt jede Hilfe zu spät.«

»Und was ist mit den Neuen?«, erkundigte sich Chris.

Seth schüttelte den Kopf. »Selbst wenn wir sie bereits ein paar Wochen nach ihrer Verwandlung gefunden hatten, konnten Nahrungsmittel den Wahnsinn nicht stoppen. Der Prozess war höchstens langsamer geworden. Mit ein wenig Glück hatten sie vier, maximal fünf Jahre, und die waren äußerst schmerzhaft. Das

Ringen um geistige Gesundheit ist anstrengend. Wir mussten sie rund um die Uhr bewachen. Und wenn sie uns entwischt waren und einem Menschen etwas angetan hatten, wurden sie durch diese Erinnerungen in lichten Momenten gequält. Man kann sie nicht retten.«

Für einen Moment legte sich betroffenes Schweigen über die Runde, das schließlich von Chris gebrochen wurde.

»Also, wie wollen wir vorgehen?«

Sarah konnte sich keine zufriedenstellende Lösung vorstellen.

Sie spürte, wie Roland noch einmal ihre Hand drückte, bevor er mit kalter Stimme das Wort ergriff. »Wir holen Sebastien da raus und machen das Nest dem Erdboden gleich.«

Die Gesichter seiner unsterblichen Gefährten verdüsterten sich. Sarah anzuschauen traute Roland sich gar nicht erst, aus Angst, sie würde ihn für seine Worte verurteilen.

Sie musste ihn für einen kaltblütigen Mistkerl halten.

Und während die anderen besorgte Blicke austauschten, rechnete er jeden Moment damit, dass sie ihre Hand wegziehen würde.

Étienne räusperte sich. »Bin ich eigentlich der Einzige, der hier Skrupel hat? Diese Vampire haben noch nie einen Unschuldigen getötet!«

Marcus seufzte schwer. »Nein.«

»Aber woher wollen Sie das wissen?«, fragte Sarah nun zu Rolands Überraschung.

Noch immer hielt sie seine Hand.

Chris hob die Liste mit den Pädophilen hoch. »Glauben Sie mir, von denen ist bestimmt keiner unschuldig.«

»Gut, aber Sie gehen davon aus, dass die Vampire nur die Leute auf der Liste getötet haben. Gibt es da irgendein Gesetz, das besagt: pro Nacht nur einen Menschen. Siebenundfünfzig Vampire sind nicht so leicht in Schach zu halten. Könnten nicht einige von ihnen vom Kurs abgewichen sein, ohne dass Bastien Wind davon bekommen hat?«

Roland hatte schon den gleichen Gedanken gehabt. »Wenn sie sich dabei nicht mit dem Blut des Opfers beschmiert haben, dann ja. Dann hat Bastien keine zwei Gerüche ausmachen können.«

»Wir wissen nicht einmal, ob es ihm überhaupt etwas ausmachen würde«, sagte Lisette bedächtig. »Er lebt seit zweihundert Jahren unter Vampiren. Auch wenn das sehr unerfreulich ist, vielleicht müssen wir uns mit dem Gedanken anfreunden, dass Bastien wie sie denkt.«

»Jedenfalls teilt er ihren Hass auf die Unsterblichen«, pflichtete Marcus ihr bei.

Ein schrilles Klingeln ertönte.

Chris holte sein Handy aus der Tasche und warf einen Blick auf das Display. »Tut mir leid, aber da muss ich rangehen.« Er stand auf und ging mit dem Telefon ins Wohnzimmer hinüber. »Ja?«

»Ob es nun mit oder ohne Bastiens Zustimmung geschieht, tut hier nichts zur Sache«, verkündete Seth. »Bringt ihn mir lebend. Die anderen müssen sterben. Wenn wir sie am Leben lassen und tatenlos zusehen, wie sie den Verstand verlieren, könnten ihnen Hunderte Unschuldiger zum Opfer fallen, bis wir sie letztlich alle zur Strecke gebracht hätten. Das geht auf keinen Fall.«

Zustimmendes Gemurmel ertönte.

Und als Chris wieder zu ihnen stieß, diskutierte Roland mit den anderen bereits ihre Vorgehensweise, wobei er mit dem Daumen sanfte Kreise auf Sarahs Handrücken malte.

»Sarah hatte mal wieder recht«, verkündete Chris und setzte sich. »Andy ist es gelungen, die Polizeiakten der toten Kinderschänder einzusehen. Bastiens Vampire schummeln ganz offensichtlich bei ihrer Diät.« Er tippte auf die Liste mit den Opfern. »Manche dieser Widerlinge waren verheiratet, die Vampire haben die Frauen und Kinder zum Nachtisch verspeist.«

Verdammt! »Wieso haben wir davon nichts mitbekommen?«

»Weil keines der Opfer im Dreieck oder in der Trias gewohnt hat.«

Das Dreieck bestand aus den benachbarten Städten Raleigh, Durham und Chapel Hill. Die Trias aus Greensboro, High Point und Winston-Salem.

»Außerdem lebten die Opfer weit genug voneinander entfernt, und die Todesursachen schienen jedes Mal andere zu sein, sodass niemand die Fälle miteinander in Verbindung gebracht hat.

Sarah blickte Roland an. »Ich wünschte, ich hätte unrecht gehabt.«

Er drückte aufmunternd ihre Hand, um sich dann wieder der Planung zuzuwenden.

Der Flur vor ihrem Zimmer lag verlassen da, als Seth mit Chris' Unterlagen in der Hand dort auftauchte. Und auch ein rascher Blick in den Raum ergab, dass sich niemand darin befand.

Was nicht weiter verwunderlich war, da die geheimnisvolle Frau einfach nicht zu schlafen schien.

Da Seth diese Tatsache zunehmend Sorge bereitete, war er mittels seiner Fähigkeiten vorsichtig in sie gedrungen und hatte festgestellt, dass sie mittlerweile zwar schlafen wollte, aber es einfach nicht konnte. Jedenfalls nicht, solange sie sich nicht sicher fühlte. Das Ganze funktionierte offenbar wie ein unbewusster Schutzmechanismus, der nicht auszuschalten war.

Dabei hatten David und Darnell sich die größte Mühe gegeben, vertrauenserweckend zu erscheinen. Mehr konnten sie nicht tun.

Sie war ja so winzig, kaum einen Meter fünfzig groß. Da war es nicht so einfach, harmlos auszusehen, wenn man sie gut drei Köpfe überragte und mindestens fünfzig Kilo mehr auf die Waage brachte.

Seth machte sich auf den Weg nach unten. Die einzigen Lebenszeichen kamen aus der großen Halle, die abgesehen von den Steinwänden wie ein modernes Wohnzimmer aussah. Im Dunkeln vor dem Eingang stand David. Gerade wollte der Älteste ihn rufen, als dieser den Kopf hob und einen Finger auf die Lippen legte.

Mit leisen Schritten schlich Seth zu ihm und linste ins Wohnzimmer.

Darnell hockte auf dem Sofa und hielt einen Controller in den Händen. Auf dem riesigen Fernsehbildschirm sprang Lara Croft gerade von einem Felsvorsprung und schnappte sich das Ende eines Seils, das über einem dunklen Abgrund baumelte.

Die geheimnisvolle Frau stand eine Armlänge vom Sofa entfernt, ihr Blick klebte förmlich an der Mattscheibe.

»Siehst du«, erklärte Darnell mit einem jungenhaften Grinsen, »ich hab dir ja gesagt, dass sie es schafft.«

Sie bekam leuchtende Augen. Und wenn sich dazu noch ihr Mund bewegt hätte, wäre das ein Lächeln gewesen, dachte Seth überrascht.

»Nun lasse ich sie schwingen und zum nächsten Seil springen, wieder schwingen und dann auf den nächsten Vorsprung landen.«

Skeptisch wandte sie sich wieder dem Bildschirm zu und lehnte sich dabei an einen Sessel.

Das hellblaue T-Shirt mit dem V-Ausschnitt schmiegte sich an ihre kleinen Brüste und betonte ihre hervortretenden Schlüsselbeine. Ihre Arme waren längst nicht mehr so abgemagert, seit sie wieder regelmäßig aß. Und auch an den Hüften hatte sie etwas zugelegt, obgleich ihr die schwarzblaue Schlafanzughose heftig um die Beine schlabberte.

Trotzdem war sie noch immer viel zu dünn. Sie wirkte so fragil, dass es ihm fast das Herz brach. Und David. Und Darnell ebenfalls.

Selbst ihr Gesicht sah nicht mehr so ausgezehrt und blass aus, sie hatte ein wenig Farbe bekommen und war mit den vollen Lippen, der kecken Stupsnase und den geschwungenen Brauen nun äußerst hübsch anzusehen. Nur unter ihren Augen zeichneten sich tiefe Schatten ab, ein Zeichen ihrer Übermüdung.

Doch zugegeben, für acht Tage ohne Schlaf sah sie noch immer fantastisch aus.

Seth hatte mal über eine Studie gelesen, in der getestet worden war, wie lange Menschen ohne Schlaf auskommen. Das Längste waren elf Tage gewesen. Doch schon vom vierten Tag an nahmen die motorischen und geistigen Fähigkeiten stark ab. Das Kurzzeitgedächtnis litt. Die Probanden hatten Konzentrationsschwierigkeiten, begannen zu halluzinieren und waren starken Stimmungsschwankungen unterworfen, wobei die Symptome von Tag zu Tag schlimmer wurden.

Nicht so die geheimnisvolle Frau, sie hatte lediglich dunkle Ringe unter den Augen.

Unter Seths prüfendem Blick schaute sie nun staunend zu, wie Lara Croft von Seil zu Seil schwang.

»Uff, geschafft!« Darnell grinste sie triumphierend an.

Und als sie sein Lächeln erwiderte, blieb Seth die Luft weg.

Auch Darnell erstarrte kurz, bekam sich aber gleich wieder in den Griff und tat so, als wäre nichts gewesen. »Wenn Lara es zum nächsten Felsvorsprung geschafft hat, dann halt nach Medipacks Ausschau. Sie hat nämlich kaum noch welche, und irgendwo muss da eins rumliegen.«

Tatsächlich setzte sich ihr Gast nun auf die Armlehne des Sessels, um Lara Croft besser beobachten zu können.

Seth warf David einen fragenden Blick zu. »Wie lange geht das schon so?«, fragte er, unhörbar für menschliche Ohren.

»Seit du weg bist«, antwortete David ebenso leise. »Darnell hat die ganze Zeit über versucht, die geklauten Dateien zu knacken und brauchte mal eine Pause.«

Aus den Fernsehlautsprechern ertönte eine Melodie, die eine

Entdeckung zu verkünden schien. »Cool. Mehr Leuchtgeschosse. Und einen Granatwerfer.«

Seth verzog das Gesicht. »Hätte er nicht ein weniger gewalttätiges Spiel aussuchen können?«

David zuckte mit den Schultern. »Er hat ja schon gespielt, als sie dazukam.«

»Hat Lara schon geschossen, oder ist sie schon angegriffen worden?«

»Bislang nur von Fledermäusen. Und das hat unserem Mädchen nichts ausgemacht.«

»Gut. Ich weiß zwar nicht, inwieweit sie sich noch an ihre Rettung erinnert, aber ich fürchte, sie reagiert nicht gut auf Gewalt, selbst wenn es bloß im Spiel ist. In der Nacht hat es ordentlich gekracht.«

David grinste. »Ich bin noch nie derart beschossen worden, schon gar nicht mit solchen Großkalibern. Diese verdammten Kugeln haben echt wehgetan.« Mit dem Kopf deutete er auf die Unterlagen in Seths Hand. »Apropos Blutbad. Was ist bei eurem Treffen herausgekommen?«

Seth seufzte und war auf einmal vollkommen erschöpft. »Sebastien hat das Unmögliche vollbracht. Abgesehen von den dreiundzwanzig Vampiren, die Roland und Marcus schon beseitigt haben, leben noch siebenundfünfzig weitere unter seinem Dach.«

Ungläubig riss David die Augen auf. »Was?«

»Er versucht, sie zu retten«, fuhr Seth fort und fühlte sich wie zuvor schon Lisette, verspürte eine tiefe Traurigkeit. »Er zwingt sie, feste Nahrung zu sich zu nehmen, lässt sie das Blut von Pädophilen statt von Unschuldigen trinken. Aber die meisten weichen bereits vom Pfad der Tugend ab.«

»Hat er sie alle selbst verwandelt?«

»Weiß ich nicht.«

Die geheimnisvolle Frau sprang plötzlich auf und deutete auf den Fernseher.

»Was ist denn?«, fragte Darnell und ließ Lara ein paar Schritte zurückgehen. »Ah, der Eingang zu einer Höhle. Habe ich gar nicht gesehen.« Lara sprang hoch, hielt sich an der Kante fest, schwang sich nach oben und zwängte sich hinein. »Super! Ein Medipack, danke.«

Lächelnd kehrte sie zu ihrem Sessel zurück.

»Jetzt sieh dir das mal an«, murmelte David und lächelte ebenfalls. »Eigentlich hätte ich es wissen müssen; wenn jemand einen aufheitert, dann Darnell.«

Davids Sekundant wirkte von allen drei Männern wohl noch am harmlosesten. Er war außergewöhnlich groß, schlank und seine Haut hatte die Farbe von Milchkaffee. Seinem sonnigen Gemüt konnte kaum jemand widerstehen.

Wenn er sie doch nun auch noch zum Sprechen bringen würde, dachte Seth.

David wurde wieder ernst. »Dann lass mal hören. Erzähl mir alles, was du weißt. Auch, was du den anderen bislang verschwiegen hast.«

»Dir kann man auch gar nichts vormachen«, knurrte Seth.

»Ebenso wenig wie dir. Also, spuck's aus.«

Seth zögerte. Es gab tatsächlich etwas, das den anderen entgangen war. Und er befürchtete, dass die Unsterblichen möglicherweise nicht dazu bereit sein würden, Sebastien lebendig gefangen zu nehmen, wenn sie davon wüssten. »Sebastien hegt einen Groll gegen Roland. Den Grund kenne ich nicht, aber er ist schon seit zweihundert Jahren hinter ihm her, folgt ihm von Stadt zu Stadt.«

»Und Roland weiß nicht, warum?«

»Nein.« Seth hielt die Unterlagen hoch. »Chris war so gut, eine Aufstellung aller Länder, Städte und Gemeinden zu machen, in denen Sebastien sich aufgehalten hat, mit Datumsangaben …«

Nur ungern gab er sein Geheimnis preis. »Sebastien war in Schottland, als Ewen getötet wurde.«

David fluchte.

Alle hatten um den Unsterblichen aus Schottland getrauert, der sehr beliebt gewesen war.

»In der Gegend hat es damals nur wenige Vampire gegeben, und die waren noch nicht einmal untereinander verbündet«, fuhr Seth fort. »Wir konnten uns also nicht erklären, wie einer von ihnen einen Unsterblichen von Ewens Kaliber hatte töten können. Dabei ist es uns nie in den Sinn gekommen, dass ein fremder Unsterblicher dahinterstecken könnte.«

»Die anderen dürfen es nicht erfahren.«

Seth pflichtete David bei. »Selbst wenn es Notwehr gewesen ist, die würden auf Rache sinnen.« Nun würde Seth auch noch diese Last zu tragen haben.

David sah ihn durchdringend an. »Hör auf, dir Vorwürfe zu machen!«

»Das ist alles meine Schuld.«

»Ist es nicht«, sagte David mit bestimmtem Tonfall. »Du kannst nicht überall gleichzeitig sein. Und du kannst nicht für alle alles sein.«

»Wenn ich für ihn dagewesen wäre, hätte Sebastien nicht so gelitten. Dann würde er jetzt auch Unsterbliche nicht so hassen und vor allem keine Vampire beherbergen. Und Ewen wäre noch am Leben.«

»Es gibt keine Beweise dafür, dass er Ewen getötet hat. Das sind alles nur Mutmaßungen.«

»Er hat bereits dreimal versucht, Roland zu töten. Und notfalls würde er auch Marcus und Sarah umbringen.«

Vielleicht mochte David ihm an diesem Debakel keine Schuld geben, aber vielleicht taten es die anderen. Sie hatten zwar nichts gesagt, aber ihr Schweigen hatte Bände gesprochen.

Seth hatte es verpatzt. Normalerweise war er immer zur Stelle, wenn ein Begabter verwandelt wurde, und nur weil er Sebastien nicht geholfen hatte …

»Haben die anderen etwas dagegen gesagt, dass du ihn bei uns aufnehmen willst?«, fragte David, der seine Versuche, Seths Schuldgefühle zu mildern, offenbar aufgegeben hatte.

»Nein.«

»Wann schlagt ihr los?«

»Morgen.«

»Willst du mich wirklich hier zurücklassen? Fünf gegen siebenundfünfzig, das könnte haarig werden.«

»Ja. Ich möchte, dass unser Gast sicher ist, und auf dich kann ich mich hundertprozentig verlassen.«

Fast gleichzeitig drehten sie sich zu der geheimnisvollen Frau um und waren überrascht, dass diese ihre Blicke erwiderte, als hätte sie jedes Wort mitangehört.

»Wer war Lady Bethany?«

Erst im Morgengrauen lagen Sarah und Roland endlich im Bett, nur ein schummriges Nachtlicht glomm in der Dunkelheit.

Beide konnten wegen des bevorstehenden Kampfes nicht einschlafen.

Um nicht darüber nachdenken zu müssen, in welche Gefahr sich Roland schon bald begeben würde, fragte sie ihn nach der Frau, die Étienne erwähnt hatte.

Roland lag auf dem Rücken und starrte an die Decke. Sarah hatte sich eng an ihn gekuschelt, und er spielte mit ihrem Haar. »Lady Bethany, Countess of Westcott. Auch bekannt als Bethany Bennett.«

»War sie Marcus' Frau?«

»Nein, aber sie war die einzige Frau, die er je geliebt hat. Und das für eine lange Zeit.«

Sarah erinnerte sich an Marcus' kummervollen Blick, als Étienne ihm kondoliert hatte. »Ist sie gestorben?«

»Ganz so einfach ist es nicht.«

Das klang aber sehr mysteriös.

Sarah verschränkte die Hände auf seiner Brust und stützte ihr Kinn darauf. »Wirst du es mir erzählen?«

Er lächelte und strich ihr über die Wange. »Ich weiß gar nicht, ob du mir glauben würdest. Die Geschichte ist so seltsam.«

»Seltsamer als Vampire und Unsterbliche es sind?«, fragte sie lächelnd.

»Auch wenn du es nicht für möglich hältst, aber das ist sie tatsächlich. Darum kennt auch jeder Unsterbliche die Erzählung, nicht einmal die Bänkelsänger aus meiner Zeit hätten sich eine solch traurige Story ausdenken können.«

»Jetzt musst du sie mir aber erzählen.«

Er nickte zwar, schwieg jedoch.

»Was ist jetzt«, ermunterte sie ihn und piekste ihm in die Seite.

Er lachte und zuckte zusammen, als sie eine kitzelige Stelle erwischte, dann schnappte er sich vorsichtshalber ihre Hand. »Ich will sie ja erzählen. Ich weiß nur nicht, ob ich am Anfang oder am Ende beginnen soll.«

»Am Anfang«, sagte sie entschieden.

»Dein Wunsch ist mir Befehl.« Er küsste sie sanft und ließ sich dann wieder ins Kissen sinken. »Bestimmt hast du im Fernsehen mal so eine Geschichte gesehen, wo ein misshandelter Hund einen neuen liebevollen Besitzer gefunden hat, dem er dann treu ergeben war. So ergeben, dass er sein Leben für ihn lassen würde.«

Neugierig blickte Sarah ihn an. »Ja.«

»Genau das ist Marcus widerfahren. Im späten 12. Jahrhundert wurde er als Sohn des Earl of Dunneford geboren. Sein Vater starb, als er noch klein war, und seine Mutter musste schnell wieder heiraten. Doch ihr neuer Mann entpuppte sich leider als sadistischer Mistkerl, der Marcus und seine Mutter bei jeder Gelegenheit schlug. Nachdem er von Marcus' Gabe erfahren hatte, nahmen die Prügelattacken sogar noch zu. Jahrelang ging das so, bis der Stiefvater die Mutter schließlich tötete und vorgab, sie wäre die Treppen hinuntergefallen.«

Bestürzt lauschte Sarah der Geschichte.

»Wäre Marcus nicht geflohen, hätte sein Stiefvater wahrscheinlich auch ihn noch umgebracht. Marcus fand Unterschlupf bei Lord Robert, Earl of Fosterly, den sein Stiefvater sehr fürchtete, und wurde sein Knappe. Lord Robert war ein gutherziger Mensch, behandelte Marcus wie einen jüngeren Bruder und ließ ihm die Liebe und Zuneigung angedeihen, die ihm bislang verwehrt geblieben waren. Natürlich liebte Marcus ihn wie einen Vater oder einen älteren Bruder, den er nie gehabt hatte. Er verehrte ihn und wäre sogar für ihn gestorben. Eines Tages dann, Marcus hatte damals vielleicht drei oder vier Jahre bei Robert gelebt, brachte Robert eine sehr ungewöhnliche Frau mit nach Hause.«

»Lady Bethany?«

»Ja. Robert und drei seiner Männer hatten sie blutüberströmt im Wald gefunden, wo sie auf der verzweifelten Suche nach ihrem Bruder Josh gewesen war. Robert erzählte dann, dass man die Geschwister überfallen hatte. Die Täter sollen Männer gewesen sein, mit denen er verfeindet war. Doch viel später erfuhr Marcus, dass sie aus der Zukunft kam.«

Sarah dachte, sie hätte sich verhört. »Moment mal, was hast du da eben gesagt?«

»Lady Bethany war in Wirklichkeit Bethany Bennett aus Houston, Texas. Ende des 20. Jahrhunderts geboren, dein Jahrgang, wenn ich es mir recht überlege.«

»Du nimmst mich doch auf den Arm?«

»Nein.«

Abrupt setzte sich Sarah auf, sodass ihr die Decke hinunterrutschte. »Ausgeschlossen!«

Ein lüsternes Funkeln trat in seine Augen, als sein Blick auf ihre entblößten Brüste fiel. »Ich hatte dich ja gewarnt, die Geschichte ist unglaublich.«

»Wie ist sie denn in ihre Zeit zurückgekommen?«

Er wanderte mit den Händen zu ihren Hüften. »Wenn ich dir verspreche, dir hinterher alles genau zu erklären, darf ich dann jetzt schnell die Geschichte zu Ende erzählen, damit ich mit dir schlafen kann?«

Ihr Puls begann zu rasen. Unter seinem glühenden Blick hatten sich ihre Nippel aufgerichtet. »Einverstanden.«

»Um es kurz zu machen: Bethany und Robert haben sich ineinander verliebt, geheiratet und lebten glücklich bis ans Ende ihrer Tage.«

Ihr klappte die Kinnlade herunter. »Und was ist mit Marcus?«

»Marcus hat sich auch in sie verliebt, sie ebenso verehrt wie Robert, es aber für sich behalten. Er hat sie beide zu sehr gemocht, als dass er ihrem Glück im Weg stehen wollte. Und wie gesagt, Marcus war Robert treu ergeben und hätte nie versucht, ihm hinterrücks die geliebte Frau auszuspannen.

Fassungslos starrte Sarah ihn an. »Oh Gott. Das ist ja …«

»Verrückt, ich weiß. Das Schlimmste daran ist, dass Marcus nie aufgehört hat, sie zu lieben. Nachdem sie als alte Frau gestorben war, hat er die nächsten achthundert Jahre damit zugebracht, abwechselnd ihren Tod zu betrauern und sich auf ein Wiedersehen mit ihr zu freuen. Und als dann schließlich das 20. Jahrhundert endlich nahte …« Roland schüttelte den Kopf, »… hat sich Marcus wie ein kleines Kind aufgeführt, das auf den Weihnachtsmann wartet. Bethany kam zur Welt und Marcus zog nach Houston, um sie aufwachsen zu sehen. Als sie sechzehn oder siebzehn Jahre alt war, kaufte er das Nachbarhaus und freundete sich mit ihr, Josh und ihrem Vater an. Ein Jahr später half Marcus den Geschwistern über den Tod des Vaters hinweg und wurde dadurch zu ihrem engsten Vertrauten. Marcus hat jeden Augenblick mit Bethany genossen, bis sie mit zweiundzwanzig in der Zeit zurück zu Robert reiste.«

Sarah biss sich auf die Unterlippe. »Er war nie mit ihr zusammen, oder?«

Roland schüttelte den Kopf. »Für ihn ist sie immer Roberts Frau geblieben. Seine Beziehung zu ihr war rein platonischer Natur, selbst in der Zukunft oder besser gesagt in der Gegenwart, wo es hätte mehr sein können.«

Ihr fehlten die Worte. »Hat er sich denn nie in jemand anderen verliebt?«

»Nein. Einige von uns haben ihn für verrückt erklärt, dass er nach all den Jahrhunderten voller Sehnsucht nie mit ihr geschlafen hat. Andere wiederum waren … eher ehrfürchtig, glaube ich. All die Jahre haben seiner Liebe keinen Abbruch getan. Und als sie dann endlich wieder vor ihm stand, hat er sie nicht verführt, sondern sich aus Treue zu Roland wie ein Ehrenmann verhalten.«

»Wow! Er hätte ja auch versuchen können, sie an der Zeitreise zu hindern.«

»Nein. Er wusste, dass sie mit Robert glücklicher sein würde, dass die beiden füreinander bestimmt waren.«

»Und jetzt ist sie verschwunden? Hat Étienne deshalb kondoliert?«

»Ja, Bethany ist vor sieben Jahren zurück ins Mittelalter verschwunden. Also wird Marcus sie nie wieder sehen.«

Sarah legte sich wieder hin. »Kein Wunder, dass er immer so schwermütig wirkt.«

»Er trauert noch um sie.« Roland drehte sich zur Seite und rutschte ein wenig nach unten, sodass sie sich direkt in die Augen sahen. »Ich muss zugeben, dass auch ich ihn für verrückt gehalten habe.« Er fuhr ihr sanft mit den Fingern von der Schläfe bis zur Wange.

In seinem Blick lag so viel Liebe, dass es ihr den Atem verschlug.

»Aber langsam verstehe ich Marcus. Er hat sie so sehr geliebt, dass ihm ihr Glück wichtiger war als sein eigenes.« Sanft küsste er sie. »So geht es mir bei dir. Ich möchte, dass du glücklich bist, deshalb habe ich dich nach der Sache mit Bastien auch nicht gedrängt, mit mir zusammenzubleiben.«

Sarah biss sich auf die Unterlippe. Natürlich war ihr nicht entgangen, dass er mit keinem Wort die Zukunft erwähnt hatte. »Ich dachte, dass du dir vielleicht unsicher bist.«

»Unsicher?« Er lehnte seine Stirn gegen ihre. »Ich liebe dich. Und wenn es nach mir ginge, würde ich die Ewigkeit mit dir verbringen. Ich würde mich aber auch mit dem Rest deines Erdenlebens zufriedengeben, in der Hoffnung, dass du irgendwann wiedergeboren wirst.«

»Ich möchte gern einen Bluttest machen.« Sie war sich nun ganz sicher, dass auch sie für immer mit ihm zusammenbleiben wollte, und noch konnte sie die Hoffnung nicht aufgeben.

Durchdringend sah er sie an. »Und wenn der Test ergibt, dass du ein Mensch bist?«

»Eure Wissenschaftler arbeiten doch daran, das Virus zu verändern, um die Vampire in Unsterbliche zu verwandeln. Vielleicht finden sie ja eine Möglichkeit, bevor ich zu alt bin.«

»Selbst wenn du bei deiner Verwandlung alt wärst, das Virus würde den Alterungsprozess rückgängig machen, und du wärst wieder jung.«

»Spitze!«

»Aber die Forscher arbeiten bereits seit der Renaissance daran, also stehen die Chancen denkbar schlecht.«

Anscheinend wollte er ihre Hoffnungen um jeden Preis zunichte machen.

»Dann verbringe ich eben den Rest meines Lebens damit, dich zu lieben und mit dir Spaß zu haben. Und wenn ich dann eine schrumpelige Backpflaume bin, während du noch immer jung und knackig aussiehst, versuche ich, damit fertig zu werden.«

Roland schlang die Arme um sie und drückte sie so fest an sich, dass sie kaum noch Luft bekam. »Ich verspreche dir auch, in Zukunft ein wenig geselliger zu sein.«

Sarah erwiderte die Umarmung, spürte jedoch, dass ihr die Tränen kamen. »Und ich verspreche dir, dich nicht als meinen Lustknaben vorzustellen, wenn ich erst einmal so alt bin, dass ich deine Großmutter sein könnte.«

Kichernd rollte er sie auf den Rücken. »Soll ich dir vielleicht auch lebenslang mindestens einen Orgasmus pro Tag versprechen?«

Sie musste lächeln, als er sich zwischen ihre Schenkel drängte. »Nur wenn du gleich damit anfängst.«

Auf diese Aufforderung hin presste er seine Lippen auf ihre und ließ seine Zunge in ihren Mund gleiten. Sofort war ihre Leidenschaft entfacht.

Sie war vollkommen außer Atem, als er kurz darauf von ihr abließ. Seine Augen leuchteten und er grinste verschmitzt. »Nichts lieber als das.«

Dann glitt er küssend und leckend zu ihrer Scham hinunter.

Sarah warf den Kopf zurück und packte seinen Schopf. »Oh, jaaa.«

16

Roland schloss die Klettverschlüsse seiner kugelsicheren Weste und legte sich ein Schulterhalfter an, in dem eine SIG Sauer P226 steckte. Die zahlreichen Taschen seiner Cargohosen hatte er mit Magazinen und Wurfsternen gefüllt, und in zwei Scheiden an den Oberschenkeln steckten seine beiden Lieblings-Saigabeln.

Zum Abschluss zog er sich noch einen Lederriemen über den Kopf, der wie ein Munitionsgürtel quer über der Brust saß und mit mindestens einem Dutzend Wurfmessern bestückt war.

In seinem Kopf herrschte das reinste Chaos. Normalerweise überkam ihn vor einem Kampf immer eine tiefe Ruhe, doch davon war er nun weit entfernt.

Rasch schob er sich noch ein paar Messer in die Stiefel.

Er spürte, dass Sarah ihn beobachtete. Und ohne aufzuschauen wusste er, dass sie am Fußende des Bettes saß und nervös auf ihrer Unterlippe herumkaute.

Schließlich war er bis an die Zähne bewaffnet. Mehr konnte er nicht mitnehmen, ohne seine Bewegungsfreiheit einzuschränken. Er richtete sich auf und sah zu ihr hinüber. »Komm her, Süße.«

Sie stand auf und stellte sich vor ihn.

Roland schnappte sich eine kleinere kugelsichere Weste und legte sie ihr an, danach rüstete er sie mit einer Neun-Millimeter-Glock im Halfter aus.

»Hast du deine Meinung geändert?«, fragte sie hoffnungsvoll.

»Nein, verdammt.« Er wollte sie nicht einmal in der Nähe des Ortes wissen.

»Du hast mich die ganze Woche über trainiert. Und ich bin eine erstklassige Schützin.«

»Das haben wir doch schon alles besprochen.« Und nicht nur einmal.

Sarah rollte mit den Augen und sah ihn verdrossen an. »Von wegen besprochen. Ich habe dir angeboten zu helfen, und du hast gleich abgewunken.«

»Habe ich nicht.«

»Du hast dir meine Argumente doch gar nicht erst angehört.«

Er füllte ihre Taschen mit Ersatzmunition und Wurfmessern. »Meinetwegen kannst du hundert Argumente dafür haben, die werden meinen Beweggrund nicht aufwiegen.«

»Der da wäre?«

»Dass du getötet werden könntest«, blaffte er sie an, allmählich verlor er die Geduld. »Verdammt noch mal, Sarah, du kommst nicht mit. Kannst du das Thema nicht endlich ruhen lassen?«

Sie legte die Stirn in tiefe Falten, und Roland nahm sich vor, sich am Riemen zu reißen. Was war nur mit ihm los? Warum schrie er sie jetzt so an? Sie wollte doch nur helfen.

»Wenn ihr mich nicht mitnehmt«, tastete sie sich vorsichtig vor, »dann verstehe ich nicht, warum du mich bewaffnest.«

»Ich will nur sichergehen, dass dir während meiner Abwesenheit nichts geschieht.« Zwar würde der Kampf in Bastiens Versteck stattfinden, dennoch hatte er Skrupel, sie allein zurückzulassen.

Sie war so klein.

So zerbrechlich.

Menschlich eben.

»Chris' Männer sind schon vor einer Stunde eingetroffen«, sagte sie eindringlich, »und haben rund ums Haus Posten bezogen. Ein weiteres Dutzend sichert das Gelände und drei stehen am Tor.«

Rolands Miene verfinsterte sich. »Ich vertraue diesen Männern nicht, schließlich kenne ich die gar nicht.«

Schmollend schob sie die Unterlippe vor. »Chris wird jeden Moment sein und mich bis zu deiner Rückkehr hier im Haus bewachen. Ihm vertraust du doch, oder etwa nicht?«

»Nicht hundertprozentig.« Eingehend untersuchte er ihre schwarzen Sachen. Sarah brauchte mehr Taschen.

Als er ihr Schulterhalfter zum dritten Mal justieren wollte, hielt sie einfach seine Hände fest.

»Sieh mich an«, befahl sie gefasst.

Er sah in ihre haselnussbraunen Augen.

»Was hast du nur?«, fragte sie und musterte ihn besorgt. »Du bist doch sonst nicht so aggressiv und aufbrausend, jedenfalls nicht mir gegenüber. Rede mit mir! Hat es mit Bastien zu tun? Hast du Angst, heute Nacht könnte etwas schiefgehen?«

»Nein, damit hat es nichts zu tun.« Er drückte ihre Hände und versuchte sich jedes Detail von ihnen zu merken. »Diesmal ist es … irgendwie anders. Und ich komme damit nicht besonders gut klar. Tut mir leid.«

Ihre Züge entspannten sich ein wenig. »Macht nichts. Inwiefern ist es diesmal anders?«

Hilflos rang er sich ein Lächeln ab. »Bislang hatte ich noch nie etwas zu verlieren, und das macht mich irgendwie fertig.«

Mit den Lippen formte sie ein stummes O. Dann schlang sie die Arme um ihn und hielt ihn fest.

»Vorsichtig«, sagte er und erwiderte ihre Umarmung leicht. Immerhin war er mit rasiermesserscharfen Waffen gespickt.

Sarah schüttelte den Kopf. »Ich liebe dich«, sagte sie mit belegter Stimme.

Er legte die Wange an ihren Kopf und sog ihren verführerischen Duft ein. »Ich liebe dich auch.«

»Mir wird schon nichts passieren.«

Dabei war ihr doch schon so viel zugestoßen. »Ich kann die Angst nicht ausblenden. Irgendwie scheint er uns immer zu finden.«

»Diesmal nicht. Ihr schlagt ja tagsüber zu. Schon bald wird Seth ihn in Gewahrsam nehmen, und bis Sonnenuntergang bist du zurück.«

Roland nickte, wobei er nicht so optimistisch war. Bastien war gerissen und zudem äußerst unberechenbar.

»Dir darf auch nichts geschehen, Roland. Komm heil zu mir zurück.«

»Das werde ich.« Er beugte sich zu ihr hinunter, um sie zu küssen. »Wenn Bastiens Lakaien hier auftauchen oder sollte sonst irgendein Ärger drohen, begebt euch in die Tunnel.«

Chris hatte ihnen endlich die geheimen Fluchtwege gezeigt, von denen er am Telefon gesprochen hatte. In den Kleiderschränken der im Keller gelegenen Schlafzimmer befanden sich falsche Rückwände, die den Zugang zu einem Tunnel versperrten, der tief in den umliegenden Wald führte. Jeder dieser Tunnel endete in einem gut getarnten Ausgang, den man selbst im Winter unentdeckt verlassen konnte. Zudem lagen die Ausgänge in einiger Entfernung zum Haus, sodass man von dort aus weder gesehen noch gehört wurde.

Nachdem er alle Gänge genau inspiziert hatte, nahm sich Roland vor, in seinem neuen Haus Ähnliches zu bauen. Wären in seinem alten Haus solche Fluchtwege gewesen, dann hätten Sarah, Marcus und er während des letzten Angriffs unbeschadet entkommen können. In den vergangenen Jahren hatte er sich einfach zu sicher gefühlt.

»Schön, dass du dich um die Krabbeltiere darin gekümmert hast«, sagte Sarah und entlockte ihm ein Lächeln.

»Für dich tue ich doch alles.« Ihr war die Angst vor Käfern peinlich, aber er fand nichts dabei. Sie hatte den Mumm, gegen verrückte Vampire und bewaffnete Männer in den Kampf zu ziehen. Was war dagegen schon so eine kleine Käferphobie?

In diesem Moment klingelte es an der Tür, ein Akt reiner Höflichkeit, da alle Unsterblichen in der Umgebung einen Schlüssel besaßen und den Code der Alarmanlage kannten. Und kurz darauf wurde auch die Haustür geöffnet.

Sarah seufzte. »Das muss Chris sein.«

Roland nickte. »Marcus, Lisette und Étienne sind mit von der Partie. Es geht los.«

Er nahm ihre Hand und zog Sarah durch den Flur, die Treppen hinauf bis ins Wohnzimmer. Dort angekommen, hielten sie überrascht inne und machten große Augen.

Chris hatte sich in einen schwarzen Kampfanzug samt kugelsicherer Weste geschmissen, unter einem Arm trug er ein Maschinengewehr, im rechten Oberschenkelholster steckte eine Pistole Kaliber .45 und an dem anderen Bein war ein Kampfmesser befestigt.

Marcus sah aus wie Roland, aber Lisette und Étienne hatten hautenge Hosen und langärmelige Oberteile aus mattem schwarzem Gummi angezogen, wobei die Hosenbeine in schweren Stiefeln steckten und die Oberteile bis zum Kinn geschlossen waren. An den Händen trugen sie Handschuhe aus demselben seltsamen Gummimaterial, außerdem hatten sie Masken und Sonnenbrillen dabei.

Auf Lisettes Rücken konnte Sarah zwei kurze rote Samuraischwerter erkennen, und in ihren Oberschenkelholstern prangten zwei Glocks Kaliber neun Millimeter mit erweitertem Magazin. Étienne indes hatte sich mit zwei Kurzschwertern und etlichen Wurfmessern bewaffnet, die in einem Messergürtel über der Brust steckten.

Da Roland und Sarah ihre Blicke nicht von den seltsamen Anzügen abwenden konnten, breitete Étienne die Arme aus und erklärte fröhlich: »Die bieten uns hundertprozentigen Schutz vor der Sonne.«

Spannend. Bislang hatte Roland noch nie von etwas Derartigem gehört, nicht einmal in den Internetforen. »Und ich hatte mich schon gefragt, wie ihr beiden das Tageslicht überstehen wollt.« Je jünger die Unsterblichen waren, desto empfindlicher reagierten sie auf die Sonne. Und da Lisette und Étienne erst einige hundert Jahre auf dem Buckel hatten, mussten sie vorsorgen. »Sind die Anzüge bequem?«

»Eigentlich nicht«, antwortete Lisette. Ihre Lockenmähne war straff zurückgekämmt und zu einem Zopf geflochten, der in ihrem Oberteil verschwand.

Étienne verzog das Gesicht. »Wenn man anfängt zu schwitzen, scheuern die wie blöd.«

Marcus grinste. »Deshalb trage ich diese Teile auch nicht.«

Chris deutete auf Rolands Kleidung. »Seien Sie unbesorgt, darin sind Sie auch geschützt. Alle Anziehsachen aus Davids Schränken bieten einen 98-prozentigen Schutz gegen UVA- und UVB-Strahlung. In Ihrem Alter sollte das genügen. Aber ich habe noch Handschuhe, Sonnenbrillen und Masken dabei, falls Sie Interesse haben.«

Roland und Marcus nahmen sich jeweils eine Maske, ein Paar Handschuhe und Sonnenbrillen. Roland reichte das Gummiding gleich an Sarah weiter, damit sie es begutachten konnte.

Sie berührte das Material, das sie an Autoreifen erinnerte, zog erst die Nase kraus, zuckte dann jedoch nur mit den Schultern. »Solange sie dein hübsches Gesicht schützt, bin ich dafür.«

Grinsend drehte er sich wieder zu den anderen um, die ihn alle mit großen Augen anschauten.

»Was habt ihr denn?«

Wie auf Kommando sahen alle schnell weg.

»Nichts«, murmelte Chris. Er holte ein Handy aus der Tasche und reichte es Marcus. »Da Sie sich von allen hier am besten mit Computern und Technik auskennen, dürfen Sie das Ding an sich nehmen. Um Punkt fünf Uhr wird meine Kontaktperson ein aktuelles Satellitenbild auf das Gerät hier übermitteln. Dadurch wissen wir genau, wie viele Menschen und Vampire sich zu diesem Zeitpunkt im Gebäude aufhalten. Und da wir keinen Grundriss haben, wird Ihnen die Aufnahme hoffentlich auch als kleine Orientierungshilfe dienen. Leider wird es nur dieses eine Bild geben, denn der arme Mann riskiert auch so schon Kopf und Kragen für uns.«

Unvermittelt tauchte Seth hinter Chris auf.

Sarah fuhr erschrocken zusammen. Als Roland sie daraufhin amüsiert ansah, seufzte sie tief. »Daran werde ich mich nicht so schnell gewöhnen.«

Er lächelte. »Ich habe mich nach neunhundert Jahren noch nicht daran gewöhnt!«

Chris machte Seth Platz. »Ich habe sie schon eingewiesen.«

»Hervorragend. Dann mal los.«

Während die anderen bereits Richtung Tür liefen, nahm Roland sich noch einmal Zeit für Sarah.

Die stellte sich auf die Zehenspitzen und schlang die Arme um seine Taille. Man konnte ihr deutlich anmerken, wie besorgt sie war. »Sei vorsichtig.«

Er küsste sie. »Das werde ich.« Dann gab er ihr erneut einen kleinen Schmatzer. »Denk daran, sobald es Probleme …«

»Ab in die Tunnel. Ist gebongt.«

Zum Abschied küsste er sie noch einmal innig, versuchte begierig, sich ihren Geschmack und ihren Geruch einzuprägen und trennte sich schließlich nur widerstrebend von ihr.

Nachdem er Maske, Handschuhe und Sonnenbrille angelegt hatte, trat er hinaus zu den anderen in die Sonne des Spätnachmittags.

Nervös lief Sarah im Wohnzimmer auf und ab, die Situation bereitete ihr Magenschmerzen. Aus den Lautsprechern des Fernsehers war abwechselnd leise Musik und Stimmengewirr zu hören. Chris hatte es sich auf dem weichen Sofa bequem gemacht und zappte durch die Kanäle. Hin und wieder spürte sie, dass er für kurze Zeit zu ihr hinüberblickte.

Die Vorhänge standen allesamt offen. Goldenes Sonnenlicht durchflutete das Zimmer und ergoss sich über den cremefarbenen Teppich. Glitzernde Staubpartikel tanzten in ihren Strahlen.

Nietzsche hatte sich in einem dicken Polstersessel in der Ecke zusammengerollt. Er hob das Köpfchen und blinzelte sie verschlafen an, als sie sich ihm näherte. Sarah verweilte kurz bei dem Kater, um ihn unterm Kinn zu kraulen.

Sie konnte einfach nicht lange stillsitzen, wenn sich ihr vor Angst der Magen umdrehte. »Wie lange sind sie schon weg?«, fragte sie nun schon zum zweiten Mal.

Chris schaute auf die Uhr. »Siebeneinhalb Minuten.«

»Mehr nicht?« Sie hätte schwören können, dass mindestens eine halbe Stunde vergangen war. »Und wie lange wird es noch dauern, bis sie wieder da sind?«

»Hängt vom Verkehr ab, eine Viertelstunde vielleicht.«

»Warum hat Seth sie denn nicht einfach rübergebeamt?«

»Teleportiert meinen Sie?«

Sie nickte.

»Er kann sich nur an Orte teleportieren, an denen er schon einmal gewesen ist. Es sei denn, man telefoniert mit ihm. Dann kann er den Weg anhand der Telefon- oder Gehirnwellen finden. Ich vergesse immer, ihn zu fragen, welche Wellen es denn eigentlich sind.«

Fast hätte Sarah gelächelt. »Wie können Sie das alles nur so … locker sehen?« Er schien überhaupt nicht besorgt zu sein.

»Zum einen bin ich schon recht lange dabei und habe die Jungs schon öfter in Aktion gesehen. Und sie sind richtig gut. Und zum anderen bin ich in keinen von ihnen verliebt.«

Im Vorübergehen warf sie einen Blick aus dem Fenster und erblickte eine von Chris' schwer bewaffneten Wachen. »Ist das denn so offensichtlich?«

»So auffällig wie seine Liebe zu Ihnen.«

Am nächsten Fenster stand wieder ein Wachmann.

»Ich werde mein Blut untersuchen lassen, vielleicht kann ich ja verwandelt werden.« Sarah hatte keine Ahnung, warum sie Chris das überhaupt erzählte. Aber wahrscheinlich wollte sie einfach einmal seine Reaktion testen, denn nach dem, was Roland ihr erzählt hatte, war bislang noch kein Begabter freiwillig dazu bereit gewesen, sich verwandeln zu lassen.

Nietzsche drehte sich ganz süß auf den Rücken und streckte ihr seinen Bauch entgegen.

Bereitwillig streichelte sie sein weiches Fell und lächelte ein wenig, als er zufrieden zu schnurren anfing. Nachdem er sich an sie gewöhnt hatte, bettelte der kleine Kater bei ihr nun beinahe genauso häufig um Leckerlis und Streicheleinheiten wie bei Roland.

Als Chris gar nicht auf ihre Worte reagierte, schaute sie zu ihm hinüber. Er hatte sich zu ihr umgedreht, sein Blick war unergründlich.

»Sie glauben, dass die Chancen gleich Null sind, oder?« Sie strich noch ein letztes Mal über den Bauch der Katze und setzte dann ihre Wanderung durchs Zimmer fort. »Roland meint das auch.«

»Unmöglich ist es nicht«, antwortete Chris gedehnt, wobei er sich anders hinsetzte, um sie mit dem Blick verfolgen zu können, »nur unwahrscheinlich.«

Und sie hatte gedacht, der Tag könnte nicht noch schlimmer werden. »Roland hat mir erzählt, dass Begabte immer schwarzes Haar und braune Augen hätten, ganz egal, woher sie kämen. Ich besitze weder das eine noch das andere.«

»Also, in Washington gibt es eine Begabte mit braunem Haar.«

Sarah blieb stehen und starrte ihn an. »Was?!«

Chris nickte. »Sie ist mir vor sechs Jahren das erste Mal aufgefallen … als ihre Mitbewohnerin im Studentenwohnheim ermordet wurde.«

»Und sie ist eine Begabte? Sind Sie sich da ganz sicher?«

»Ganz sicher. Es hat einen Heidenaufstand gegeben, als die Polizei ihre DNA untersucht hat. Ich musste Seth einschalten, damit der ihr alles erklärte und bei einer Menge von Leuten die Erinnerungen auslöschte.«

»Und sie hatte auch braunes Haar?« Ihr Herz hämmerte in der Brust.

»Ja, es war ein wenig dunkler als Ihres.«

»Warum weiß Roland denn nichts davon?« Andernfalls hätte er ihr davon berichtet.

Chris verdrehte die Augen. »Roland meidet uns doch wie der Teufel das Weihwasser, und diese Information ist bewusst nicht auf der Website der Unsterblichen Wächter veröffentlicht worden. Kaum jemand weiß davon.«

Also war auch Marcus nicht im Bilde, da er Roland ansonsten mit Sicherheit davon erzählt hätte.

»Hat diese Frau eine besondere Gabe?«

Chris nickte. »Sie verfügt über übernatürliche Fähigkeiten, die allerdings nur sehr schwach ausgeprägt sind. Noch bevor das Telefon klingelt, weiß sie, dass jemand anrufen wird, oder dass sie ein Päckchen bekommt, bevor der Paketbote überhaupt da ist. Solche Dinge. Für einen Lottogewinn reicht es allerdings nicht.«

Und schon musste sie der unbarmherzigen Wahrheit wieder ins Auge sehen.

Sarah seufzte. »Meine Augen sind haselnussfarben, und ich habe keine besondere Gabe.«

Mitfühlend sah er sie an. »Na ja, Haselnuss ist doch auch ein

Braunton. Und vielleicht ist Ihre Fähigkeit ja so gering ausgebildet, dass sie Ihnen nur noch nicht aufgefallen ist.«

Nett, dass er sie zu trösten versuchte. »Danke, Chris, aber …« Sie stockte und richtete ihren Blick auf die Zimmerecke, in der Nietzsche auf einmal aufgesprungen war und nun den Flur fixierte.

Sarah schaute nun ebenfalls in die Richtung, konnte aber nichts erkennen. Der Flur war menschenleer.

»Was ist denn?«, fragte Chris und richtete sich auf.

»Gar nichts.«

Doch Nietzsche begab sich in Lauerstellung und legte fauchend die Ohren an.

Eine leise Vorahnung beschlich sie.

Was war da los?

Aus dem Flur kam plötzlich etwas auf das Sofa zugeschossen. Chris' Kopf wurde zurückgeworfen, dann sank er bewusstlos zur Seite. Aus Mund und Nase strömte Blut.

Der verschwommene Fleck über Chris nahm Gestalt an und verdichtete sich schließlich zu einem Mann, der sich zu ihr umdrehte.

Verdammt. Bastien.

Noch ehe sie begreifen konnte, was gerade geschah, verspürte sie einen schmerzhaften Druck in der Bauchregion und lag über seiner Schulter.

Sie hatte die Bewegung nicht einmal kommen sehen!

Der Raum verschwamm vor ihren Augen, und ihr wurde übel.

Verzweifelt versuchte sie, die Orientierung zurückzugewinnen, als es mit einem Mal düster wurde und ihr kalte Luft entgegenschlug.

Befanden sie sich etwa in einem der Tunnel?

Und woher hatte er von ihnen gewusst?

Zitternd und mit klopfendem Herzen griff sie unter ihr Shirt nach ihrer Glock, die er in der Eile wohl übersehen hatte, und zielte auf die verschwommenen Flecke, die seine Beine sein mussten.

Um sich herum konnte sie nun den Tunnel erkennen, da Bastien langsamer geworden war, aus seinem linken Oberschenkel spritzte Blut.

Der Unsterbliche geriet ins Straucheln und stürzte.

Sarah ging mit ihm zu Boden und fiel derart heftig auf den Rücken, dass alle Luft aus ihren Lungen entwich. Dann schlug sie mit dem Kopf auf, wobei sie mehrere Meter über die festgestampfte Erde schlitterte. Staub wirbelte auf und nahm ihr die Luft zum Atmen. In ihrem Kopf begann es schmerzhaft zu pochen.

Sie rollte sich zur Seite und rang nach Luft, vor ihren Augen flimmerte es. Langsam richtete sie sich auf und sah sich um.

Der Tunnel war nur schwach beleuchtet, die matten Glühbirnen wurden von Bewegungssensoren ausgelöst. Da sie den Ausgang nicht ausmachen konnte, mussten sie in einem der längeren Gänge sein.

Bastien erhob sich, mit einer Hand hielt er sich den Oberschenkel.

Panisch sah sich Sarah nach ihrer Glock um, die sie beim Sturz verloren hatte. Da, ein paar Schritte vor sich entdeckte sie sie und stürzte darauf zu.

Doch Bastien war schneller und hatte sie längst vor ihr geschnappt.

Sarah machte einen Satz zurück, als Bastien die Waffe Richtung Eingang schleuderte. Wütend funkelte er sie an.

»Offenbar haben Ihnen Ihre unsterblichen Freunde vergessen zu sagen, dass Kugeln uns nichts anhaben können.« Er bleckte die Zähne, seine spitzen Hauer versetzten sie in Angst. »Sondern nur stinksauer machen!«

Er kam auf sie zugestürmt. Sarah schrie, denn sie rechnete damit, dass er ihr die Kehle herausreißen würde.

Abermals spürte sie, wie sich seine Schulter in ihren Bauch bohrte. Er hob sie hoch. Und wieder verschwamm der Tunnel vor ihren Augen, und ein kühler Wind pfiff ihr um die Ohren, während ihr das Blut in den Kopf schoss und das Pochen nur verstärkte.

Die Schussverletzung schien ihn nicht weiter zu behindern.

Laut rauschte das Blut in ihren Ohren. Sarah bekam es mit der Angst zu tun. Sie durfte sich nicht so ohne Weiteres von ihm gefangen nehmen lassen. Er würde sie töten oder … schlimmer noch, dazu benutzen, Roland umzubringen.

In immer kürzeren Atemzügen rang sie nach Luft und griff dann nach der einzigen Waffe, die sie in dieser Position noch mit der Hand erreichen konnte, einem Wurfmesser. Sie packte es fest beim Holzgriff, holte tief Luft und stach auf ihren Entführer ein.

Bastien schrie auf und blieb abrupt stehen.

Sarah hingegen segelte im hohen Bogen durch die Luft, bis sie schließlich von der Wand gestoppt wurde und gegen sie prallte. Es krachte laut, dann verspürte sie einen stechenden Schmerz im Kopf. Sie rollte sich auf dem Boden zusammen und schloss die Augen.

Ihr wurde schwindelig. Übelkeit überkam sie.

Selbst als sie ihre Augen wieder öffnete, blieb alles um sie herum verschwommen.

Sie zog die Knie an, stützte sich zitternd mit der Hand an der Wand ab und versuchte aufzustehen.

Bastien nahm sie nur als verschwommenen Fleck in der Ferne war, obgleich er noch stand.

»Haben Sie mir etwa in den Hintern gestochen?«, brüllte er sie an.

Die Kopfschmerzen wurden immer unerträglicher. Tränen schossen ihr in die Augen, als sie krampfhaft probierte, sich aufzurichten.

Ungläubig starrte Bastien auf die blutige Schneide, die er sich gerade aus der rechten Pobacke gezogen hatte.

War diese Frau denn von allen guten Geistern verlassen? Hatte sie denn keine Ahnung, mit was und wem sie es hier zu tun hatte?

Er warf das Messer weit von sich und bedachte sie mit einem Blick, bei dem sich schon gestandene Männer in die Hose gemacht hatten.

Doch irgendwie schien sie das nicht sonderlich aus der Fassung zu bringen, obgleich sie weinte, wie er beunruhigt feststellte.

Verdammt, ihm wäre es lieber gewesen, sie würde ihn weiter angreifen. Weinende Frauen hatte er noch nie ertragen können.

»Wie viele Waffen haben Sie denn noch bei sich?«, fragte er und kämpfte gegen seine Gefühle an. Sie war bloß ein Pfand, nichts weiter. Ein vorübergehendes Übel, das schon bald seinen Feind zu Fall bringen würde.

Benommen blickte sie um sich, dann sank sie zu Boden und landete heftig auf dem Hintern. Ihre Arme baumelten leblos herunter.

»Sarah?«

Sie antwortete nicht, blinzelte jedoch unentwegt, als sei etwas mit ihren Augen nicht in Ordnung.

Als er das karmesinrote Rinnsal bemerkte, das aus ihrem linken Ohr lief, erschauderte er.

Verdammter Mist.

Hastig kniete Bastien sich vor sie.

»Sarah? Können Sie mich hören?«

Mit der Hand tastete er ihren Hinterkopf ab und entdeckte, dass Sarah stark blutete.

Sie waren ziemlich schnell gewesen, als sie zugestochen hatte. Zwar war es ihm unangenehm, sie losgelassen zu haben, aber immerhin hatte sie ihm ein zehn Zentimeter langes Messer in den Hintern gejagt.

War sie mit dem Kopf so hart gegen die Wand geschlagen, dass sie einen Schädelbruch erlitten hatte?

Mist, verdammter! Eigentlich hätte ihr doch gar nichts geschehen sollen. Geplant war, dass sie fügsam und verängstigt mit ihm ging, um dann Roland in die Falle zu locken. Wenn der Unsterbliche erst einmal beseitigt wäre, hätte er sie wieder freigelassen.

»Sarah«, wiederholte er leise und versuchte, zu ihr vorzudringen. »Sarah?«

»Was?«, flüsterte sie.

Die Frau stand völlig neben sich. Mit der Hand konnte er fühlen, dass sie Schmerzen hatte und verwirrt war. Sie wollte zu Roland. Wahrscheinlich sollte er sie heilen, denn Bastiens Nachforschungen hatten ergeben, dass dies die Gabe des Unsterblichen war. Nicht, dass er dies je zulassen würde.

Eilig durchsuchte er ihre Taschen und nahm ihr die restlichen Waffen ab. Seine Gedanken überschlugen sich, als er sich hiernach seine Maske überzog. Auch wenn diese nicht so ausgetüftelt war wie die der Unsterblichen, so schützte sie ihn dennoch vor den stärksten Strahlen. Zudem würde es helfen, einen Weg durch den dichten Wald einzuschlagen.

Vorsichtig hob er sie hoch.

»Roland?«, murmelte sie verzweifelt.

»Ganz ruhig, Prinzessin«, besänftigte er sie. »Bald schon wirst du ihn sehen.« Dann trat er ins Licht hinaus.

Roland starrte über Marcus' Schulter hinweg auf das Display des Handys. Ungeduldig warteten sie auf das Satellitenbild.

Chris' Transporter hatten sie ein paar Kilometer entfernt stehen gelassen und waren zu Fuß bis zum Waldstück vorgedrungen, welches den Bauernhof umgab.

Obwohl die Aufnahme jeden Moment kommen musste, erschien Roland das Warten darauf unerträglich.

Nach wie vor hatte er ein mulmiges Gefühl in der Magengegend, Sarah nur im Schutz von Sterblichen zurückgelassen zu haben.

Lisette lächelte ihm mitfühlend zu. »Bestimmt geht es ihr gut.«

Las sie etwa in seinen Gedanken?

Étienne nickte und sah ihn an, als wäre er ein Exponat auf einer Wissenschaftsausstellung.

Während Seth nur unentwegt durch die Büsche zum Versteck der Vampire starrte.

»Hier kommt es«, sagte Marcus und zog damit alle Aufmerksamkeit auf sich.

Gemeinsam scharten sie sich um ihn, als das Satellitenbild auf dem kleinen Display erschien. Die Aufnahme ähnelte jener, die Chris ihnen bei ihrem letzten Treffen gezeigt hatte. Vampire waren als lilafarbene und Menschen als gelbe Punkte zu erkennen.

Nur der grüne Punkt fehlte.

Rolands Miene verfinsterte sich. »Wo zum Teufel steckt Bastien?«

Mit angestrengtem Blick tippte Marcus aufs Display. »Keine Ahnung. Warte mal.« Er zog den Bildausschnitt auf die dreifache Größe auf.

Eine schreckliche Befürchtung überkam Roland, während Marcus die Karte Planquadrat für Planquadrat durchging.

»Er ist nicht da.« Marcus blickte in die Runde. »Meint ihr, er hat uns kommen gehört und ist abgehauen?«

Seth schüttelte den Kopf. »Das hätte ich bemerkt.«

Panik ergriff Roland, es schnürte ihm die Brust zusammen. »Er ist hinter Sarah her.«

»Das wissen wir doch gar nicht«, gab Étienne zu bedenken, doch in diesem Moment fuhr Seth herum.

»Was ist denn?«, fragte Lisette.

Dann hörten es die anderen auch.

Mit übernatürlicher Geschwindigkeit schoss eine schwarz gekleidete Gestalt durch den Wald und verschwand im Hintereingang des Hauses. Auch wenn die Person eine Maske trug, wusste Roland, dass es Bastien war.

»Hat jemand sehen können, was er da im Arm hatte?«, fragte Marcus.

Der Wind trug einen Geruch zu ihnen herüber.

Wie von selbst schossen die Reißzähne aus Rolands Gaumen, und ein unbändiger Zorn ließ ihn keinen klaren Gedanken mehr fassen. »Sarah.«

Und sie blutete.

Kurz darauf riss er die Haustür aus den Angeln und stürmte ins Haus. Die beiden Männern, die erschrocken vom Sofa auffuhren, ignorierte er und rannte stattdessen die Kellertreppen hinunter.

Die Haupthalle war leer, vier Tunnel gingen von ihr ab.

Ohne zu zögern wählte Roland den rechten Gang und stürzte sich in die Dunkelheit, in der er problemlos sehen konnte. Unmittelbar hinter dem Eingang zweigten weitere Tunnel ab und bildeten ein verschachteltes Labyrinth, das Roland sicher verwirrt hätte, wäre da nicht Sarah gewesen.

Ihr Geruch leuchtete ihm sprichwörtlich wie eine Kerze den Weg, führte ihn sicher durch die unzähligen Gabelungen.

»Erwachet, Vampire!«, brüllte Bastien, der sich knapp vor ihm befand. *»Die Unsterblichen haben uns entdeckt!«*

Roland bewegte sich mit Rekordgeschwindigkeit vorwärts, das Herz schlug ihm bis zum Halse. Hinter sich vernahm er nun Kampfgeräusche. Über ihm erklangen Schüsse.

Wie schwer war Sarah verletzt? Lag sie im Sterben? Hatte sie Angst? Wusste sie, was sie erwartete? Würde sie ihm das jemals verzeihen?

Wie hatte er sie nur allein zurücklassen können! Warum war er dieses Risiko bloß eingegangen?

Bastien bedeutete ihm nichts, Sarah hingegen alles.

Er würde ihn dafür töten, dass er Sarah wehgetan, sie angefasst, ja auch nur schief angesehen hatte!

Was war mit Sarah geschehen? Wie schlimm waren ihre Verletzungen? Ob sie wohl Schmerzen hatte?

Sie durfte nicht sterben! Roland würde es nicht zulassen. Er durfte sie nicht verlieren.

Vor sich in der Ferne sah er Licht.

Dort entlang und dann links. Mit gesenktem Kopf und entblößten Reißzähnen stürmte Roland vorwärts.

Lisette stöhnte entnervt auf, als Roland wie der Blitz auf das Bauernhaus zuschoss, die Tür aus den Angeln hob und im Inneren verschwand. »Das war's dann wohl mit unserem Überraschungsangriff.«

Außer Seth legten alle ihre Masken an.

»Erwachet, Vampire!«, ertönte es laut. *»Die Unsterblichen haben uns entdeckt!«*

»Wie viele hast du gezählt?«, fragte der Älteste grimmig.

»Siebenundfünfzig«, antwortete Marcus. »Und in der oberen Etage sind noch vier Menschen.«

»Wenn ihr Roland davon abhalten könnt, Sebastien umzubringen, tut es bitte.«

Dann eilte Seth als Erster zum Haus, gefolgt von Marcus, Lisette und schließlich Étienne.

Als die beiden französischen Unsterblichen den Eingang des Hauses erreichten, verschwanden die anderen gerade durch die Kellertür. Die menschlichen Lakaien standen mit offenen Mündern vor einem abgewetzten Sofa.

Lisette bedeutete ihrem Bruder mit einem Kopfnicken, weiterzulaufen. »Geh du nur, ich kümmere mich um die beiden Menschen.«

Im Nu war Étienne verschwunden.

Die beiden Männer zogen Pistolen und eröffneten das Feuer auf sie. Lisette duckte sich zur Seite weg, schlich sich von hinten an sie heran und brach ihnen das Genick. Sie besaß die Fähigkeit, Gedanken zu lesen, und die dieser Lakaien waren krank und sadistisch.

»Ich kann nur hoffen, dass Bastien von eurer wahren Natur keine Ahnung gehabt hat«, murmelte sie. »Ansonsten ist er es nicht wert, gerettet zu werden.«

Aus der Küche kam nun ein weiterer Spießgeselle mit Pistole auf sie zugerannt. Und auch mit ihm war es schnell vorbei.

Vom Keller drang nun Kampfeslärm zu ihr herauf. Lisette rannte den Flur entlang zu einem Zimmer, in dem sich laut Satellitenbild der vierte Mensch befinden sollte, und trat die Tür auf.

Der Raum wirkte wie eine Mischung aus Büro und Bibliothek. Der Mann darin war groß, blond und hatte ein schönes, jungenhaftes Gesicht mit traurigen blauen Augen.

Lisette schätzte ihn auf Mitte dreißig, und nachdem sie kurz seine Gedanken durchforstet hatte, beschloss sie, ihn zu verschonen.

»Wer zum Teufel sind Sie?«, wollte der Mann wissen und riss sich die Ohrstöpsel heraus, aus denen Heavy Metal dröhnte. Als die Kampfgeräusche aus dem Keller nach oben drangen, zog er eine Pistole und richtete sie auf die Unsterbliche. »Was geht hier vor?«

Lisette zog sich die Maske vom Kopf und holte tief Luft.

Unter dem verdammten Ding konnte man kaum atmen.

Männliche Bewunderung schlug ihr entgegen. Sie stopfte ihre Maske unter den Gürtel und lächelte ihn an, wobei sie ihre blitzenden Reißzähne entblößte. »Die stecken Sie mal schnell wieder weg«, sagte sie mit einem Wink auf die Pistole in seiner Hand.

Er machte große Augen, und der Mund blieb ihm offen stehen. »Es gibt weibliche Vampire?«

Sie kicherte. »Natürlich. Aber ich bin keine von denen, da haben Sie noch mal Glück gehabt. Ansonsten hätte ich Ihnen wahrscheinlich schon längst die Kehle herausgerissen.«

Er wurde bleich. »Sie sind also eine von *denen*?«

»Was verstehen Sie unter *denen*?«, wollte sie wissen und schlenderte durch den langen, schmalen Raum langsam auf ihn zu.

»Die Unsterblichen Wächter«, antwortete er mit einem höhnischen Grinsen.

Lisette konnte darüber nur den Kopf schütteln. »Sie sind genauso verwirrt wie Ihr Arbeitgeber. Bastien wird schon bald feststellen müssen, dass wir die Guten sind.«

»Sie sind Mörder.«

Lisette zuckte mit den Schultern. »Wir töten nur die, die sich an Unschuldigen vergreifen. Vampire hingegen morden nach Lust und Laune.«

»Das ist nicht wahr.« Er schnappte sich ein paar Ausdrucke vom Schreibtisch und hielt sie hoch. »Bastiens Vampire töten nur Pädophile.«

Sie legte den Kopf schief. »Wie der Mann, der Ihren Sohn auf dem Gewissen hat?«

Er schluckte schwer. »Woher wissen Sie das?«

»Die Vampire bringen nicht nur die Männer auf der Liste um. Sie töten auch deren Frauen, Kinder, Enkel …«

»Das … das kann nicht sein. Bastien würde das nie dulden.«

»Bastien weiß ja auch nichts davon. Genau deshalb sind wir hier. Wir haben die Polizeiberichte gelesen und wollen den Vampiren Einhalt gebieten.«

In ihrem Kopf vernahm sie ein Räuspern, dann war eine Männerstimme zu hören. *Ich unterbreche deine kleine Plauderei zwar nur äußerst ungern,* sagte ihr Bruder, *aber Roland ist dabei, Bastien den Garaus zu machen, wodurch für Marcus, Seth und mich nun siebenundfünfzig Vampire übrig bleiben, die* gerade *überall aus den Gängen geströmt kommen. Wenn du also bitte zum Ende kommen würdest, wir könnten hier ein wenig Hilfe gebrauchen.*

Lisette grinste, argwöhnisch vom Blonden beäugt. »Warum lächeln Sie?«

»Oh. Mein Bruder ruft nach mir. Die Zeit ist um.«

Und noch bevor er auch nur mit der Wimper zucken konnte, hechtete Lisette über den Schreibtisch, schlug ihm die Pistole aus der Hand und schnappte sich das Computerkabel.

»Keine Angst«, beruhigte sie ihn und band ihm die Hände hinter dem Rücken zusammen. »Ich werde Sie nicht töten.« Sie drückte ihn in den Stuhl zurück, riss ein weiteres Kabel aus der Wand und fesselte auch noch seine Füße.

»Sie können mich doch hier nicht einfach so zurücklassen.« In seiner Stimme schwang Verzweiflung mit. »Wenn Sie die Wahrheit sagen, dann werden die Vampire mich umbringen, sobald sie mich hier so finden. Und Bastien kann sie nicht aufhalten.«

»Seien Sie unbesorgt.« Beim Aufstehen tätschelte Lisette sein Knie. »Wenn wir hier fertig sind, wird es keine Vampire mehr geben.«

Ein bisschen Beeilung bitte! Ihr Bruder klang gestresst.

Bin schon unterwegs.

17

Roland preschte in einen quadratischen Raum mit Betonwänden, von dem noch ein weiterer abführte. Im Gegensatz zur Haupthalle, die eher wie ein Wohnzimmer eingerichtet war, stand in dieser Kammer nur ein einzelner schäbiger Stuhl. Im nächsten Zimmer befanden sich, abgesehen von dicken Ketten und Handfesseln an der Wand, gar keine Möbel.

Bastien beugte sich über Sarah, die auf dem Stuhl saß.

Außer sich vor Wut stürzte Roland sich auf ihn und stieß ihn von ihr fort.

»Sarah!«

Doch sie antwortete nicht.

Roland packte Bastien am Kragen und schleuderte ihn mit solcher Wucht durch den Raum, dass Bastien ein Loch in der Wand hinterließ, als er mit dem Körper dagegenkrachte.

Dann riskierte er einen weiteren Blick auf Sarah.

Zusammengesunken und mit geschlossenen Augen saß sie auf dem Stuhl, die Haare fielen ihr wirr ins Gesicht.

»Sarah!«

Er konnte zwar ihr Blut riechen, sah jedoch nichts. Viel konnte es folglich nicht sein.

Hatte Bastien sie etwa gebissen? Gab sie deshalb kein Lebenszeichen mehr von sich? Wollte er sie etwa leer trinken?

Ihre langen Haare verdeckten den Hals. Doch er war sich relativ sicher. Wie sonst sollte es gewesen sein?

Wutentbrannt zog er seine Saigabeln.

Lass ihn am Leben, hörte er Seths Stimme in seinem Kopf.

Er hat Sarah verletzt. Die Abmachung gilt nicht mehr.

Bastien rappelte sich hoch, sichtlich überrascht darüber, wie schnell Roland seinen Irrgarten überwunden hatte.

Dann griff Roland an.

Doch kurz vor Bastiens Kehle prallten die Zinken seiner Waffen ab, als wären sie auf einen unsichtbaren Schild getroffen.

Ich wiederhole mich nur ungern. Lass ihn am Leben, sagte Seth entschieden.

Halt dich da raus, fauchte Roland zurück, während Bastien ein paar Schritte nach hinten stolperte und dann zwei Kurzschwerter zog.

Schlag ihn. Verletz ihn. Verstümmele ihn, wenn es sein muss, aber lass ihn am Leben. Das ist ein Befehl.

Bastien holte mit den Schwertern aus und Metall schlug aufeinander.

Natürlich hatte er nicht die geringste Chance gegen den siebenhundert Jahre älteren Roland, der viel stärker und wendiger war als er. Für jeden Schnitt, den Bastien ihm beibrachte, revanchierte sich Roland gleich vierfach, genoss jeden einzelnen Stich.

Erbarmungslos drängte er Bastien zurück, zwang ihn in die Defensive und achtete darauf, immer zwischen ihm und Sarah zu bleiben.

Nachdem er einen von Bastien Hieben pariert hatte, trat er ihm schließlich das Schwert aus der rechten Hand und schlitzte dem jüngeren Unsterblichen das Gesicht auf, wobei er nur knapp das Auge verfehlte. Blut spritzte und nahm Bastien die Sicht, dem es dennoch gelang, Roland das zweite Schwert in die Seite zu stoßen.

Der zuckte nicht einmal mit der Wimper, drängte seinen Kontrahenten nur noch weiter zurück, stach, schlitzte und hieb wie ein Besessener weiter auf ihn ein.

Als Bastien kurz darauf auch noch das zweite Schwert verlor, ließ Roland eine seiner Saigabeln fallen, packte ihn beim Schopf und rammte ihn mit dem Gesicht voran gegen die Wand.

Staub und Zement wirbelten umher.

»Was haben Sie ihr angetan?«

Bastien versuchte, sich zu wehren, was damit endete, dass Roland ihn ein weiteres Mal gegen den Beton stieß.

Die Wand barst. Knochen knirschten. Und aus Bastiens Nase tropfte Blut.

»Was haben Sie mit ihr angestellt?«

»Sie können mich mal«, stieß Bastien hervor und spuckte Blut.

Roland packte ihn erneut und schleuderte ihn ins angrenzende Zimmer, wo Bastien bei seinem Aufprall einen großen Riss in der Wand hinterließ, bevor er zu Boden ging.

Sofort war Roland wieder bei ihm, hob ihn auf die Füße, drückte ihn mit einer Hand an seiner Kehle gegen das Mauerwerk und versuchte, ihm die Spitze der noch verbliebenen Saigabel in die Brust zu stoßen.

Bastien griff nach Rolands Waffenhand und bemühte sich krampfhaft, sie wegzuschieben.

Quälend langsam bohrte sich der Mittelzinken erst in die Haut, dann in das Muskelfleisch.

»Jede M-Minute, die Sie gegen mich kämpfen«, röchelte Bastien, »bringt sie dem Tod näher.«

Von Panik erfüllt, blickte Roland sich zu Sarah um, die noch immer reglos und in sich zusammengesunken auf dem Stuhl saß.

Dann stach er zu, wobei er darauf achtete, weder das Herz noch lebenswichtige Gefäße zu verletzen.

Bastien schrie vor Schmerzen.

Töten würde ihn diese Verletzung zwar nicht, aber fürs Erste war er außer Gefecht gesetzt.

Roland zog die Saigabel wieder heraus und eilte zu Sarah hinüber, wo er die Waffe fallen ließ und vorsichtig ihr Gesicht in seine blutigen und zitternden Hände nahm.

»Sarah?«, rief er zärtlich. Am Hals waren keine Bissspuren zu finden, aber ihr Puls raste. Irgendetwas stimmte nicht mit ihr.

»Sarah, Süße, schau mich an und sprich mit mir.«

Mit flatternden Lidern öffnete sie langsam die Augen. Ihr Gesicht war schmerzverzerrt.

Trotzdem fühlte sich Roland so erleichtert, überhaupt eine Reaktion von ihr zu bekommen, dass er fast angefangen hätte zu weinen. »So ist gut, Süße. Lass mich mal in deine hübschen Augen schauen.«

Sie blinzelte unentwegt, als habe sie Probleme, klar sehen zu können.

»Roland?«, wisperte sie schwach.

»Ja, Liebes, ich bin's.«

Ihr Blick war unstet. Vorsichtig zog er erst das eine, dann das andere Augenlid zurück. Sein Herz setzte aus, als er feststellte, dass die rechte Pupille erweitert war.

»Mein Kopf ...« Sie schob seine Hand weg und schloss wieder die Augen.

Roland strich ihr den Pony aus der Stirn, fand aber keine Beule. Und auch an den Schläfen und an der linken Kopfhälfte konnte er nichts entdecken. Erst als er ihr auf der rechten Seite eine Strähne hinters Ohr schob, erstarrte er. Aus ihrem Gehörgang sickerte Blut.

Edward hatte ebenfalls aus dem Ohr geblutet, bevor er gestorben war.

Roland fuhr mit seinen Fingern durch die staubigen Haarsträhnen, um ihren Hinterkopf zu untersuchen, und stieß auf weiteres Blut.

Sie stöhnte, als er die Verletzung berührte.

»Tut mir leid«, murmelte er und drückte ihr einen Kuss auf die

Stirn. »Bleib ganz ruhig sitzen, der Schmerz ist gleich vorbei. Das verspreche ich dir.«

Mittels seiner Gabe konnte er die Schädelfraktur und auch das Hämatom erkennen. Wenn er ihr nicht so schnell wie möglich half, würde sie bald sterben. Schon jetzt hatte ihr Gehirn Schaden genommen.

Von Neuem spürte er Wut in sich aufkeimen, doch er verdrängte sie und konzentrierte sich stattdessen auf Sarahs Heilung, was jedoch auch bedeutete, dass er sich währenddessen selbst nicht mehr regenerieren konnte und ihre Verletzungen übernahm.

Seine Hände wurden heiß. Licht umgab ihr Haupt wie ein Heiligenschein. Und Rolands Kopf begann zu schmerzen. »Gleich ist alles wieder gut, Liebes.«

Ohne den Blonden noch eines weiteren Blickes zu würdigen sprintete Lisette los und stieg die Kellertreppe hinab, blieb unten angekommen jedoch abrupt stehen.

So etwas hatte sie noch nie gesehen.

Von der Halle zweigten vier Gänge ab. Vor drei von ihnen hatten sich Étienne, Seth und Marcus positioniert und kämpften gegen einen nicht abreißen wollenden Strom von Vampiren, die zu zweit oder dritt herbeigeeilt kamen.

Lisette zückte ihre Glocks und eröffnete das Feuer.

Die Kugeln trafen die Hauptschlagadern der Vampire, deren Blut an Wand, Decke, Boden und auf ihre Kameraden spritzte. Im Gegensatz zu den Unsterblichen, die bei so massivem Blutverlust in eine Art Starre verfielen, starben sie einfach.

So auch jetzt.

Ein beißender Geruch nach Schießpulver und Angstschweiß erfüllte den Keller. Lisette verschoss beide Magazine, während ihre Kampfgefährten ihre Kurzschwerter, Saigabeln und Katanas schwangen.

Dann kniete sie sich hin, um nachzuladen, wozu sie allerdings eine Pistole aus der Hand legen musste.

Einer der Vampire nutzte den Augenblick und stürzte sich auf sie.

Sofort kam Étienne angerannt und säbelte ihn um.

»Danke.« Sie schob die Magazine in die Waffen und stand auf. »Ich komme zurecht.«

Wortlos bezog Étienne wieder vor seinem Gang Posten, während Lisette alle Vampire ausschaltete, die über die Treppe fliehen oder einen der anderen von hinten angreifen wollten.

Allmählich stapelten sich die Leichen.

Alles war rot.

Doch die Flut der Vampire riss noch immer nicht ab.

Bastien ging in die Knie und suchte Halt an den Ketten, die an der Wand befestigt waren.

Bei jedem Atemzug fühlte es sich so an, als würde Roland ihm die Saigabel erneut in die Brust stoßen.

Er steckte in der Klemme. Offensichtlich hatte er diesen Roland unterschätzt, und nun wusste er nicht, wie er lebend aus dieser Angelegenheit herauskommen sollte.

Und den Kampfgeräuschen nach zu urteilen, erging es seinen Männern gerade nicht viel besser.

Wie war Roland bloß so mächtig geworden?

Der Unsterbliche, den Bastien in Schottland getötet hatte, war nicht halb so stark und schnell gewesen.

Jahre war das jetzt schon her. Bastien hatte von einer Frau getrunken, die Waisen an Bordelle verschacherte, und die Absicht gehabt, sie leer zu trinken, als der Schotte plötzlich über ihn hergefallen war. Der Kampf hatte zwar wesentlich länger gedauert als dieser hier, und danach war er drei Tage lang außer Gefecht gesetzt gewesen, aber immerhin hatte er den Mistkerl töten können.

Als er Roland mit seinen Männern überfallen hatte, war ihm schon aufgefallen, dass der Unsterbliche stärker war als gedacht. Aber so etwas wie an diesem Tag hatte er nicht für möglich gehalten.

Nichts und niemand würde diesen Mann heute aufhalten können. Er war unbezwingbar. Nach Belieben hatte er Bastien verletzt und dessen geübte Schwerthiebe nicht nur mit den Sais, sondern auch mit Telekinese geblockt.

Den Blick fest auf das Paar im Nachbarraum gerichtet, nahm Bastien alle Kraft zusammen, griff nach den Ketten und richtete sich unter Schmerzen auf.

Rolands erstaunliche Kräfte waren nicht das Einzige, was ihn überraschte. Es gab darüber hinaus noch andere Dinge. Dinge, die ihm seine Gabe offenbarte, die aber keinen Sinn ergaben.

Plötzlich kollabierte der punktierte Lungenflügel, und Bastien rang nach Atem. Krampfhaft versuchte er, Luft zu bekommen, doch das Virus verbrauchte alle Energie, um den Heilungsprozess einzuleiten.

Mit seiner Gabe konnte Bastien Gefühle lesen, sobald er jemanden berührte.

Roland hatte innerlich regelrecht vor Wut gekocht.

Was auch nicht weiter verwunderlich war, schließlich hatte Bastien ihm sein derzeitiges Spielzeug geraubt.

Doch diese Wut war mit Angst durchmischt gewesen, die sich sogar zu Panik ausgeweitet hatte, als er von Bastien darauf hingewiesen worden war, dass Sarah im Sterben läge.

Gegen die Wand gelehnt beobachtete Bastien, wie Roland Sarahs Stirn küsste und vorsichtig ihren Kopf hielt.

Er ging zärtlich mit ihr um. Wie er sie berührte, wie er mit ihr sprach. Und er heilte sie.

Sarah war kein Opfer.

Roland liebte sie. Sehr sogar.

Bastien warf einen Blick auf das Porträt, das neben ihm an der Wand hing.

Kaltblütige Mörder waren nicht zu solchen Gefühlen imstande … oder etwa doch?

Hinzu kam, dass Roland ihn nicht umgebracht hatte, obwohl er ihm ausgeliefert gewesen war. Zwar hatte er ihm den Lungenflügel durchstochen, aber darauf geachtet, weder das Herz noch wichtige Blutgefäße zu verletzen.

Warum nur? Wäre es Rolands Absicht gewesen, ihn nur zu verschonen, um ihn dann zu einem späteren Zeitpunkt quälen zu können und danach umzubringen, hätte er das gespürt, aber dem war nicht so.

Wenn vor ihm nun der herzlose Mörder stand, für den Bastien ihn all die Jahre gehalten hatte, warum zögerte er dann jetzt?

Stirnrunzelnd widmete er sich wieder den Geschehnissen im Nachbarraum.

Rolands Hände leuchteten. Überrascht bemerkte Bastien, dass es an Rolands Hinterkopf feucht glänzte und Blut aus seinem Ohr sickerte.

Abermals blickte Bastien zu dem Bild auf.

Roland hatte gerade ihre Kopfverletzung übernommen, um Sarah zu retten.

Was ging hier nur vor sich?

Mit der glänzenden Schneide seines Katanas hieb Seth dem Gegner den Kopf ab, der direkt in die Arme des dahinterstehenden Vampirs segelte. Mit einem Aufschrei ließ dieser ihn fallen und büßte daraufhin seinen eigenen ein.

Hinter ihm erschienen drei weitere Vampire. Starr vor Schreck stierten sie Seth an.

Dankbar für die kleine Atempause blickte sich der Älteste nach seinen Schützlingen um.

Marcus und Étienne standen noch immer vor ihren Gängen und schlugen eine Schneise in den endlos erscheinenden Strom der Vampire.

Lisette versperrte den Zugang zur Treppe. Und da ihr mittlerweile die Munition ausgegangen war, durfte jeder Vampir, der es an den anderen vorbeigeschafft hatte, Bekanntschaft mit ihren tödlichen Samuraischwertern machen.

Nachdem Marcus einen weiteren Vampir kaltgemacht hatte, blickte er zu Seth herüber. »Wie viele sind denn noch übrig?«, fragte er und wurde schon wieder angegriffen.

Seth zuckte mit den Schultern. »Keine Ahnung. Ich habe den Überblick verloren.«

Die vier Unsterblichen waren über und über mit Blut besudelt und standen mittlerweile knietief in einem Berg aus Leichen.

Der Gestank war unerträglich.

Seth wandte sich nun wieder den drei Vampiren zu, die unschlüssig vor seinem Eingang herumlungerten.

Ein Blonder, ein Afroamerikaner und ein Latino. Alle schienen um die zwanzig zu sein. Keiner der drei wollte so recht einen Vorstoß wagen.

»Was ist jetzt?«, fragte Seth ungeduldig.

Der Blonde tauschte Blicke mit seinen Kumpanen aus und schluckte schwer. »Seid ihr Unsterbliche Wächter?«

»Ja.«

Der afroamerikanische Vampir trat nervös von einem Bein auf das andere. »Habt ihr Bastien getötet?«

»Nein, wir haben es auch nicht vor. Er ist nämlich einer von uns.«

Dem Vampir blieb der Mund offen stehen. »Bastien ist ein Unsterblicher?«

»Ja.«

»Uns hat er immer erzählt, er sei ein Vampir!«

»Das glaubt er ja auch. Bastien ist … durcheinander. Derjenige, von dem er erschaffen worden ist, hat ihm Lügen aufgetischt. Wir sind hier, um ihm zu helfen, nicht um ihn zu töten.«

Streitlustig deutete der Latinovampir auf die Leichen. »Und warum tötet ihr uns dann alle?«

»Einige unter euch haben sich nicht an die Liste gehalten. Sie töten Unschuldige. Das können wir nicht dulden.«

»Aber Bastien behauptet immer, die Unsterblichen würden Unschuldige umbringen«, meldete sich der Blonde zu Wort.

»Das sind alles Lügen. Die Unsterblichen Wächter töten nur die, die sich an Unschuldigen vergreifen, die ihre Geheimhaltung gefährden und die ihnen nach dem Leben trachten. Wir sind die Beschützer der Unschuldigen.«

Die drei Vampire drängten sich zusammen und tuschelten.

Seth steckte eines seiner Katanas zurück in die Scheide, zog ein Wurfmesser hervor und schleuderte es dem Vampir, der sich an Étienne vorbeigeschlichen hatte, in den Hals.

Dem Geflüster nach zu urteilen, das Seth natürlich problemlos verstand, hieß der Blonde Joe, der Schwarze Cliff und der Latino Vincent.

Joe räusperte sich. »Welche Möglichkeiten haben wir?«

Kluger Vampir. »Wann seid ihr denn verwandelt worden?«

»Vor sechs Monaten.«

»Ich vor vierzehn«, sagte Cliff.

»Ungefähr vor zweieinhalb Jahren«, entgegnete Vincent.

Offenbar hatte der Wahnsinn bei allen drei noch nicht eingesetzt. »Wie steht es mit der Blutgier?«

»Habe ich im Griff«, antwortete Joe.

Cliff nickte. »Geht mir auch so.«

Vincent zögerte. »Sie ist schon ziemlich schlimm geworden. I… Ich habe … in der letzten Zeit so Gedanken gehabt … die mir Angst machen.«

»Hast du ihnen nachgegeben?«

»Nein.«

»Er hat niemanden getötet, der nicht auf Bastiens Liste stand«, warf Cliff schnell ein.

Joe nickte. »Dafür haben wir schon gesorgt. Einer von uns ist immer bei ihm.«

Diese drei zählten zu den guten Jungs. Zu schade, dass sie früher oder später zu Monstern mutieren würden.

»Ihr habt zwei Möglichkeiten, meine Herren. Entweder einen Kampf auf Leben und Tod, was dann auch euren Tod bedeuten würde, fürchte ich – oder aber ihr geht freiwillig in eines unserer Forschungszentren. Dort würdet ihr eine eigene Wohnung und was ihr sonst noch so zum Leben braucht gestellt bekommen. Ihr würdet mit Blutkonserven und normaler Kost versorgt werden, dürftet die Einrichtung aber nicht ohne Begleitung verlassen. Das Risiko, dass ihr doch einen Unschuldigen tötet, können wir nicht eingehen.«

Joe runzelte die Stirn. »Forschungszentrum?«

»Unsere Wissenschaftler suchen nach einem Heilmittel gegen das Virus und nach Möglichkeiten, den Wahnsinn bei euresgleichen abzumildern oder gar zu verhindern. Vielleicht wollt ihr ja auch dazu beitragen.«

Vincent schnaubte. »Als Versuchskaninchen?«

»Hör mal«, versuchte Cliff ihn zu beschwichtigen, »wenn wir dadurch vielleicht die Chance bekommen, nicht verrückt zu werden, ist es das allemal wert.«

»Stimmt«, pflichtete Joe finster bei.

»Aber wir wären Gefangene«, protestierte Vincent.

Beklommene Stille trat ein.

Seth warf ein weiteres Messer.

Joe schüttelte heftig den Kopf. »Pädophile kaltzumachen ist eine Sache. Aber ich will nicht eines Tages auch unschuldige

Frauen und Kinder töten. Wenn so eine Einrichtung die einzige Möglichkeit ist, dass ich nicht …«

Cliff nickte. »Ja, ich will auch nicht so enden wie der Typ, der mich verwandelt hat. Der hat nicht nur von Leuten getrunken, der hat sie vorher auch noch gequält.«

»Das hat mein Erschaffer auch getan«, bestätigte Vincent.

»Meiner auch«, ergänzte Joe.

Nun schaltete Seth mit einem Überkopfwurf einen von Lisettes Kontrahenten aus. »Ihr werdet auch gut behandelt werden«, versicherte er. »Und wenn wir euch nicht rechtzeitig helfen können, dürft ihr euch die Todesart aussuchen. Wir zwingen euch nicht, in diesem Stadium zu leben.« Denn in diesem Fall wären sie wirklich Versuchskaninchen und würden zudem die menschlichen Mitarbeiter gefährden.

Die drei Vampire starrten einander düster an.

»Einverstanden«, sagte Vincent. »Wir machen es.«

Seth steckte auch sein zweites Katana in die Scheide zurück. »Ich habe leider kein Seil dabei, um euch festzubinden, also … entschuldigt bitte, Jungs.« Mit drei blitzschnellen Stößen schlug er die drei Vampire bewusstlos, fing sie an den Hemden auf und legte sie sacht am Boden ab.

Dann warf er zur Sicherheit noch einen kurzen Blick in den Gang und lauschte, doch es kamen keine Vampire mehr. Die drei waren die letzten gewesen.

Abermals zog Seth seine Katanas aus der Scheide, kletterte über den Leichenberg und eilte Marcus, Étienne und Lisette zur Hilfe.

Endlich verging der Schmerz, es war, als werde eine Schraubklemme von Sarahs Kopf gelöst. Gerade noch hatte sich das Pochen so angefühlt, als triebe ihr jemand einen Nagel in den Hinterkopf.

Erleichtert seufzte sie auf und öffnete die Augen. Zunächst

konnte sie nur Konturen erkennen, doch wurde das Bild schärfer und sie erkannte Roland, der mit geschlossenen Augen vor ihr kniete.

Kein Wunder also, dass ihre Kopfschmerzen besser geworden waren. Schließlich drückte er ihr ja auch ein Wärmekissen gegen den Hinterkopf.

Dankbar lächelte sie ihn an, stockte jedoch, als sie ihm über die Wange streicheln wollte. Aus seinem linken Ohr sickerte Blut, sein ganzer Kragen hatte sich bereits vollgesogen. Mit schmerzverzerrtem Gesicht presste er die Zähne aufeinander, sodass seine Kiefermuskeln zuckten.

Oh nein. Nein, nein, nein, nein, nein!

Er heilte sie! Sie musste sich den Kopf gestoßen haben oder …

Sarah konnte sich nicht entsinnen, was passiert war.

Sie zerrte an seinen Handgelenken und sah sich panisch um.

Wo zum Teufel waren sie überhaupt? Das Letzte, woran sie sich erinnerte, war, dass sie Nietzsche den Bauch gestreichelt hatte. Und nun befanden sie sich in einem fensterlosen Raum mit blutbespritzten, rissigen Wänden und …

Angst überkam sie.

Nebenan stand Bastien und sah sie mit glühenden bernsteinfarbenen Augen an.

Sarah zerrte nun noch kräftiger an Rolands Armen, konnte sich aber nicht aus seinem Griff lösen.

»Hör auf, Roland. Was machst du denn da?«

Bastien sah fürchterlich aus. Durch sein Gesicht zog sich ein tiefer Schnitt. Seine Nase war gebrochen und das Kinn aufgescheuert. Im Gesicht hatte er viele kleine Wunden.

Sie riss den Blick von ihm los und wehrte sich erneut mit Leibeskräften gegen Rolands Griff. »Hör endlich auf!«

Zu allem Übel lief ihm auch noch Blut aus zahlreichen Verletzungen, die Bastien ihm beigebracht haben musste. Indem er sie nun heilte, verlor er wertvolle Energie, die er lieber darauf verwenden sollte, seinen eigenen Blutverlust zu stoppen. Er schien mittlerweile bereits so schwach zu sein, dass sich ihre Kopfverletzung bei ihm geöffnet hatte.

Wie sollte er sich in dieser Verfassung nur verteidigen?

Rolands Hände wichen keinen Millimeter von ihrer Haut, ganz gleich, wie heftig Sarah auch daran zog.

Ihre Kehle brannte, Tränen kullerten ihr über die Wangen. »Bitte lass das. Hör auf, mich zu heilen. Mir geht es gut.«

Er öffnete die Augen. Und als sie seinen Blick erwiderte, konnte sie nur mit Mühe einen Schluchzer unterdrücken. Eigentlich hätten seine Augen von dem Kampf mit Bastien noch bernsteinfarben leuchten müssen. Stattdessen waren sie jedoch braun, und eine Pupille hatte sich geweitet und sah viel größer aus als die andere.

»Hör auf, Schatz«, raunte sie und hielt zitternd sein Gesicht umfasst. »Tu es für mich, bitte.«

Er nahm die Hand weg und das Wärmegefühl verebbte. Dann kippte er plötzlich zur Seite weg. Mit einem Aufschrei des Entsetzens schnellte Sarah hoch und beugte sich über ihn. »Roland?«

»Alles okay«, murmelte er und richtete sich mühsam auf. »Ich habe nur kurz das Gleichgewicht verloren.« Seine Stimme war schwach, und man konnte hören, dass er große Schmerzen hatte.

»Was hast du nur getan?«

»Das, was nötig war.« Mit seinen blutverschmierten Fingern streichelte er ihre Wange. »Ich durfte dich doch nicht verlieren.«

Sie legte ihre Hand auf seine und drückte sie an die Wange. »Bastien kommt.« Hinter sich vernahm sie, wie er sich ihnen mit schleppenden Schritten näherte.

Roland blickte über die Schulter. Seine Züge verhärteten sich schlagartig. »Hilf mir auf.«

»Roland …«

»Hilf mir auf, habe ich gesagt.«

Leise fluchend legte sie ihm den Arm um die Hüften und stemmte ihn hoch.

Roland stand gegen die Wand gelehnt und funkelte Bastien böse an.

Sarah schaute zuerst den einen, dann den anderen Unsterblichen an. Beide sahen aus wie hilflose Kätzchen. Doch wie sie unlängst am eigenen Leib erfahren hatte, konnte der Schein bei Vampiren und Unsterblichen trügen.

»Sie haben ihr den Schädel zertrümmert«, stieß Roland wütend hervor.

Überrascht blickte Sarah ihn an.

Hatte ihr Kopf deshalb so wehgetan, und konnte sie sich deshalb auch an nichts mehr erinnern?

Dann war es kaum verwunderlich, dass ihn die Heilung so viel Kraft gekostet hatte.

»Ich habe sie nicht mit Absicht fallen lassen«, blaffte Bastien zurück und verwirrte sie damit noch mehr. »Ich habe sie beim Laufen über der Schulter getragen, und sie hat mir ein Messer in den Hintern gestochen.«

Sarah hob die Brauen.

Roland musste grinsen. »Du hast ihm in den Hintern gestochen?«

»Ich kann mich nicht mehr daran erinnern«, entgegnete sie schulterzuckend.

Irgendwie verstand sie nicht ganz, warum Bastien das Gefühl hatte, sich rechtfertigen zu müssen, da er doch offenbar immer noch fest entschlossen war, Roland zu töten. Mit wackeligen Schritten kam er näher.

Sarah zog Rolands verbliebene Saigabel aus der Scheide und stellte sich breitbeinig vor ihn.

Bastien schüttelte den Kopf. »Gehen Sie zur Seite. Das ist eine Sache zwischen Roland und mir.«

»Was denn überhaupt?«, rief sie herausfordernd. »Warum tun Sie das?«

Bastien spuckte Blut, dann hob er sein Schwert und richtete es auf Roland. »Er hat meine Schwester umgebracht.«

Vor Schreck hielt sie die Luft an.

»Was?!«, fragte Roland.

»Du Schwein hast meine Schwester getötet.«

Mit letzter Kraft stürzte Bastien sich auf Roland, der sich seinerseits die Saigabel schnappte und Sarah beiseite stieß.

Klirrend krachten die Klingen aufeinander, und der Kampf begann von Neuem, wobei beide Kontrahenten durch ihre schweren Verwundungen fast so langsam wie Menschen kämpften.

Ziemlich bald schon wurde Bastien klar, dass er verlieren würde. Denn während Rolands Hiebe immer mehr an Kraft gewannen, wurden seine stetig schwächer. Roland trieb ihn zurück. Jeder Atemzug fühlte sich wie ein Messerstich in die Brust an.

»Hat sie einem Vampir gedient?«, presste Roland zwischen zusammengebissenen Zähnen hervor.

»Sie war unschuldig«, fauchte Bastien.

Mit einem kraftvollen Schwung schlug Roland ihm das Schwert aus der Hand.

Scheppernd fiel es zu Boden, und Sarah hob es schnell auf.

»Dann habe ich sie mit Sicherheit nicht getötet«, entgegnete Roland ruhig.

Dass er den Mord noch nicht einmal zugab, nachdem er Cat so zugerichtet hatte, machte Bastien nur noch wütender.

Da er jedoch alle Waffen eingebüßt hatte, schlug er Roland nun mit der Faust gegen die Schläfe, was durch den Schädelbruch höllische Schmerzen verursachen musste.

Sarah schrie auf.

In Rolands Augen kehrte das gefährliche bernsteinfarbene Funkeln zurück.

Und nur Sekundenbruchteile später wurde Bastien von ihm brutal gegen die Wand des Nachbarzimmers gedrückt. Schmerzvoll spürte er die Ketten der Handfesseln in seinem Rücken.

Roland packte ihn bei der Kehle. »Ich war es nicht. Die einzigen Unschuldigen, die ich je umgebracht habe, waren meine Frau und mein Bruder.«

»Blödsinn!«, rief Sarah von nebenan.

Bastien nahm mittels seiner Gabe Rolands Verwirrung wahr. Sarah kam nun zu ihnen herüber.

»Weder das Miststück noch dein Bruder war unschuldig. Schließlich haben die beiden dich dem Vampir ausgeliefert. Verdammt noch mal, Roland. Hör endlich auf, dir deswegen Vorwürfe zu machen!«

Ein Gefühl von Liebe, aber auch Belustigung durchströmte Roland. Doch auch dieser Umstand konnte die Schuldgefühle nicht ganz ausmerzen.

»Okay, ich nehme alles zurück«, sagte er. »Sie waren nicht unschuldig.«

Roland lockerte den Griff etwas, und Bastien nutzte die Gelegenheit, um Luft zu holen. »Aber meine Schwester war unschuldig. Sie hat keine Ahnung von dieser Welt gehabt, und doch haben Sie sie getötet.«

»Ist sie das?«, fragte Sarah und deutete auf das Porträt.

Das Bild an der Wand zeigte Cat mit ihrem Mann Blaise.

»Ja.«

Gespannt wartete Bastien, welche Reaktion das Gemälde bei Roland auslösen würde. Denn ganz gleich, welche Lügen der Unsterbliche ihnen nun auftischte, seine Gabe würde ihm die Wahrheit verraten.

»Ich kenne sie nicht«, sagte Roland bloß.

Bastien runzelte die Stirn. Wenn seine Gabe ihn nicht im Stich ließ, entsann Roland sich tatsächlich nicht seiner Schwester. Aber dann … Bingo. Erinnerungsfetzen.

»Sie lügen. Sie wissen, wer sie ist.«

Je länger Roland das Porträt betrachtete, desto finsterer wurde sein Blick. »Ich kenne sie nicht, aber ihn. Wer ist das?«

»Ihr Mann. Für mich war er wie ein Bruder. Sie haben ihn verwandelt, nachdem er mitansehen musste, wie Sie Cat die Kehle herausgerissen haben.«

Roland blickte ihn scharf an. »Wer hat Ihnen das erzählt?«

»Er.«

»Er hat Sie angelogen. In all den neunhundertfünzig Jahren meines Daseins habe ich nie einen Menschen verwandelt.«

Verunsichert starrte Bastien ihn an. Er schien die Wahrheit zu sagen. Er hatte Blaise nicht verwandelt.

Erst dann wurde ihm die Bedeutung von Rolands restlichen Worten klar. »Neunhundertfünfzig Jahre?«

»Ja.«

»Das ist unmöglich.«

»Ist es nicht. Im Keller kämpft ein Unsterblicher gegen Ihre Vampire, der noch mal tausend Jahre älter ist als ich. Unsterbliche leben wesentlich länger als Vampire.«

»Weil ihr sie tötet!«, gab Bastien erbost zurück.

»Nicht alle«, erwiderte Roland gelassen. »Wir können nicht überall sein. Vampire sind schon immer in der Überzahl gewesen, haben sich Rückzugsgebiete geschaffen, wo sie ungestört sein konnten. Und trotzdem ist der älteste Vampir, von dem ich je gehört habe, nur neunundsiebzig Jahre alt geworden.«

»Und was ist mit mir? Ich bin vor zweihundert Jahren verwandelt worden!«

Seufzend löste Roland seinen Griff und trat einen Schritt zurück. »Sie sind kein Vampir. Sie sind ein Unsterblicher.«

Bastien hätte fast gelacht. »Jetzt weiß ich endlich, dass Sie ein Lügner sind.« Er war kein Unsterblicher. Er hasste die Unsterblichen. Verabscheute sie, seit er seinen Schwager weinend über Cats verstümmeltem, blutigem Körper gefunden und Blaise ihm erzählt hatte, dass dies das Werk eines Unsterblichen gewesen sei.

»Es stimmt«, warf Sarah leise ein.

Als Bastien sie ansah, wurde ihm unwohl zumute.

In ihrem Blick lag Mitleid.

»Deshalb haben Roland und seine Freunde Sie auch nicht getötet. Sie sind einer von ihnen, Bastien. Sie haben es aber erst nach Ihrem Angriff herausgefunden.«

Ein unangenehmes Gefühl beschlich ihn, als er sich noch einmal vergegenwärtigte, wie Roland es vermieden hatte, ihn umzubringen. Keiner seiner vielen Treffer war tödlich gewesen.

»Ich bin ein Vampir«, sagte er beharrlich. Nur weil die Unsterblichen bisher noch nie einem zweihundert Jahre alten Vampir begegnet waren, hieß das noch lange nicht, dass es sie nicht gab. Das durfte einfach nicht sein.

»Selbst als Mensch sind Sie besonders gewesen«, fuhr Roland fort, »haben Gaben oder Fähigkeiten besessen, die Sie vor den anderen geheim gehalten haben, und über die Blaise nicht verfügte.«

Woher wusste er das nur?

»Vielleicht können Sie Gedanken lesen oder die Gefühle anderer durch einfaches Berühren ermitteln?«

Bastiens Herz begann wie wild zu schlagen.

Roland musterte ihn aufmerksam. »Alle Unsterblichen sind besondere Menschen gewesen. Bestimmt hatte auch Ihre Schwester besondere Gaben.«

Das hatte sie in der Tat. Sie besaß psychometrische Kräfte. Wenn sie einen Gegenstand berührte, dann konnte sie dessen Vorgeschichte sehen.

»Bloß dass Unsterbliche nie wirklich Menschen gewesen sind«, stammelte Bastien wie betäubt. »Ihre … Ihre DNS unterscheidet sich von unserer.«

Roland durchbohrte ihn förmlich mit seinem Blick. »Das ist aber unter Vampiren nicht allgemein bekannt. Woher wissen Sie das?«

»Ich habe Ihnen Blut entnommen, erinnern Sie sich noch? Ich habe es untersuchen lassen.«

Roland und Sarah tauschten finstere Blicke aus. »Von wem?«

»Von einem Biochemiker, der mir auf der Suche nach einem Heilmittel behilflich ist. Er hat mir erzählt, dass Sie kein Mensch sind und es auch nie waren.«

»Hat er das Gleiche auch über Sie gesagt? Falls nicht, dann hat er Ihr Blut bislang wohl noch nicht geprüft.«

Nein, das hatte er auch nicht. Keegan war in Bastiens Gegenwart immer etwas unbehaglich zumute, weshalb er sich mit Caseys Blut zufriedengegeben hatte.

»Sind Sie je einem Vampir mit Ihren Fähigkeiten begegnet?«

Keinem einzigen, aber das behielt Bastien für sich.

»Allerdings verfügen alle Unsterblichen darüber, wobei die Gaben individuell unterschiedlich sind. Und wir besitzen sie nicht erst nach unserer Verwandlung, sondern sind wie Sie damit auf die Welt gekommen.«

Sarah kam näher, blieb dann aber auf Rolands Zeichen hin stehen. »Sie sehen sogar aus wie ein Unsterblicher, Bastien. Sie haben die gleiche Haar-, die gleiche Augenfarbe und ähnliche Gesichtszüge.«

Fast klang es so, als hielte sie ihn für einen Glückspilz. Was hatte das nun wieder zu bedeuten?

»Es spielt keine Rolle, ob ich nun ein Vampir oder ein Unsterblicher bin.« Genau, es war ganz egal. »Roland hat meine Schwester ermordet und meinen Schwager verwandelt. Er …«

»Ich habe diese Frau noch nie in meinem Leben gesehen«, brüllte Roland.

Sarah fuchtelte mit dem Schwert in der Luft herum, um die Aufmerksamkeit der beiden Männer auf sich zu ziehen. »Ihr Schwager hat Ihnen erzählt, dass Roland ihn verwandelt hätte?«

»Ja.«

»Hat er Roland beim Namen genannt?«

Roland stöhnte genervt. »Das hat er alles doch schon längst erzählt, Sarah.«

»Nein, hat er nicht. Ich weiß, dass du schlecht gelaunt bist, aber bitte lass mich trotzdem ausreden.«

Bastien staunte nicht schlecht, als Roland daraufhin tatsächlich den Mund hielt.

»Bastien, ist Rolands Namen gefallen, während Ihr Schwager Ihnen berichtet hat, was passiert war?«

»Den Namen hat er damals nicht erwähnt, nur sein Gesicht beschrieben.« Angewidert verzog er den Mund. »Er hat gesagt, dieses Gesicht werde er sein Leben lang nicht mehr vergessen.«

Noch ehe Roland darauf reagieren konnte, fuhr Sarah fort: »Wann hat er Ihnen denn gesagt, dass es Roland gewesen ist?«

»Fünf Jahre später in London. Blaise kam von der Jagd zurück, weiß wie ein Laken. Er sagte, ihm sei der Mann begegnet, der ihn verwandelt habe. Und zwei Wochen später behauptete er, dieser Unsterbliche würde ihm nachstellen. In der Nacht, in der Blaise getötet worden ist, bin ich dazugestoßen, als Roland gerade gehen wollte. Später habe ich seinen Namen dann selbst herausgefunden.«

»Wie praktisch«, meinte Roland verächtlich. »Jahrelang hat er Ihnen nicht sagen können, wer ihn verwandelt hat, und dann, als ich Jagd auf ihn mache, fällt ihm plötzlich wieder ein, dass ich es gewesen sein soll. Ihr Schwager hat Ihnen was vom Pferd erzählt. Er hat die Frauen im Elendsviertel abgeschlachtet, und als ich ihm dann schließlich auf den Fersen war, mit seinem blutigen Finger schnell auf mich gezeigt. Wahrscheinlich hat er gehofft, dass Sie mich töten würden.«

»Schwachsinn! Blaise hat die Frauen nicht umgebracht, sondern Sie, Roland!« Angefangen bei der süßen Cat.

Roland lachte verächtlich auf. »Hat er Ihnen das etwa auch noch weismachen wollen?«

Bastien holte aus und wollte diesem Kerl das abschätzige Grinsen aus dem Gesicht schlagen.

Doch Roland wich dem Schwinger gekonnt aus und drückte Bastien wieder gegen die Wand, die Spitze der Saigabel auf Bastiens noch intakten Lungenflügel gerichtet. »Hat er Ihnen auch erzählt, dass ich ihn dabei erwischt habe, wie er einer Schwangeren die Kehle herausgerissen hat? Sein Gesicht war rot von ihrem Blut. Sie hatte keinen Puls mehr, und das Baby in ihrem Bauch war ebenfalls tot.«

Mit eiskalten Augen beugte er sich zu Bastien vor. *»Nun sind wir wieder eine Familie, Catherine. Du, ich und das Baby.* Dieser kranke Kerl hat versucht, eine Schwangere zu verwandeln, ihr in seiner Blutgier jedoch leider die Kehle herausgerissen!«

Bastiens Herz setzte einen Schlag lang aus.

Von Roland ging keine Unehrlichkeit aus. Er war verärgert, weil Bastien ihm keinen Glauben schenken wollte, empfand Abscheu hinsichtlich Blaises Taten und Wut über den Tod von Mutter und Kind, doch nichts deutete darauf hin, dass er ihn anlog.

»Und es gab noch andere Opfer«, fuhr Roland fort. »Allein in den zwei Wochen, in denen ich ihn gejagt habe, hat er noch mindestens sechs weitere Frauen getötet.«

Obgleich sein Mund plötzlich ganz trocken war, zwang sich Bastien zu sprechen. »Waren sie auch schwanger?«

»Die letzten drei schon. Unübersehbar. Bei den anderen weiß ich es nicht, man hat zumindest noch nichts sehen können.«

Bastiens Welt geriet ins Wanken, sein Vertrauen in den Schwager, seinen geliebten Freund. Ihm wurde schlecht.

Das konnte doch alles nicht wahr sein. Das durfte es nicht. Andernfalls hätte er zweihundert Jahre damit zugebracht, einem Phantom hinterherzujagen.

»Was haben Sie denn?«, fragte Sarah umsichtig.

Er bemerkte ihren Blick und fragte sich, ob sie bei ihrem Sturz gegen die Wand auch solche Schmerzen und ebenso Übelkeit verspürt hatte wie er in diesem Moment. »Cat war schwanger, als sie starb.«

Sarah biss sich auf die Unterlippe, ihr Blick verriet traurige Anteilnahme. »Ihre Schwester hieß Cat?«

»Ja, als Kurzform für Catherine.«

Roland seufzte schwer und trat zurück.

Bastien blickte ihm fest ins Gesicht. »Wenn Sie Cat nicht getötet haben … Wer war es dann?«

Mit großem Bedauern schüttelte Roland den Kopf. »Das wissen Sie doch längst.«

Blaise.

18

Auf Bastiens lädiertem Gesicht spiegelten sich die unterschiedlichsten Gefühle wider. Und auch wenn Sarah wegen der Entführung und des Mordanschlags auf Roland eigentlich sauer auf ihn war, verspürte sie nun tiefes Mitgefühl für ihn.

Er hatte den Tod seiner Schwester rächen wollen und musste nun feststellen, dass sie von seinem Schwager und besten Freund umgebracht worden war. Und zu allem Überfluss musste er dann auch noch seinem Feind dankbar sein, dass dieser Blaise zur Strecke gebracht hatte.

In Bastiens Kopf musste ein einziges Chaos herrschen.

»Warum?«, fragte er an Roland gewandt. »Warum hätte er sie töten sollen? Er hat sie doch geliebt, das weiß ich genau.«

»Am Anfang ist die Blutgier groß, bei Vampiren ist es sogar noch schlimmer als bei uns.« Roland schüttelte den Kopf. »Vielleicht hat er nur einen Schluck nehmen wollen und dann die Beherrschung verloren. So habe ich auch meine Frau getötet.«

Sarah wünschte, sie könnte ihm diese Erinnerung nehmen.

Dann kamen Seth, Marcus, Lisette und Étienne hinzu.

Ihre Gesichter sahen so aus, als hätte sich der Maler Jackson Pollock persönlich daran versucht. Die Gummianzüge der Geschwister glänzten feucht und wiesen etliche Schnitte auf. Marcus' Klamotten waren zerrissen, und hier und da konnte man große feuchte Stellen erkennen. Nur Seths Kleidung schien abgesehen von einigen Flecken nichts abbekommen zu haben.

Von den Knien abwärts sahen jedoch alle vier so aus, als wären sie durch einen großen Bottich mit Blut gestapft.

Als er die Unsterblichen im Türrahmen der schmalen Kammer erblickte, versteifte sich Bastien und straffte die Schultern.

Marcus ließ die Szenerie erst einmal auf sich wirken, begutachtete die Ketten an der Wand und musterte die beiden äußerst derangiert wirkenden Männer.

Lisette indes eilte sofort zu Sarah. »Ist mit dir alles in Ordnung?«

Sie nickte. »Und wie geht's dir?«

»Könnte eine Dusche gebrauchen.«

Bastien starrte Seth an. »Sie sind der Tagläufer.«

»Ja.« Der Älteste blickte an Sarah vorbei zu dem Gemälde. »Ich weiß, es ist unverzeihlich, denn es kommt so spät«, er erwiderte Bastiens kämpferischen Blick, »aber dennoch möchte ich Ihnen mein Beileid aussprechen.«

Bastien wirkte verunsichert.

Seths Worte, seine Gestik und seine Mimik drückten aufrichtiges Mitgefühl aus.

Freundlichkeit war so ziemlich das Letzte, was Bastien vom Anführer der Unsterblichen erwartet hatte.

»Wo sind meine Männer?«, fragte Bastien leise.

»Sind es wirklich Ihre Männer gewesen?«, fragte Marcus. »Haben Sie sie verwandelt?«

Und als Bastien ihnen eine Antwort schuldig blieb, ergriff Seth das Wort. »Nein, er hat sie nur rekrutiert, nachdem sie von denen, die sie erschaffen haben, im Stich gelassen worden waren.«

»Wo sind meine Männer?«, fragte Bastien erneut.

Marcus, Lisette und Étienne wandten die Blicke ab.

»Sie sind tot«, antwortete Seth kurz.

Bastien erbleichte. »Alle?«

Sarah fragte sich, ob er ihnen wohl nahegestanden und in ihnen Freunde gesehen hatte.

»Alle außer einem Menschen …«

»Aber Sie haben doch gesagt, sie würden keine Menschen töten!«, schrie Bastien verzweifelt und schaute Roland anklagend an.

»Ich sagte, wir töten keine Unschuldigen«, berichtigte der.

Lisette nickte. »Ihre Männer waren keine Unschuldslämmer, Bastien. Sie sind durch und durch verdorben gewesen, nur haben sie es gut zu verstecken gewusst.«

Eigensinnig schüttelte Bastien den Kopf. »Und was ist mit meinen Vampiren? Sind die auch alle tot?«

»Ja, alle bis auf drei«, bekannte Seth.

Ehe Sarah sichs versah, hatte Bastien ihr das Schwert aus der Hand gerissen und ging damit auf den Ältesten los.

Doch obwohl Bastien ein phänomenales Tempo vorlegte, war Seth bereits verschwunden, noch bevor ihm die Klinge etwas anhaben konnte. Die anderen Unsterblichen wollten sich auf Bastien stürzen, hielten jedoch inne, als ihr Anführer plötzlich wieder hinter seinem Angreifer auftauchte. Geschickt brachte er ihn unter Kontrolle, indem mit einem Arm Bastiens Schwertarm und Brust umklammerte und den anderen um dessen Hals legte.

»Étienne, kümmere dich mit Lisette bitte um die verbliebenen Vampire und den Menschen, gebt sie in die Obhut des Netzwerks. Man soll sie rund um die Uhr überwachen, aber dennoch gut behandeln. Ich melde mich dann später mit genaueren Instruktionen.«

Das Netzwerk …

Sarah schrak zusammen. *Chris!*

An ihn hatte sie gar nicht mehr gedacht, dabei war er doch bei ihr gewesen, als Bastien sie entführt hatte. Ob Bastien ihn wohl …

Waren Chris und seine Männer etwa tot?

Sie konnte sich wirklich an nichts mehr erinnern.

»Roland«, fuhr Seth fort, »wenn du Chris siehst, geh ihm nicht gleich an die Gurgel.«

Zu ihrer großen Erleichterung war Chris also wohlauf.

Roland setzte eine rebellische Miene auf.

»Keiner von uns konnte ahnen, dass Bastien die Tunnel entdeckt hatte«, beschwichtigte ihn Seth. »Andernfalls wäre Chris besser darauf vorbereitet gewesen.«

Étienne runzelte die Stirn. »Er ist durch die Tunnel eingedrungen?«

»Ja.«

Roland funkelte Bastien böse an. »Woher zum Teufel wussten Sie davon?«

»So etwas nennt sich Überwachung, Sie Idiot«, fauchte Bastien zurück.

Sarah seufzte tief. Sie konnte Bastiens Feindseligkeit sogar irgendwie nachvollziehen, immerhin hatte er gerade erfahren, dass fast alle seine Männer von Rolands Freunden umgebracht worden waren.

Als Seth kurz darauf mit Bastien verschwand, entspannte sich die Situation wieder merklich.

»Also«, begann Marcus, »kann mir mal bitte irgendjemand von euch erzählen, was hier eigentlich vor sich geht? Im Gegensatz zu den beiden hier« – er deutete auf Lisette und Étienne – »kann ich nämlich keine Gedanken lesen. Was ist denn mit der Schwester passiert?«

Roland zeigte auf das Gemälde. »Ihr Mann hat sie kurz nach seiner Verwandlung ermordet. Und um keinen Ärger zu bekommen, hat er behauptet, ich hätte sie getötet und ihn anschließend verwandelt. Daher Bastiens Rachsucht.«

Marcus starrte auf das Porträt. »Sie war Bastiens Schwester?«

Stirnrunzelnd sah Roland ihn an. »Hast du sie etwa gekannt?«

Ganz offensichtlich war Marcus diese Frage unangenehm. »Nein.«

»Und trotzdem erkennst du sie wieder. Wie …« Roland verstummte, dann stöhnte er. »Nein, sag es mir nicht.«

Marcus nickte. »Sie ist beim Brand in deinem Haus gewesen, und gerade eben hat sie in der Ecke gestanden.«

Alle Augenpaare richteten sich nun auf die Zimmerecke, die sich schräg gegenüber dem Gemälde befand.

Ein eiskalter Schauer lief Sarah über den Rücken. Roland hatte ihr davon erzählt. Sie wusste also, dass Marcus Tote sehen konnte. War Catherines Geist etwa die ganze Zeit über dabeigewesen?

»Ist sie immer noch hier?«, fragte Lisette voller Unbehagen.

»Nein, sie ist mit Seth und Bastien verschwunden.«

Roland warf die Saigabel auf den Boden und ließ die Schultern hängen. Dann ging er zu Sarah hinüber und nahm sie in den Arm.

Sie schmiegte sich an ihn, froh, dass alles endlich vorbei war.

Roland legte seine Wange auf ihren Kopf, während sie sich an seine Brust kuschelte.

Hinter ihnen meldete sich Étienne zu Wort. »Marcus, ich sag das zwar nicht zum ersten Mal, aber das ist echt verdammt gruselig.«

Sobald sie in der kolossalen Eingangshalle seines britischen Schlosses gelandet waren, gab Seth Bastien frei.

Dieser machte zunächst ein paar unkontrollierte Schritte und fuchtelte mit dem erhobenen Schwert herum. »Was …?« Orientierungslos blickte er sich um. »Was haben Sie gemacht? Wo sind wir?«

»Bei mir zu Hause«, antwortete Seth. »Besser gesagt, in einem meiner Zuhause.«

»Wo sind die anderen?«

»Immer noch im Keller.«

»Und warum haben Sie mich hergebracht?«

Problemlos konnte Seth Bastiens Gedanken lesen und fühlte

sich deshalb ein wenig schuldig. Sein neuer Schützling glaubte tatsächlich, Seth wollte ihn umbringen, und versuchte nun all seine Kraft zusammenzunehmen, um gegen ihn bestehen zu können.

»Ich habe dich nicht hergebracht, um dir zu schaden, Sebastien. Was ich jetzt mache, hätte ich schon vor langer Zeit tun sollen. Ich möchte dir helfen zu verstehen, wer und was du bist, damit du ein neues Leben beginnen kannst.«

Sebastien lachte bitter. »Soll das ein Scherz sein? Ich hatte ein Leben, ein Ziel, Leute, die mir etwas bedeutet haben und denen ich helfen wollte. Aber Sie haben sie alle abgeschlachtet!«

David kam aus der Küche und mampfte einen Apfel.

Schützend hielt Sebastien das Schwert vor seinen Körper und positionierte sich so, dass er beide Männer im Blick behielt.

»Ihr seid schon zurück?«, bemerkte David und musterte Sebastien neugierig, ohne sich im Geringsten um die Waffe in seiner Hand zu scheren. »Wie ist es denn gelaufen?«

»Okay«, entgegnete Seth ruhig. »Dir mag etwas an deinen Männern gelegen haben, aber umgekehrt war es nicht so. Sie haben dich nur benutzt. Ihnen ging es nur um die Sicherheit, die du ihnen gegeben hast. Aber sie waren keinesfalls deine Freunde.«

»Und das soll ich Ihnen einfach so glauben?« Er redete sich mehr und mehr in Rage.

»Ja.«

»Ich habe versucht, einen ihrer Leute zu töten. Zwei sogar, zählt man Marcus mit. Verdammt, ich hatte geglaubt, meine Armee wäre groß genug, sie alle zu töten. Und Sie wollen mir weismachen, dass alle, mit denen ich in den letzten zweihundert Jahren zusammen gewesen bin, mir etwas vorgemacht haben?«

»Ja, außer den vier Männern, die wir verschont haben.«

David warf Seth einen Blick zu. »Vier davon waren noch zu retten?«

»Ja.«

Darnell gesellte sich aus dem Wohnzimmer zu ihnen. »Was ist denn hier los?«

Sebastien veränderte abermals seine Stellung, um nun alle drei im Auge zu haben. Er war im Versteck seiner Feinde, durfte nichts von dem glauben, was sie ihm erzählten. Schließlich konnten sie ihn jederzeit angreifen.

Seth hatte nichts anderes erwartet. Von vornherein war ihm klar gewesen, wie schwer es werden würde, Sebastiens Vertrauen zu gewinnen. Deshalb hatte er beim Kampf auch zugesehen, möglichst viele von Sebastiens Vampiren zu berühren, um zu erfahren, wie viele Unschuldige von ihnen getötet worden waren und wie sie ihre Taten vor ihrem Anführer verborgen gehalten hatten.

Er hätte Bastien gleich jetzt mit ihren Gräueltaten konfrontieren können, hielt es aber für ratsamer, ihn erst einmal zur Besinnung kommen zu lassen.

Sebastien wich weiter zurück, wobei er das Schwert leicht vor sich her schwang, und beäugte die drei Unsterblichen misstrauisch.

Plötzlich vernahm er ein leises Rascheln hinter sich.

Seth blieb vor Schock fast das Herz stehen, als ihm klar wurde, wer das Geräusch verursacht haben musste.

Mit einem lauten Schrei wirbelte Sebastien herum, um den Unsterblichen anzugreifen, der sich seiner Vermutung nach von hinten an ihn herangepirscht hatte.

Die Zeit schien stillzustehen.

Da Seth der Mächtigste unter den Unsterblichen Wächtern war, konnte er sein Temperament eigentlich ganz gut im Zaum halten. So gut, dass noch nie jemand gesehen hatte, wie er die Beherrschung verlor.

Als er im Flur nun jedoch die geheimnisvolle Frau erblickte, die leichenblass und mit vor Angst geweiteten Augen zu Sebastien aufsah, gingen die Pferde mit ihm durch.

Mit bloßer Gedankenkraft entriss er Sebastien das Schwert und schleuderte es dermaßen kraftvoll durch die Halle, dass es bis zum Heft in der eichenen Eingangstür stecken blieb. Ein weiterer Gedanke genügte, und Sebastien landete krachend neben seinem Schwert an der Steinwand.

Ächzend kippte er vornüber.

Schnell wie kein anderer Unsterblicher fing er seinen neuen Schützling kurz vor dem Boden auf, schwenkte ihn bedrohlich durch die Luft, schloss die Finger um seinen Hals und drückte dermaßen fest zu, dass er ihm die Luftröhre zu zerquetschen drohte.

Der Boden unter ihnen erzitterte wie bei einem Erdbeben, ja, das ganze Schloss schien ins Wanken zu geraten. Irgendwo ging ein Leuchter zu Bruch.

Von der Wut wie benebelt hielt Seth Sebastiens Blick stand, der nun verzweifelt nach Atem rang. »Hör gut zu, Sebastien Newcombe«, presste er zornig hervor. »Und ich sage es nur einmal. Ich kann deine Verzweiflung und sogar die Wut, die dich von innen heraus aufzufressen scheint, gut verstehen. Und wenn du sie an mir oder David oder Darnell auslassen willst, bitte. Aber sollte ich jemals mitbekommen, dass du dieser Frau, die mein Gast ist, keinen Respekt entgegenbringst oder dass du sie unfreundlich behandelst, dann schlage ich dir den Kopf ab. Dann wirst du als erster Unsterblicher in die Geschichte eingehen, der durch meine Hand gestorben ist. Hast du mich verstanden?«

Sebastien nickte, sein Gesicht war mittlerweile komplett rot angelaufen.

Allmählich ließ das Beben nach, und das Schloss kam wieder zur Ruhe.

Und auch Seths Wut legte sich. Sachte setzte er Sebastien ab und gab ihn frei.

Hustend und keuchend schnappte er nach Luft.

»Bist du in Ordnung?«

Er nickte.

»Gut. Dann entschuldige dich jetzt bitte bei der Dame, und zwar so, dass sie dich für ebenso harmlos wie einen Welpen hält.

Seth wandte sich nun der geheimnisvollen Frau zu.

Wieder einmal war sie barfuß, trug weite, himmelblaue Schlafanzughosen mit leuchtend gelben Smileys und ein dazu passendes Trägerhemd. Mit vorm Körper verschlungenen Armen und ineinander verschränkten Fingern stand sie da und blickte ihn ängstlich an.

David und Darnell hatten sich rechts und links von ihr schützend aufgebaut, achteten jedoch darauf, sie nicht zu berühren.

Seth spürte Sebastiens Bedauern, als er sie schließlich wahrnahm. Dem jungen Unsterblichen tat es schrecklich leid, dass er ihr solch einen Schrecken eingejagt hatte, was schon einmal ein vielversprechender Anfang war.

Mit gerunzelter Stirn unternahm Sebastien ein paar hilflose Versuche, seine Kleidung in Ordnung zu bringen, dann wischte er sich das Blut aus dem Gesicht und räusperte sich. »Verzeihen Sie mir bitte«, bat er flehentlich und mit vom Würgen rauer Stimme. »Ich wollte Ihnen keine Angst einjagen und möchte Ihnen auch nichts tun. Sie haben mich erschreckt, weshalb ich wohl etwas überreagiert habe. Bitte nehmen sie meine Entschuldigung an, es wird nicht wieder vorkommen.«

Die Frau blickte zu Seth hinüber, der sie, wie er hoffte, ermunternd anlächelte. Dann nickte sie Sebastien zu.

»David, würdest du unseren Gast bitte auf sein Zimmer geleiten und ihm alles zeigen?«, bat Seth.

»Klar.« Und damit ging David auf Sebastien zu, als würde er einen alten Freund begrüßen. »Wir wussten nicht, ob du lieber überirdisch oder unterirdisch schläfst, also haben wir zwei Zimmer vorbereitet. In beiden kann man tagsüber sicher schlafen.«

»Unterirdisch«, entgegnete Sebastien unsicher.

»Na, dann komm mal mit.«

Als die beiden Männer verschwunden waren, schlenderte Darnell zu Seth hinüber und musterte ihn prüfend. »Bist du okay?«

Seth nickte und wandte sich nun seinerseits entschuldigend an die Frau. »Es tut mir aufrichtig leid. Ich habe nicht damit gerechnet, dass er Ihnen gefährlich werden könnte, sonst hätte ich ihn niemals hergebracht.«

Sie nickte einvernehmlich und blickte dann an ihm hinunter, da sie seine blutdurchtränkte Kleidung bemerkt hatte.

Was mochte sie nur von ihm denken, so, wie er gerade aussah und nach allem, was sie selbst erlebt hatte?

»Habe ich richtig gehört, ihr habt vier Leute verschont?«, fragte Darnell neugierig.

»Ja, einen Menschen und drei Vampire, die bislang noch keine Anzeichen von Wahnsinn zeigen. Wie Sebastien hatten sie keine Ahnung, was die anderen hinter ihrem Rücken getrieben haben.«

»Was willst du mit den Vampiren machen?«

Seth seufzte. »Ihnen helfen, so gut es geht.«

»Was ist mit Roland, Sarah und dem Rest, wie haben die es überstanden?«

»Ein bisschen angeschlagen sind sie schon, aber das wird schon wieder.«

»Sebastien scheint ja nicht besonders dankbar darüber zu sein, dass du ihn gerettet hast.«

»Nein.«

Seth spürte eine kleine Hand an seinem Arm, und als er hinuntersah, blickte er direkt in das Gesicht der geheimnisvollen Frau.

Sie öffnete den Mund. »Aber ich bin es«, sagte sie leise. »Danke, dass Sie mich gerettet haben.«

Der Klang ihrer Stimme löste ein tiefes Glücksgefühl in ihm aus.

Er lächelte.

Sie erwiderte sein Lächeln, schloss die Augen und sank zu Boden.

Darnell stürzte auf sie zu, doch Seth hatte sie schon längst aufgefangen und hielt sie in den Armen. »Was ist passiert? Ist sie krank?«

»Ich weiß es nicht.« Mit besorgtem Gesichtsausdruck und gefolgt von Darnell trug Seth sie in ihr Zimmer, wo der Sekundant eilig die Bettdecke zurückzog.

Vorsichtig legte Seth sie aufs Bett und setzte sich dann neben sie. Eine Hand auf ihre Stirn gelegt, eine auf ihren Brustkorb, suchte er nach der Ursache ihrer Bewusstlosigkeit.

Nach einiger Zeit sah er Darnell endlich an.

»Was ist mit ihr?«, fragte der besorgt. »Was hat sie?«

Seth lächelte. »Sie schläft.«

Roland und Sarah lagen zusammengekuschelt auf dem Sofa und schauten Nachrichten, als das Telefon klingelte.

Roland schnappte sich das Handy vom Couchtisch und ging ran. »Was gibt's?«

»Störe ich?«, fragte Seth gedehnt.

»Hast du schon mal nicht gestört?«, gab Roland trocken zurück.

»Gib mir mal bitte Sarah.«

Verwundert reichte Roland den Apparat an Sarah weiter. »Es ist Seth. Er will mit dir sprechen.«

Mit fragendem Blick zog sie die Brauen hoch. »Hallo?«

»Hallo, Sarah. Ich weiß, dass dich mein plötzliches Auftauchen immer erschreckt, also wollte ich dich diesmal vorwarnen.«

Roland erwiderte ihr Lächeln. »Oh. Okay. Danke. Tun Sie sich keinen Zwang an, beamen Sie sich her.«

Einen Augenblick später stand Seth in der Tür.

Roland und Sarah erhoben sich.

»Rufst du jetzt vorher immer an?«, erkundigte sich Roland.

»Marcus meinte, es sei besser so.«

»Er hat es Ihnen also gesagt?«, platzte Sarah heraus und wurde knallrot.

Offenbar vertrat David eine Politik der offenen Türen. Jeder Unsterbliche, der den Sicherheitscode kannte, durfte kommen und gehen, wann er wollte. David liebte Gesellschaft. Und da er so mächtig war, brauchte auch niemand anzuklopfen. Er spürte, dass seine Gäste auf dem Weg zu ihm waren, noch bevor sie eintraten.

Deshalb hatte sich Marcus auch einen Tag, nachdem sie in Bastiens Versteck gestürmt waren, aus Gewohnheit selbst ins Haus gelassen und war unangekündigt ins Wohnzimmer geplatzt, als Sarah und Roland gerade Sex auf dem Sofa hatten.

Seitdem war Sarah jedes Mal rot geworden, wenn er sie angesehen hatte.

»Bitte sagen Sie mir, dass man es nicht auch noch auf der Homepage der Unsterblichen nachlesen kann«, flehte sie ihn an.

Seth schmunzelte. »Nein, er hat es nur mir und David gegenüber erwähnt, damit wir hier nicht einfach so hereinschneien.«

Sarah stöhnte. »Na, toll. Das kam ja bestimmt gut. *Ruf erst an, bevor du nach Hause gehst, David. Vielleicht treiben sie es gerade wieder auf deinem Sofa.*«

Roland lachte laut auf und drückte sie, wobei sie beschämt das Gesicht in den Händen verbarg.

In Seths Augen trat ein fröhliches Funkeln. »Also, so genau hat sich Marcus dann doch nicht ausgedrückt. Er hat nur erwähnt, er habe euch versehentlich gestört, als ihr nicht auf Besuch eingestellt gewesen wart.«

Sarah ließ die Hände sinken und blickte Roland zerknirscht an. »Warum lässt du mich überhaupt noch den Mund aufmachen?«

Rasch stibitzte er sich einen Kuss. »Weil ich diesen Mund liebe und er so ulkige Sachen von sich gibt.« Er ließ sich aufs Sofa fallen und zog sie mit sich. Seth nahm ihnen gegenüber auf seinem Lieblingssessel Platz. Roland legte einen Arm auf die Rückenlehne, damit er mit Sarahs Locken spielen konnte.

Zwei Wochen waren nun vergangen, seit sie das Vampirnest ausgeräuchert hatten, und Roland fürchtete nach wie vor, Sarah könnte in ihrem Haus nicht sicher sein. Immerhin war es dort zu zwei großen Auseinandersetzungen mit Vampiren gekommen, und er konnte nicht ausschließen, dass Bastiens Vampire mit anderen, fremden Vampiren darüber gesprochen hatten. Als er schließlich von Sarah dazu eingeladen worden war, bei ihr zu wohnen, hatte er sie deshalb dazu überredet, mit ihm bei David zu bleiben, bis sie ein gemeinsames Haus gefunden hätten. (Zuvor war ihm von Seth glaubhaft versichert worden, dass Bastien niemandem von den Tunneln erzählt hatte.)

»Wir haben mit Chris gesprochen«, sagte Sarah, deren Wangen noch immer leicht gerötet waren. »Er scheint sich wegen der geretteten Vampire Sorgen zu machen.«

Nietzsche kam hereingeschlichen und begrüßte Seth mit einem Maunzen. Glücklich sprang er ihm auf den Schoß.

Der Älteste lächelte und streichelte den kleinen Kater mit seinen riesigen Pranken. »Nicht nach Belieben kommen und gehen zu können fällt ihnen schwerer als gedacht, aber ich glaube, sie leben sich ganz gut ein. Sie sind schon in die neuen Wohnungen gezogen und löchern die Ärzte und Wissenschaftler mit Fragen. Sie wollen endlich helfen.«

Roland fragte sich, ob die Frauen und Männer im Institut bisher überhaupt schon einmal einen richtigen Vampir zu Gesicht bekommen hatten. Die von der Tagesschicht waren bestimmt noch nicht einmal auf einen Unsterblichen getroffen. »Was halten die Ärzte von ihnen?«

»Verständlicherweise sind sie auf der Hut – wie das gesamte Personal – aber anscheinend läuft es bisher ganz gut.«

»Hat man den Biochemiker schon gefunden?«

Montrose Keegan war untergetaucht, bevor das Netzwerk ihn hatte einkassieren können. Offenbar war er von seinem Bruder noch telefonisch gewarnt worden, bevor sie das Bauernhaus gestürmt hatten.

»Nein. Chris hat sein Handy angezapft und sich in seine Konten gehackt, aber auch dort gibt es keinerlei Bewegung. Er ist komplett von der Bildfläche verschwunden.«

Super. »Und Tanner hat sich sofort eingelebt und ist sehr beliebt, soweit ich es mitbekommen habe.«

Sarah blickte ihn an. »Wer von denen ist denn Tanner?«

»Der Mensch, den Chris ins Netzwerk eingeführt hat.«

»Ach ja.«

Seth nickte. »Sobald Sebastien und Tanner eingearbeitet sind, werde ich Tanner zu seinem Sekundanten abkommandieren.«

Eine gute Wahl, da die beiden befreundet waren und gut zusammenarbeiteten.

»Und wie geht es Bastien?«, fragte Sarah zögernd.

Noch immer war Roland sauer, dass er Sarah wehgetan hatte. Deshalb vermieden sie das Thema tunlichst.

»Nicht so gut.« Der Kater rollte sich auf den Rücken und bot Seth nun sein Bäuchlein dar. »Er isst nicht, trinkt nicht. Ist von Wut zerfressen.«

»Auf wen ist er denn wütend?«, fragte Sarah.

»Auf die ganze Welt.«

Roland streichelte über Sarahs Schultern. »Hast du ihm die Erinnerungen der Vampire gezeigt?«

Seth nickte. »Das hat ihn nur noch wütender gemacht. Er wollte sie retten, während sie hinter seinem Rücken solche Abscheulichkeiten begangen haben.«

Sarah schaute zu Roland auf und legte ihm eine Hand aufs Bein. »Vielleicht solltest du dich mal mit ihm unterhalten«, schlug sie vor.

Ungläubig sah er sie an. »Wie bitte?«

Sie griff nach seiner Hand in ihrem Nacken und verschränkte ihre Finger mit seinen. »Wer wäre besser dafür geeignet? Er macht das Gleiche durch wie du damals, nur noch einen Zacken schärfer. Du könntest ihm womöglich helfen.«

»Bist du krank?«

Sie lächelte, und ihre haselnussbraunen Augen funkelten. »Komm schon, Roland, denk doch mal nach. Du bist von deiner Frau und deinem Bruder hintergangen worden. Er wurde von seinem Schwager und gleichzeitig besten Freund betrogen.«

Seth hielt einen Zeigefinger hoch. »Der ihn, nebenbei gesagt, auch noch verwandelt hat. Und Sebastien gegenüber hat er behauptet, es sei ein Unfall gewesen, und dass er nicht gewusst habe, dass er ihn durch häufiges Trinken verwandeln würde. Aber in Anbetracht aller anderen Lügen habe ich so meine Zweifel an seiner Glaubwürdigkeit.«

»Siehst du?«, sagte Sarah triumphierend. »Und dann bist du wiederum von Mary enttäuscht worden, und ihm sind, sagen wir mal, siebzig seiner engsten Freunde in den Rücken gefallen.«

»Worauf willst du hinaus?«, fragte Roland und versuchte, jeden Anflug von Mitgefühl zu unterdrücken. Es musste an Sarah liegen. Normalerweise hätte er für jemanden wie Bastien nur Verachtung übrig gehabt.

Sie verdrehte die Augen. »Na, du hattest Seth und Marcus, die dir durch die harten Zeiten geholfen haben, so undankbar das für die beiden auch gewesen sein mag. Bastien hat dagegen niemanden.«

Roland spürte, dass Seth ihn anblickte. »Ich war dankbar«, sagte er.

Seth sah zu Sarah hinüber. »Sie tun ihm gut.«

Sie kniff in Rolands Bein und zwinkerte. »Ich weiß.«

»Weißt du, Roland, ich bin da ganz ihrer Meinung. Deshalb bin ich heute auch unter anderem hier. Es wäre wirklich gut, wenn du mal mit Sebastien sprechen würdest.«

»Nein. Er hat Sarah verletzt.«

»Das war doch keine Absicht. Außerdem tut es ihm leid. Er ist davon ausgegangen, sie würde einfach so mitkommen. Mit einem durchschossenen Oberschenkel und einem Messer im Hintern hat er nicht gerechnet.« Er grinste Sarah an. »Das wiederum hat es bis ins Forum geschafft.«

Das ging auf Rolands Kappe. Als im Netz wild über Sarah und ihre Rolle im Kampf gegen die Vampire spekuliert worden war, hatte er erstmalig etwas gepostet und ihre Geistesgegenwart sowie ihren Mut gerühmt.«

»Bitte, Roland«, bettelte Sarah.

»Ich lass es mir durch den Kopf gehen«, brummte er, wobei er schon wusste, dass er nachgeben würde. Er konnte ihr einfach keinen Wunsch abschlagen. »Du sagtest ›unter anderem‹, gibt es noch einen Grund für deinen Besuch?«, fragte er schnell an Seth gewandt, bevor sie ihm noch ein Ja abringen konnte.

Dieser schwieg einen Moment lang. »Chris hat mir verraten, dass du Sarah zu einem Bluttest ins Labor gebracht hast.«

Roland erstarrte. Alle Unsterblichen, die er kannte, waren gegen ihren Willen oder wie Étienne und Richard aus Versehen verwandelt worden. Wenn Sarah wirklich eine *Begabte* sein sollte, so wäre sie die Erste, die sich freiwillig mit dem Virus infizieren würde. Wollte Seth das etwa verbieten?

Roland konnte das Blut laut in seinen Ohren rauschen hören. »Ja, und?«

Seth taxierte Sarah mit einem Blick. »Sie möchten verwandelt werden?«

»Ja«, antwortete sie unruhig.

»Warum?«

Sie umklammerte Rolands Hand noch fester. »Ich möchte mit Roland zusammen sein. Für immer.«

»So sehr lieben Sie ihn?«

»Ja.«

Aufmerksam musterte Seth sie.

Zu aufmerksam.

»Hör auf, ihre Gedanken zu lesen«, blaffte Roland und schlang nun auch noch den anderen Arm um Sarah, als könnte er sie so vor Seths Gabe schützen.

Sie machte große Augen.

Seth zuckte mit den Schultern. »Ich wollte nur sichergehen, dass sie weiß, worauf sie sich einlässt.«

»Und?«

»Das tut sie, und sie ist sich sicher.« Bevor er aufstand, nahm Seth den Kater hoch und legte ihn dann zurück auf den Sessel.

Roland und Sarah erhoben sich ebenfalls.

Ihm kam es vor, als warteten sie auf ein richterliches Urteil.

Sie schlang einen Arm um Rolands Hüften, er drückte nervös ihre Schulter.

Seth hatte ein leises Lächeln auf den Lippen. »Auf die Laborergebnisse braucht ihr nicht erst zu warten, sie ist eine *Begabte*.«

Roland stockte der Atem. »Was?«

Nun strahlte Seth über das ganze Gesicht. »Sarah ist eine *Begabte*, dafür brauche ich keinen Bluttest.«

Sie quiekte vor Freude und drückte Roland an sich. Dann sprang sie so lange auf und ab, bis endlich auch er lachte, obwohl er skeptisch blieb.

»Aber sie verfügt doch über keine besonderen Gaben.«

»Von wegen. Ihre Träume verraten die Zukunft.«

Sarah hörte auf herumzuhüpfen und sah Seth an. »Wirklich?«, fragte sie ungläubig.

»Ja, Sie haben nur noch nicht gelernt, sie richtig zu deuten. Denn im Gegensatz zur landläufigen Meinung sind prophetische Träume nur bei sehr mächtigen *Begabten* und Unsterblichen klar und unmissverständlich. Bei den anderen sind sie voller Symbole, die zunächst einmal gedeutet werden müssen, und auch der Trauminhalt kann sehr vage sein. Eine Woche, bevor sie Roland begegnet sind, haben Sie zum Beispiel von einer riesigen Kakerlake in ihrem Wohnzimmer geträumt, die sie nur mit Mühe töten konnten. Das Wohnzimmer symbolisiert den Alltag, zum Beispiel die Arbeit. Die Kakerlake steht schon wegen ihrer schieren Größe für beträchtlichen Ärger. Am nächsten Tag hat sich einer Ihrer Studenten beim Dekan über die Note beschwert, die sie ihm gegeben haben.«

Das war für sie tatsächlich in beträchtlichen Ärger ausgeartet.

»Ein paar Tage später haben Sie von Tornados geträumt.«

»Stimmt«, sagte sie verblüfft. »Es war ein bisschen wie in *The Day after Tomorrow*, als die Tornados durch Los Angeles tobten. Ich steckte mittendrin, und einer hat mich sogar verfolgt. Es war schrecklich.«

»Tornados repräsentieren Gefühlschaos, Gefahr und manchmal auch den Tod … all das verkörperte Roland, als er kurz darauf in Ihr Leben trat.«

Wahnsinn. Bislang hatte sie nicht viel auf ihre Träume gegeben, sondern sich immer nur gewundert, warum so viele behaupteten, Träume seien nur schwarzweiß, wenn ihre doch voller Farben waren.

»Wenn Sie möchten, kann ich Ihnen bei der Traumdeutung helfen.«

Ihr war der Mund offen stehen geblieben, schnell machte sie ihn zu. »Das wäre spitze. Danke.« Sie schaute zu Roland, der ein betrübtes Gesicht machte. »Meine Träume verraten die Zukunft.«

»Das habe ich schon mitgekriegt.« Er verzog das Gesicht. »Tut mir leid wegen des Chaos', der Gefahr und der Sache mit dem Tod.«

Sie schenkte ihm ein Lächeln. »Das war es mir wert.«

Roland sah Seth fragend an. »Was ist denn mit den äußerlichen Merkmalen?«

»Seit dem letzten Jahrhundert sind sie weniger ausgeprägt. Nichts Dramatisches, braunes Haar und haselnussbraune Augen statt schwarzem Haar und dunkelbraunen Augen. Trotzdem sind diese äußerlichen Veränderungen immer noch selten.«

»Also kann ich gefahrlos verwandelt werden?«, drängte Sarah, denn sie wollte endlich Gewissheit haben.

»Ja.«

Roland umklammerte sie noch fester. »Und du hast nichts dagegen?«, wollte er von Seth wissen.

»Die Entscheidung liegt allein bei Sarah. Wenn sie von dir verwandelt werden möchte, dann darfst du es jederzeit tun.«

Da ihrer Verwandlung nun nichts mehr im Weg stand, wurde Sarah auf einmal ganz aufgeregt, doch gleichzeitig bekam sie auch ein wenig Angst.

Seth sah sie wohlwollend an. »Keine Sorge, es wird nicht so schlimm. Roland wird Sie fast leer trinken und flößt Ihnen dann sein eigenes Blut ein. Ein paar Tage lang werden sie sich matt fühlen, so, als hätten Sie eine Grippe, das war es dann aber auch schon.«

Er blickte zu Roland. »Du wirkst mindestens genauso nervös wie sie.«

Dem konnte Sarah nur zustimmen.

Roland presste die Lippen zusammen. »Und wenn etwas schiefgeht?«

»Das wird es nicht, alles wird gut gehen. Und außerdem brauchst du mich nur anzurufen, wenn du irgendwelche Fragen oder Probleme hast. Ich überlasse dir die Ausbildung, wenn es recht ist.«

Einvernehmlich nickten Sarah und Roland.

»So, ich sollte jetzt mal los. Auf dem Rückweg muss ich noch mal kurz in Seattle Zwischenstation machen.«

»Danke, Seth«, sagte Sarah, »danke für alles.«

Er lächelte. »Gern geschehen.«

Und im nächsten Augenblick war er auch schon verschwunden.

Sarah strahlte Roland an. »Ich bin eine *Begabte*.«

»Ich weiß. Ich kann es kaum fassen. Aber Sarah …« Er fasste sie sanft bei den Armen und sah sie mit ernster Miene an. »Es braucht nichts zu bedeuten. Nur weil du verwandelt werden kannst, heißt das nicht, dass du es auch musst. Setz dich nicht unter Dru…«

»Ich möchte von dir verwandelt werden«, fiel sie ihm ins Wort.

Seine Miene spiegelte Erleichterung wider, er hob sie hoch und wirbelte sie in der Luft herum. »Danke, danke, danke.«

Lachend schlang sie die Arme um ihn und fragte: »Bist du jetzt glücklich?«

Er nickte und vergrub sein Gesicht in ihrem Haar. »Aber auch, wenn du Nein gesagt hättest, würde ich dich genauso lieben. Vor die Wahl gestellt, verbrächte ich allerdings lieber Jahrhunderte als nur Jahrzehnte mit dir.«

»Mir geht es genauso.«

Er setzte sie ab und küsste sie, erst temperamentvoll und dann zärtlich.

Ihr Herz setzte für einen Schlag aus, als sie in seine leuchtenden Augen blickte.

»Ich liebe dich, Sarah.«

»Ich liebe dich auch.« Viel mehr, als sie es je für möglich gehalten hätte.

Wieder küsste er sie und hielt sie ganz fest im Arm. »Ich überlasse es dir zu entscheiden, wann es passieren soll.«

»Was du heute kannst besorgen, das verschiebe nicht auf morgen.«

Überrascht fragte er: »Jetzt gleich?«

»Ja.«

»Sicher?«

Seine überraschte Reaktion wunderte sie überhaupt nicht, schließlich hatte sie mehr als einmal gesagt, dass sie es beinahe unheimlich fand, wie schnell sie sich nahegekommen waren. Aber das hier bereitete ihr keinerlei Unbehagen.

»Ganz sicher. Ich werde meine Meinung nicht plötzlich ändern, und je länger wir es vor uns herschieben, desto nervöser werden wir.«

Er lächelte kläglich. »Das solltest du eigentlich gar nicht mitkriegen.«

»Was? Dass du nervös bist?«

»Ja.«

Sie zuckte mit den Schultern. »Ich hätte es mir eh denken können. Du hast noch nie zuvor jemanden verwandelt, und außerdem bist du bei allem, was mich betrifft, ziemlich eigen. Vor allem, wenn es darum geht, mir irgendwelches Leid zu ersparen.« Besorgt schloss er sie in seine Arme, und sie tätschelte ihm beruhigend den Rücken. »Siehst du, genau das meine ich. Seth hat doch gerade gesagt, es sei nicht schlimmer als eine Grippe, doch je länger wir darüber nachdenken, desto größer wird es in unserer Vorstellung.«

Er atmete tief durch. »Du hast ja recht. Bringen wir es hinter uns.«

Klonk.

Bei dem seltsamen Geräusch aus der Küche fuhr Roland herum. Mit glühenden Augen und herausgefahrenen Reißzähnen war er schon in der Küche verschwunden, ehe Sarah überhaupt Angst bekommen konnte.

»Alles in Ordnung«, rief er eine Sekunde später. »Komm her und sieh dir das an.«

Neugierig ging Sarah zu ihm.

Mitten auf dem Boden stand der größte Präsentkorb, den sie je gesehen hatte. Er war mit Bändern und Schleifen geschmückt und so riesig, dass sie sich wie eine Katze darin hätte zusammenrollen können.

»Für uns«, verkündete Roland und riss den beigelegten weißen Umschlag auf.

»Von wem ist er?«

Während er las, inspizierte sie den Inhalt.

»Von David.«

Im Korb lagen mehrere Beutel Orangen, die so köstlich dufteten, dass ihr das Wasser im Mund zusammenlief, außerdem Mineralwasser, Vollkornkräcker mit Meersalz, Kühlpacks …

»Seth muss ihm erzählt haben, dass ich dich verwandeln will. David meint, du werdest die ersten Tage lang Probleme haben, Essen bei dir zu behalten, aber frisch gepresster Orangensaft und Selters würden dir helfen.«

»Und Cracker?«

»Cracker und Pita-Chips.«

Natürlich lagen auch mehrere Tüten superknuspriger Pita-Chips mit Meersalz im Korb.

Hatte David gewusst, dass das ihre Lieblingsmarke war, oder handelte es sich nur um einen Zufall?

Fragend sah sie Roland an.

Das Leuchten in seinen Augen war verschwunden, und er wirkte etwas sprachlos.

»Das ist wirklich nett«, sagte Sarah, die Davids Freundlichkeit selbst ein wenig überwältigte. Er kannte sie noch nicht einmal, und Roland war er auch nur ein paarmal begegnet, trotzdem hatte er ihnen sein Haus zur Verfügung gestellt, wo sie bleiben durften, so lange sie wollten. Und jetzt auch noch der Korb.

Roland nickte. »Finde ich auch.«

Sarah lächelte. Roland würde ein Weilchen brauchen, bis er sich daran gewöhnte, Freunde zu haben. »Lass uns mal das Obst und die Getränke im Kühlschrank verstauen und die Kühlpacks in die Gefriertruhe legen.«

Da es so viel war, brauchten sie eine ganze Weile dafür.

»Also, wie machen wir es nun?«, fragte sie schließlich.

Auch wenn sie es sich nur ungern eingestand, sie hatte Angst.

Er hob sie hoch. »Erst mal trage ich dich ins Schlafzimmer.«

»Oh«, säuselte sie und schlang die Arme um seinen Hals. »So weit gefällt mir der Plan.«

»Dort ... werde ich dich aufs Bett legen.«

Sie schmiegte sich an seinen Hals und spürte, wie er eine Gänsehaut bekam. »Und weiter?«

»Dann zieh ich dich mit den Zähnen aus.«

Bei diesen Worten durchfuhr sie ein wohliger Schauer. »Und was kommt als Nächstes?«

Mittlerweile war er schon unten im Keller, nur noch ein paar Schritte trennten sie von ihrem Zimmer. »Ich erkunde deinen Körper ganz langsam mit der Zunge.«

Diese Zunge, diese sündige Zunge, dachte sie auf dem Weg zum Bett. »Und dann?«

»Und dann«, sagte er und legte sie behutsam aufs Bett, »während du noch einen der zahllosen Orgasmen erlebst« – er kniete sich neben sie auf die Matratze und küsste sie sanft auf den Hals, dort, wo ihre Halsschlagader verlief – »beiße ich dich genau hier und mache dich für immer mein.«

Sie drängte sich seinem Mund entgegen. »Hmm, vergiss nicht die Sache mit dem Ausziehen.«

Ein tiefes, brummendes Lachen entwich seiner Kehle, und sie erschauerte vor Vorfreude. »Das würde ich nicht wagen.«

Roland hielt Wort. Mit Zähnen, Zunge und Händen brachte er ihre Erregung zu einem fieberhaften Höhepunkt. Dabei hielt er sich selbst zurück und wehrte all ihre Versuche, ihn zu befriedigen, sanft ab. Er musste unbedingt einen klaren Kopf behalten, deshalb stellte er sein eigenes Verlangen hintan und konzentrierte sich nur auf sie.

Und bei ihrem dritten Orgasmus versenkte er dann die Zähne in ihrem Hals und genoss ihr Blut, trank so gierig wie das Monster, das viele in ihm sahen.

19

Seth war offenbar noch nie grippekrank gewesen.

Der erste Tag verlief ungefähr so, wie Sarah es erwartet hatte. Nachdem sie wieder zu Bewusstsein gekommen war (als Roland von ihr getrunken hatte, war sie ohnmächtig geworden und hatte sich danach nicht einmal mehr an den Biss erinnern können), fühlte sie sich zunehmend unwohl. Sie bekam leichtes Fieber und Schüttelfrost. Zum Teil ließ sich die Übelkeit mit Orangensaft oder Sprudel bekämpfen, aber manchmal kam ihr auch alles wieder hoch.

Anfangs hatte sie noch versucht, Roland davon abzuhalten, ihr ins Bad zu folgen (er musste ja nicht gleich alles sehen, vor allem nicht, wie sie sich übergab), doch er bestand darauf, und schon bald fehlte ihr die Kraft, sich zu widersetzen. Also hielt er ihr das Haar, wenn sie über der Schüssel hing, stützte sie notfalls und präparierte anschließend die Zahnbürste für sie. Wenn sie dann wieder einen frischen Pfefferminzgeschmack im Mund hatte, trug er sie zurück ins Bett.

Er schleppte Fernseher und DVD-Player nach unten, spielte Karten mit ihr, las vor und munterte sie mit Geschichten aus seiner unglaublichen Vergangenheit auf. Er presste zahllose Orangen aus und sorgte dafür, dass sie genug trank, oder legte ihr frische Kühlpacks auf den schmerzenden Kopf.

Roland war einfach toll – geduldig und im Bett ein Gentleman.

Und sie liebte ihn umso mehr.

Am zweiten Tag ging es dann bergab. Das Fieber stieg und stieg. Sarah nahm bald alles nur noch verschwommen wahr. Hin und wieder hatte sie einen lichten Moment, bekam mit, wie Roland sie besorgt drängte, mehr Saft zu trinken, hörte ihn schreien: *Von wegen Grippe! Wenn du nicht in fünf Sekunden hier bist, dann ...* Später erwachte sie in einem Bad aus Eiswürfeln, spürte Roland hinter sich, der ihre Arme festhielt, als sie um sich zu schlagen begann. Wieder und wieder vernahm sie seine tränenerstickte Stimme am Ohr, wenn er ihr zuraunte, dass er sie liebe. Beim nächsten Mal beugte sich ein Mann mit tiefschwarzer Haut, hüftlangen Dreadlocks und dem Gesicht eines Pharaos über sie.

Dann folgte eine lange Phase, an die sie überhaupt keine Erinnerung hatte. Im Laufe des dritten Tages kam sie wieder zu sich. Das Fieber war gesunken, ihrem Bauch ging es auch wieder gut, nur hatte sie schreckliche Zahnschmerzen.

Roland hing auf einem Stuhl neben dem Bett und hielt ihre Hand fest in seiner, er wirkte vollkommen ausgezehrt. Dunkle Stoppeln zierten Wangen und Kinn, tiefe Falten waren auf der Stirn und um die Mundwinkel zu sehen.

Wie er lächelte, als sie ihm leise die Hand drückte, brach ihr fast das Herz. Sogleich kletterte er zu ihr ins Bett, schmiegte sich von hinten an sie und drückte sie mindestens eine halbe Stunde lang so fest, dass sie kaum Luft bekam.

»Du hast mich zu Tode erschreckt«, flüsterte er, und ihm versagte die Stimme.

»Tut mir leid, das wollte ich nicht.«

Zärtlich küsste er ihren Nacken. »Ich liebe dich, Sarah.« Daraufhin rückte er noch näher an sie heran, als wollte er in sie hineinkriechen. »Ich liebe dich so sehr.«

Müdigkeit überkam sie. »Ich liebe dich auch«, sagte sie lächelnd.

Seth und David bereiteten gerade in der Küche das Abendessen zu, als sie wahrnahmen, dass Darnell sich näherte. David hielt mitten im Glasieren der Hühner inne, und auch Seth hörte auf, die Karotten für den Salat zu schneiden.

Sie konnten spüren, wie aufgewühlt ihr Freund war, besorgt tauschten sie Blicke.

Als er dann im Türrahmen auftauchte, hielt er ein Bündel Papiere im Arm und sah erschüttert aus.

»Was ist los?«, fragte David, legte die Schöpfkelle beiseite und trocknete sich die Hände an einem Geschirrtuch ab.

Darnell schluckte schwer. »Mir ist es endlich gelungen, die Dateien auf dem Laptop zu entschlüsseln, den ihr bei Amiriskas Rettung habt mitgehen lassen.«

Nach zwei Tagen im Tiefschlaf hatte die geheimnisvolle Frau ihnen endlich ihren Namen verraten.

Seth packte das Küchenmesser weg. »Und?«

»Es geht nur um Ami«, sagte er, wobei er ihren Spitznamen wie *Amy* aussprach. »Darum, wie lange sie sie dort festgehalten und welche Versuche sie an ihr durchgeführt haben. Barbarische Experimente, und es waren so viele.«

Seth legte den Kopf schief. »Steht darin auch, wer sie ist und wo sie sie gefunden haben?« Ami würde es merken, wenn er ihre Gedanken las, und da Seth sie nicht verängstigen wollte, kam er auf diese Weise nicht an die Information heran.

Darnell nickte. »Ihr werdet es nicht glauben. Verdammt, ich habe es mindestens fünfmal gelesen und glaube es immer noch nicht.«

Seth nahm die Unterlagen entgegen und hielt sie so, dass auch David hineinsehen konnte.

Schon der Inhalt des ersten Absatzes versetzte ihm einen Schock.

»Im Ernst?«, fragte David atemlos.

Eine Bewegung lenkte ihre Aufmerksamkeit zur Tür.

Dort stand Amiriska und sah sie in dem Wissen, dass ihr Geheimnis gelüftet war, mit großen, angsterfüllten Augen an.

Sarah lächelte, als Roland ihre Hand nahm und seine Finger mit ihren verschränkte. Obwohl der Mond nur ein schmale Sichel war, konnte sie problemlos sehen und bestaunte die nächtliche Szenerie vor sich.

Alles war ganz deutlich auszumachen, so deutlich wie an einem wolkenverhangenen Nachmittag – alte, majestätische Bäume, die sich zu einem Wald verdichteten, Glühwürmchen, eine hügelige Wiese, die üppig mit gelben Wildblumen übersät war, von denen viele ihre Blütenkelche schon für die Nacht geschlossen hatten.

Und mittendrin stand ihr neues Zuhause: ein großzügiges Flachdachhaus, vollständig unterkellert und mit drei Fluchttunneln. Dank Chris und dem Netzwerk war alles in nur wenigen Wochen fertiggestellt worden. In der Zwischenzeit hatte Sarah sich an ihre körperlichen Veränderungen gewöhnen können.

Roland und sie schlenderten von der Auffahrt über den Kopfsteinpflasterpfad bis zur Veranda. Wie unglaublich gut sie auf einmal riechen konnte. All die wunderbaren Gerüche, die der Sommerwind herbeitrug, nahm sie wahr. Am wunderbarsten und verlockendsten aber war Rolands Duft. Kein Rasierwasser. Nur Wasser, Seife und Roland. *Hmmm, lecker.*

Und diese Geräusche …

Anfangs hatte sie nur das Zirpen der komischen Käfer und das Quaken der Frösche ausmachen können. Doch nun vernahm sie auch das Rascheln, wenn der Wind durch ihre Kleider fuhr, oder hörte emsige Feldmäuse durchs Gras huschten. Selbst die Geräusche, die ein Opossum im fernen Wald machte, drangen an ihre Ohren, und sie bemerkte die sanften Schritte und das leise Äsen der Rehe am Bach. Hoch über ihnen schwang sich eine Eule in die Lüfte, und Fledermäuse sausten auf der Suche nach Insekten vorbei.

Rolands Herz schlug gleichmäßig, kraftvoll, und nur ihr Lächeln ließ es höherschlagen.

Alle ihre Sinne waren geschärft, selbst der Tastsinn. Und welche Kräfte sie nun besaß!

Sarah war stärker und konnte sich schneller bewegen als Étienne und Lisette, was die Wissenschaftler im Netzwerk ungemein interessant fanden. Nicht einmal Seth hatte das erwartet, denn im Allgemeinen waren die jüngeren Unsterblichen schwächer als die älteren.

Lag es vielleicht daran, dass sie ihre Verwandlung nicht einem Vampir, sondern einem Unsterblichen verdankte?

Hatte Rolands Blut besondere Eigenschaften?

Konnte es damit zusammenhängen, dass er so viel älter und zudem guter Abstammung war?

Niemand wusste es so genau.

Sarahs Stärke hatte sich schnell herumgesprochen, und das Netzwerk setzte Roland zu, er möge sie doch ins Labor bringen, was für ihn jedoch überhaupt nicht infrage kam. Sie wusste, dass er sie beschützen wollte und auch selbst keinerlei Interesse hegte, an irgendwelchen Tests teilzunehmen. Doch da Sarah es für wichtig hielt, hatte sie sich vorgenommen, ihn zu bearbeiten, um ihn eventuell doch zur Mitarbeit zu überreden.

Anderen gegenüber mochte er ein Brummbär sein, doch ihr konnte er nichts abschlagen.

»Gefällt es dir?«, fragte er.

»Ich liebe es«, verkündete sie und stieg die Treppen zur überdachten Veranda hinauf.

Er folgte ihr und schloss sie dann in die Arme. »Und ich liebe dich.« Daraufhin beugte er sich zu ihr hinunter und küsste sie zärtlich. »Meine Frau.«

»Ich liebe dich auch«, flüsterte sie gegen seine Lippen gepresst. »Mein Mann.«

Er stieß ein leises Knurren aus, als er ihr in die Unterlippe biss und sie heftig an sich drückte.

Sie wusste, dass ihre Augen jetzt grün leuchteten, spürte, wie ihre Reißzähne hervortraten. So war es nun immer, wenn etwas in ihr starke Gefühle weckte. Als sie sich zum ersten Mal so gesehen hatte, war es ein ziemlicher Schock gewesen. Roland und sie hatten sich in der Dusche geliebt, danach war sie am Spiegel vorbeigekommen und hatte einen Blick auf sich erhascht.

Stumm vor Schreck hatte sie sich angestarrt und beobachtet, wie sich ihre Reißzähne schließlich zurückbildeten und ihre Augen wieder ihre normale Farbe annahmen. Dann war Roland hinter sie getreten, hatte ihre Brüste umfasst und mit ihren Nippeln gespielt. Sofort war das Glühen in ihre Augen zurückgekehrt, und die Reißzähne waren wieder zum Vorschein gekommen. Erstaunlich. Es fiel ihr viel schwerer, sich daran zu gewöhnen als an das Bluttrinken. So schlimm war das nämlich gar nicht, denn sie schluckte es nicht wirklich. Sie biss lediglich in den Beutel und die rote Flüssigkeit gelangte durch die Reißzähne sofort in ihre Blutbahn.

»Deine Augen leuchten«, murmelte er und rieb seine Nase an ihrer.

»Deine aber auch.«

Lächelnd sagte er: »Das werden sie immer tun, wenn ich dich begehre.«

Er ließ sie los, um die Tür aufzuschließen und die Alarmanlage zu entsichern. Dann hob er Sarah hoch, trug sie über die Schwelle … und blieb abrupt stehen.

Sarah folgte seinem Blick und war fassungslos. »Wow.«

Überall im Wohnzimmer lagen hübsch verpackte Geschenke. Auf jeder freien Fläche, auf jedem Möbelstück türmten sich die Präsente fast bis zur Decke.

Roland setzte Sarah ab. »Seth hat mich ja schon gewarnt, dass es Hochzeitsgeschenke geben würde, aber mit so vielen habe ich nicht gerechnet.«

Die beiden hatten am Abend in einer kleinen Zeremonie in Davids Garten geheiratet. Nur Seth, David, Marcus, Chris, Lisette und Étienne waren als Gäste dabei gewesen, die Trauung hatte ein befreundeter Priester vollzogen.

So ganz privat war die Festlichkeit allerdings nicht ausgefallen, denn sie hatte live im Internet verfolgt werden können – allerdings auf einer stark gesicherten Seite, auf die nur Unsterbliche und ihre Sekundanten zugreifen konnten. Unsterbliche in der ganzen Welt hatten an Roland und Sarahs Geschichte Anteil genommen und dieses historische Ereignis gern miterleben wollen.

Das Liebespaar war schließlich mit der Übertragung einverstanden gewesen.

»Sind die alle von Seth und David?«, fragte sie.

Roland sah auf einen der Geschenkanhänger. »Die sind von … allen. Wie es aussieht, hat jeder Unsterbliche dieser Welt uns etwas geschickt.«

»Aber die kennen mich doch noch nicht mal.«

»Den meisten bin ich auch noch nie begegnet. Und von denen, die mich kennen, mag mich auch nur ein kleiner Teil. Ich bin selbst überrascht.«

Eine ganze Weile standen sie nur da und starrten auf die Geschenke, dann nahm er sie bei der Hand. »Warum verschieben wir das mit den Geschenken nicht auf später, ich möchte dir gern etwas zeigen.«

»Okay.«

Roland dirigierte sie zwischen den Geschenkestapeln hindurch zur Hintertür hinaus. Die riesige Veranda war in Dunkelheit gehüllt.

Hinter dem Haus lag eine hübsche Wiese und daneben …

Sarah schnappte nach Luft. »Ein Gemüsegarten!«

»Mir hat es leidgetan, dass du nie dazu gekommen bist, einen anzulegen.«

Sie schlang die Arme um seinen Hals und drückte ihn fest. »Danke, Roland. Das ist einfach perfekt.«

Grinsend verschränkte er die Arme in ihrem Nacken. »Du bist perfekt.« Dann küsste er ihre Stirn, ihre Wangen und ihren Mund. »Du hast mir in vielerlei Hinsicht das Leben gerettet, und dafür danke ich dir.«

Daraufhin gab sie ihm noch einen Kuss. »Danke, dass du meines verwandelt hast.«

Dianne Duvall hat Anglistik an der University of St. Thomas in Houston studiert und lebt mit ihrem Mann in Texas. Auf ihrer Webseite www.DianneDuvall.com kann man alles über ihre Bücher und aktuellen Projekte erfahren.

Danksagung

Vor allem danke ich meiner Lektorin Megan Records und dem Team von Kensington Books. Ein herzliches Dankeschön auch an meine Eltern für ihre liebevolle Unterstützung. Aber mein größter Dank gilt meinem Mann, der immer an mich geglaubt und mir Mut zugesprochen hat. Seine Liebe macht mich überglücklich.